Die Eheschließung, von den Alten nach überkommener Sitte eingefädelt, findet nicht statt. Die Jungen überlisten die „Heiratsvermittler", denn sie haben schon längst eine Glücksmünze von ihren Liebsten erhalten, und wählen sich selbst ihre Lebenspartner. Zhao Shuli, der Autor dieser heiteren Dorfgeschichte, gehört wie Lu Xun, Ye Shengtao, Mao Dun, Lao She, Ba Jin und Wang Meng zu den Repräsentanten der modernen chinesischen Literatur.

Der Niedergang der jahrtausendealten festgefügten Staatsordnung und der Bankrott des traditionellen konfuzianisch geprägten Systems bahnten etwa um 1917 der literarischen Revolution den Weg: Das klassische Chinesisch als Kunstsprache, das nur dem verschwindend kleinen Teil der Gebildeten zugänglich war, wurde durch die Umgangssprache abgelöst und das einfache Volk zum Handlungsträger der Literatur gemacht. Den Schriftstellern eröffneten sich bislang ungeahnte Wirkungsmöglichkeiten, die sie begeistert nutzten.

Dreizehn Erzählungen von sieben namhaften Autoren sollen einen kleinen Einblick geben in das fruchtbare literarische Schaffen im China der ersten Hälfte unseres Jahrhunderts. Sie blenden die verschiedensten Lebensbereiche ein. Geschildert werden der harte Lebenskampf der Bauern, die um das gute Gedeihen ihrer Seidenraupen bangen, der Protest gegen den Terror der Reaktion in den dreißiger Jahren und gegen Bürokratismus und Karrierismus zu Beginn der sozialistischen Umgestaltung. Gezeigt werden die Konflikte und existentiellen Nöte des Intellektuellen in der vorrevolutionären Zeit. Gezeichnet wird ein anschauliches Bild von der Stellung der Frau im ersten Viertel dieses Jahrhunderts: von den Leiden, die sie durch die Zwangsheirat zu erdulden hatte, und von ihrer Prostitution als der ihr einzig verbliebenen Quelle des Broterwerbs. Und erzählt wird vom Ringen der Jugend um den Sieg über die seit alters tief im Volk verwurzelten feudalen Bräuche.

Die Eheschließung

Chinesische Erzählungen
des 20. Jahrhunderts

Aufbau-Verlag

Ausgewählt
von Sylvia Nagel

Aus dem Chinesischen übersetzt
von Fritz Gruner, Johanna Herzfeldt,
Sylvia Nagel und Irma Peters

1. Auflage 1988

Einbandgestaltung Zhou Xiufen/Regine Schmidt
Lichtsatz Karl-Marx-Werk, Graphischer Großbetrieb, Pößneck V 15/30
Druck und Binden
III/9/1 Grafischer Großbetrieb Völkerfreundschaft Dresden
Printed in the German Democratic Republic
Lizenznummer 301.120/202/88
Bestellnummer 613 933 1
00295

ISBN 3-351-00996-8

Lu Xun

Eine unbedeutende Begebenheit

Sechs Jahre war es bereits her, daß ich aus meinem Heimatdorf in die Hauptstadt flüchtete. Sie gingen dahin wie ein einziger Augenblick.

In dieser Zeit wurde ich Augen- und Ohrenzeuge sogenannter bedeutender Staatsereignisse. Zähle ich sie zusammen, waren es nicht wenige. Aber keines hinterließ in meinem Herzen irgendwelche Spuren. Dennoch – ich muß es bekennen – blieben sie nicht ohne Wirkung: Sie vermehrten meine schlechten Eigenarten. Um es deutlich zu sagen, meine Menschenverachtung wurde mit jedem Tag größer.

Jedoch fiel in diese Zeit eine unbedeutende Begebenheit, von der ich sagen darf, daß sie mich meiner düsteren Stimmung entriß. Ich habe sie deshalb bis heute nicht vergessen können.

Es war im Winter des sechsten Jahres der Republik. Ein heftiger Nordsturm fegte daher und sprang die Menschen an wie ein bissiger Hund. Wichtige berufliche Angelegenheiten zwangen mich, schon sehr früh das Haus zu verlassen. Die Straße war menschenleer. Ich hatte große Mühe, eine fahrbereite Rikscha zu finden, und befahl dem Kuli, mich zum S-Tor zu fahren. Bald darauf ließ der Sturm nach, der aufgewirbelte Staub verflog, und vor mir dehnte sich wieder in schimmernder Klarheit die breite Straße. Der Rikschamann trabte schneller.

Unmittelbar vor dem S-Tor lief jemand von vorn gegen eine der Zugstangen und glitt langsam zu Boden.

Es war eine Frau mit weißem Haar und in schäbiger Kleidung. Unvermutet aus einem Nebenweg herauskommend, war sie geradewegs auf die Rikscha zugelaufen. Der Rikschamann hatte um sie herumfahren wollen, doch ihre nicht zugeknöpfte wattierte Jacke wehte ein

Windstoß auseinander, so daß sich die eine Seite in der Zugstange verfing. Zum Glück hatte der Rikschamann seinen Lauf rechtzeitig hemmen können, sonst wäre der Zusammenstoß heftiger ausgefallen, und die Frau hätte durch den Sturz leicht eine blutende Kopfwunde davontragen können.

Die Frau lag auf der Erde. Der Rikschamann stand daneben. Meiner Meinung nach hatte die Alte keinerlei Schaden davongetragen, zudem hatte niemand den Vorfall beobachtet – es verdroß mich, daß der Mann Aufhebens davon machte. Sich selbst bereitete er damit nur Unannehmlichkeiten, und mich hielt er außerdem auf. Daher rief ich ihm zu:

„Es ist doch gar nichts geschehen! Lauf weiter, so schnell du kannst!"

Aber der Rikschamann hörte überhaupt nicht auf meine Worte – vielleicht konnte er sie auch nicht hören –, er ließ die Zugstangen zur Erde gleiten, half der alten Frau langsam wieder auf, stützte sie, als sie stand, und fragte:

„Hast du dir Schaden getan?"

„Ich bin heftig aufgeschlagen . . ."

Ich dachte im stillen: Ich habe gesehen, wie langsam du zu Boden geglitten bist. Wie konntest du da heftig aufschlagen? Du verstellst dich, und das ist abscheulich. Daß der Rikschamann sich einmischt, wird ihm nur Scherereien bringen. Mag er zusehen, wie er mit der Sache fertig wird!

Der Rikschamann zögerte keine einzige Sekunde, als er die Worte der alten Frau hörte. Er stützte sie und führte sie vorsichtig Schritt für Schritt auf eine Polizeiwache zu. Ich sah ihnen nach und wunderte mich darüber. Da der Sturm eben erst nachgelassen hatte, war vor dem Haus noch kein Mensch zu sehen. Der Rikschamann geleitete die alte Frau direkt auf das Haustor zu.

In diesem Augenblick hatte ich eine merkwürdige Vision: Die staubgraue Gestalt des Rikschamannes reckte sich in die Höhe – je weiter sie sich von mir entfernte, desto höher wuchs sie empor –, schon mußte ich aufschauen, um sie in ihrer vollen Größe wahrzunehmen. Wie sich Wasser unaufhaltsam seinen Weg bahnt, so drückte eine von ihr ausgehende zwingende Gewalt mich nieder, preßte die tief in meinem Innern verborgene „niedrige Gesinnung" aus mir heraus.

Das Leben in mir erstarrte – ich saß ohne Bewegung, ohne Gedanken da. Mein Blick fiel auf einen Polizisten, der, eben aus der Wache herausgetreten, auf mich zukam.

Ich kletterte aus der Rikscha.

Der Polizist stand dicht vor mir.

„Sie müssen sich einen anderen Rikschamann mieten", sagte er, „dieser kann Sie nicht mehr ziehen."

Ohne auch nur im geringsten zu überlegen, griff ich in die Tasche, holte eine Handvoll Kupfermünzen hervor und hielt sie dem Polizisten hin.

„Bitte, geben Sie ihm das . . ."

Der Wind hatte sich völlig gelegt. Es war noch immer wenig Leben auf der Straße. Ich setzte meinen Weg zu Fuß fort – gedankenverloren, aber ängstlich vermeidend, mir über mich selbst Rechenschaft abzulegen. Ich schob das eben Erlebte beiseite. Was für einen Sinn hatte diese Handvoll Kupfermünzen? Eine Belohnung? Stand mir denn überhaupt ein Urteil über den Rikschamann zu? Ich konnte mir diese Fragen nicht beantworten.

Diese Begebenheit ist mir noch heute gegenwärtig – immer wieder steht sie mir vor Augen, zwingt mich, um die Erkenntnis meiner selbst zu ringen. Die politischen und kriegerischen Ereignisse der Jahre danach sind so wenig in meiner Erinnerung haftengeblieben wie die Fortsetzung zu den Satzanfängen: „Konfuzius sprach . . ." und „Im ‚Shijing' heißt es . . ." Nur diese unbedeutende Begebenheit steht als Ganzes immer wieder vor mir. So manches Mal erlebe ich wie von neuem ihren Ablauf in allen Einzelheiten. Sie lehrt mich die Reue und mahnt mich zur Selbsterneuerung, sie stärkt mich im Kämpfen und Hoffen.

Dorfoper

In den letzten zwanzig Jahren bin ich nur zweimal in der chinesischen Oper gewesen, weil ich weder Lust noch Gelegenheit dazu hatte. Beide Besuche fielen in das letzte Jahrzehnt, und beide Male entdeckte ich nichts, was mich hätte interessieren können. Seitdem habe ich mich nicht mehr darum gekümmert.

Der erste Besuch fiel in das erste Jahr der Chinesischen Republik. Ich war kurz zuvor nach Peking gekommen. Ein Freund sagte damals zu mir, die Pekinger Oper sei ausgezeichnet, ich sei es mir schuldig, einmal hinzugehen. Ich dachte, sicher könnte ein Besuch der Oper in Peking sehr interessant sein.

Mein Entschluß war also schnell gefaßt, und wir eilten voller Erwartung zu einem Theater. Wie es hieß, habe ich inzwischen vergessen. Die Vorstellung hatte bereits begonnen, schon von draußen waren die Trommelwirbel zu hören. Wir drängten uns hinein. Vor meinen Augen flimmerte es in allen Farben; bis an die Bühne heran drängten sich die Zuschauer, Kopf an Kopf. Bei genauem Hinsehen stellte ich fest, daß in der Mitte noch einige Plätze frei waren. Wir bahnten uns einen Weg dorthin und wollten uns gerade setzen, als jemand Einspruch erhob. Weil es mir in den Ohren sauste und brauste, mußte ich sehr aufpassen, um zu verstehen, was er sagte: „Bedaure, diese Plätze sind besetzt."

Wir wollten nach hinten gehen, aber im gleichen Augenblick bemächtigte sich unser ein Mann mit einem von Öl glänzenden Zopf und führte uns nach vorn an die Seite, wo er uns freie Plätze anwies, auf einer Bank, deren Breite kaum dreiviertel von der Länge meiner Oberschenkel maß, deren Beine aber doppelt so hoch wie meine waren. Ich brachte wirklich nicht den Mut auf, mich dort hinaufzuschwingen, und außerdem schien sie mir einem Folterinstrument zu gleichen. Mir sträubten sich die Haare vor Entsetzen, und ich rannte hinaus.

Ich war schon ein gutes Stück Weges gegangen, als ich plötzlich die Stimme meines Freundes hörte:

„Was ist denn los?"

Ich drehte mich um. Sieh an, er war mir gefolgt!

Verwundert fuhr er fort:

„Warum bist du denn nur weggelaufen? Warum antwortest du denn nicht?“

„Entschuldige, lieber Freund“, sagte ich, „die Sache liegt anders. In meinen Ohren dröhnt es von Trommelwirbeln und Gongschlägen, und ich habe kein Wort von dem, was du gesagt hast, verstanden.“

Sooft ich später an dieses Erlebnis zurückdachte, kam es mir immer wieder sehr merkwürdig vor. Entweder hat die Oper wenig getaugt, oder es hat an mir gelegen – das Theater war für mich nicht das Richtige.

Ich habe vergessen, in welchem Jahr ich es zum zweitenmal unternahm, die Oper zu besuchen. Ich weiß nur noch, daß es das Jahr war, in dem man für die Opfer der Überschwemmungen in der Provinz Hubei Geld sammelte, und daß Tan Xinbei, der berühmte Schauspieler, noch nicht gestorben war. Mit einer Spende von zwei Yuan erwarb man das Anrecht auf eine Eintrittskarte für die Diyi-Wutai-Oper, das vornehmste Theater, in dem die bekanntesten Schauspieler auftraten, vor allem jener Tan Xinbei. Ich nahm dem Sammler eine Karte ab, eigentlich nur in der Absicht, ihm einen Gefallen zu tun. Aber irgend jemand, den ich gar nicht kannte, fühlte sich beflissen, mir auseinanderzusetzen, daß man die günstige Gelegenheit, Tan Xinbei zu sehen, einfach nicht versäumen dürfe.

Mir war der beängstigende Eindruck des Trommelns und Gongens aus der Oper ein paar Jahre zuvor nicht mehr gegenwärtig, und ich ging tatsächlich in die Diyi-Wutai-Oper, halb und halb von der Erwägung geleitet, daß ich eine so wertvolle und dazu so preiswert erworbene Eintrittskarte nicht verfallen lassen dürfte. Ich brachte in Erfahrung, daß Tan Xinbei erst am späten Abend auftrete und die Diyi-Wutai-Oper ein neues Theater in modernem Stil sei, in dem man nicht um einen Platz zu kämpfen brauche. In aller Seelenruhe machte ich mich also erst gegen neun Uhr auf den Weg.

Zu meinem Erstaunen war das Theater von vorn bis hinten mit Menschen so vollgepfropft, daß ich nur ganz weit hinten einen Stehplatz fand. In dem Gewühl konnte ich nur mit Mühe erkennen, daß auf der Bühne gerade ein Schauspieler die Rolle einer alten Frau spielte. Er hielt in jedem Mundwinkel ein am Ende glühendes Papierröllchen; rechts und links von ihm stand je ein ausländischer Teufel in Soldatenuniform. Ich überlegte hin und her, bis mir schließlich einfiel, es könnte die Rolle der Mutter Lian sein, danach erschien nämlich ein buddhistischer Mönch auf der Bühne. Den Schauspieler kannte ich jedoch nicht und fragte einen wohlbeleibten vornehmen Herrn, der in dem Gedränge links neben mir stand, nach dem Namen. Er maß mich mit einem geringschätzigen Blick über die Schulter und antwortete: „Gong Yunfu!" Ich bekam einen roten Kopf, so sehr schämte ich mich meiner Unwissenheit, und nahm mir vor, in Zukunft um keinen Preis wieder eine Frage zu stellen. Anschließend sangen zwei Schauspieler die Rollen einer jungen Frau und deren Dienerin; danach traten noch einige andere Schauspieler in weiblichen Rollen auf. Von keinem wußte ich, wer er war. Dann sah ich zu, wie Männer in Gruppen zu zweit und zu dritt miteinander fochten. So ging das weiter, von neun bis zehn Uhr, von zehn bis elf, von elf bis halb zwölf, von halb zwölf bis zwölf! Und Tan Xinbei trat noch immer nicht auf.

Noch nie in meinem Leben habe ich so geduldig auf etwas gewartet wie auf diesen Auftritt. Neben mir pustete und ächzte der vornehme Fettwanst, auf der Bühne lärmten die Trommeln und Gongs, und die grelle grünrote Beleuchtung blendete mich. Es ging auf Mitternacht zu. Plötzlich überfiel mich der Gedanke, daß ich hier nicht bleiben könnte. Ich wandte mich ab und schob mich wie eine Maschine durch die Menschenmenge. Ich spürte, wie sich die eben entstandene Lücke sogleich wieder schloß – sicher hatte der vornehme Fettwanst seine rechte Körperhälfte elastisch in den frei gewordenen Raum hineingezwängt. Zurück konnte ich also nicht mehr; es blieb mir gar nichts anderes übrig, als mich mit Hilfe meiner Ellbogen unentwegt so lange weiterzuzwängen, bis ich schließlich durch die Haupttür hinausgelangte. Außer ein paar Rikschakulis, die auf Fahrgäste warteten, war kein Mensch auf der Straße zu sehen. Vor dem Haupteingang standen etwa zehn Leute, die mit emporgereckten Köpfen das Programm studierten. Und daneben stand noch eine andere Gruppe, die auf gar nichts schaute. Ich nahm an, daß sie die Frauen sehen wollten, die das Theater verlassen würden. Aber Tan Xinbei war noch immer nicht gekommen.

Die Abendluft war sehr klar und frisch; man konnte sagen: Sie dringt den Menschen reinigend in Herz und Magen! – Zum erstenmal seit meiner Ankunft in Peking sog ich so gute Luft ein.

An diesem Abend sagte ich der chinesischen Oper für immer Lebewohl. Ich habe nie wieder an sie gedacht, und kam ich gelegentlich an einem Theater vorbei, so berührte mich das gar nicht. Die Oper und ich waren einander geistig so fern wie der südliche Himmel der nördlichen Erde.

Nun fiel mir vor einigen Tagen durch Zufall ein japanisches Buch in die Hände – leider habe ich seinen Titel und auch den Namen des Verfassers vergessen –, das sich mit der chinesischen Oper befaßt. In einem Kapitel führt der Autor etwa folgendes aus: „In der chinesischen Oper wird so viel gegongt, gelärmt und getanzt, daß sich dem Zuschauer alles im Kopf dreht. Sie ist für die Bühne ungeeignet; aber wird sie auf dem Lande unter freiem Himmel aufgeführt, wo man in einigem Abstand daran teilnimmt, hat sie ihren eigenen Reiz."

Ich spürte sofort, daß der Verfasser damit zum Ausdruck brachte, was ich vor langer Zeit, als ich die wirklich schöne chinesische Oper in der freien Natur erlebt hatte, empfand, aber noch nicht in Worte zu kleiden vermochte. Und es ist leicht möglich, daß ich noch immer unter diesem Eindruck stand, als ich mich in Peking zweimal entschloß, in die Oper zu gehen. Es tut mir wirklich leid, und es ist mir völlig unverständlich, daß mir der Titel dieses Buches völlig entfallen ist.

Lang, lang ist's her, daß ich diese gute Oper sah, und ich fürchte, ich war damals nicht viel älter als elf oder zwölf Jahre. In unserem Marktflecken Lu war es seit alters üblich, daß die verheirateten Frauen, die den Haushalt noch nicht selbst führten, den Sommer über zu ihrer

Mutter ins Elternhaus zurückkehrten, gewissermaßen auf Sommerurlaub. Aber meine Mutter mußte damals schon bei der Leitung des Hauswesens helfen, obwohl meine Großmutter noch sehr rüstig war. Meine Mutter konnte daher im Sommer nur einige Tage bei ihrer Familie verbringen. Jedoch verlebte sie im Frühling nach dem Totenfest, an dem die Ruhestätten der Verstorbenen frisch hergerichtet werden und sie stets die Gräber der Ahnen besuchte, immer einige Tage daheim und wohnte bei der Großmutter. So begleitete ich sie jedes Jahr in das Dorf Pingqiao, das „Dorf an der Brücke". Unmittelbar am Fluß gelegen, nicht allzuweit vom Meer entfernt, von der Welt abgeschieden, zählte es kaum dreißig Haushaltungen, von denen die meisten Bauern und Fischern gehörten, und besaß einen einzigen winzigen Krämerladen. Aber für mich bedeutete es den „Himmel auf Erden". Nicht nur, daß ich dort mit größter Herzlichkeit aufgenommen wurde, ich war während dieser Zeit auch des Lernens klassischer Texte enthoben, wie:

Einsam ist es am Ufer des Flusses,
öde auf den Bergen des Südens . . .

Ich hatte viele junge Spielgefährten. Da ich ein Besucher von weit her war, erließen ihnen die Eltern die mancherlei kleinen Pflichten, damit sie sich mir widmen konnten. In einem so kleinen Dorf ist der Gast einer Familie in Wirklichkeit zugleich Gast der Allgemeinheit. Wir waren alle gleichaltrig, aber der Stellung in den Sippen nach waren nicht wenige untereinander „Onkel", es gab sogar einige „Großväter". Das kam daher, daß alle im Dorf den gleichen Familiennamen trugen und ein und derselben Sippe angehörten. Wir waren jedenfalls gute Freunde, und wenn es sich bei einem Streit fügte, daß einer seinen „Großvater" verprügelte, hätten weder die Kinder noch die Erwachsenen an die beiden Schriftzeichen für „fanshang – Respektlosigkeit vor den Älteren" gedacht, konnten doch unter hundert von ihnen neunundneunzig keine Schriftzeichen schreiben oder lesen (womit im Dorf die unter den des Lesens und Schreibens Kundigen, den „Gebildeten", auf das strengste eingehaltene Achtung des jüngeren vor dem älteren Familienmitglied bedeutungslos wurde).

Unsere tägliche Beschäftigung bestand darin, Regenwürmer auszugraben und sie auf kleine Haken aus Kupferdraht aufzuspießen. Dann legten wir uns ans Flußufer und angelten Garnelen. Diese Garnelen sind die Einfaltspinsel unter den Wassertieren. Ohne den geringsten Argwohn umklammern sie mit ihren beiden Zangen den Angelhaken und führen ihn sich ins Maul. Wir brauchten nicht einmal einen halben Tag, um eine große Schüssel voll zu angeln. Gewöhnlich wurde mir der Fang zum Verspeisen überlassen. Ein anderer Spaß für uns war, die Ochsen zu hüten. Aber diese Tiere waren alle, die gelben Büffel ebenso wie die Wasserbüffel, vermutlich, weil sie höher entwickelte Lebewesen sind, denkbar heimtückisch und trieben ihre Possen mit mir. Ich wagte mich gar nicht in ihre Nähe, sondern verharrte immer in einiger Entfernung von ihnen. In solchen Fällen waren meine kleinen Freunde gar nicht davon beeindruckt, daß ich

Einsam ist es am Ufer des Flusses . . .

aufsagen konnte. Alle lachten schallend über mich. Am meisten wünschte ich mir, einmal in Zhaozhuang eine Oper zu sehen. Zhaozhuang war ein ziemlich großes Dorf, etwa fünf Li von uns entfernt, und weil unser Dorf zu klein war, um selbst Opernvorstellungen zu veranstalten, zahlte es alljährlich eine bestimmte Summe Geldes für gemeinsame Aufführungen an das Dorf Zhaozhuang. Damals dachte ich nicht darüber nach, warum wohl Jahr für Jahr Opern gespielt wurden. Heute glaube ich, es geschah zur Feier des Frühlingsfestes oder zu Ehren des Dorfschutzgottes.

In dem Frühling, in dem ich elf oder zwölf Jahre alt wurde, trat endlich das lang ersehnte Ereignis ein. Aber das Unglück wollte es, daß in diesem Jahr schon früh am Vormittag keine Dschunke mehr zu haben war. In unserem Dorf gab es als Verkehrsmittel nur eine große Fahrgastdschunke. Sie fuhr morgens in der Frühe los und kam spät zurück und war daher nicht zu mieten. Die anderen Kähne waren alle nur Barken und für uns nicht geeignet. Wir ließen in den Nachbardörfern fragen. Aber auch dort gab es keine Dschunken; sie waren alle schon vergeben. Meine Großmutter war sehr aufgebracht. Sie schimpfte mit allen Leuten im Haus, daß sie nicht rechtzeitig eine Dschunke gemietet hätten, und hörte damit überhaupt nicht mehr auf. Um sie zu beschwichtigen, meinte meine Mutter, daß es bei uns in Lu viel bessere Opern gäbe als hier in einem so kleinen Dorf, wir würden in diesem Jahr verschiedene Opern sehen, der Tag heute fiele gar nicht ins Gewicht. Aber nun war ich niedergeschlagen und dem Weinen nahe. Meine Mutter gab sich die größte Mühe, mich umzustimmen. Ich müßte mich zusammennehmen, sagte sie, denn die Großmutter könnte sich aufregen. Auch dürfte ich nicht mit anderen Leuten hinfahren, weil das die Großmutter kränken würde.

Mit einem Wort, der Plan war ins Wasser gefallen. Am Nachmittag, als alle meine Freunde fortgefahren waren und die Vorstellung schon begonnen hatte, glaubte ich deutlich die lärmende Musik der Trommler und Gongschläger zu hören und sah in Gedanken alle Leute dickflüssige Sojabohnenmilch schlürfen, die sie sich an den Verkaufsständen in dem freien Raum vor der erhöhten Bühne gekauft hatten.

An diesem Tag fing ich keine Garnelen und aß kaum etwas. Meine Mutter war sehr bekümmert, fand aber keinen Ausweg. Beim Abendessen merkte schließlich auch die Großmutter, wie mir zumute war, und meinte sogar, ich hätte ein Recht, nicht vergnügt zu sein. Man wäre im Hause nachlässig gewesen; solche Unhöflichkeit gegen einen Gast hätte es noch nie gegeben.

Nach dem Essen kamen meine Freunde von der Vorstellung zurück. Sie waren ganz begeistert und erzählten ausführlich, was sie alles gesehen hatten. Ich brachte kein Wort heraus. Da wurden sie alle traurig und bemitleideten mich. Dann hatte Shuangxi, ein besonders heller Kopf, einen Einfall. „Eine Dschunke? Ist denn nicht eben der Achte Onkel mit seiner Fahrgastdschunke zurückgekommen?“

Die anderen Jungen, ihrer zehn etwa, hatten sofort begriffen. Sie würden rudern und noch einmal mit mir hin-

„In der Nähe der Bühne ist kein Platz mehr, wir müssen von fern zuschauen“, sagte Afa.

Unsere Dschunke verlangsamte die Fahrt, wir waren am Ziel. Es war wirklich nicht möglich, näher an die Bühne heranzukommen. So blieb uns nichts anderes übrig, als an einer Stelle festzumachen, die noch weiter von der Bühne entfernt war als der genau gegenüber der Bühne aufgestellte Altar des Dorfschutzgottes. Doch waren wir nicht enttäuscht, denn wir wollten auch nicht, daß unsere Dschunke mit ihrem weißen Segel unter die vielen gewöhnlichen dunklen Segel geriet, und einen anderen freien Anlegeplatz gab es eben nicht.

Während wir eilends den Anker auswarfen, beobachtete ich auf der Bühne einen Mann mit einem langen schwarzen Bart, der auf dem Rücken vier Fähnchen trug, das Zeichen dafür, daß er die Rolle eines Feldherrn spielte. Er hielt eine Lanze umklammert und kämpfte gegen einen Trupp von Männern mit nacktem Oberkörper.

Shuangxi erklärte uns, daß es der berühmte greise Schauspieler Tie tou wäre, der „Eisenkopf“, der vierundachtzigmal hintereinander Purzelbaum schlagen könnte. Er hätte in der Tagesvorstellung selbst mitgezählt.

Dichtgedrängt standen wir alle am Bug und sahen dem Kampf zu, aber der greise Tie tou schoß keinen einzigen Purzelbaum. Nur einige Männer aus der Gruppe überschlugen sich ein paarmal, dann taten sie das noch einmal alle zusammen und traten ab. Danach trat ein junges Mädchen auf, das mit piepsiger Stimme ein paar Lieder sang.

„Abends kommen immer nur wenig Zuschauer“, erklärte Shuangxi, „und der greise Künstler hat sich in der Tagesvorstellung verausgabt. Man kann es ihm nicht verdenken, daß er seine Fertigkeiten nicht vor einem leeren Zuschauerraum zeigt.“

Das leuchtete mir ein. Es standen tatsächlich nicht mehr viele Menschen vor der Bühne. Die Bauern mußten am nächsten Tag früh zur Arbeit und konnten nicht bis spät in die Nacht aufbleiben; sie waren alle rechtzeitig schlafen gegangen. Nur hier und da standen Leute aus dem Ort und der Umgegend, wahrscheinlich alles Nichtstuer, einzeln oder in Grüppchen umher. Auch die wohlhabenden Familien aus der Nachbarschaft, denen die Dschunken mit den schwarzen Segeln gehörten, waren noch geblieben, aber nicht aus Interesse an der Oper. Die meisten hatten sich vor der Bühne zusammengefunden und knabberten Gebäck und geröstete Melonenkerne oder verzehrten Früchte. Es gab wirklich keine Zuschauer mehr.

Eigentlich war ich gar nicht auf die Purzelbäume versessen. Was ich vor allem sehen wollte, war der „Kampf der Schlange mit dem Tiger", in dem ein Schauspieler in weißem Gewand den Schlangengeist darstellt und mit beiden Händen einen Stab mit einem Knauf als Schlangenkopf über seinen Kopf hält. Er wehrt sich gegen einen Schauspieler in gelbem Gewand, der ihn immer wieder wie ein reißender Tiger anspringt. Ich wartete und wartete, aber dieses Stück wurde nicht aufgeführt. Die Sängerin trat ab. Nach ihr trat wieder ein Schauspieler auf. Ich war mittlerweile müde geworden und bat Guisheng, mir etwas Sojabohnenmilch zu holen. Nach einem Weilchen kam er zurück und sagte: „Es gibt keine mehr. Der Taubstumme, der sie verkauft, ist schon weg. Tagsüber gab's welche. Ich hab selber zwei Schalen bei ihm getrunken. Ich werde dir eine Schale Wasser holen."

Ich trank das Wasser nicht, sondern gab mir Mühe, so gut es ging durchzuhalten. Was ich sah, hätte ich nicht mehr sagen können. Die Gesichter der Schauspieler sahen immer merkwürdiger aus. Schließlich liefen sie alle in einen einzigen großen weißen Fleck zusammen. Die kleinen Jungen fingen an zu gähnen, die größeren schwatzten miteinander.

Plötzlich erschien auf der Bühne ein junger Spaßmacher in einer roten Jacke. Er wurde an einen Pfahl gebunden und von einem alten grauhaarigen Mann, der im Kreis um ihn herumlief, ausgepeitscht. Da wurden wir sofort wieder munter. Wir paßten ganz genau auf und schüttelten uns vor Lachen.

Für mich war das der beste Auftritt des ganzen Abends.

Dann kam „Die Alte" auf die Bühne. Nichts fürchtete

ich so sehr wie sie, besonders, wenn sie sich hinsetzte, denn das bedeutete, sie würde lange singen. Den anderen merkte ich an, daß sie die gleiche Besorgnis hegten. Zuerst ging „Die Alte" auf der Bühne auf und ab und trällerte vor sich hin. Dann aber setzte sie sich tatsächlich in der Mitte der Bühne auf einen Stuhl. Ich war ganz unglücklich, und Shuangxi und andere große Jungen begannen zu schimpfen. Ich harrte geduldig aus, und als die alte Frau nach einer geraumen Weile die Hand hob, nahm ich an, sie wollte sich auf diese Weise verabschieden. Doch meine Hoffnung wurde enttäuscht. „Die Alte" ließ die Hand langsam wieder sinken und sang weiter. Einige Jungen wurden ungeduldig, und die übrigen fingen wieder an zu gähnen. Shuangxi wurde die Sache schließlich zuviel. „Die Alte singt bestimmt bis morgen früh!" sagte er. „Wollen wir nicht lieber nach Hause fahren?"

Wir waren alle sofort einverstanden und ebenso munter wie beim Aufbruch. Ein paar Jungen liefen flink zum Heck und machten die Dschunke los, stießen vom Ufer ab, um zu wenden, und legten die Riemen zurecht. Unter kräftigem Geschimpfe auf „Die Alte" ging unsere Fahrt dem Zedernhain entgegen.

Der Mond war noch nicht untergegangen. Wir konnten also nicht allzulange in der Oper gewesen sein. Als wir uns ein kleines Stück vom Ufer entfernt hatten, war es uns, als schiene der Mond besonders hell. Wir sahen zur Bühne zurück, auf der noch immer die Laternen leuchteten, und sie schien mir wie bei der Einfahrt dem Feenreich zu gleichen. Wieder klangen liebliche Flötentöne zu uns herüber. „Die Alte" wird wohl aufgehört haben zu singen, dachte ich, mochte aber nicht vorschlagen, zurückzufahren.

Der Zedernhain lag bald hinter uns, unsere Dschunke kam ziemlich schnell voran. Es wurde immer dunkler; daran merkten wir, daß es spät war. Die Jungen lachten und schimpften über die Schauspieler und legten sich immer kräftiger in die Riemen. Das Wasser klatschte laut gegen den Bug unserer Dschunke. Sie glitt wie ein großer heller Fisch, der eine Schar Kinder auf seinem Rükken trägt, durch die schäumenden Wellen dahin. Mehrere alte Fischer, die auf Nachtfang ausgefahren waren, hielten im Staken inne und trieben ihren Spaß mit uns. Etwa ein Li von unserem Dorf entfernt, verlangsamten unsere Ruderer ihr Tempo. Sie wären vom langen angestrengten Rudern müde, erklärten sie. Und wir hatten ja alle seit Stunden nichts gegessen! Guisheng hatte einen ausgezeichneten Einfall.

„Die Luohanbohnen sind gerade reif", rief er, „und in der Dschunke ist Reisstroh! Davon nehmen wir etwas und kochen uns ein Gericht Bohnen."

Natürlich waren wir sofort einverstanden und nahmen Kurs aufs Ufer. Es war stockdunkel auf den Feldern; die Sträucher hingen voll saftiger Bohnen.

„He! Afa! Hier sind eure, da drüben die vom Onkel Liu Yi. Welche wollen wir nehmen?" rief Shuangxi, der als erster an Land gesprungen war, zu uns herüber.

Mit einem Satz waren wir alle aus der Dschunke.

„Bleibt einen Augenblick stehen!" sagte Afa. „Ich will selbst sehen . . ."

Er ging ein paar Schritte hin und her, befühlte die Bohnen, richtete sich wieder auf und bestimmte:

„Wir nehmen unsere, sie sind größer."

Mit lautem Hallo verteilten wir uns über das Bohnenfeld der Familie Afa. Jeder riß schnell eine Handvoll Bohnen ab und warf sie in die Dschunke.

Wenn wir noch mehr nähmen, meinte Shuangxi, könnte es Ärger mit Afas Mutter geben. Deswegen holte jeder noch eine Handvoll von Onkel Liu Yis Acker. Einige der großen Jungen ruderten langsam weiter, andere machten am Heck ein kleines Feuer, und wir Kleinen klaubten die Bohnen aus den Hülsen. Schnell waren sie gargekocht. Wir ließen die Dschunke treiben, setzten uns um das Feuer und stopften uns die Bohnen in den Mund.

Nachdem wir gegessen hatten, ruderten einige Jungen weiter. Wir anderen räumten auf und warfen die Bohnenhülsen in den Fluß, damit keine Spuren hinterblieben. Trotzdem war Shuangxi ängstlich. Wir hätten Reisstroh und Salz aus des Achten Onkels Vorrat verbraucht, und der Alte hätte ein so feines Gefühl, daß er sicher alles merken und uns gehörig herunterputzen würde. Wir überlegten hin und her und beruhigten uns schließlich mit der Feststellung, daß wir keine Angst zu haben brauchten. Sollte es uns wirklich an Kopf und Kragen gehen, würden wir energisch den Fichtenstamm von ihm zurückverlangen, den er sich im vergangenen Jahr vom Flußufer geholt hatte, und ihn „einen schäbigen Hund" schimpfen.

„Alle zurück! Was sollte denn passieren? Ich hatte mich doch dafür verbürgt, daß alles glatt gehen würde!"

Shuangxi stand ganz vorn am Bug. Ich lugte an ihm vorbei. Unmittelbar vor uns lag unser „Dorf an der Brücke". Und auf der Brücke stand meine Mutter. Ihr hatte Shuangxis Zuruf gegolten. Die Dschunke fuhr gerade unter der Brücke hindurch, während ich zu Shuangxi nach vorne ging. Wir legten an und kletterten alle an Land. Meine Mutter war böse über unsere späte Heimkehr. Mitternacht sei schon vorüber! Aber sie war gleich wieder guter Laune, lachte und forderte uns alle auf, ins Haus zu kommen und eine Schale gerösteten Reis zu essen.

Wir behaupteten, keinen Hunger zu haben; wir hätten alle etwas zu essen gehabt und wären sehr müde. Und so ging jeder von uns nach Hause.

Am nächsten Morgen schlief ich bis in den hellen Tag hinein. Es gab Ärger mit dem Achten Onkel, weil etwas Salz und Reisstroh fehlten. Am Nachmittag fischten wir wieder Garnelen.

„Shuangxi! Bande ihr! Habt mir gestern Bohnen gestohlen und seid mitten übers Feld getrampelt, statt vorsichtig zu pflücken!"

Ich blickte auf. Onkel Liu Yi kam mit seinem Kahn vorbei. Er hatte Bohnen auf den Markt gebracht. Ein großer Teil davon, den er nicht verkauft hatte, lag im Kahn auf dem Boden.

„Ja. Stimmt! Wir mußten einen Gast bewirten!" antwortete Shuangxi. „Wir wollten eigentlich gar nicht an deine herangehen . . . Da – jetzt hast du mir die Garnele verjagt!"

Onkel Liu Yi sah mich. Er ließ den Kahn treiben und lachte über das ganze Gesicht.

„Ach, einen Gast bewirten? O ja, das mußtet ihr schon

tun!“ Darauf wandte er sich mir zu. „Nun, kleiner Bruder Xun! War es denn gestern schön in der Oper?“

Ich nickte.

„Ja!“

„Haben dir denn die Bohnen geschmeckt?“

Ich nickte wieder.

„Wunderbar!“

Ich konnte nicht ahnen, welche Freude ich Onkel Liu Yi mit meiner Antwort machen würde. Er hielt einen Daumen in die Höhe und erklärte selbstzufrieden:

„Ja, die Leute aus der Stadt, die etwas gelernt haben, die wissen eben, was gut ist. Ich suche meine Bohnen Pflanze für Pflanze aus. Aber die Leute vom Dorf können die Sorten nicht unterscheiden und behaupten, meine Bohnen wären nicht so gut wie anderer Leute Bohnen. Nun, ich werde deiner Mutter ein paar zum Probieren bringen . . .“ Und schon ruderte er weiter.

Abends rief mich meine Mutter zum Essen. Auf dem Tisch stand eine große Schüssel gedünsteter Luohanbohnen. Onkel Liu Yi hatte sie ihr für uns beide gebracht. Er hatte mich in den höchsten Tönen gelobt. „So jung noch“, hatte er gemeint, „aber er kennt sich aus. Er wird alle Prüfungen bestehen. Dein Glück ist heute schon so gut wie gemacht!“

Wir aßen die Bohnen. Sie mundeten mir lange nicht so gut wie die in der Nacht zuvor.

Und es bleibt dabei: Bis heute habe ich nie wieder so gute Bohnen gegessen wie in der Nacht damals und nie wieder eine so schöne Oper gesehen wie in der Nacht damals im Dorf Zhaozhuang.

Das Neujahrsopfer

Wenn man es recht bedenkt, liegt über dem Abend, der im alten Mondkalender als Jahresende festgesetzt ist, wirklich eine echte Neujahrsstimmung. Nicht allein in den Dörfern und Städten, auch in der Luft kündet sich das Kommen des neuen Jahres an. In den bleigrauen, schwer herabhängenden Wolken zuckt von Zeit zu Zeit ein blendend heller Schein auf. Ihm folgt das Geknatter explodierender Knallfrösche, die zu Ehren des zum Himmel aufsteigenden Gottes des häuslichen Herdes abgebrannt werden. Dem in allernächster Nähe Stehenden dröhnt das Krachen natürlich noch weit heftiger in den Ohren, und noch ehe es erstirbt, nimmt er den beißenden Pulvergeruch wahr, der sich dann ausbreitet.

Zufällig traf ich gerade an solch einem Neujahrsabend zu einem Besuch in meinem Heimatdorf Luzhen ein. Heimatdorf sage ich; in Wirklichkeit lebte ich schon seit geraumer Zeit nicht mehr hier und mußte für die kurze Zeit meines Aufenthalts die Gastfreundschaft eines Herrn Lu Si in Anspruch nehmen. Er war der vierte Sohn seiner Familie und gehörte zu unserer Sippe. Altersmäßig stand er eine Generation über mir; ich mußte ihn daher mit „Vierter Onkel" anreden. Er kam aus der alten kaiserlichen Akademie der Literaten und war ein eifriger Verfechter der klassischen Erziehung und überkommenen Ethik. Nachdem wir uns in der von der Sitte vorgeschriebenen Zeremonie begrüßt hatten, sagte Lu Si, der mich die ganze Zeit über scharf musterte: „Du hast aber zugenommen . . .", und ging unvermittelt zu einer Schimpfkanonade auf die „Neue Partei" über. Ich wußte zwar, daß dieser Erguß sich nicht gegen mich richtete, daß das Ziel seiner Angriffe vielmehr Kang Youwei war, aber trotzdem kam danach keine rechte Unterhaltung mehr zwischen uns zustande, und es dauerte nicht lange, so saß ich allein im Studierzimmer.

Am nächsten Tag stand ich ziemlich spät auf. Nach dem Mittagessen besuchte ich verschiedene Verwandte und Freunde. Am dritten Tag trieb ich es ähnlich. Niemand von all denen, die ich wiedersah, hatte sich wesentlich verändert, nur war jeder etwas gealtert. In allen Familien war man eifrig mit den Vorbereitungen für das Neujahrsopfer beschäftigt. In Luzhen hat dieses Fest immer eine besondere Bedeutung. Jeder im Haus gibt sich die größte Mühe, dazu beizutragen, daß alle vorgeschriebenen Opfer und Zeremonien eingehalten werden, um den Gott des Glücks ehrerbietig willkommen zu heißen und reichen Segen für das beginnende neue Jahr heraufzubeschwören.

In jeder Familie werden in großer Zahl Hühner und Enten geschlachtet, und Schweinefleisch wird auf Vorrat gekauft. Die Frauen scheuern und schrubben im Haus, daß ihre oft mit vielerlei silbernen Reifen geschmückten Arme und die Hände schließlich von dem langen Arbeiten im kalten Wasser ganz rot werden. Wenn alles fertig gekocht und gebacken und zum Verzehren hergerichtet ist, werden in der Morgendämmerung in jedes Gericht aufs Geratewohl mehrere Eßstäbchen gesteckt und die Schalen auf den Hausaltar gestellt, auf dem rote Kerzen und duftender Weihrauch angezündet sind. Das ist das „Opfer". An der Opferzeremonie dürfen nur Männer teilnehmen. Sie heißen den Gott des Glücks willkommen und bitten ihn ehrfurchtsvoll, am Opfer teilzunehmen. Nach der Zeremonie wird das am Vorabend begonnene Abbrennen der Feuerwerkskörper fortgesetzt. Dieser Ablauf ist in jedem Jahr und in jedem Haus der gleiche, vorausgesetzt allerdings, daß die Familie es sich leisten kann, die Opfergaben, Kerzen und Feuerwerkskörper zu kaufen. In diesem Jahr war das überall der Fall.

Der Himmel bezog sich. Am Nachmittag begann es zu schneien. In dichten Flocken rieselte der Schnee aus dem Himmelsgewölbe auf die Erde nieder. Die großen glichen den Blättchen der Pflaumenblüten. Ihr Gewirr, der aus den Schornsteinen aufsteigende Rauch, die fröhliche Geschäftigkeit – das alles erzeugte im Dorf eine merkwürdige Atmosphäre, eine unbestimmte Erregung.

Als ich in das Studierzimmer meines Onkels zurückkehrte, lag bereits eine dichte Schneedecke auf dem Dach des Hauses. Im Zimmer schien es mir heller als vorher zu sein. Das von dem berühmten daoistischen Meister der Kalligraphie Chen Tuan mit roter Tusche auf ein Brettchen gemalte Schriftzeichen für „Shou – langes Leben" leuchtete mir von der Wand entgegen. Von einem Paar zusammen gehörender Rollbilder war das eine heruntergefallen und lag, unordentlich lose ineinandergeschoben, auf dem langen Tisch. Die zweite Rolle hing noch an der Wand; die Schriftzeichen darauf besagten: „Indem wir der Vernunft folgen, gelangen wir zum Frieden des Geistes." Ich ging zu einer Bank unter dem Fenster und sah die darauf umherliegenden Bücher durch. Aber ich fand nichts weiter als ein unvollständiges Exemplar des Kangxi-Wörterbuchs, von den konfuzianischen Klassikern einen Band Jiang Yong, „Anmerkungen zu Zhu Sis Philosophischen Schriften" und schließlich noch einen Band der „Kommentare zu den Vier Büchern". Ich beschloß, am nächsten Tag abzureisen.

Zu meinem Entschluß trug auch der Umstand bei, daß mich die Erinnerung an Xiang Lins Frau, der ich am Abend zuvor begegnet war, sehr bedrückte. Ich hatte am Nachmittag einen im Osten des Dorfes wohnenden Freund besucht. Als ich am Fluß entlang heimging, kam sie mir entgegen. Sobald sie meiner ansichtig geworden war, hatte sie den Blick fest auf mich geheftet, und ich wartete darauf, daß sie mich ansprechen würde. Von all den Menschen, mit denen ich in den letzten Tagen in Luzhen zusammengekommen war, hatte sich keiner so verändert wie sie. Vor fünf Jahren war ihr Haar graumeliert gewesen, jetzt war es schlohweiß. Niemand hätte sie für eine Frau von ungefähr vierzig Jahren gehalten. Auf ihrem Gesicht, das nur aus Haut und Knochen bestand und in seiner dunklen Bräune fast schwarz wirkte, lag der Ausdruck einer qualvollen Freudlosigkeit. Es schien aus Holz geschnitzt. Nur ein gelegentliches Aufflackern in den Augen verriet, daß Leben in ihr war. In der einen Hand hielt sie einen Weidenkorb mit einem angeschlagenen leeren Eßnapf darin. Mit der anderen Hand stützte sie sich auf einen Bambusstecken, der sie überragte und unten schon aufgesplittert war. Offensichtlich war sie zur Bettlerin herabgesunken.

Ich blieb stehen und wartete darauf, daß sie mich anbettelte.

„Ach – sind Sie zurückgekehrt?" fragte sie.

„Ja."

„Das freut mich sehr. Sie sind ein Literat, der weit herumgekommen ist und viel gesehen und gehört hat. Sie haben große Erfahrung und ein reiches Wissen. Ich möchte Sie etwas Bestimmtes fragen." In ihre ausdruckslosen Augen trat plötzlich ein Leuchten.

Ich hätte mir nicht träumen lassen, in dieser Art von

ihr angesprochen zu werden, und überrascht verharrte ich auf der Stelle, wo ich stand.

Sie tat zwei Schritte auf mich zu.

„Es geht mir um folgendes: Wenn ein Mensch gestorben ist, verwandelt er sich dann in einen Geist oder nicht?“ Sie sprach in einem vertraulichen Flüsterton.

Die Frage bestürzte mich. Die Blicke, mit denen die Frau mich förmlich durchbohrte, jagten mir Schauer über den Rücken. Ich fühlte mich noch unbehaglicher als ein Schüler, dem unerwartet eine Aufgabe gestellt wird, die er unter der Aufsicht eines wachsamen Lehrers, der ihm nicht von der Seite weicht, lösen muß. Ich hatte mich noch niemals mit der Frage beschäftigt, ob es ein Leben nach dem Tode gibt oder nicht. In diesem Augenblick war ich vor eine Entscheidung gestellt. Was sollte ich ihr antworten? Ich überlegte blitzschnell: In Luzhen glauben die meisten Menschen noch an Geister. Aber Xiang Lins Frau scheint zu zweifeln. Das beste wird sein, ich mache ihr ein wenig Hoffnung. Aber worauf Hoffnung? Auf – ja? Oder auf – nein? Soll ich das Leid dieser unglücklichen Frau noch vermehren? Am besten ist, ich lasse ihr die Hoffnung und bejahe ihre Frage. Es gibt ein Weiterleben nach dem Tode . . .

„Möglicherweise ja. Ich denke, daß . . .“, brachte ich unsicher heraus.

„Dann gibt es also auch eine Hölle?“

„Eine Hölle? Wieso?“ Wieder war ich in eine Enge getrieben, aus der ich mich spitzfindig herauswinden mußte.

„Eine Hölle? Wenn man’s richtig überlegt, muß es auch eine Hölle geben . . . aber unbedingt nötig ist das wiederum auch nicht. Aber wozu soll man sich überhaupt mit solchen Fragen herumquälen?“

„Dann sehen sich also alle Menschen aus derselben Sippe nach dem Tode von Angesicht zu Angesicht wieder?“

„Hm, ob sie sich von Angesicht zu Angesicht wiedersehen . . .“ Mir wurde sofort klar, daß ich die Sache völlig verkehrt angepackt hatte. Trotz aller Vorsicht und Überlegung hatte ich nicht einmal drei Fragen standgehalten. Ganz aus der Fassung gebracht, sagte ich nun das genaue Gegenteil von dem, was ich eben noch behauptet hatte.

„Ich bin mir in diesem Punkt nicht ganz sicher – eigentlich überhaupt nicht in der Geisterfrage ...“

Mir war recht unbehaglich zumute. Um weiteren unbequemen Fragen zu entgehen, trat ich schleunigst den Rückzug zum Haus meines Onkels an. Unterwegs ging es mir durch den Sinn, ob meine Antworten Xiang Lins Frau gefährden könnten. Vielleicht litt sie an den Tagen, an denen die Menschen um sie herum Feste feierten, besonders stark unter ihrer Vereinsamung. Oder hatte irgendein anderer Anlaß sie zu ihren Fragen getrieben? Etwa eine Vorahnung? Sollte das der Fall sein und sie sich durch meine Antworten zu irgendwelchen Entschlüssen bestimmt fühlen, könnte man mich in einem gewissen Ausmaß dafür verantwortlich machen. Aber eigentlich, überlegte ich weiter, dürfte man solcher zufälligen Begegnung keine Bedeutung beimessen. Daß ich mir die Sache so zu Herzen nahm, war nur ein Beweis dafür, daß meine Nerven tatsächlich, wie manche Psychologen behaupteten, nicht ganz in Ordnung waren. Zudem hatte ich unmißverständlich gesagt, ich wäre mir nicht ganz sicher, und damit meine erste Antwort zurückgezogen. Gesetzt den Fall, es träte irgend etwas Unvorhergesehenes ein, würde sich doch keinerlei Beziehung zu mir ergeben. „Ich bin mir nicht ganz sicher“ – das ist eine allgemein nützliche Phrase. Übereifrige und unerfahrene junge Leute nehmen oft das Risiko auf sich, anderer Menschen Streitfragen zu lösen oder heilsame Arzneipflanzen für sie zu suchen. Aber wehe, wenn sich der gewünschte Erfolg nicht einstellt! Dann ernten sie Ärger und Haß. Haben sie sich aber vorher durch diese nützliche Phrase gesichert, nimmt alles einen ruhigen Verlauf. In dem Gespräch mit der armseligen Bettlerin war ich mir der Hilfe, die einem solche Phrase leistet, besonders deutlich bewußt geworden.

Aber der Vorfall hatte doch eine quälende Unruhe in mir zurückgelassen. Gleich nach dem Erwachen am nächsten Morgen beschäftigten sich meine Gedanken bereits wieder mit ihm. Es war, als erfüllte mich eine Ahnung drohenden Unheils. Die Düsternis im Studierzimmer und der von dichten Schneewolken verhangene Himmel steigerten noch meine Unruhe. Es wäre sicher das beste für mich, überlegte ich, von Luzhen fortzugehen. Ja, schon am nächsten Morgen würde ich in die Stadt zurückkehren.

In der Garküche von Fu Xing hatte eine große Schale gekochter Haifischflossen immer einen Yuan gekostet. Es war ein preiswertes und köstlich mundendes Gericht. Ich war neugierig, ob es wohl inzwischen teurer geworden wäre. Zwar hatten sich die Freunde, mit denen ich ehedem zu Fu Xing zu gehen pflegte, in alle Himmelsrichtungen zerstreut, aber die Haifischflossen wollte ich probieren, auch wenn ich es allein tun müßte. Mein Entschluß, am nächsten Tag abzureisen, stand fest. Ich hatte schon oftmals die Erfahrung gemacht, daß Ereignisse, deren Eintritt ich nicht erhoffte und nicht wünschte, doch unweigerlich eingetreten waren, und mich quälte eine peinigende Unruhe, daß wieder einmal ein solches Geheimnis bevorstände. Und tatsächlich! Schon wurde ich Zeuge eines merkwürdigen Vorfalls. Gegen Abend hörte ich, daß sich der Hausherr im Wohnzimmer mit jemandem unterhielt. Anscheinend wurde über einen bestimmten Vorfall hin und her geredet. Unvermittelt brach das Gespräch ab, und ich hörte nur noch meinen Vierten Onkel beim Hinausgehen mit lauter Stimme sagen: „. . . daraus ersieht man am besten, daß es sich um einen Geistesgestörten handelt."

Im ersten Augenblick war ich völlig verwirrt. Dann verspürte ich ein starkes Unbehagen. Ich hatte das Gefühl, die Worte des Onkels bezögen sich irgendwie auf mich. Ich schaute vor die Tür. Aber es war niemand zu sehen, so daß ich mich nicht erkundigen konnte. Erst spätabends bot sich die Gelegenheit dazu, als der Bedienstete zu mir hereinkam, um den Tee aufzubrühen.

„Auf wen war mein Vierter Onkel vorhin ärgerlich?"

„Auf wen anders als auf Xiang Lins Frau!" antwortete er kurz angebunden.

„Auf Xiang Lins Frau? Ja . . . was ist denn mit ihr?"

„Sie ist fortgegangen."

„Tot?" Mein Herz setzte für einen Schlag aus, und ich fühlte, wie mir das Blut aus dem Gesicht wich. Der Bedienstete merkte nichts davon. Er sah keinen Augenblick von der Teekanne auf. Ich hatte mich sofort wieder in der Gewalt und fragte weiter. „Wann ist sie denn gestorben?"

„Wann? Gestern abend. Kann auch heute früh gewesen sein. Genau weiß ich es nicht."

„Und woran ist sie gestorben?"

„Na, an Hunger und Not. Woran sonst?"

Der Mann sagte das alles gleichgültig vor sich hin. Ohne auch nur einmal den Kopf zu heben, um mich anzusehen, ging er aus dem Zimmer.

Meine Bestürzung hielt nicht lange an. Sobald mir zum Bewußtsein gekommen war, daß das, was ich vorausgesehen hatte, bereits Tatsache geworden war, fühlte ich mich erleichtert. Ich brauchte mich nicht mehr mit meiner Phrase „Ich bin mir nicht ganz sicher" oder mit der Bemerkung des Bediensteten „An Hunger und Not gestorben" zu beschwichtigen. Nur gelegentlich überkam mich noch eine bedrückende Unruhe.

Das Abendessen nahm ich in der würdevollen Gesellschaft meines Vierten Onkels ein. Ich hätte ihn gern über Xiang Lins Frau befragt, aber ich wußte, daß er viele abergläubische Vorstellungen beibehalten hatte, obwohl ihm die konfuzianische These „Auch Geister und Dämonen gehören der diesseitigen Welt an" geläufig war, und es war ausgeschlossen, am Vorabend des Neujahrsopfers Krankheit oder Tod auch nur mit einem Wort zu erwähnen. Im Notfall konnte man das Gespräch mit verschleierten Andeutungen darauf bringen, aber ich war in dieser Redeweise leider nicht geübt. So mußte ich die Fragen, die sich mir auf die Lippen drängten, eine nach der andern wieder zurückdrängen.

Das gemessene Wesen meines Onkels machte mich argwöhnisch. Meinte er vielleicht, auch ich hätte keinen früheren oder späteren Termin, sondern eben gerade den jetzigen gewählt, um ihn mit meinem Besuch zu belästigen? War ich nach seiner Ansicht auch geistesgestört? Ich bemühte mich sofort, ihn zu beruhigen, indem ich ihm mitteilte, daß ich am nächsten Morgen Luzhen verlassen und in die Stadt zurückkehren wolle. Er gab sich keine besondere Mühe, mich zum Bleiben zu bewegen, und wir beendeten unser Mahl in einer leidlich harmonischen Atmosphäre.

Im Winter sind die Tage ohnehin kurz, und da es unaufhörlich schneite, war weit und breit alles in Dunkelheit gehüllt. Im Hause herrschte im Lampenschein ein reges Leben und Treiben, draußen war tiefste Ruhe. Immer mehr Schneeflocken rieselten auf die dichte weiße Decke nieder. In dieser Lautlosigkeit fühlt sich der Mensch vereinsamt und traurig. Ich saß allein beim gelblichen Licht der Öllampe und grübelte vor mich hin. Diese Jammergestalt, von der Welt im Stich gelassen, auf den Kehricht geworfen wie ein Spielzeug, dessen man überdrüssig geworden ist, hatte dem Staub ihre Spur aufgedrückt und die Menschen an ihre Existenz erinnert! Ich glaube, daß so mancher von denen, die von einem beglückenden Lebensgefühl getragen werden, nicht begreift, daß sie ein derartiges Dasein nicht verlängert wissen wollte. Nun hat es der barmherzig eingreifende Tod endgültig ausgelöscht. Ich weiß nicht, ob es Geister gibt oder nicht. Aber das eine weiß ich: Wenn in der gegenwärtigen Welt das trostlose Dasein eines Menschen, dessen Anblick die anderen schon seit langem überdrüssig geworden sind, zu Ende geht, so ist das für das betreffende unglückliche Einzelwesen wie für die anderen das Beste, was eintreten kann.

Ich lauschte, ob ich wohl zu hören vermöchte, wie die Schneeflocken vor dem Fenster herabrieselten, und hing weiter meinen Gedanken nach. Allmählich wurde ich ruhiger. Was ich von dem armseligen Leben dieser unglücklichen Person miterlebt und gehört hatte, formte sich zu einem abgerundeten Bild.

Xiang Lins Frau war nicht aus Luzhen gebürtig. Als die Familie meines Vierten Onkels einmal zu Beginn des Winters ihre Dienstmädchen wechseln wollte, hatte die alte Frau Wei, eine Vermittlerin für Dienstpersonal, sie ins Haus gebracht. Sie mochte sechsundzwanzig Jahre alt gewesen sein. In ihrem blassen Gesicht fielen die frischen roten Wangen auf. Sie trug einen schwarzen Rock, eine blaue Jacke und ein hellgrünes Mieder. In das Haar hatte sie weiße Bänder als Trauerzeichen geflochten. Ihren Namen gab die alte Frau Wei mit Xiang Lins

Frau an. Sie sagte weiter, daß sie und die Familie von Xiang Lins Frau Nachbarn wären und daß Xiang Lins Frau seit dem Tod ihres Mannes als Dienstmädchen arbeitete. Bei dieser letzten Angabe setzte mein Onkel eine finstere Miene auf. Seine Frau wußte sofort, daß er dagegen war, eine Witwe einzustellen. Aber die Vierte Tante sah, daß sie eine tüchtige Person war. Sie hatte große, kräftige Hände und Füße, wirkte anspruchslos und unterwürfig, und obwohl sie während der ganzen Verhandlung kein Wort sagte, war unschwer zu erkennen, daß sie leicht zu behandeln war. Die Vierte Tante kümmerte sich daher nicht um die finstere Miene ihres Gatten und behielt sie probeweise im Haus.

An den drei Probetagen arbeitete Xiang Lins Frau von früh bis spät, als kenne sie überhaupt keine Ruhepause. Sie war so kräftig, daß sie einem Mann in der Arbeit nicht nachstand. Am dritten Tag stellte die Tante sie für einen Monatslohn von fünfhundert Kupfermünzen fest ein.

Jeder im Hause sprach von Xiang Lins Frau; keiner fragte nach dem Familiennamen. Da die alte Frau Wei, die sie ins Haus gebracht hatte, aus dem Dorf Weijia stammte, was ja „Dorf der Sippe Wei" bedeutete, und dazu gesagt hatte, sie wären Nachbarn, trug sie wahrscheinlich auch den Familiennamen Wei. Sie war nicht gesprächig; man hörte sie eigentlich nur sprechen, wenn sie auf Fragen antwortete, und auch das fiel meist recht einsilbig aus. Erst nach zehn Tagen brachte man allmählich einiges über sie in Erfahrung. Sie hatte daheim eine sehr strenge Schwiegermutter und einen jungen Schwager, der Holzfäller war. Ihr Mann, auch Holzfäller, war zehn Jahre jünger als sie gewesen und im letzten Frühjahr gestorben. Er war also bei der Heirat noch ein Knabe gewesen, und seine Mutter hatte sich, wie das auf dem Lande üblich war, mit der um so viel älteren Schwiegertochter eine tüchtige Arbeitskraft verschafft. Das war alles, was man im Hause des Vierten Onkels über Xiang Lins Frau erfuhr.

Die Zeit verging schnell. Xiang Lins Frau ließ in ihrem Arbeitseifer nicht nach. Sie beklagte sich über nichts und sparte niemals mit ihrer Kraft. Alle Leute sagten, daß das neue Dienstmädchen der Familie Lu an Fleiß und Geschicklichkeit selbst einen tüchtigen Mann überträfe.

Zum Jahresende scheuerte sie die Fußböden, besorgte die Wäsche, schlachtete Hühner und Enten und blieb die Nacht über auf, um alles für das Opfermahl vorzubereiten. Sie verrichtete alle Arbeit allein; die Familie brauchte keine Aushilfskraft zu dingen. Trotz der vielen Arbeit war sie immer guter Dinge und lächelte sogar manchmal ein wenig. Ihr Gesicht wurde voller, die Haut heller.

Kurz nach Neujahr kam sie eines Tages totenblaß vom Flußufer zurück, wo sie Reis gewaschen hatte, und erzählte, auf dem gegenüberliegenden Flußufer sei ein Mann auf und ab gegangen, der große Ähnlichkeit mit dem Vetter ihres verstorbenen Ehemannes gehabt habe. Er wolle sie sicher zurückholen.

Die Vierte Tante war sehr bestürzt und fragte Xiang Lins Frau bis ins kleinste aus, bekam aber nichts weiter aus ihr heraus. Als mein Onkel von dem Vorfall hörte, setzte er wieder eine finstere Miene auf. „Böse Sache!" meinte er. „Sie ist also der Familie ihres Mannes fortgelaufen!"

Und tatsächlich! Es dauerte gar nicht lange, so bestätigte sich des Onkels Vermutung.

Es waren etwa vierzehn Tage vergangen; der Zwischenfall wurde im Hause kaum noch erwähnt. Plötzlich tauchte unerwartet die alte Frau Wei auf und mit ihr eine Frau von ungefähr dreißig Jahren, die sie als die Schwiegermutter des Dienstmädchens Xiang Lins Frau einführte. Diese Frau war wie alle Frauen in den Gebirgsdörfern gekleidet, trat aber sicher auf und war recht redegewandt. Nach den üblichen höflichen Begrüßungsformalitäten entschuldigte sie sich, daß sie der Lu Taitai Unbequemlichkeiten verursachen und das Dienstmädchen fortholen müsse. Zum Frühjahr gebe es immer viel Arbeit, sie sei mit einem Sohn allein und brauche die Hilfe der Schwiegertochter.

„Was soll man dagegen sagen, wenn ausgerechnet die Schwiegermutter die Heimkehr verlangt!" war die Ansicht des Vierten Onkels. Hierauf wurde der Lohn zusammengerechnet: eintausendsiebenhundertfünfzig Kupfermünzen im ganzen. Xiang Lins Frau hatte keine einzige davon für sich verbraucht, sondern alles Geld bei ihrer Herrin anstehen lassen. Jetzt bekam die Schwiegermutter, die inzwischen die Kleider eingepackt hatte, die volle Summe in die Hand. Sie bedankte sich und verließ das Haus.

Es ging auf Mittag zu.

„Aya! Was ist mit dem Reis? Xiang Lins Frau war doch zum Reiswaschen an den Fluß gegangen!“ rief die Vierte Tante gleich nach dem Fortgehen der Schwiegermutter. Wahrscheinlich hatte sie Hunger und merkte, daß es Zeit zum Mittagessen war.

Alle machten sich auf die Suche nach dem Korb mit dem gewaschenen Reis. Die Vierte Tante ging zuerst in die Küche, dann in die Halle, schließlich ins Schlafzimmer. Aber nirgendwo war eine Spur von dem Reis. Mein Vierter Onkel suchte draußen, aber auch ergebnislos. Erst als er bis zum Fluß hinunterging, entdeckte er den Korb. Deutlich sichtbar stand er am Ufer. Daneben lag ein Bündel frischer Kräuter. Ein paar Männer, die sich am Ufer aufhielten, erzählten ihm, was sie beobachtet hatten. Danach hatte frühmorgens eine Dschunke mit weißem Verdeck an dieser Uferstelle angelegt. Sie hatten nicht sehen können, wer darin war, weil das Verdeck über die ganze Dschunke reichte; sie hatten auch gar nicht weiter auf die Dschunke geachtet, bis die Sache mit Xiang Lins Frau geschah. Sie kam an den Fluß und kniete sich hin, um den Reis zu waschen. Im gleichen Augenblick sprangen zwei Männer, die wie Gebirgsdörfler aussahen, aus der Dschunke ans Ufer, packten Xiang Lins Frau und schleppten sie in die Dschunke. Sie jammerte und schrie ein paarmal um Hilfe, wurde aber sehr bald still. Wahrscheinlich hatte man ihr etwas in den Mund gestopft.

Gleich darauf betraten zwei Frauen die Dschunke. Die eine war eine Fremde, die andere die alte Frau Wei. Die Männer versuchten einen Blick in die Dschunke zu werfen, konnten aber nichts Genaues erkennen. Anscheinend lag Xiang Lins Frau zusammengeschnürt auf dem Boden der Dschunke unter einem Segel.

„Das ist ja infam!" rief der Vierte Onkel aus. „Aber . . ."

An diesem Tag bereitete die Vierte Tante das Mittagessen selbst zu. Ihr Sohn Aniu machte Feuer an.

Nach dem Mittagessen kam die alte Frau Wei schon wieder.

„Das ist ja schändlich!" rief ihr der Vierte Onkel entgegen.

„Was denken Sie sich eigentlich? Woher nehmen Sie den Mut, noch einmal hierherzukommen?" schrie die Vierte Tante sie an, kaum daß sie ihrer gewahr geworden war. Sie spülte gerade das Geschirr. „Erst bringen Sie sie selbst her, und dann tun Sie sich mit anderen zusammen, daß sie gewaltsam weggeschleppt wird. Was für ein Skandal! Wie kommen Sie dazu, uns so zum Narren zu halten?"

„Aya, aya! Ich bin doch selbst reingefallen! Und nun komme ich nur deshalb her, um Ihnen alles zu erklären. Wie konnte ich wissen, als Xiang Lins Frau mich bat, ihr Arbeit zu verschaffen, daß sie es ohne Erlaubnis ihrer Schwiegermutter tat? Bitte, tragen Sie es mir nicht nach! Es ist alles meine Schuld, ich gebe es zu. Ich bin eine dumme, alte Frauensperson und habe unvorsichtig gehandelt. Ihre Familie ist durch Großmut und Güte bekannt, Sie werden nicht hart mit mir verfahren. Ich werde jetzt jemand ganz besonders Tüchtiges für Sie suchen und mich für Ihre Freundlichkeit dankbar erweisen."

„Und trotzdem . . .", warf der Vierte Onkel ein.

Damit war der Fall Xiang Lins Frau erledigt und bald danach in Vergessenheit geraten.

Nur die Vierte Tante dachte noch oft an Xiang Lins Frau. Die Dienstmädchen, die sie danach dingte, waren alle faul oder anspruchsvoll oder beides. Keins genügte ihren Ansprüchen. „Wie es ihr wohl jetzt geht?" sagte sie dann vor sich hin, in der leisen Hoffnung, daß Xiang Lins Frau zurückkommen könnte. Aber vom nächsten Neujahr an hörte sie auf, darauf zu warten.

Gegen Ende der Neujahrsfeiertage machte die alte Frau Wei nämlich ihren Gratulationsbesuch. Sie hatte einen gehörigen Schwips und erzählte lang und breit, warum sie so spät komme. Sie habe die Familie ihrer Mutter in Weijia besucht und sei ein paar Tage dort geblieben. Natürlich kam die Rede auch auf Xiang Lins Frau.

„Hach ... die ...", sagte die Alte vergnügt, „der geht es jetzt wunderbar. Als die Schwiegermutter sie damals nach Hause schleppte, hatte sie vorher schon die Heirat mit dem Sechsten He aus der Familie He in Hejia abgesprochen. Kaum waren sie zu Hause angekommen, da wurde Xiang Lins Frau schon in die Brautsänfte gesetzt und in das neue Heim gefahren."

„Aber nein – was für eine tüchtige Schwiegermutter", rief die Vierte Tante überrascht.

„Ach – gnädige Herrin! Sie sprechen wie eine feine Dame, wirklich! Wir Menschen aus den Gebirgsdörfern, wir armseligen Schlucker, sehen das alles anders. Xiang Lins Frau hatte noch einen jüngeren Schwager, für den eine Frau gefunden werden mußte. Und wenn sie die nun hätten, woher sollten sie das Geld nehmen, um die Eltern der Frau abzufinden und die Hochzeit auszurichten? Da mußten sie eben vorher einen Mann für Xiang Lins Frau auftreiben. Aber die Schwiegermutter ist eine kluge und tüchtige Person. Die versteht sich aufs Geschäft! Sie hat sie also weit weg ins Gebirge verheiratet. Hätte sie sie einem Mann im Dorf gegeben, würde sie nicht so viel Geld bekommen haben. Aber es findet sich selten eine Frau, die bereit ist, in ein Dorf hoch oben im Gebirge zu heiraten. Achtzigtausend Kupfermünzen hat die Schwiegermutter erhalten! Danach hat sie den zweiten Sohn verheiratet. Das hat sie nur fünfzigtausend Kupfermünzen für die Eltern der Braut gekostet, und dazu kamen die Ausgaben für die Hochzeit. Nun hat sie noch reichlich zehntausend Kupfermünzen über! Na, sagen Sie selbst, ob sich die Frau aufs Geschäft versteht!"

„War denn Xiang Lins Frau einverstanden?"

„Ob einverstanden oder nicht – darauf kommt's doch nicht an. Selbstverständlich hätte sich jede Frau beklagt und gesträubt. Na, sie haben sie mit Stricken zusammengeschnürt, in die Brautsänfte getragen und zum Haus des Mannes gefahren. Da haben sie ihr den bräutlichen Kopfputz aus künstlichen Blumen aufgesetzt, die Zeremonie vollzogen und sie mit dem Mann in der Schlafstube eingeschlossen. Damit war die Sache erledigt. Aber Xiang Lins Frau hat es ihnen sehr schwer gemacht. Sie hat furchtbaren Krach geschlagen. Die Leute sagen, daß sie sich so ganz anders aufführte als andere Frauen, käme eben daher, daß sie im Hause eines gelehrten Herrn gedient hätte. Gnädige Herrin! Ich habe viele Bräute gesehen. Die einen jammern und schreien und drohen vorher, daß sie sich umbringen wollen, und die anderen sträuben sich gegen die Zeremonie, sobald sie über die Schwelle des neuen Hauses getragen worden sind, und schlagen schließlich die Hochzeitsleuchter kurz und klein. Aber Xiang Lins Frau trieb es ärger als alle anderen. Die Leute erzählten, sie hätte den ganzen Weg lang geschimpft und geflucht und wäre ganz heiser gewesen, als sie in Hejia, dem ‚Dorf der Sippe He', ankam. Die beiden Sänftenträger und der junge Schwager hätten sie mit aller Gewalt aus der Brautsänfte gezerrt, es aber nicht geschafft, daß sie die Hochzeitszeremonie durchhielt. Sobald sie nur ein bißchen nachgaben – gütiger Buddha! –, schlug sie immer von neuem mit dem Kopf gegen die Tischkante. Schließlich hatte sie ein großes Loch in der Stirn. Das Blut strömte nur so heraus. Sie streuten zwei Handvoll Asche von Weihrauchstäbchen darauf und wickelten zwei rote Tücher fest um den Kopf, aber die Blutung hörte nicht auf. Schließlich packten alle Mann zusammen an und zerrten sie zu ihrem Mann in die Brautkammer. Da hat sie immer noch weiter geschimpft und geflucht. Aya, aya . . ." Die alte Frau Wei schüttelte den Kopf, schlug die Augen nieder und verstummte.

„Und wie ging das weiter?" erkundigte sich die Vierte Tante.

„Wie das weiterging? Es heißt, sie wäre bis zum nächsten Tag nicht aufgestanden."

„Und weiter?"

„Weiter . . .? Na, dann ist sie eben aufgestanden. Zum Jahresende brachte sie ein Kindchen zur Welt, einen Jungen. Dieses Neujahr ist er zwei Jahre alt geworden.

Während ich jetzt die paar Tage daheim war, gingen ein paar Leute nach Hejia. Bei der Rückkehr erzählten sie, sie hätten die Mutter und den kleinen Sohn besucht, und beide sähen gut aus. Sie hat keine Schwiegermutter über sich. Der Mann ist ein kräftiger und geschickter Arbeiter. Die Hütte ist ihr Eigentum. Aya! Sie hat wirklich ihr Glück gemacht."

Seitdem erwähnte die Vierte Tante Xiang Lins Frau nicht mehr.

Aber im Herbst, zwei Jahre nach dem Besuch der alten Frau Wei und deren Bericht von Xiang Lins Frau Glück, stand diese wieder vor dem Haus des Vierten Onkels. Sie stellte einen runden Korb auf den Tisch und die Rolle mit ihrem Bettzeug unter die Regentraufe am Hauseingang. Auch diesmal trug sie einen schwarzen Rock, eine blaue Jacke und ein hellgrünes Mieder. In ihr Haar hatte sie wieder weiße Bänder geflochten. Aber sie war blaß, die gesunde Röte von damals war verschwunden. Sie sah immerfort zu Boden, ihre Augen waren verweint und ausdruckslos. Genau wie beim erstenmal geleitete die alte Frau Wei sie wieder ins Haus und erklärte mit vielem Getue:

„Das hat wirklich wie der Blitz eingeschlagen. So ein kräftiger, gesunder Mensch, wie es ihr Mann war – wer hätte gedacht, daß er so jung an Typhus eingehen würde. Es ging ihm schon besser, aber nach einer Mahlzeit aus kaltem Reis bekam er einen Rückfall. Zum Glück hatte sie den kleinen Sohn, und da sie in jeder Arbeit geschickt ist, ganz gleich, ob sie Holz hacken oder Teeblätter pflücken oder Seidenraupen füttern soll, kam sie zuerst gut zurecht. Wer ahnte denn, daß ihr ein Wolf das Söhnchen fortschleppen würde! Der Frühling war schon fast vorbei, und noch immer zeigten sich Wölfe im Dorf. Aber wer hätte denn damit gerechnet . . . Nun steht sie ganz allein da. Der Bruder ihres Mannes nahm ihr das Haus weg und jagte sie hinaus. Sie hat nur den einen Ausweg, ihre frühere Herrin zu bitten, sie wieder als Dienstmädchen anzunehmen. Diesmal kann sie ja niemand daran hindern, und es trifft sich gut, daß die gnädige Herrin gerade kein Dienstmädchen hat. Darum habe ich sie hergebracht. Ich meine, es geht immer besser mit jemand, der mit allem vertraut ist, als mit einer neuen Arbeitskraft."

„Ich war ja auch zu dumm, wirklich", sagte Xiang Lins Frau und sah für eine Sekunde mit ihren ausdruckslosen Augen auf. „Ich habe gewußt, daß die Wölfe im Winter, wenn es schneit und sie in den Bergen nichts zu fressen finden, ins Dorf kommen. Aber ich habe mir nicht überlegt, daß sie auch im Frühjahr kommen können. Ich stand an dem Tag in aller Frühe auf und riegelte die Haustür auf. Dann füllte ich ein Körbchen mit Bohnen und sagte meinem kleinen Amao, er solle sich auf die Haustürschwelle setzen und die Bohnen enthülsen. Er war ein sehr folgsames Kind und gehorchte mir immer aufs Wort. Ich ging hinter das Haus und wusch Reis. Nachdem ich den Reis in die Pfanne geschüttet hatte, wollte ich die Bohnen kochen. Ich rief also Amao, er solle mir die Bohnen bringen. Aber er antwortete nicht. Da ging ich, um nach ihm zu sehen. Die Bohnen lagen verstreut auf der Schwelle umher. Von Amao war keine Spur zu sehen. Er spielte niemals mit den Nachbarskindern. Ich ging in alle Häuser – er war nirgends. Eine entsetzliche Angst überfiel mich, und ich bat die Nachbarn, mir beim Suchen zu helfen. Wir durchstöberten jeden Winkel. Erst am Nachmittag gingen wir in den Wald. Wir fanden ein Schuhchen, es hing an einem Strauch. ‚Das ist ein schlimmes Zeichen', sagten die Männer. ‚Möglich, daß ein Wolf das Kind weggeschleppt hat!' Wir gingen weiter. Nach einer Weile fanden wir ihn vor einem Wolfsbau. Die Eingeweide waren schon alle herausgefressen. Die kleine Hand hielt das Körbchen noch fest umklammert ..." Xiang Lins Frau brach in Schluchzen aus.

Die Vierte Tante war anfangs unentschlossen gewesen. Aber als dieser traurige Bericht beendet war, hatte sie gerötete Augen. Sie überlegte einen Augenblick. Dann hieß sie Xiang Lins Frau ihre Sachen ins Haus schaffen. Die alte Frau Wei tat einen tiefen Atemzug, ihr fiel ein Stein vom Herzen, und Xiang Lins Frau schien etwas weniger bedrückt als bei ihrem Eintritt. Da sie im Haus Bescheid wußte, holte sie ohne weiteres ihre Sachen herein und packte sie aus. Von nun an war sie wieder Dienstmädchen in Luzhen.

Jeder nannte sie wie früher Xiang Lins Frau.

Aber sie hatte sich sehr verändert. Schon in den drei Probetagen stellte ihre Herrschaft fest, daß ihr die Arbeit nicht mehr so flink und geschickt von der Hand ging wie ehedem, daß ihr Gedächtnis versagte und sich auf ihrem Gesicht auch nicht das kleinste Lächeln zeigte. Die Vierte Tante äußerte bereits ihre Unzufriedenheit über ein solches Verhalten.

Mein Vierter Onkel hatte gleich bei der Ankunft von Xiang Lins Frau seine gewohnte finstere Miene aufgesetzt und nur wegen der ständigen Schwierigkeit, Dienstboten zu finden, nicht ernstlich Einspruch erhoben. Wohl aber hatte er die Vierte Tante insgeheim darauf hingewiesen, daß solch mitleiderregender Mensch einen schlechten moralischen Einfluß auszuüben vermöchte. Xiang Lins Frau könne getrost alle gewöhnlichen Hausarbeiten verrichten, dürfe aber nicht bei den Vorbereitungen zum Opfermahl helfen. Alle Speisen dafür müsse die Vierte Tante künftig selbst zubereiten, die Gaben könnten sonst leicht verunreinigt und von den Ahnen verschmäht werden.

Das allerwichtigste Ereignis im Haushalt meines Vierten Onkels war das „Große Ahnenopfer". In der Zeit der Vorbereitung dafür hatte Xiang Lins Frau früher am meisten zu tun gehabt; jetzt mußte sie müßig zuschauen. Als der Tisch für die Opfer in die Mitte der Halle gestellt und mit den Decken dekoriert wurde, fiel es Xiang Lins Frau plötzlich ein, wie früher die Weinschälchen, die Eßnäpfe und die Eßstäbchen anordnen zu wollen. „Xiang Lins Frau! Laß das! Das mach ich selbst!" rief die Vierte Tante schnell. Betroffen zog Xiang Lins Frau die Hand zurück und machte sich an die Opferleuchter. Wiederum griff die Vierte Tante ein. „Xiang Lins Frau, laß die Opferleuchter stehen! Ich hole sie selbst!"

Xiang Lins Frau ging ein paarmal um den Tisch herum. Sie merkte, daß es nichts für sie zu tun gab, und verzog sich. Sie war wie vor den Kopf geschlagen. Die einzige Arbeit, die ihr blieb, war, das Feuer zu unterhalten.

Alle Leute in Luzhen nannten sie nach wie vor Xiang Lins Frau. Doch sagten sie es in einem anderen Ton als früher, und die Art, in der sie mit ihr verkehrten, war merklich zurückhaltender geworden. Aber Xiang Lins Frau ließ sich davon nicht im geringsten stören. Sie sah starr vor sich hin und erzählte jedem Menschen ihre Geschichte, die ihr Tag und Nacht nicht aus dem Sinn ging. „Ich war zu dumm, wirklich!“ pflegte sie zu sagen. „Ich habe nur gewußt, daß die Wölfe in den Bergen nichts zu fressen haben, wenn es schneit, und dann in die Dörfer kommen. Daß sie auch im Frühjahr kommen, habe ich nicht gewußt. Ich stand wie immer frühmorgens auf und riegelte die Haustür auf. Dann füllte ich ein Körbchen mit Bohnen und sagte meinem kleinen Amao, er solle sich auf die Schwelle setzen und die Bohnen enthülsen. Ich ging hinter das Haus, um Holz zu hacken und Reis zu waschen. Und als der Reis in der Pfanne war und ich die Bohnen kochen wollte, rief ich Amao. Aber es kam keine Antwort. Als ich nach ihm sah, waren alle Bohnen verschüttet und kein Amao da. Er ging niemals zu anderen Kindern, das ist die Wahrheit, und überall, wo ich nach ihm fragte, war nichts von ihm zu sehen. Da bekam ich furchtbare Angst und bat die Nachbarn, ihn zu suchen. In die Berge sind die Männer erst am Nachmittag gegangen, nachdem sie bei uns alles abgesucht hatten. Da fanden sie an einem Strauch ein Schuhchen von ihm. Jeder sagte: ‚Jetzt ist es klar, er ist einem Wolf begegnet.‘ Und tatsächlich! Ein Stückchen weiter fanden sie ihn vor einem Wolfsbau. Seine Eingeweide waren schon herausgefressen. Seine arme kleine Hand hielt noch das Körbchen ganz fest ...“ An dieser Stelle fing sie jedesmal an zu schluchzen und verstummte.

Die Geschichte verfehlte niemals ihre Wirkung. Den Männern, die sie anhören mußten, verging das Lachen, es wurde ihnen unbehaglich. Die Frauen empfanden plötzlich eine gewisse Sympathie für Xiang Lins Frau. Sie schauten nicht mehr verächtlich auf sie herab und weinten mit ihr zusammen. Mehrere alte Frauen, die keine Gelegenheit gehabt hatten, die Geschichte auf offener Straße zu hören, suchten sie nur deshalb auf, um sie sich erzählen zu lassen; und wenn Xiang Lins Frau anfing zu schluchzen und ihr die Stimme versagte, weinten sie ein Weilchen mit. Zum Schluß seufzten sie tief auf und gingen befriedigt ihrer Wege.

Xiang Lins Frau erzählte ihre Geschichte immer wieder, allzuoft und allen möglichen Leuten. Schließlich wußte sie jeder auswendig. Sogar bei den freundlichen alten Damen flossen keine Tränen mehr. Auch auf dem Markt konnte bald so gut wie jeder die Geschichte hersagen. Die Leute waren es überdrüssig, sie immer von neuem anhören zu müssen.

„Ich war zu dumm, wirklich!" Jedesmal begann Xiang Lins Frau so, und die Zuhörer fielen ihr ins Wort:

„Ja, ja. Du hast nur gewußt, daß die Wölfe im Gebirge nichts zu fressen haben, wenn es schneit, und dann in die Dörfer kommen . . ." Und sie setzten ihren Weg fort.

Xiang Lins Frau sah ihnen verdutzt offenen Mundes nach und ging schließlich auch weiter. Aber sie grübelte fortwährend darüber nach und versuchte bei jeder Gelegenheit, über ein anderes Gesprächsthema wieder auf die Geschichte von ihrem kleinen Amao zu kommen. Sobald sie ein zwei- oder dreijähriges Kind sah, seufzte sie: „Aha, mein kleiner Amao . . . er wäre auch so groß, wenn er noch lebte . . ."

Die Kinder erschraken über den Ausdruck in Xiang Lins Frau Augen und versteckten sich hinter der Mutter, ängstlich bemüht, sie am Rock fortzuziehen. Jedesmal blieb Xiang Lins Frau bestürzt allein zurück und ging erst nach einem Weilchen ihrer Wege. Schließlich kam es so weit, daß nur irgendwo ein Kind aufzutauchen brauchte, damit die Leute spöttisch fragten: „Xiang Lins Frau, wäre dein kleiner Amao ebenso groß, wenn er jetzt lebte?"

Natürlich war es Xiang Lins Frau nicht klar, daß ihre hundertfach wiederholte und von den Leuten mit Behagen angehörte Geschichte allmählich schal geworden war und die Zuhörer nur noch langweilte und verdroß. Aber aus dem Lächeln der Menschen spürte sie deren Kälte und Verachtung; sie zog daraus unbewußt den Schluß, daß es für sie nichts mehr zu sagen gab. Wenn sie etwas gefragt wurde, sah sie den Fragesteller nur an und antwortete mit keinem einzigen Wort.

In Luzhen wird das Neujahrsfest in besonders großer Aufmachung gefeiert. Die Vorbereitungen beginnen bereits am Zwanzigsten des letzten Monats im alten Jahr. Im Haushalt meines Vierten Onkels hielt man es für notwendig, einen Diener zur Aushilfe einzustellen. Da es trotzdem noch zuviel Arbeit gab, wurde auch ein Dienstmädchen, Liu Ma, gemietet. Nun sollten Hühner und Enten geschlachtet werden. Liu Ma aber war eine gläubige Buddhistin, die kein Fleisch aß und kein Lebewesen tötete. Ihre Arbeit beschränkte sich also darauf, die Opfergeräte zu säubern. Xiang Lins Frau hatte nur das Feuer anzuzünden und zu unterhalten; sie saß müßig da und sah zu, wie Liu Ma das Opfergeschirr abwusch. Es fing an zu schneien.

„Aya, ich war dumm", seufzte Xiang Lins Frau und blickte zum Himmel auf.

„Xiang Lins Frau, jetzt fängst du schon wieder an!" fuhr Liu Ma dazwischen und warf ihr einen ungeduldigen Blick zu. „Sag mal ... die Narbe an der Stirn – hast du die damals abbekommen?"

Xiang Lins Frau summte leise vor sich hin.

„Ich möchte gern wissen, was dich denn schließlich gefügig gemacht hat."

„Mich gefügig gemacht?"

„Nun ja. Ich meine, du mußt doch schließlich gewollt haben, denn sonst ..."

„Ach! Du weißt ja nicht, wie stark der Mann war."

„Das glaube ich nicht. Ich glaube einfach nicht, daß er so stark war, daß du ihn nicht abwehren konntest. Du hast eben gewollt, und jetzt gebrauchst du die Ausrede, er wäre so stark gewesen."

„Ach, Ausrede ... probier das mal selbst aus. Nachher kannst du ja leicht erzählen, du hättest ihn abgewehrt." Und Xiang Lins Frau lächelte.

Auch Liu Ma lächelte. Dabei schrumpfte ihr faltiges Gesicht zusammen wie ein Bratapfel. Der Blick ihrer Perläuglein glitt über die Stirn von Xiang Lins Frau und blieb an deren Augen hängen. Xiang Lins Frau lächelte plötzlich nicht mehr. Verwirrt wandte sie den Blick ab und sah in das Gewirr der Schneeflocken.

„Da hast du aber ein schlechtes Geschäft gemacht,

Xiang Lins Frau!“ sagte Liu Ma hinterhältig. „Du hättest dich länger sträuben oder dir den Kopf ganz zerschlagen müssen. Das wäre richtig gewesen. Aber wie die Dinge nun liegen, hast du mit deinem zweiten Mann keine zwei Jahre zusammen gelebt. Du hast also ein schweres Verbrechen begangen. Stell dir doch vor, wenn du in die Hölle kommst, sind schon die Geister deiner beiden Männer da! Jeder will dich für sich haben. Der König der Hölle muß dich durchschneiden, damit sich die beiden in dich teilen können. Ja, ja, so wird es tatsächlich kommen!“

Xiang Lins Frau war entsetzt. Dergleichen Dinge hatte sie in ihrem Gebirgsdorf niemals gehört.

„Das beste ist, du triffst gleich deine Maßnahmen. Du mußt zum Tempel des Dorfgottes gehen. Dort kaufst du dir als Opfergabe eine Türschwelle. Tausende Menschen werden auf dieser Schwelle knien oder sie überschreiten. Dadurch werden alle Sünden abgebüßt, die du in dieser Welt begangen hast, und du entgehst den Qualen, die dich nach dem Tod erwarten.“

Xiang Lins Frau erwiderte kein Wort darauf. Aber es sollte sich bald zeigen, wie tief erschüttert sie war.

Am nächsten Morgen hatte sie dunkle Schatten unter den Augen. Nach dem Frühstück ging sie zum Tempel des Dorfgottes, der sich am westlichen Ende des Dorfes befand, und begehrte eine Türschwelle als Opfergabe zu kaufen. Die Tempelwächter wollten zuerst gar nicht darauf eingehen. Sie ließen sich erst von ihren Tränen erweichen, ihrem Wunsch, wenn auch widerwillig, nachzukommen. Der Kaufpreis betrug zwölftausend Kupfermünzen. Seitdem die Menschen die Geschichte des kleinen Amao nicht mehr anhören wollten, sprach Xiang Lins Frau so gut wie gar nichts mehr mit den Leuten im Dorf. Aber ihr Gespräch mit Liu Ma machte noch am gleichen Tag die Runde durch das Dorf. Plötzlich interessierten sich die Leute wieder für Xiang Lins Frau und bemühten sich, sie zum Sprechen zu bringen. Natürlich war das Thema jetzt ein anderes; man fragte sie nach der Herkunft der Narbe auf ihrer Stirn.

„Sag mal, Xiang Lins Frau“, fragte einer, „wie hat er dich schließlich gefügig gemacht?“

„Aya, so ein Pech! Sich für nichts und wieder nichts den Kopf einschlagen zu lassen …“, schaltete sich ein anderer ein und warf einen vielsagenden Blick auf die Narbe.

Xiang Lins Frau fühlte aus Ton und Inhalt heraus, daß man sich über sie lustig machte. Sie sah den Leuten starr ins Gesicht und erwiderte kein Wort. Schließlich bewegte sie nicht einmal mehr den Kopf. Den ganzen Tag über verrichtete sie ihre Arbeiten, ohne den Mund aufzutun. Sie fegte die Fußböden, putzte Gemüse, wusch Reis, ging grußlos durch die Straßen und trug bei allem ihre Narbe, das Mal ihrer Schande, zur Schau.

Am Jahresende ließ sie sich von der Vierten Tante den angestandenen Lohn auszahlen, wechselte das Geld in zwölf Silberdollar um, erbat sich Urlaub und ging entschlossen zum Tempel des Dorfgottes. Sie kam schneller zurück, als man braucht, um eine Mahlzeit zuzubereiten. Ihr Wesen war völlig verändert, ihre Augen leuchteten, und ihr Gesicht hatte eine frische Farbe. Voller Freude berichtete sie der Vierten Tante, sie hätte eine Türschwelle als Opfergabe gekauft. In der Zeit vor dem „Großen Ahnenopfer“ arbeitete sie noch angestrengter, als sie es bisher schon getan hatte. Kaum sah sie die Vierte Tante die Opfergeräte hervorholen und mit Hilfe ihres Sohnes den Tisch in die Mitte der Halle schaffen, als sie schon ohne Zögern daranging, die Weinschalen und die Eßstäbchen anzuordnen. „Xiang Lins Frau, laß das!“ rief die Vierte Tante sofort laut. Xiang Lins Frau wurde aschfahl im Gesicht und zog die Hand schnell zurück, als ob sie sich verbrannt hätte. Anstatt die Leuchter zu holen, blieb sie wie betäubt stehen. Erst als der Vierte Onkel den Weihrauch anzündete und sie aus der Halle wies, drehte sie sich um und ging.

Nach diesem Vorfall veränderte sich Xiang Lins Frau in ihrem Wesen so, daß sie kaum noch wiederzuerkennen war. Ihre Augen lagen tief in den Höhlen, ihr Geist schien umnachtet. Sie wurde maßlos scheu; fürchtete sich in der Nacht und vor jedem Schatten; erschrak, sobald sie einen Menschen sah, selbst wenn es ihr Dienstherr oder die Dienstherrin war. Sie war in solchen Augenblicken so verängstigt wie ein Mäuschen, das am hellen Tag aus seinem Loch herausgeschlüpft ist. Ein andermal wieder saß sie stumpfsinnig da, unbeweglich wie eine Holzfigur. Ungefähr ein halbes Jahr später begann ihr Haar zu ergrauen, und ihr Gedächtnis ließ so nach, daß sie schließlich ein über das andere Mal vergaß, den Reis zu waschen.

„Was ist nur in Xiang Lins Frau gefahren? Es wäre wirklich besser gewesen, sie nicht zum zweitenmal einzustellen."

Die Vierte Tante machte oftmals absichtlich solch eine Bemerkung, daß Xiang Lins Frau sie hören mußte; sie wollte sie damit warnen. Aber Xiang Lins Frau änderte ihr neues Verhalten nicht. Es schien keine Hoffnung mehr zu bestehen, daß ihr Verstand sich bessern würde. In der Familie des Vierten Onkels erwog man ernstlich, ihr zu kündigen und sie zu der alten Frau Wei zurückzuschicken. Solange ich in Luzhen war, blieb es bei der Absicht, das zu tun. Nach alledem, was ich später erfuhr, muß man sie aber tatsächlich aus dem Haus gewiesen haben. Nur weiß ich nicht, ob sie gleich nach ihrem Fortgang aus der Familie des Vierten Onkels zur Bettlerin wurde oder ob sie sich zuerst noch bei der alten Frau Wei aufhielt und dann erst anfing zu betteln.

Plötzlich fuhr ich aus dem Schlaf hoch, aufgeschreckt vom heftigen Knall der Feuerwerkskörper, die in unmittelbarer Nähe des Hauses explodierten. Ich sah in den Laternen die zitronengelben Flämmchen, die nicht größer als halbe Bohnen sind, und hörte das Krachen und Zischen der Raketen. In der Familie des Vierten Onkels feierte man das neue Jahr. Es mußte früh am Morgen sein. Ich war noch im Halbschlaf. Wie im Traum hörte ich aus der Ferne das unaufhörliche Knattern der Knallfrösche, aus denen weiße Wölkchen zum Himmel aufstiegen, die sich mit den vom Himmel herabrieselnden Schneeflocken zu einem Schleier vermischten, der das Dorf einhüllte. Inmitten dieses nicht enden wollenden Lärms löste sich meine Spannung, kam das Gefühl der Sicherheit in mir auf, daß die unsterblichen Geister im Himmel und auf Erden die reichen Opfergaben und den duftenden Weihrauch bereitwillig angenommen hatten;

daß sie nun hoch über den Wolken vom Genuß des reichlich gespendeten Opferweins taumelten, bereit, den Einwohnern von Luzhen unermeßliches Glück zu gewähren.

Ye Shengtao

Reis

„Zeit für den Unterricht! Wo ist denn euer Lehrer?"

Die Mauern des aus zwei Räumen bestehenden alten Hauses neigen sich nach vorn wie ein Rachitiskranker. Der schlammige Weg führt an der Tür vorbei zu den Feldern, zum Flußufer und zum Marktplatz im Dorf. Es herrscht ein Wetter wie zur Herbstmitte. Am blaßblauen Himmel schwimmen fischschuppenartig angeordnete weiße Wolken. Die Morgensonne wirft ihre Strahlen auf die Weiden, und das Blattwerk leuchtet in zartem Frühlingsgrün. Über sich weithin erstreckende Felder, auf denen sich die Reispflanzen im sanften Wind wiegen, scheinen Meereswellen zu fluten. Weiter hinten – das Dorf, umschlossen von einem Ring Bäume. Ein Bild voller feierlicher Schönheit und Stille. Von ferne ist leises Hundegebell zu hören. Wahrhaftig ein Motiv, wie geschaffen für einen Dichter!

Doch die Menschen, die hier leben, sind keine Dichter.

Die sechs, sieben Kinder im Klassenzimmer hat gerade jetzt unvorstellbare Angst gepackt. Zu Beginn des Herbstes ist der Fluß angeschwollen und hat die Reisfelder überschwemmt, so daß die Pflanzen kaum noch die Wasseroberfläche überragen. Die Eltern klagen von früh bis spät:

„Der Tag, an dem wir vor Hunger sterben, ist nicht mehr fern!"

Die Kinder finden das sehr seltsam und fragen:

„Aber wir bebauen doch die Felder, wie können wir da vor Hunger sterben?"

„Seht ihr denn nicht, daß der Reis ganz unter Wasser steht und daß keine Pflanze auch nur ein Korn bringen wird?"

„Hätten wir nicht im vorigen Jahr so viel verkauft, wäre jetzt alles in Ordnung."

„Wer wollte denn schon verkaufen?“ entgegnen die Eltern. „Und was versteht ihr überhaupt davon?“

„Wir gehen nicht in die Schule und helfen alle nach Kräften mit, das Wasserrad zu treten.“

„Und wohin sollen wir das Wasser schöpfen? Im Fluß steht es genauso hoch wie auf den Feldern!“

Nun glauben die Kinder, daß die Alten doch klüger sind und daß ihnen der Hungertod tatsächlich dicht bevorsteht. Tot sein ist wie schlafen, denken sie. Alles wird undeutlich und versinkt im Dunkel. Wenn man gestorben ist, kann man nicht mehr essen, nicht mehr spielen und sich nicht mehr bewegen. Wahrscheinlich ist man gefesselt und weiß nicht, wann die Fesseln gelöst werden ...

Bei diesem Gedanken empfinden sie schreckliche Furcht, denn niemand weiß genau, wie es ist, vor Hunger zu sterben. Daß es aber so kommen wird, scheint gewiß. Unwillkürlich benehmen sie sich anders als gewöhnlich: Sie haben keinen Spaß daran, sich gegenseitig zu jagen, und spektakeln nicht so laut und fröhlich herum wie sonst. Sie sitzen still im Klassenzimmer und reden im Flüsterton von ihren Erlebnissen beim Grillenfang. Aus ihren Stimmen klingen Angst und Kummer.

Auf der linken Seite des Klassenzimmers steht ein Bett mit einem kahlen Tisch am Kopfende. In einer Ecke des Raumes, am Herd, türmen sich Töpfe, Pfannen, Krüge, Holzscheite und was dergleichen mehr ist. All das liegt im Halbdunkel und ist kaum zu erkennen. Nur durch ein winziges Loch in der Wand fällt ein schräger Sonnenstrahl ins Zimmer und läßt die Unebenheiten des Lehmbodens deutlich hervortreten. Eine hölzerne Trennwand teilt den Raum in zwei Hälften. Auf beiden Seiten sind die Fenster weit geöffnet, doch rechts ist es viel heller. Schief hängt eine kleine schwarze Tafel an der hölzernen Wand. Außer einem abgenutzten rechteckigen Tisch und einem knappen Dutzend Tischen und Stuhlpaaren für die Schüler stehen keine Gegenstände im Klassenzimmer. Aber nicht einmal die wenigen sind ordentlich aufgestellt.

Sieben Kinder sitzen da beieinander, stecken die Köpfe zusammen und sprechen vom Grillenfang. Zuerst reden sie sehr leise, doch schon bald gibt es nichts anderes mehr für sie auf der Welt als Grillen, und es wird lauter. Ein Junge schlägt mit der Hand auf den Tisch und schildert voller Begeisterung: „So eine Riesengrille! Sie saß in den Maiswurzeln. Zack – und schon hatte ich sie! Die drei andern hat sie alle totgebissen. Sie . . ."

In diesem Augenblick tritt durch die Tür neben der Tafel ein Mann ins Klassenzimmer. Die Blicke der Kinder richten sich auf ihn. Selbst der Junge, der gerade lauthals von seiner Riesengrille berichtet, verstummt. Der Mann ist den Kindern bekannt, wenn auch nicht sehr genau. Ihre Eltern sagen von ihm: „Er ist ein sehr ehrenwerter Herr, geht im Yamen ein und aus und spricht oft mit den Kreisbeamten." Und weiter sagen sie: „Er ist der Vorgesetzte eures Lehrers, ja der Lehrer fürchtet ihn sogar." Mehr wissen die Kinder nicht. Doch sie finden ihn überhaupt nicht zum Fürchten, im Gegenteil, seine tadellose Kleidung gefällt ihnen sehr.

Der Mann ist mit freundlicher Miene ins Klassenzimmer getreten. Nachdem er sich jedoch nach allen vier Seiten umgesehen hat, runzelt er plötzlich die Stirn, und sein Gesicht verfinstert sich. Schließlich stellt er den Schülern in herablassendem Ton die Frage, mit der die Erzählung beginnt.

Herr Wu trägt in der einen Hand einen Bambuskorb, in dem Rettich, Bohnenkäse, Flaschen mit Öl und derlei Dinge mehr liegen, in der anderen Hand hält er einen großen gesalzenen Fisch. So hastet er aus Richtung der Felder heran, auf denen die Erde unter den übermäßigen Wassermengen zu faulen beginnt. Sein hageres Gesicht ist bis zum Hals hinab gerötet. Ohne wirklich etwas zu sehen, hält er den Blick starr auf den Weg vor seinen Füßen gerichtet. Sein Atem geht stoßweise, fast keuchend.

Er kennt die Neuigkeit schon. Eine Frau, die ihm begegnet ist, hat zu ihm gesagt: „Beeilen Sie sich, der Herr Schulinspektor ist gekommen. Gerade habe ich gesehen, wie er zur Schule gegangen ist. Sein Boot liegt hinter dem östlichen Zaun."

Welch entsetzliche Nachricht! Herr Wu zittert am ganzen Körper und kann keinen klaren Gedanken mehr fassen. In äußerster Eile setzt er einen Fuß vor den anderen, seine Augen stieren nach vorn, als würden sie ihm nicht mehr gehorchen.

Es war für Herrn Wu nicht leicht gewesen, die Lehrerstelle zu bekommen. Nur durch die eindringliche Empfehlung eines ihm bekannten Beamten gelang es ihm, sich bei einem Mitglied der Kommission für Schulwesen anzumelden. Da hatte sich in seinem Kopf eine bestimmte Hoffnung festgesetzt, und so wartete er nur noch auf die gute Nachricht. Früher unterhielt er eine Gastwirtschaft im Dorf und verdiente in einer Saison nicht wenig. Doch auf seinen Schultern lastete der Unterhalt der Familie, und er spürte, daß er es nicht mehr lange schaffen würde. Er mußte unbedingt eine andere Möglichkeit finden, die nun schon sehr nahe schien, wie sollte er da nicht hoffen?

Ein Jahr lang hoffte er vergebens und hatte es nicht einmal mehr im Traum erwartet, als er einen Brief von dem Mitglied der Kommission für Schulwesen erhielt. Darin stand, daß er zu ihm kommen solle, es gebe etwas zu besprechen. Dies konnte gewiß nur das Ergebnis der Empfehlung des bekannten Beamten sein. Er las den Brief viele Male und war sich dann sicher, keine falschen Hoffnungen zu hegen. Er mußte nur schnell hingehen, dann würde daraus etwas werden. Aber er spürte doch ein beklemmendes Gefühl in der Brust.

Als er zum drittenmal dort war und bereits nicht mehr damit rechnete, das Mitglied der Kommission für Schulwesen je zu Gesicht zu bekommen, war der Mann dann doch für ihn zu sprechen. Herr Wu setzte sich also auf die Kante eines Stuhles am unteren Ende des Raumes, in dem er empfangen wurde. Dabei beugte er den Oberkörper nach vorn, um das Gleichgewicht zu bewahren. Er dachte jetzt nur daran, alles auf eine Karte zu setzen, und war vor Aufregung ganz benommen. Nicht einmal den Raum, in dem er sich befand, und den Mann, der ihm gegenübersaß und redete, nahm er deutlich wahr. Das Mitglied der Kommission für Schulwesen lehnte, nur mit einem Unterhemd bekleidet, bequem in einem Korbstuhl. Den Kopf in die rechte Hand gestützt, sah der Mann Herrn Wu von der Seite her an. Ungute Gedanken überkamen ihn plötzlich. Er wußte nicht, weshalb, doch Herr Wu war ihm unsympathisch. Unwillig sagte er:

„Kinder zu unterrichten ist keine leichte Sache."

Herr Wu fühlte sich äußerst unbehaglich, Schweißtropfen traten ihm auf die Stirn. Bei sich dachte er, daß es tatsächlich keine leichte Sache sei, aber er brachte nur mit zitternder Stimme ein leises „Nein" hervor.

„In der zweiten Volksschule im Dorf haben wir keinen Lehrer. Ich wollte Sie eigentlich für diese Stelle nehmen, aber Sie haben ja kein pädagogisches Institut besucht, nicht wahr?"

„Nein . . ." Herr Wu war enttäuscht, doch sein Gegenüber hatte die Frage so gestellt, daß es wohl oder übel nur diese eine Antwort gab.

„Das macht die Sache schwierig. Die Schulpflichtigen sind alle Bauernkinder. Ein Lehrer, der nichts von Unterrichtsmethoden versteht, kann da keinen Erfolg haben."

Im Zimmer war es einen Augenblick lang totenstill, Herr Wu fühlte seinen Puls rasen. Er schöpfte mühsam Atem und sagte unter Aufbietung all seiner Kräfte:

„Es gibt viele Bücher über Unterrichtsmethoden, ich kann mir eins kaufen und es lesen. Außerdem bin ich bereit, Ihre Anweisungen zu befolgen."

„Nun, wir werden ein andermal darüber reden." Mit diesen Worten des Mitglieds der Kommission für Schulwesen war das Gespräch beendet.

Als Herr Wu hinausging, waren all seine Hoffnungen zunichte. Das Mißgeschick führte ihn zurück auf seinen düsteren Weg. Er hatte entsetzliche Angst, und es blieb ihm keine andere Wahl, als noch einmal zu dem ihm bekannten Beamten zu gehen und um Unterstützung zu bitten. Der Beamte schrieb einen Brief für ihn. Und nur aufgrund dieses Briefes saß er dann erneut im Empfangszimmer des Mitglieds der Kommission für Schulwesen.

„Ich wollte eigentlich einen Absolventen eines pädagogischen Institutes nehmen", sagte der Mann mit ernster Miene, „aber da ich nun diesen Brief bekommen habe, setze ich Sie auf diese Stelle."

Nein, es ist kein Irrtum, ich habe es ganz deutlich gehört, er ist einverstanden! fuhr es Herrn Wu durch den Kopf. Sein Herz bebte vor Erregung. Eine Antwort brachte er nicht heraus, nur sein Kopf neigte sich wie von selbst noch tiefer.

„Bei uns ist es üblich, daß Lehrer ohne pädagogische Ausbildung sechs Yuan im Monat erhalten. Übermorgen können Sie mit dem Unterricht beginnen."

„Gut, gut." Herr Wu nickte und ging.

In diesem Moment begann sein neues Leben. Einen Monat später aber erlebte er eine Überraschung. Als er zu dem Mitglied der Kommission für Schulwesen kam, um sein Gehalt entgegenzunehmen, erhielt er nur drei Yuan. Die restlichen drei Yuan sollte er zehn Tage später bekommen, das Mitglied der Kommission für Schulwesen ließ ihn jedoch eine Quittung über die gesamte Summe unterschreiben.

Seltsam, dachte Herr Wu, er gibt mir drei Yuan, und ich unterschreibe für sechs? Aber seine ängstliche und bescheidene Natur hinderte ihn daran, den Mund zu einer Frage aufzutun. Immerhin habe ich keine pädagogische Ausbildung, und viele Absolventen pädagogischer Institute suchen eine Stelle. Sechs Yuan sind doch wesentlich mehr, als ich in der Gastwirtschaft verdient habe . . . Er begrub die Zweifel im hintersten Winkel seines Herzens und ging mit den drei Yuan in der Tasche nach Hause.

Drei, vier Kinder antworten zugleich auf die Frage des Mitglieds der Kommission für Schulwesen:

„Er ist einkaufen gegangen . . . Bohnenquark und Zwiebeln." Einige kichern verstohlen.

„Welche Pflichtverletzung! Jetzt noch nicht zurück zu sein!" Das Mitglied der Kommission für Schulwesen spricht leise mit sich selbst. Nach einer kurzen Pause: „Macht er das jeden Tag?"

„Ja, jeden Tag, er will doch essen!" antwortet ein Junge mit einem dicken Zopf.

Ein anderer sagt:

„Manchmal kauft meine Mutter etwas für ihn ein."

„Glauben Sie ihm nicht, aber . . ." Das sehr zungenfertige Kind mit den silbernen Ohrringen ist noch nicht zu Ende gekommen, als Herr Wu hereinstürzt. Seine Hände sind leer. Was er getragen hat, liegt wahrscheinlich schon in der Küchenecke. Er sieht das Mitglied der Kommission für Schulwesen mit ärgerlichem Gesicht neben der Tafel stehen und weiß nicht, wie er sich verhalten soll. Unsicher wiegt er seinen Körper nach links und rechts, legt die Hände zusammen und neigt den Kopf zum Gruß. Das Mitglied der Kommission für Schulwesen nickt und sagt barsch:

„Es ist längst Unterrichtszeit, und Sie kommen erst jetzt!"

Herr Wu würde gern etwas Passendes darauf entgegnen, aber wie soll ihm etwas einfallen? Seine ängstliche und linkische Art bringt die Kinder zum Lachen. Es ist unmöglich, etwas zu bemänteln, er muß die Wahrheit sagen und stottert undeutlich, mit zitternder Stimme:

„Ich habe etwas eingekauft und dachte nicht, daß ich so spät zurückkommen würde."

„Sie haben etwas eingekauft!" Die Stimme des Mitglieds der Kommission für Schulwesen ist laut. „Die Zeit ist heran, die Schüler sitzen hier und warten, und Sie gehen einkaufen!"

„Es wird nicht wieder vorkommen", entfährt es Herrn Wu.

Die Kinder fangen plötzlich laut zu lachen an, sie zeigen auf ihn und tuscheln einander zu: „Der Herr Lehrer will nichts mehr einkaufen! Der Herr Lehrer will nichts mehr essen!"

Das Mitglied der Kommission für Schulwesen findet, daß Herr Wu wirklich ein schlechter Lehrer ist; je länger der Mann ihn ansieht, um so unsympathischer wird er ihm. Er scheint ihm nicht genug Begeisterung für das Unterrichten aufzubringen und nicht bereit zu sein, alle Kraft für die Erfüllung seiner Pflichten zu geben. Doch dann fällt ihm ein, weshalb er gekommen ist, und er hält an sich. Erschöpft vom Stehen, pustet er ein paarmal über einen freien Stuhl, streicht dann mit ernster Miene seinen langen Rockschoß glatt, als fürchte er, ihn zu zerknittern, und setzt sich ganz langsam hin. Den Kopf stützt er in die rechte Hand, die Augenbrauen sind leicht nach oben gezogen. Dennoch versucht er, möglichst gelassen zu blicken bei den Worten:

„Das ist aber wirklich nicht in Ordnung! So wenig Schüler! In Kürze wird ein Schulinspektor aus der Provinz eine Kontrolle machen. Wenn er sieht, daß Sie nur die paar Schüler haben, könnte er glauben, die Schule ist schlecht. Um Ihres guten Rufes willen sollten Sie wenigstens so um die zehn Schüler herbeischaffen. Es spielt keine Rolle, wo sie herkommen, Sie müssen ihnen nur beibringen, still dazusitzen. Eigentlich ist das nicht meine Sache, es betrifft Sie, kümmern Sie sich also darum." Nachdem er geendet hat, streicht er sich mit der linken Hand über die Oberlippe in der Manier, in der sich ein alter Mann den Schnurrbart streicht. Sein Blick ist unverwandt auf Herrn Wu gerichtet.

Herrn Wu ist zumute, als würden unsichtbare Fesseln von ihm abfallen, er fühlt sich wie befreit. Tiefe Dankbarkeit tritt an die Stelle der Angst und steigert sich zu einem unbeschreiblichen Hochgefühl. Obwohl er keine Vorstellung davon hat, wie er Kinder herbeischaffen soll, kommt es ihm nicht in den Sinn, danach zu fragen. Er legt nur die Hände vor der Brust zusammen und sagt leise:

„Ich danke Ihnen für den Hinweis! Vielen Dank!"

Plötzlich fällt ihm etwas ein: Ist dies nicht eine günstige Gelegenheit? Zweimal war ich bei ihm und habe ihn nicht angetroffen, jetzt ist er zu mir gekommen! Und Mut wallt in ihm auf und läßt ihn aussprechen, was ihn bewegt:

„Im vergangenen Monat ..." Weiter spricht er nicht, denn schon spürt er, daß es nicht gut gewesen ist, davon anzufangen.

„Was war im vorigen Monat?" fragt das Mitglied der Kommission für Schulwesen schroff.

„Im vorigen Monat ..." Herr Wu ist völlig durcheinander, er wagt nicht, seinen Vorgesetzten anzusehen, und findet auch jetzt nicht den Mut, weiterzusprechen.

„Reden Sie rundheraus!"

Herrn Wu ist klar, daß er nun nicht mehr schweigen kann, er nimmt allen Mut zusammen und sagt:

„Ich bitte darum, mir die zweite Hälfte des Geldes für

den vorigen Monat auszuzahlen, die ich noch nicht bekommen habe." Kein Wort mehr kann er hervorbringen.

„Wozu brauchen Sie es denn?"

„Es ist für Essen. Ich warte auf das Geld."

„Haben Sie nicht gerade etwas zu essen eingekauft? Was wollen Sie denn noch?"

„Meine Familie ... noch drei Personen. Ich denke ja nicht nur an mich. Sie warten doch."

Das Wort „essen" ist den Kindern besonders deutlich in die Ohren gedrungen. Als sie sahen, daß der Lehrer und der Besucher sich unterhielten, hatten sie erst einmal ihre eigenen Gespräche vergessen. Jetzt scheint es, als seien sie plötzlich aufgewacht. Der Junge mit dem dicken Zopf zupft seinen Vordermann am Hemd und sagt leise:

„Hast du gehört, beim Herrn Lehrer zu Hause warten sie darauf, daß er ihnen etwas zu essen bringt. Tut er es nicht, werden sie bald vor Hunger sterben."

„Der Lehrer ist viel reicher als wir! Wenn unsere Knochen längst zerfallen sind, wird sein Bauch immer noch dicker werden. Also rede nicht so einen Unsinn!" widerspricht das Kind mit den silbernen Ohrringen.

„Werden wir wirklich vor Hunger sterben, und unsere Knochen werden zerfallen?" fragt ein schmächtiges Kerlchen mit angsterfüllten Augen.

„Wenn du heute nach Hause gehst und nichts zu essen kriegst, wirst du morgen vor Hunger sterben, und übermorgen zerfallen deine Knochen und werden zu Staub." Der Junge mit den silbernen Ohrringen blickt überaus zufrieden drein bei diesen Worten.

Das schmächtige Kind fragt nicht weiter, düstere und furchterregende Gedanken haben sich seiner bemächtigt.

Herr Wu fühlt sich sehr unbehaglich. Er hat gehofft, daß die Kinder still bleiben würden, doch sie rutschen nicht nur auf ihren Plätzen hin und her, sondern reden auch noch durcheinander, als wären sie allein im Raum. Herr Wu wirft ihnen ein paar strenge Blicke zu, die keine Wirkung haben. Die Schüler sind wirklich dumm, sie begreifen nicht, was in ihrem Lehrer vor sich geht. Er macht eine unwillige Handbewegung und sagt laut und zornig: „Ruhe!“ Wie nach einem kalten Guß verstummen die Kinderstimmen. Die Schüler sehen auf Herrn Wu und setzen sich ordentlich hin. Ihre Stühle, die das Schaukeln und Kippeln nicht mehr gut vertragen, knarren.

Das Mitglied der Kommission für Schulwesen läßt die rechte Hand sinken und richtet sich auf. Verwundert und mit ernstem Gesicht sagt der Mann zu Herrn Wu: „Ein Lehrer, der nicht gewissenhaft arbeitet, wird in der Regel entsprechend bestraft. Die angemessene Strafe in Ihrem Fall heute beträgt ein Drittel Ihres Gehaltes!“ Er zieht ein Geldstück aus der Tasche und wirft es auf den Tisch. Über das helle, klirrende Geräusch sind die Kinder erstaunt. „Da, das steht Ihnen zu! Nehmen Sie es!“

Nie hätte Herr Wu diesen Gang der Dinge erwartet. Er möchte sich rechtfertigen, aber er kann keinen zusammenhängenden Gedanken fassen und bringt keinen Laut über die Lippen. Was dort wie Schnee auf dem Tisch schimmert, ist immerhin ein Silberdollar. Mechanisch greift er danach und spürt ihn hart und kalt in seiner Hand.

Ein Leben

Sie wurde in einer Bauernfamilie geboren, und Sklaven und Dienstboten oder Puder und Schminke, die das Leben angenehm machen, lernte sie nie kennen. Es unterwies sie auch niemand in Lehren wie der von den „Drei Abhängigkeiten“ und den „Vier Tugenden“ oder der von Freiheit und Gleichheit. Sie war einfach ein Tier. Seit sie laufen und sprechen konnte, half sie den Eltern Reisstroh und eßbare Wildpflanzen sammeln. Als sie fünfzehn Jahre alt wurde, hielten es ihre Eltern für richtig, sie zu verheiraten. Da sie früher oder später doch in eine andere Familie kommen würde, war es schon besser, sie beizeiten zu verheiraten und nicht noch ein Jahr länger im Haus zu behalten, um Essen und Kleidung für sie zu sparen. So konnte man unnötige Sorgen und Geldausgaben vermeiden.

Die Familie ihres Mannes hatte jemanden zur Hilfe angestellt, denn auf dem Feld gab es viel Arbeit. Jetzt hatte der Sohn geheiratet, und sie mußte sich abrackern wie ein Zugochse, denn keine einzige Arbeitskraft konnte entbehrt werden.

Nach ihrer Hochzeit war noch kein Jahr vergangen, da brachte sie ein Kind zur Welt. Sie konnte es gar nicht fassen, denn es schien ihr, als hätte sie erst gestern selbst an ihrer Mutter Brust geruht. Nun hielt sie ihr eigenes Kind in den Armen. Ihr Kind hatte keine Wiege zum Schlafen, keine weiche Kleidung und keinen Platz, an dem es genug Luft und Sonnenlicht bekommen hätte. In den Armen der Mutter konnte es nur am Abend liegen, tagsüber schlief es in einer dunklen, schmutzigen Zimmerecke.

Es war noch nicht mal ein halbes Jahr alt, da starb es. Sie weinte unaufhörlich, denn sie hatte noch nie einen solchen Schmerz empfunden. Ihre Schwiegermutter sagte, sie könne nicht mit kleinen Kindern umgehen, sie habe das gute Kind getötet, es sei wirklich eine Schande. Ihr Schwiegervater sagte, ihr Schicksal sei hart, sie könne der Familie keinen gesunden männlichen Nachkommen schenken. Ihr Mann sagte nichts weiter dazu, er meinte nur, wenn er am Spieltisch stets gewänne, dann würde es ihn nicht kümmern, wenn noch zehn Söhne stürben. Sie hörte seine Worte, verstand sie aber nicht und weinte von früh bis spät.

Eines Tages machte sie eine Entdeckung: Sie öffnete die hölzerne Truhe und stellte fest, daß ihre blauen Wintersachen, die sie zur Hochzeit getragen hatte, verschwunden waren. Später, als ihr Mann einmal betrunken war, gestand er, daß er sie versetzt habe.

Der Winter brach schnell herein, und oft blies ein schneidender Westwind. Sie nahm ihren ganzen Mut zusammen und bat ihren Mann, die blauen Wintersachen doch wieder auszulösen, doch sie bekam nur zwei Ohrfeigen von ihm. Er schlug sie oft, so daß sie sich schon längst daran gewöhnt hatte. Das einzige Ergebnis waren Tränen. Auch an diesem Tag weinte sie wieder. Die Schwiegermutter schrie sie an: „Heulst du schon wieder? Du wirst noch die ganze Familie in Grund und Boden heulen!“ Sie nahm das zur Kenntnis und schluchzte ununterbrochen weiter. Da geriet die Schwiegermutter in Wut und zog ihr ein paar mit dem Wäscheklopfer über den Rücken. Ihr Mann gab noch zwei Ohrfeigen dazu.

Der Schmerz, den man ihr zugefügt hatte, war zu groß. Sie dachte an morgen, an übermorgen, an die Zukunft . . . und bekam es mit der Angst.

Im Morgengrauen des nächsten Tages, als ihr Mann noch schlief, lief sie heimlich davon. Der eisige Westwind schnitt ihr wie ein Messer ins Gesicht, doch es schmerzte nicht so sehr wie die Schläge von ihrem Mann, und so war sie zufrieden. Sie lief mehr als zehn Li, ohne auch nur ein einziges Mal innezuhalten, und kam schließlich an ein Flußufer. Erst dort blieb sie stehen. Auf dem Fluß verkehrten Personendampfer.

Sie wartete lange, und als endlich einer anlegte, ging sie an Bord. Die Fahrgäste auf dem Schiff schienen alle in ihr Inneres blicken zu können. Kaum hatten sie sie gesehen, da wußten sie schon, daß sie zu Hause Ärger gehabt hatte und heimlich weggelaufen war. „Du hast dich nicht richtig benommen“, sagten sie zu ihr, „deshalb ist deine Familie böse auf dich. Wenn sie dich auch vielleicht zu Unrecht gekränkt haben, so bist du doch noch ein junges, unerfahrenes Ding und mußt schon das eine oder andere schlucken. Du solltest dich lieber nicht so anstellen und einfach davonlaufen, sonst wirst du noch mehr Kummer kriegen. Und außerdem: Wer soll dir helfen? Es ist schon besser, du fährst mit demselben Schiff wieder zurück.“

Sie antwortete nicht, sondern senkte nur schweigend den Kopf. Die meisten Mitreisenden verloren die Geduld. Jemand sagte: „Ich weiß nicht, was sie sich denkt. Wahrscheinlich rechnet sie damit, einen Burschen zu finden, der sich mit ihr zusammentut.“

Darauf erhob sich schallendes Gelächter, doch sie beachtete die Leute nicht.

Sie kam in die Stadt und fand einen Vermittler, der sie einer Familie als Dienstmädchen empfahl.

Von da an begann für sie ein neues Leben. Obwohl sie auch hier von früh bis spät hart arbeiten mußte, kostete es sie doch nicht so viel Kraft wie die Feldarbeit, und niemand schrie sie an, beschimpfte sie oder schlug sie. Sie fühlte sich sehr wohl so und wollte es nie mehr anders haben. Das einzige, was sie bedrückte, war die Erinnerung an ihr totes Kind, die sie manchmal überkam, wenn sie in der Nacht erwachte.

Einmal ging sie auf den Markt, um einzukaufen. Dort traf sie einen Nachbarn aus ihrem Heimatdorf, und es wurde ihr beklommen zumute. Es waren noch keine drei Tage vergangen, als sie auch schon die Folgen zu spüren bekam. Ihr Schwiegervater erschien, um sie zurückzuholen. „Wie konntest du es wagen wegzulaufen?" schrie er los. „Jetzt habe ich dich gefunden, und das wirst du nicht noch einmal tun! Wenn du gescheit bist, kommst du sofort mit mir zurück!"

Sie wagte nicht zu widersprechen, sondern lief ins Haus und versteckte sich hinter dem Rücken ihrer Herrin, wo sie vor Angst zu Stein erstarrte. Die Herrin bat den Schwiegervater herein und sagte zu ihm: „Deine Schwiegertochter ist bei uns angestellt. Die vereinbarte Frist ist noch nicht um, wie könnten wir sie da gehen lassen?"

Dagegen konnte er nichts einwenden. Es blieb ihm nichts anderes übrig, als ihr eine angemessene Strafe anzudrohen. „Wenn die Frist um ist, kommst du sofort nach Hause zurück! Läufst du noch mal weg, nehmen wir dich nicht mehr auf! Wir verkaufen dich gleich an Ort und Stelle, oder wir brechen dir die Beine!"

Sie begriff, daß die Umgebung, in der sie sich so wohl fühlte, in einem einzigen Augenblick für sie verloren sein konnte. Das schmerzte sie sehr. Sie dachte an die Zukunft ... und fürchtete sich noch mehr.

Nach ein paar Tagen hatte sie dickgeschwollene Augen, sie konnte nichts mehr essen und auch nicht mehr richtig arbeiten. Ihr Herr erkannte ihre Lage und dachte, bei den heutigen Gesetzen könne es nicht schwierig sein, eine Ehescheidung zu erwirken.

„Willst du aus der Familie deines Mannes fort?" fragte er sie.

„O ja, das will ich!" antwortete sie.

Daraufhin schrieb der Herr für sie ein Gesuch, in dem er alles, was sie in der Vergangenheit erdulden mußte, und ihren jetzigen Wunsch anschaulich darlegte. Er wollte das Gesuch an ihrer Statt dem Kreisvorsteher übergeben. Doch die Herrin wandte ein:

„Es wäre sicher gut, die Scheidung für sie zu erbitten, aber sie wird doch nicht immer Dienstmädchen bei uns bleiben. Wenn sie uns nun eines Tages verläßt und niemand da ist, der sie anstellt, was soll dann aus ihr werden? Eigentlich müßte die Familie ihrer Mutter sie dann wieder aufnehmen, aber es ist durchaus nicht gewiß, daß sie es kann."

Als der Herr das hörte, verflog seine ganze Ritterlichkeit, und er seufzte nur:

„Dann kann man nichts machen."

Nach ein paar Tagen schickte der Schwiegervater ihren Vater.

„Vielleicht gibt es eine Möglichkeit, deiner Tochter zu helfen?" fragte ihn die Herrin.

„Da sie zur Familie ihres Mannes gehört, können die mit ihr umgehen, wie sie wollen, sie schlagen oder beschimpfen – ich kann nichts dagegen tun. Ich bin nur gekommen, um ihr vom Schwiegervater auszurichten, daß sie nach Hause kommen soll."

Doch sie suchte Schutz bei ihrer Herrin und ging nicht mit dem Vater zurück.

Ihre Schwiegereltern beauftragten einen Nachbarn, der in die Stadt ging, ihr zu sagen, daß ihr Mann krank geworden sei und sie zurückkommen solle, um ihn zu pflegen. Aber sie fürchtete sich so sehr, daß die Herrin bestellen ließ, sie käme nicht.

Nach vier Tagen erschien ihr Vater wieder.

„Dein Mann ist an seiner Krankheit gestorben", sagte er zu ihr. „Wenn du noch immer nicht zurückkehrst, kann ich keine Verantwortung mehr übernehmen. Du mußt mit mir kommen!"

„Jetzt mußt du zurückgehen!" sagte nun auch die Herrin. „Wenn du nicht gehst, könnte uns deine Familie Ärger machen."

Nun sah sie ein, daß sie zurück mußte, daß es wirklich nicht mehr anders ging. Aber sie hatte so große Angst und wollte nicht.

Als sie zu Hause anlangte und ihren Mann kalt und

steif auf dem Bett liegen sah, wurde sie doch ein wenig traurig. Aber sie dachte auch daran, daß er sie geschlagen und beschimpft hatte. Ihre Schwiegereltern befahlen ihr nicht, zu weinen oder Trauerkleider anzulegen, sie führten sie einfach zu einer anderen Familie und verkauften sie für zwanzigtausend Geldstücke. Ihr Vater, ihr Schwiegervater, ihre Schwiegermutter – alle waren der Meinung, so sei es rechtens. Sie richteten sich nach einer althergebrachten Regel: Wird das Feld nicht mehr bestellt, so verkauft man den Ochsen. Sie war ein Ochse, und wie dieser hatte sie alles schweigend hinzunehmen. Wenn sie nicht mehr gebraucht wurde, mußte man sie verkaufen. Der Betrag, den man für sie bekam, reichte aus, um die Beerdigung ihres Mannes zu bezahlen.

Damit hatte sie ihre letzte Pflicht erfüllt.

Mao Dun

Seidenraupen im Frühling

1

An dem Weg, der am Fluß unten das Ufer säumte, hockte der alte Tongbao auf einem Stein. Seine lange Tabakspfeife lehnte schräg vor ihm. Das Qingming-Fest war kaum vorüber, und schon brannte ihm die Sonne kräftig auf den Buckel. Er spürte ihre Hitze, als hätte er ein Becken mit glühender Kohle im Rücken. Auf dem Uferpfad schleppten die Leute von den Eildschunken aus Shaoxing ihre Boote flußaufwärts. Ihre Jacken standen offen, nur ein leichtes Hemd aus blauem Gewebe hatten sie darunter. Weit vorgebeugt, lagen sie in den Zugleinen. Schweißtropfen, groß wie Sojabohnen, fielen auf den Boden.

Der alte Tongbao sah zu, wie sich diese Leute abplagten. Die Hitze kroch ihm dabei höher den Rücken hinauf und begann ihn ein wenig zu jucken. Er hatte immer noch den dicken Watterock an. Seine leichte Jacke lag in der Pfandleihe, und die plötzliche Wärme hatte ihn überrascht. Man hatte ja eben erst das Qingming-Fest! „Auf das Wetter ist auch kein Verlaß mehr“, murmelte er und spie einen Mundvoll Speichel vor seine Tabakspfeife.

Wenn eine von den Dschunken, die gemächlich auf dem Fluß kreuzten, vorüberglitt, spritzten kleine Wellen hoch, und winzige Wirbel kräuselten die sonst glatte, grünliche Wasserfläche. Wo sich die Maulbeerbäume, die in einer Reihe am Ufer standen, im Wasser spiegelten, verschwamm ihr Bild zu einem grauen Streifen. Aber nicht lange. Allmählich kamen die Bäume wieder zum Vorschein. Erst waren sie noch zerfiedert und torkelten wie Betrunkene, doch bald standen sie wieder fest, deutlich und klar umrissen wie vorher. Die Zweigspitzen, die wie Fäuste aussahen, trugen schon fingergroße zartgrüne Blättchen. Maulbeerbäume wuchsen, so weit das Auge reichte, dicht gedrängt am Flußufer. Es war nicht abzusehen, wo das aufhörte. Die Felder lagen noch ausgetrocknet und voll rissiger Erdschollen. In dieser Jahreszeit galt die ganze Aufmerksamkeit dem Maulbeerbaum. Auch hinter Tongbao standen die Bäume in einem breiten Streifen. Die zartgrünen Blättchen an den „Maulbeerfäusten" schienen unter den brütendheißen Sonnenstrahlen in jeder Sekunde sichtlich zu wachsen.

Dicht am Uferweg und nicht weit von dem Platz, wo der alte Tongbao saß, erhob sich das doppelstöckige graue Gebäude, in dem die Kokons aufgekauft und verarbeitet wurden. Vor reichlich zehn Tagen noch war dort Militär einquartiert gewesen. Damals hieß es, die Japaner würden angreifen, und alle reichen Leute flüchteten aus der Kreisstadt. Aber die Soldaten waren wieder abmarschiert. Nur ein paar kleine Schützengräben auf dem Feld waren zurückgeblieben, und das graue Gebäude stand leer und verschlossen wie vorher. Es wartete auf die Kokons, die im Frühjahr auf den Markt kommen; dann würde es dort wieder lebhaft werden.

Man munkelte wohl, daß es in diesem Jahr in Shanghai ziemlich unruhig zugehe. Alle Seidenfabriken seien geschlossen, und wahrscheinlich würden auch die hiesigen Filialen ihre Tore nicht öffnen. Der alte Tongbao aber wollte das nicht glauben. Sechzig Jahre war er alt geworden, und manches Stürmische hatte er erlebt. Aber noch nie war es vorgekommen, daß die saftiggrünen Maulbeerblätter umsonst gewachsen wären und dann halbverwelkt als Ziegenfutter hätten dienen müssen. Es sei denn, die Seidenraupen wären nicht gediehen ... Aber das unterstand ja der Befugnis der Götter – und wer könnte so etwas im voraus wissen?

Kaum ist das Qingming-Fest vorbei, und schon haben wir so warmes Wetter! sinnierte der Alte. Wenn er sich die ungestüm sprießenden Blattspitzen an den faustdicken Trieben ansah, war er beunruhigt und vergnügt zugleich. Er erinnerte sich der Zeit, als er noch jung, ein kräftiger Bursche von reichlich zwanzig Jahren war. Da war ihm zum Qingming-Fest auch einmal der dicke Winterrock zu warm geworden. In jenem Jahr brachten sie dann eine ungewöhnlich reiche Kokonernte ein. Er hatte eben geheiratet, und mit der Familie ging es aufwärts. Sein Vater war geschickt und zeigte Verständnis für alles, und sein Großvater, der Begründer der Familie, hatte zwar einst in den Schlupfwinkeln der „Langhaarigen" viel Bitteres erduldet, schien jedoch mit zunehmendem Alter immer gesünder und kräftiger zu werden. Herr Chen, der alte gnädige Herr, hatte noch nicht lange das Zeitliche gesegnet, und sein Sohn war noch nicht dem Opium verfallen. Überhaupt war damals die Familie des gnädigen Herrn nicht so aus der Art geschlagen wie heute. Der alte Tongbao aber lebte in der Überzeugung, daß das Schicksal seiner eignen Familie mit dem der Familie des gnädigen Herrn Chen eng verknüpft sei. Mochten die Chens auch hochgestellte und wohlangesehene Leute sein, im Grunde waren sie doch nur Ackersleute wie er. Der Großvater des alten Tongbao war zusammen mit dem alten Gutsbesitzer von den Langhaarigen verschleppt worden; als Gefangene hatten sie sechs oder sieben Jahre in den Schlupfwinkeln der Langhaarigen zugebracht. Schließlich waren beide gleichzeitig entflohen und hatten obendrein viele Goldbarren der Langhaarigen mitgehen heißen . . . Die Leute redeten noch heute darüber. Als der alte Gutsbesitzer aus dem Geschäft mit der Rohseide Gewinn zu schlagen begann, wurde die Seidenraupenzucht auch für die Familie des alten Tongbao lohnend. Binnen zehn Jahren hatten sie zwanzig Mu Reisfeld und mehr als zehn Mu Land mit Maulbeerbäumen erworben. Dazu kam noch ein geräumiges Haus mit zwei Eingängen.

Zu jener Zeit wurde die Familie des alten Tongbao im Dorf nicht weniger beneidet als die Chens, die in der Stadt als unermeßlich reich galten. Hernach aber war es mit beiden Familien abwärtsgegangen . . . Jetzt besaß der alte Tongbao kein eigenes Ackerland mehr, hatte aber über dreihundert Yuan Schulden. Auch die Familie des gnädigen Herrn Chen war längst heruntergekommen. Die Seelen der Langhaarigen hätten gegen sie in der Unterwelt Klage erhoben, munkelte man. Daraufhin habe der König der Unterwelt die Goldbarren als unrechtmäßig angeeignetes Gut von der Familie des gnädigen

Herrn zurückgefordert. Das habe ihren schnellen Ruin herbeigeführt. Der alte Tongbao war geneigt, daran zu glauben. Denn hätten die Seelen der Langhaarigen die Geister der Unterwelt nicht angestiftet, wie hätte sich der gutsituierte junge gnädige Herr das Opiumrauchen angewöhnen können?

Aber wie der Niedergang der Familie des gnädigen Herrn Chen auf seine eigene Familie übergreifen konnte, blieb dem alten Tongbao doch unerklärlich. Wohl war einst sein Großvater bei der Flucht aus dem Lager auf einen Straßenposten der Langhaarigen gestoßen und hatte leider, da ihm kein anderer Weg blieb, den Jungen töten müssen ... Aber das sei eine Bestimmung des Schicksals gewesen, hatte Tongbao von alten, nun längst verstorbenen Leuten gehört. Und soweit er sich erinnern konnte, hatte man in seiner Familie für die Seele des jungen Langhaarigen Reuegebete an Buddha gerichtet und Opfergeld verbrannt. Es war nicht zu zählen, wie oft das geschehen war. Inzwischen aber hätte sich die Seele des kleinen Langhaarigen, der unschuldig den Tod fand, längst in einem menschlichen Wesen wiederverkörpern müssen. Wenn auch der alte Tongbao sich nicht mehr deutlich vergegenwärtigen konnte, wie sein Großvater als Mensch gewesen war, sein Vater jedenfalls hatte fleißig und ehrlich gearbeitet, das wußte er aus eigener Anschauung. Auch er selbst war ein korrekter Mann. Sein Sohn A Vier und dessen Frau, Tochter Vier, waren fleißig und sparsam. Nur der jüngere Sohn, Aduo, neigte in seiner Jugendlichkeit dazu, sich von den Bitternissen des Lebens nicht bekümmern zu lassen. Aber halbflügge junge Burschen sind nicht anders; zum Niedergang der Familie kann das doch nicht führen!

Der alte Tongbao hob sein ausgemergeltes braunes Runzelgesicht und blickte verbittert auf den Fluß, die Dschunken und das Maulbeerland an beiden Ufern. Die Welt war so anders geworden, und doch unterschied sie sich äußerlich wenig von damals, als er zwanzig Jahre alt war. Nur mußten sie jetzt bei ihm zu Hause meist Kürbis essen und waren trotzdem mit mehr als dreihundert Yuan verschuldet.

Tuuuht! Tut, tut, tuht! ließ sich aus der Ferne eine

Dampfpfeife vernehmen. Es war unten an der Flußbiegung, wo ein anderes graues Gebäude stand und man dahinter, winzig und verschwommen, die sauber geschichteten Steine der Uferbefestigung schimmern sah. Ein kleiner Motorschlepper schob sich achtunggebietend hinter dem Gebäude hervor. Er zog drei große Lastkähne den Fluß herauf und näherte sich dem alten Tongbao. Das ruhig und kaum merklich dahinziehende Wasser geriet alsbald in Bewegung, und die Wellen rollten gleichmäßig nach beiden Seiten auseinander. Ein Kahn aus dem Dorf suchte rasch ans Ufer zu gelangen. Dort klammerte sich der Fischer an einer Baumwurzel fest, und es sah aus, als wippte er in einer Schaukel. Das blubbernde Stampfen des Motors und der Gestank der Auspuffgase verbreiteten sich über die friedlichen Fluren. Von Abscheu erfüllt, sah der alte Tongbao zu, wie der kleine Schlepper herankam und vorbeifuhr, bis er an der nächsten Flußkrümmung ein paar Warnsignale hören ließ und schließlich verschwand. Der Alte hatte Dampfer schon immer gehaßt. Sie gehörten zu den Dingen, die von den ausländischen Teufeln herrührten! Er selbst hatte zwar noch nie so einen ausländischen Teufel zu Gesicht bekommen, wußte aber aus seines Vaters Mund, daß der alte gnädige Herr Chen welche gesehen hatte: mit roten Augenbrauen, grünen Augen und steifbeinigem Gang. Auch der alte gnädige Herr hatte sie gehaßt und oft gesagt, das ganze Geld sei von den ausländischen Teufeln hinausgeschwindelt worden.

Der alte Tongbao war noch nicht aus den Kinderhosen gewachsen, als er den alten gnädigen Herrn Chen gekannt hatte; so wußte er eigentlich alles, was den alten Gutsbesitzer betraf, nur vom Hörensagen. Dachte er aber daran, daß „das ganze Geld von den ausländischen Teufeln hinausgeschwindelt worden“ sei, dann war es ihm, als sähe er den Geist des Alten leibhaftig dastehen, sich über den Bart streichen und den Kopf schütteln.

Wie die ausländischen Teufel das Geld hinausgeschwindelt hatten, war dem alten Tongbao recht unklar. Aber was der alte gnädige Herr Chen gesagt hatte, konnte er nicht bezweifeln. Daran war nicht zu rütteln. Überdies merkte er es ja selbst deutlich genug: Seit es in der Stadt ausländische Stoffe, ausländisches Garn, Petroleum und andere ausländische Waren gab und seit dann auch noch auf dem Fluß diese Dampfer erschienen waren, wurden die Produkte, die er auf seinen Feldern erzeugte, immer wertloser, die Dinge in der Stadt aber jeden Tag teurer. Der Familienbesitz, den ihm sein Vater hinterlassen hatte, war zusammengeschrumpft und schließlich in nichts zerronnen. Jetzt war er auch noch mit Schulden beladen! Des alten Tongbao Haß auf die ausländischen Teufel war also wohlbegründet. Sein fester Standpunkt war im Dorf bekannt und geachtet. Vor fünf Jahren hatte ihm jemand erzählt, eine neue Dynastie sei an die Macht gekommen, sie wolle die ausländischen Teufel stürzen. Der alte Tongbao hatte es nicht geglaubt. Denn die neu an die Macht gekommenen jungen Leute, die er bei einem Besuch in der Stadt gesehen hatte, schrien zwar: „Nieder mit den ausländischen Teufeln!", waren aber allesamt selbst wie die ausländischen Teufel gekleidet. So bestand für ihn gar kein Zweifel, daß diese jungen Leute geheime Beziehungen zu den ausländischen Teufeln pflegten und die Menschen vom Dorf vorsätzlich an der Nase herumführten. Wie erwartet, riefen sie bald wirklich nicht mehr: „Nieder mit den ausländischen Teufeln!" Und die Waren in der Stadt verteuerten sich weiterhin täglich, und die Steuern und Abgaben, die von den Bauern zu entrichten waren, schnellten in die Höhe.

Der alte Tongbao war fest überzeugt, daß das alles von den ausländischen Teufeln herrührte, die miteinander verschworen waren.

Nicht genug damit. Sogar die aus eingeführten Eiern großgezogenen Kokons standen höher im Preis, brachten zehn Yuan mehr je Dan! Vor Ärger darüber wäre der alte Tongbao im letzten Jahr beinahe krank geworden. Bis dahin war er mit seiner Schwiegertochter gut ausgekommen, doch diese Angelegenheit hatte unvermeidlich zum Streit mit ihr geführt. Seit dem vorigen Jahr versteifte sich Tochter Vier auf ausländische Sorten. Der jüngere Sohn steckte mit seiner Schwägerin unter einer Decke. Und A Vier, ihr Mann, war gleichfalls für ausländische, wenn er auch nicht viel darüber sprach. Der alte

Tongbao konnte gegen sie alle nicht aufkommen und hatte schließlich nachgeben müssen. Jetzt hatten sie zu Hause fünf Tücher mit Eiern, vier mit einheimischen und eines mit ausländischen.

„Ach, die Welt wird immer schlechter! In ein paar Jahren werden sie gar noch die Maulbeerblätter aus dem Ausland einführen wollen! Gründlich satt habe ich das alles!" schimpfte er und blickte zu den Maulbeerbäumen hinüber. Zornig stieß er seine lange Tabakspfeife gegen die trockenen Erdbrocken vor seinen Füßen. Die Sonne stand ihm gerade über dem Scheitel und zeichnete seinen Schatten kurz und schwarz wie ein angekohltes Holzstück auf dem ausgedörrten Schlammboden ab. Da er seinen zerschlissenen Watterock noch immer nicht abgelegt hatte, wurde ihm am ganzen Leibe unerträglich heiß. Er knöpfte den Rock auf, faßte die Enden und fächelte sich Luft zu. Dann stand er auf, um ins Dorf zu gehen.

Hinter der Maulbeerpflanzung lagen Reisfelder. Die meisten von ihnen waren noch mit halbumgewendeten, von der Trockenheit rissigen Erdschollen bedeckt. Auf den wenigen anderen Feldern, die sich dazwischenschoben, verbreiteten goldgelbe Rapsblüten einen durchdringend süßen Duft. Weiter drüben zeichnete sich eine Häusergruppe ab, die Dorfstraße, an der Tongbao und die Seinen seit drei Generationen wohnten. Ganz langsam stiegen weiße Rauchwölkchen über den Hütten auf.

Der alte Tongbao trat aus dem Maulbeerwald und lenkte seine Schritte einem aufgeschütteten Rain zwischen den Reisfeldern zu. Quer über die Äcker lief ihm ein etwa zehnjähriger Junge entgegen. Schon von weitem rief er: „Großvater, Mutter wartet mit dem Mittagessen auf dich!"

„Ach!" entfuhr es dem alten Tongbao unwillkürlich. Er hatte seinen Enkel erkannt und schaute unverdrossen weiter die Maulbeerbäume an: Das Qingming-Fest kaum vorbei, und die Spitzen der Maulbeerblätter schon fingerlang! So etwas hatte er erst zweimal erlebt. Es versprach eine reiche Ernte. Wieviel Kokons würden die fünf Tücher mit den Bruteiern wohl ergeben? Wenn es nur wenig mehr als im vorigen Jahr wären, dann könnte seine Familie vielleicht etwas von ihren Schulden abtragen.

Xiaobao hatte inzwischen den Großvater erreicht und blickte nun auch zu den grünflockigen Maulbeerfäustchen auf. Plötzlich begann er zu hüpfen und in die Hände zu klatschen. Er sang:

„Wenn üppig schon zum Qingming-Fest die
Maulbeerblätter sprießen,
dann kann die Seidenraupenzüchter
nichts verdrießen!"

Wenn das nicht von guter Vorbedeutung war! Ein Lächeln entspannte die Sorgenfalten des Alten. Er legte Xiaobao die Hand auf den „Mönchskopf" und strich darüber. In seinem alten, durch Not und Elend abgestumpften Herzen war unversehens neue Hoffnung aufgekeimt.

2

Das Wetter blieb warm. Die jungen zartgrünen Blattfinger an den Maulbeerfäusten waren unter den Strahlen der Sonne schon zu kleinen Händchen ausgewachsen. Es sah aus, als gediehen in der Umgebung von Tongbaos Dorf die Bäume besonders gut. Blickte man in die Ferne, so war da ein Schimmern, als wäre ein Streifen grünen Brokats über einen winzigen, dichtgeflochtenen und silbergrau glänzenden Bambuszaun gebreitet. Mit jedem Tag wuchs Tongbaos und der anderen Bauern Hoffnung ein wenig. Wer mit der Seidenraupenzucht zu tun hatte, war geschäftig und in Eile.

Die Geräte, die man zur Zucht benötigte und die ein Jahr lang in den Schuppen verstaut gewesen waren, wurden zum Ausbessern und Säubern hervorgeholt und an den kleinen Bach gebracht, der durch das Dorf floß. An den Ufern war ein Gedränge von Frauen und Kindern. Scherzworte flogen hin und her, manchmal gab es Gelächter.

Frauen und Kinder hatten blasse, verhärmte Gesichter. Seit Jahresanfang hatten sie sich nicht satt essen können. Die alten zerschlissenen Kleider schlotterten ihnen um den abgezehrten Leib. Sie hatten es nicht besser als Bettler. Trotzdem waren alle fröhlich, sogar ausgelassen. Immer geduldig und bereit, zu hoffen, stellten sie sich alles ganz einfach vor: Alles war gut, wenn nur die Seidenraupen gediehen! In einem Monat würden sich die fettgrünen Maulbeerblätter in schneeweiße Kokons und schließlich in klingende Münze verwandelt haben! Ihr Magen knurrte, aber sie lachten und scherzten.

Auch des alten Tongbao Schwiegertochter Vier befand sich mit ihrem Sohn Xiaobao unter den Frauen. Sie waren mit dem Waschen der flachen, runden Futtergestelle und der Brutkörbe schon fertig, saßen am Bachrand auf einem Stein und wischten sich mit dem Saum ihrer Röcke den Schweiß vom Gesicht.

„Werdet ihr dieses Jahr auch ausländische Eier verwenden, Tante Vier?" rief ein zwanzigjähriges Mädchen aus der Schar der Frauen über den Bach herüber. Es war Liubao, die jüngere Schwester Lu Fuqings, der gleich in der Nachbarschaft auf dem anderen Ufer wohnte.

Tochter Vier zog sofort die schweißnassen Brauen hoch, als suchte sie ein Streitobjekt, und rief zurück:

„Was fragst du mich? Darüber entscheidet doch der Großvater! Und der ist ein Dickschädel. So werden wir nur ein Tuch mit ausländischen Eiern nehmen. Wenn er von etwas Ausländischem auch nur hört, tut er, als müßte er auf einen alten Erbfeind losstürzen. Aber Silberdollars, die ja auch ausländisch sind, die will er!"

Die Frauen am Bach horchten und begannen zu lachen. Da überschritt, geradewegs von der Tenne des Nachbarn Lu kommend, ein junger Bursche die Brücke, die aus vier Baumstämmen gefügt war. Tochter Vier sah ihn und ließ sogleich die Frage, ob ausländische Sorten oder nicht, fallen. „Schwager, komm, hilf mir die Sachen wegtragen!" rief sie ihm mit hoher Stimme zu. „Diese hier sind klitschnaß und schwer wie ein ersäufter Hund."

Aduo kam, ohne ein Wort zu sagen, heran, griff sich vier oder fünf von den runden Bambusgestellen und hob sie sich, triefend, wie sie waren, auf den Kopf. Die Arme weit von sich gestreckt und wie Ruder in der Luft schwenkend, setzte er seinen Weg fort. Wenn Aduo gute Laune hatte, war er zu jeder Gefälligkeit bereit. Traf er eine Frau aus dem Dorf und sie bat ihn, irgendein schweres Gerät tragen zu helfen oder etwas aus dem Bach herauszufischen, war er stets zur Hand. Heute wirkte er ein bißchen verstimmt und unlustig. Deshalb hatte er sich nur wenige Gestelle auf den Kopf gesetzt und nichts in die Hände genommen. Als die Frauen sahen, daß er den Stapel Gestelle wie einen riesigen Hut trug und damit, sich in den Hüften wiegend, wie ein Mädchen aus der Stadt einherstolzierte, gab es großes Gelächter.

Lotos, die Frau Li Genshengs, der ein Nachbar des alten Tongbao war, rief ausgelassen: „He, Aduo, komm zurück und hilf mir auch was wegschaffen!"

„Du brauchst mir nur zuzurufen, was ich gern höre, dann trage ich es dir schon!" erwiderte Aduo, lachte nun auch und lief ohne Aufenthalt weiter. Alsbald war er vorm Haus, wo er die Gestelle vom Kopf nahm und sich unters Vordach setzte.

„Gut, dann nenne ich dich einmal mein liebes Patenkind!" rief Lotos und lachte gutgelaunt.

Sie hatte ein ganz bleiches, durchscheinendes Gesicht, das seltsamerweise nur aus einem großen Mund und eng geschlitzten Augen zu bestehen schien. Sie war bei Leuten in der Stadt Sklavenmädchen gewesen, bis man sie vor knapp einem halben Jahr an den ewig schweigenden Li Gensheng verheiratet hatte, einen greisenhaften Mann, der den ganzen Tag mit Leichenbittermiene herumlief. Sie jedoch war im Dorf dafür berühmt, von Liebe und Männern etwas zu verstehen.

„Schamloses Frauenzimmer!" schimpfte plötzlich mit mühsam verstellter Stimme eine aus der Frauenschar auf dem anderen Bachufer.

Lotos riß ihre Schweinsäuglein weit auf und begann zu wettern:

„Wen beschimpfst du denn? Wenn es etwas gibt, kannst du mir's ja ins Gesicht sagen und brauchst dich nicht zu verstecken!"

„Ach, du hast es wohl auf mich abgesehen?" erwiderte Liubao unverzüglich. Sie war ihrer scharfen Zunge wegen im Dorf bekannt und gefürchtet.

„Jeder zieht sich die Jacke an, die ihm paßt; ich beschimpfe eine schamlose und liederliche Person!“

Die Frauen begleiteten das Wortgeplänkel, indem sie einander mit Wasser bespritzten und bald für diese, bald für jene Seite ein kräftiges Wort einwarfen. Die Kinder lachten und begannen herumzutollen. Schwester Vier hatte ihre Erfahrungen; sie nahm ihre Brutkörbe, rief Xiaobao und ging zum Haus. Aduo stand unter dem Vordach; er hatte sich alles lachend angesehen. Er wußte sehr wohl, warum Liubao mit Lotos Streit suchte. Als er hörte, was sich Liubao gefallen lassen mußte, konnte er nicht umhin, sich ein wenig zu freuen.

Der alte Tongbao trat mit einem Holzgestell auf den Schultern aus dem Haus. Die zusammenklappbaren dreikantigen Untergestelle waren von Termiten angefressen und drohten zusammenzubrechen, wenn sie nicht repariert wurden. Als der Alte sah, daß Aduo müßig dastand und sich an dem Gezänk der Frauen ergötzte, machte er ein mißbilligendes Gesicht. Daß sein jüngerer Sohn Aduo noch ein grüner Junge war, wußte er. Aber es verdroß ihn, daß Aduo auch mit der Nachbarin Lotos Scherze trieb. „Eine verdammte Hexe ist das! Wer ihr ins Gehege kommt, den trifft ein Unglück“, hatte der alte Tongbao seinen Jüngeren oft gewarnt.

„Aduo! Was schaust du nichtsnutzig in der Gegend umher? A Vier macht hinten im Hof die Strohgebinde fertig. Geh und hilf ihm!“ rief er und heftete seine geröteten Augen auf Aduo, bis dieser im Haus verschwand. Erst dann wandte er sich wieder seinen Holzgestellen zu, drehte sie zu eingehender Prüfung um und um und begann langsam zu hämmern. Früher war er in der Tischlerarbeit geschickt gewesen; in letzter Zeit aber war er stark gealtert und hatte keine Kraft mehr in den Fingern. Eine Weile ging es, dann mußte er verschnaufen. Gedankenverloren starrte er wieder die fünf Tücher mit den Eiern an, die im Zimmer an Bambusstangen aufgehängt waren.

Unter dem Vordach verklebte Tochter Vier die Brutkörbe. Voriges Jahr hatten sie ein paar Kupfermünzen einsparen wollen und nur altes Zeitungspapier zum Verkleben gekauft. Und der alte Tongbao war noch immer der Meinung, daß ihre Seidenraupen im letzten Jahr nur deshalb nicht gediehen seien, weil sie Zeitungspapier verwendet hatten – ohne zu berücksichtigen, was für Schriftzeichen auf dem Papier standen! In diesem Jahr hatte sich die ganze Familie eine Mahlzeit versagt, um für das gesparte Geld richtiges Korbklebepapier kaufen zu können. Tochter Vier klebte das feste gelbe Papier straff auf und dazu drei kleine dreieckige Bilder, die sie gleichzeitig mit dem Korbklebepapier erworben hatten. Auf dem einen war eine Schale, gefüllt mit Kostbarkeiten, dargestellt, auf den beiden anderen je ein Reiter, hoch zu Roß und mit einem Wimpel in der Hand: der „Kronprinz der Seidenraupen".

„Tochter Vier! Für die geborgten dreißig Dollar, die uns dein Vater vermittelt hat, haben wir nur zwanzig Lasten Blätter bekommen. Und übermorgen wird auch der Reis wieder aufgegessen sein. Was sollen wir dann tun?" Der alte Tongbao hatte eine Atempause gemacht und blickte von seiner Arbeit zu Tochter Vier hinüber. Diese dreißig Dollar kosteten monatlich zweieinhalb Prozent Zinsen. Tochter Viers Vater, Zhang Caifa, hatte sie als Mittelsmann bei seinem Pachtherrn besorgt, der es für eine „gute Tat" hielt, daß er monatlich nur zweieinhalb Prozent Zinsen verlangte. Die Bedingungen lauteten: Rückzahlung der Summe samt Zinsen nach Abschluß der Seidenraupensaison.

Als Tochter Vier mit dem Kleben fertig war, stellte sie die Brutkörbe zum Trocknen in die Sonne.

„Alles Geld für Blätter ausgeben!" sagte sie vorwurfsvoll. „Wieder zuviel . . . wie im vorigen Jahr!"

„Was redest du da! Willst du uns um unser Glück bringen? Muß denn jedes Jahr wie das vergangene werden? Wir selbst haben doch nur etwa zehn Lasten Blätter. Meinst du denn, zehn Lasten reichen für fünf Tücher?"

„Ja, ja, du hast recht, wie immer!" Tochter Viers Stimme wurde schrill und bebte vor Zorn. „Ich weiß nur, daß man Reis haben muß, wenn man ein anständiges Essen kochen will. Ohne Reis kann man hungern."

Wie stets war wieder die ausländische Sorte der eigentliche Anlaß zum Zank mit dem alten Tongbao gewesen. Sein Gesicht hatte sich vor Ärger dunkelrot gefärbt. Beide schwiegen.

Der Tag, an dem die Raupen ausschlüpfen sollten, rückte immer näher. Das kleine Dorf mit den dreißig Familien war in ungewohnter Spannung. Entschlossen zum Einsatz ihrer Kräfte und voll Hoffnung sahen die Menschen den nächsten Tagen entgegen. Sogar den Hunger schienen sie vergessen zu haben. Die Familie des alten Tongbao brachte die kargen Tage hinter sich: Hier borgte man eine Kleinigkeit, dort ließ man etwas anschreiben. Die anderen waren auch nicht besser dran. Welche Familie hätte denn noch zwei oder drei Dou Reis im Haus gehabt? Gewiß, die Herbsternte war im vergangenen Jahr nicht schlecht ausgefallen; aber dann meldeten sich die Gutsbesitzer und die Gläubiger, die regulären Steuern und verschiedene andere Abgaben kamen hinzu und preßten das Letzte aus den Bauern. Längst hatten sie alles aufgebraucht. Sie setzten jetzt ihre ganze Hoffnung auf die Seidenraupen der Frühjahrssaison. Wenn erst die Kokonernte eingebracht wäre, könnten sie alle ihre Schulden zurückzahlen. Zwischen Hoffnung und Furcht schwankend, bereiteten sie sich auf die große „Schlacht" um die Seidenraupen vor.

Das Fest des Getreideregens stand bevor. Überall im Dorf begann sich auf den Tüchern eine grüne Schattierung zu zeigen. Auf dem Dreschplatz sorgten die Frauen dafür, daß die Neuigkeiten in Umlauf kamen. Ob sie fröhlich oder mißgestimmt waren, sie steckten die Köpfe zusammen. „Bei Liubao wollen sie gleich anfangen, die Brut zu wärmen!" – „Lotos meint, sie werden schon morgen damit beginnen. Das geht aber schnell!" – „Der Daoist Huang hat gewahrsagt, daß heuer der Preis für eine Last Blätter auf vier Silberdollar steigen wird."

Tochter Vier besichtigte ihre fünf Tücher. O weh! Die winzigen Pünktchen, die wie Sesamkörner aussahen, waren noch immer schwarz und ohne jeden grünen Schimmer. Ihr Mann, A Vier, trug sie an einen hellen Ort und sah selbst nach. Auch er konnte keine grünliche Färbung feststellen. Tochter Vier machte sich ernstlich Sorgen. „Fang nur gleich an, sie zu wärmen. Bei der Yuhang-

Sorte rate ich dir, etwas langsamer vorzugehen", sagte A Vier notgedrungen, um die Familie zu trösten, und blickte seine Frau an. Tochter Vier preßte die Lippen aufeinander und gab keine Antwort. Dem verhärmten, runzligen Gesicht des alten Tongbao sah man die Trostlosigkeit an. Aber er sagte kein Wort, das Unbehagen verschloß ihm den Mund.

Ein weiterer Tag verstrich, und Tochter Vier prüfte abermals aufmerksam das Tuch. Siehe da, jetzt zeigten sich schon grüne Stellen! Ein prächtiges Grün! Sofort teilte sie das der ganzen Familie mit. Dann nahm Tochter Vier die Tücher auf und drückte sie an die Brust, als hielte sie ein kleines Kind in den Armen, um es zu stillen. Sie wagte kaum, sich zu rühren, und saß ganz ruhig.

Nachts schlief sie mit den fünf Tüchern, die ihr sorgfältig an die Brust gebettet wurden. A Vier mußte mit Aduo das Lager teilen. Die Raupen, die sich auf dem Tuch zusammendrängten, klebten ihr am ganzen Körper und begannen sie zu jucken. In Tochter Viers Freude mischte sich eine leise Angst. Es war wie während ihrer Schwangerschaft, als sich das Kleine zum erstenmal regte; sie war erschrocken und erfreut zugleich.

Die ganze Familie erwartete bang und aufgeregt den Tag, an dem die Raupen ausschlüpfen würden. Nur Aduo bildete eine Ausnahme. Er meinte, wenn in diesem Jahr das Schlüpfen auch gut vonstatten gehe, so sei deshalb doch ans Reichwerden keineswegs zu denken. Der alte Tongbao schalt ihn, von seiner Meinung aber konnte er ihn nicht abbringen.

Der Raum für die Seidenraupen war längst hergerichtet. Am zweiten Tag des Wärmens nahm der alte Tongbao eine große Knoblauchzehe, beschmierte sie mit feuchtem Lehm und legte sie in eine Ecke des Seidenraupenzimmers. Das war ein jährlich geübter Brauch. In diesem Jahr aber vollzog er die Zeremonie mit besonderer Andacht. Die Hände zitterten ihm. Im vergangenen Jahr war das Orakel außerordentlich vielversprechend gewesen – der Knoblauch hatte viele grüne Keime getrieben; aber daran, wie sich die Weissagung dann „erfüllt" hatte, wagte er gar nicht zu denken.

Alle Familien im Dorf waren mit dem Wärmen beschäftigt. Auf dem Dreschplatz und am Bach ließen sich immer weniger Frauen blicken. Es war, als hätte man sich verabredet, ein strenges Schweigegebot einzuhalten. Die Dorfbewohner zeigten sich selbst an ganz gewöhnlichen Tagen von ihrer besten Seite. Die Göttin der Seidenraupen herauszufordern wäre schließlich keine Spielerei! Die Leute wechselten höchstens ein, zwei Worte mit gedämpfter Stimme und gingen dann weiter. Es war eine heilige Jahreszeit.

Bald krochen auf den fünf Tüchern der Familie Tongbaos ein paar schwarze Jungraupen umher, und die Atmosphäre lud sich mit Spannung. Ausgerechnet einen Tag vor dem Fest des Getreideregens! Tochter Vier überlegte, wie sie das Schlüpfen verzögern könnte, denn am Tag des Getreideregens sollte es auf keinen Fall geschehen; es hätte Unglück bedeutet. Die Tücher durften nicht mehr gewärmt werden und wurden vorsichtig in das für die Seidenraupen vorbereitete Zimmer gebracht. Der alte Tongbao warf verstohlen einen Blick auf den Knoblauch in der Ecke, und sein Herz stockte: Ganze zwei Keime hatte der Knoblauch getrieben! Der Alte wagte nicht noch einmal hinzusehen, sondern hoffte nur im stillen, daß sich übermorgen mittag doch noch recht viele grüne Spitzen zeigen würden.

Schließlich war der Tag des Schlüpfens da. Tochter Vier war aufgeregt. Sie wusch den Reis und kochte das Essen, wobei sie darauf achten mußte, daß der heiße Dampf auch immer senkrecht über dem Kochtopf aufstieg. Der alte Tongbao holte die vorsorglich gekauften Weihrauchkerzen und stellte sie ehrfürchtig vor den Altar des Herdgottes. A Vier und Aduo pflückten Wiesenblumen auf den Feldern. Xiaobao half beim Zerschneiden von Lampendochtgras zu feinen Fasern und zerrieb die Wiesenblumen, die A Vier und Aduo gepflückt hatten. Alles war vorbereitet. Die Sonne stand im Zenit, und der Wasserdampf zischte senkrecht über dem Topf hoch. Tochter Vier steckte sich Papierblumen und ein paar Gänsefedern ins Haar und lief hüpfend in das Zimmer der Seidenraupen. Der alte Tongbao mit einem Waagestock und A Vier mit den zerriebenen Blumenblüten und Fasern des Lampendochtgrases folgten ihr. Tochter Vier deckte die Tücher auf und bestreute sie mit den Blüten und Graskrümeln aus den Händen A Viers. Dann hängte sie die Tücher über die Waagestange, die der alte Tongbao vorsichtig hielt. Zuletzt zog sie die Gänsefedern aus dem Haar und streifte damit behutsam die zerriebenen Blüten, das Lampendochtgras und schließlich die schwarzen Jungräupchen in die Körbe. Das erste Tuch ... das zweite Tuch ... bis alle abgestreift waren. Für das letzte, das die ausländische Sorte enthielt, stand ein besonderer Korb bereit. Es war eine heilige und zugleich uralte Zeremonie. Ein Ritus, feierlicher als das Ablegen eines Eides.

Damit begann der einen Monat währende Kampf gegen Witterungsschäden und anderes Unglück; er würde schlaflose Nächte und rastlose Tage bringen.

Die schwarzen Jungräupchen in den Körben krabbelten munter umher und sahen außergewöhnlich gesund und kräftig aus. Die schwarze Färbung war gerade richtig! Tochter Vier und der alte Tongbao beruhigten sich ein wenig, atmeten auf. Als aber der Alte einen zaghaften Blick auf den schicksalsträchtigen Knoblauch warf, erblaßte er ... Kaum drei, vier zarte Keime zeigten sich auf dem Knoblauch! Himmel, sollte es etwa wieder wie im vorigen Jahr werden?

3

Die Weissagung aus dem schicksalverkündenden Knoblauch erfüllte sich nicht. Die Seidenraupen des alten Tongbao gediehen wundervoll. Obwohl während des ersten und des zweiten Schlafes der Raupen das Wetter wolkig und kühl war und man meinen konnte, es sei kälter als zum Qingming-Fest, blieben die „kostbaren Dinger" gesund und wohlauf. Das war überall im Dorf so, und alles war in freudiger Erwartung. Sogar das Wasser im Bach plätscherte munterer, als freute es sich mit. Nur Lotos machte eine Ausnahme. In ihrer Familie wurde nur ein Tuch großgezogen, aber beim dritten Schlaf wogen die Raupen erst zwanzig Jin.

Als dann die Zeit des „großen Schlafes“ herangekommen war, beobachteten die Nachbarn, daß der stets unwirsch schweigende und von ständigem Mißerfolg geplagte Gensheng drei Körbe steifer Seidenraupen in den Bach schüttete.

Seit diesem Vorfall waren die Dorffrauen auf der Hut und wichen Lotos aus. Da sie sich selbst vom Schicksal begünstigt fühlten, vermieden sie es, Lotos auch nur anzusehen oder gar ein Wort mit ihr zu wechseln. Wie schnell konnte doch alles in Mißerfolg umschlagen!

Der alte Tongbao untersagte seinem jüngeren Sohn auf das strengste, mit Lotos zu sprechen. „Wenn du noch einmal mit diesem Luder redest, verklage ich dich wegen Ungehorsamkeit dem Vater gegenüber!“ Der Alte stand an der Haustür und wetterte aus Leibeskräften und mit Absicht so laut, daß man es bei Lotos hören konnte.

Sogar Xiaobao erhielt Anweisung, ja nicht zu Lotos hinüberzulaufen und mit den Leuten von drüben zu sprechen.

Aduo stellte sich taub und kümmerte sich nicht darum, daß der Alte von früh bis spät schimpfte und herumschrie. Er lachte still vor sich hin und war der einzige in der Familie, der keine abergläubische Furcht vor Geistern hatte. Doch auch er sprach nicht mit Lotos. Er war viel zu beschäftigt.

Nach dem großen Schlaf wogen die Raupen dreihundert Jin. Der alte Tongbao hatte mit seinen Leuten, der zwölfjährige Xiaobao einbegriffen, zwei Tage und zwei Nächte kein Auge zugetan. Nur zweimal in seinem sechzigjährigen Leben hatte er so außerordentlich schöne Seidenraupen gehabt: einmal, als er heiratete, und einmal, als A Vier zur Welt kam. Die kostbaren Dinger fraßen am ersten Tag nach dem großen Schlaf sieben Lasten Blätter. Eines gedieh so prächtig wie das andere. Aber die ganze Familie war abgemagert, und Schatten legten sich um die geröteten Augen.

Wer hätte je gedacht, daß die kostbaren Dinger, bevor sie auf den Berg kletterten, so viele Blätter fressen würden? Der alte Tongbao rechnete mit seinem Sohn A Vier nach:

„Vom jungen gnädigen Herrn Chen können wir nichts borgen. Sollten wir es nicht noch einmal bei Caifas Pachtherrn versuchen?"

„Auf unserem Stück haben wir noch zehn Lasten Blätter, einen Tag reicht das", antwortete A Vier. Er konnte sich wirklich kaum noch aufrecht halten. Die Lider wurden ihm zentnerschwer, er wollte schlafen.

Der alte Tongbao wurde ungeduldig.

„Was redest du für Unsinn!" rief er ärgerlich. „Die Raupen haben erst zwei Tage lang gefressen. Morgen nicht mitgerechnet, müssen sie noch wenigstens drei Tage Futter haben. Wir brauchen noch dreißig Lasten Blätter und keine Last weniger."

Auf der Tenne vor dem Haus wurden Stimmen laut. Aduo war mit fünf Lasten frisch geschnittener Blätter eingetroffen. Der Alte und A Vier brachen ihr Gespräch ab und begaben sich hinaus, um die Blätter von den Zweigen zu streifen. Tochter Vier kam aus dem Zimmer der Seidenraupen. Und auch Liubao, die erwachsene Tochter der Familie Lu auf der anderen Seite des Baches, eilte herbei, um zu helfen, denn bei ihr zu Hause wurden nicht so viele Seidenraupen gezüchtet. Am Abendhimmel funkelten schon die Sterne, und ein leichter Wind strich durch die Bäume. Im Dorf hörte man an allen Ecken und Enden laut reden und zwischendurch unbeschwertes Lachen. Deutlich übertönte eine grobe Stimme alle anderen: „Der Marktpreis für alle Blätter ist gestiegen. Heute nachmittag hat in der Stadt eine Last bis zu vier Silberdollar gekostet."

Der alte Tongbao hatte das kaum vernommen, als er schon in helle Aufregung geriet. Vier Dollar eine Last! Das wären doch für dreißig Lasten hundertzwanzig Dollar! Wo sollte er so viel Geld hernehmen? Na ja, die Kokons würden immerhin ein Gewicht von mehr als fünfhundert Jin ergeben. Rechnete man für hundert Jin fünfzig Dollar, so mußten zweihundertfünfzig Dollar herauskommen. Das beruhigte ihn. Bei denen, die an den Blättern arbeiteten, fiel unvermittelt eine leise Bemerkung: „An der östlichen Straße soll es nicht besonders gut stehen; da kann doch der Preis für die Blätter gar nicht so hoch klettern."

Der alte Tongbao erkannte die Stimme. Sie gehörte Liubao. Nun war er vollends beruhigt.

Liubao und Aduo standen miteinander an einem Korb und streiften Blätter ab. Im Halbdunkel des Mondscheins waren sie ganz nahe aneinandergerückt. Da spürte Liubao plötzlich eine Hand, die in dem Blättergewirr der Zweige untergetaucht war und sie in den Schenkel kniff. Sie wußte wohl, wem diese Hand gehörte, denn sie kicherte nicht und schrie auch nicht auf. Als aber gleich darauf diese Hand wieder auftauchte und ihr die Brust betastete, sprang sie hoch und stieß ein warnendes „Aya!“ aus.

„Was ist denn?“ fragte Tochter Vier und blickte auf. Sie stand mit ihnen an demselben Korb und streifte die Blätter ab.

Liubao fühlte, wie ihr das Blut in die Wangen schoß. Sie warf Aduo verstohlen einen Blick zu, senkte rasch den Kopf und arbeitete mit gesteigerter Hast an den Blättern weiter.

„Nichts ist! Ich glaube, ein Tier hat mich gestochen.“

Aduo verbiß sich das Lachen. Er hatte sich in den letzten beiden Wochen nie satt essen können, hatte nur wenig geschlafen und war recht mager geworden, aber er sprühte vor Lebenslust. Den Kummer und die Sorgen, die den alten Tongbao drückten, kannte er nicht. Er glaubte auch nicht, daß nur einmal die Seidenraupen gut zu gedeihen oder die Feldfrüchte auszureifen brauchten, und schon könnte man seine Schulden zurückzahlen und wieder eigenes Ackerland besitzen. Nein, wenn man sich nur auf den Fleiß seiner Hände verließ und sich bis zum Umfallen abrackerte, konnte man seine Lage nicht grundlegend verändern, das wußte er. Dennoch arbeitete er unbekümmert weiter. Die Arbeit selbst war ihm eine Freude, keine geringere, als sich mit Liubao zu necken.

Am nächsten Morgen machte sich der alte Tongbao auf den Weg, um in der Stadt Geld für den Blätterkauf zu borgen. Mit Tochter Vier war er vorher übereingekommen, das Stück Land mit den Maulbeerbäumen zu verpfänden. Es war der letzte Besitz der Familie, fünfzehn Lasten hatten sie darauf ernten können.

Dreißig Lasten Blätter wurden gekauft. Als die ersten zehn Lasten eintrafen, hatten die kraftstrotzenden kostbaren Dinger schon eine halbe Stunde hungern müssen. Tochter Vier hatte bekümmert zugesehen, wie die kostbaren Dinger ihre Mäulchen spitzten und, mit dem Kopf schaukelnd, ihr Futter suchten. Nun wurden die Blätter ausgebreitet, und bald war das Zimmer von knirschendem Kaugeräusch erfüllt; es übertönte alles andere. In kurzer Zeit hatten die Raupen die runden Futtergestelle leer gefressen und erhielten eine neue dicke Lage aufgeschüttet. Allein mit dem Blätterauflegen waren alle so beschäftigt, daß sie kaum Zeit fanden zu verschnaufen. Sie waren auf dem Höhepunkt ihres Kampfes. Zwei Tage noch, und dann konnten die kostbaren Dinger auf den Berg klettern, um sich einzuspinnen! Die Menschen rafften ihre letzten Kräfte zusammen und schufteten verzweifelt.

Aduo sah ganz und gar nicht übermüdet aus, und doch hatte er drei Tage und drei Nächte kein Auge zugetan. Eines Abends saß er allein im Zimmer der Seidenraupen. Er hielt Wache für die erste Hälfte der Nacht, damit sich die anderen einmal ausruhen konnten. Die helle Mondnacht war kühl; im Zimmer flackerte ein kleines Feuer. Ganz sacht fielen Aduo die Augen zu. Im Halbschlaf hörte er eine Tür knarren. Er riß sofort die Lider auf, nach einem Blick aber sanken sie ihm wieder herab. Während er noch das Knarren im Ohr hatte, geriet sein Kopf ins Schwanken und sank ihm mit einem Ruck auf das Knie. Sogleich war er hellwach und hörte eben noch, wie am Eingang zum Seidenraupenzimmer die Schilfmatte aufklatschte. Ihm war, als hätte er den Schatten eines Menschen davonhuschen sehen. Aduo sprang auf und eilte hinaus. Die Tür stand weit offen. Eine Gestalt rannte im Mondlicht über den Dreschplatz zum Bach hinunter. Aduo jagte hinterher. Noch hatte er nicht recht erkannt, wer es war, als er die Person schon packte und zu Boden warf. Ein Dieb vielleicht . . .

„Aduo, schlag mich tot, das soll mir gleich sein! Doch ich flehe dich an, sag niemand etwas!“

Es war Lotos. Ihn schauderte. Das seltsame flache und weiße Gesicht lag im Mondschein ihm zugewandt. Die winzigen Augen zeigten keine Angst. Aduo schnaubte verächtlich und fragte:

„Was hast du gestohlen?"

„Ein paar von euren kostbaren Dingern!"

„Wo hast du sie hingetan?"

„In den Bach geworfen!"

Aduo erblaßte. Aus Bosheit also wollte diese Frau die kostbaren Dinger seiner Familie vernichten.

„Gemein bist du! Was haben wir dir getan? Wir sind doch keine Feinde."

„Keine Feinde? Doch, das seid ihr! Wen schädigen wir denn, wenn wir mit der Seidenraupenzucht Pech haben? Bei euch geht alles gut, und doch haltet ihr mich für eine Hexe und kehrt euch schon von weitem von mir ab, wenn ihr mich seht. Ihr behandelt mich ja gar nicht wie einen Menschen." Die Frau hatte sich beim Sprechen aufgerichtet. Ihr Gesicht sah wirklich zum Fürchten aus.

Aduo starrte sie lange an, dann sagte er ruhig:

„Ich werde dich nicht schlagen. Geh!"

Aduo kehrte ins Seidenraupenzimmer zurück und setzte seine Wache fort. Nach Schlaf stand ihm nicht mehr der Sinn. Er betrachtete die kostbaren Dinger. Alle waren wohlauf. Er fragte sich, ob er Lotos hassen oder bemitleiden sollte. Immer mußte er an ihre Worte denken . . . Unter den Menschen gab es Dinge, die nie richtig gemacht werden konnten. Doch welche Dinge das waren und warum das so war, wurde ihm nicht klar. Bald hatte er alles vergessen. Die kostbaren Dinger waren ja gesund und kräftig. Sie fraßen und fraßen, als seien sie behext; sie waren einfach nicht satt zu kriegen.

Der Rest der Nacht verlief ruhig. Im Osten zeigte sich schon ein lichter Streifen, als der alte Tongbao und Tochter Vier ihn ablösten. Sie hielten die kostbaren Dinger gegen das Licht, um zu sehen, ob sie schon „durchsichtig" seien. Die Raupen färbten sich allmählich weiß und wurden kürzer. Das versetzte die beiden in frohe Stimmung. Als dann aber Tochter Vier bei Sonnenaufgang an den Bach ging, um Wasser zu schöpfen, kam Liubao herbei und zeigte ein finsteres Gesicht. „Gegen Mitternacht sah ich diese schamlose Person aus eurem Haus laufen", erzählte sie und keuchte vor Aufregung.

„Aduo rannte hinter ihr her. Dann standen sie lange hier und tuschelten miteinander. Wie kannst du nur so etwas dulden, Tante Vier?“

Tochter Vier wechselte die Farbe und war nicht fähig zu antworten. Sie nahm den Wassereimer auf und kehrte ins Haus zurück. Erst erzählte sie es ihrem Mann, dann dem alten Tongbao. Der Alte stampfte vor Zorn mit dem Fuß auf. Es fehlte ja gerade noch, daß diese Person nun auch heimlich in das Zimmer mit den Seidenraupen eingedrungen war. Gleich rief er Aduo herbei, um ihn auszuhorchen. Aduo gab nichts zu. Vielleicht habe Liubao geträumt und Gespenster gesehen? Daraufhin suchte der Alte Liubao auf und befragte sie. Ohne Zögern versicherte sie ihm, alles genau gesehen zu haben. Der alte Tongbao war nicht ganz überzeugt. Er kehrte nach Hause zurück und besah sich die kostbaren Dinger. Sie waren nach wie vor bei bester Gesundheit und zeigten kein Merkmal böser Einwirkungen.

Aber das Gefühl der Zuversicht und der Freude war für den alten Tongbao nach diesem Vorkommnis dahin. Er war überzeugt, daß Liubao nicht alles aus der Luft gegriffen hatte. Da war nur zu hoffen, daß diese Person lediglich unter dem Vordach mit Aduo angebändelt hatte. Aber der Knoblauch! Nur drei, vier kümmerliche Keime hatte er getrieben! Des alten Tongbao Herz krampfte sich zusammen, und seine Zukunft erschien ihm düsterer denn je. Konnte es denn anders sein? Gewiß, die Raupen fraßen tüchtig Blätter und gediehen vorzüglich; aber wenn sie auf den Berg gestiegen waren, konnten sie plötzlich steif werden. Wie oft war das vorgekommen! Daran wagte der Alte gar nicht zu denken. Denn der Gedanke allein konnte das Unglück heraufbeschwören.

4

Auch wenn alle kostbaren Dinger auf den Berg kletterten, wäre doch für den alten Tongbao und die Seinen die Angst noch nicht überstanden gewesen. Das Geld war restlos ausgegeben, und ihre Kräfte waren völlig erschöpft. Ob sie etwas verdienen würden, war noch nicht sicher. So standen die Dinge. Aber sie mußten einfach weitermachen; was hätten sie anderes tun können? Unter dem „Bergstall" wurde ein Feuer angezündet. Der alte Tongbao und A Vier krochen mit eingezogenem Kopf und krummem Rücken unter den strohgeflochtenen Sieben umher. Zuweilen hockten sie sich still hin und horchten angestrengt, ob sich schon das feine Rascheln hören ließ, das erste Anzeichen, daß die Raupen nach oben krochen, um sich einzuspinnen. Wann immer sie es vernahmen, lachten sie einander zu. Lauschten sie aber und alles blieb still, stockte ihnen das Herz. Und in ihrem Bangen wagten sie kaum mehr, nach dem Bergstall zu sehen. Blickten sie dann aber zufällig nach oben und gewahrten, daß ein Tröpfchen gelblichen Wassers herabfiel, hellten sich ihre Mienen gleich wieder auf. Im stillen hofften sie auf noch recht viele solcher Tröpfchen. Denn sie waren das Zeichen, daß die Raupen sich einzuspinnen begannen.

Aduo hatte natürlich schon ein paarmal heimlich die Strohmatten, die den Bergstall umgaben, zurückgeschlagen und hineingeschaut. Xiaobao, der das bemerkte, hielt Aduo fest und wollte wissen, ob sich die kostbaren Dinger schon in Kokons verwandelt hätten. Aduo aber schnitt nur Grimassen und streckte ihm die Zunge heraus. Antwort gab er nicht.

Drei Tage nachdem die Raupen auf den Berg geklettert waren, wurde das Heizen eingestellt. Tochter Vier konnte sich mit bestem Willen nicht zurückhalten, heimlich und vorsichtig auch einmal die Ecken der Strohmatten auseinanderzuklappen und einen schnellen Blick hineinzuwerfen. Es verschlug ihr fast den Atem. Eine schneeweiße Schicht bedeckte beinah völlig das Strohgeflecht! Nie in ihrem Leben hatte sie eine so reiche Ernte gesehen. Die ganze Familie strahlte vor Freude. Jetzt konnten sie ruhig sein. Die kostbaren Dinger hatten gewußt, was sie schuldig waren, und hatten die Blätter zu vier Dollar die Last nicht umsonst aufgefressen. Dieser Monat voller Hunger und Schlaflosigkeit war nicht vergebens gewesen. Der gütige Himmel hatte sein Auge nicht von ihnen gewendet!

Überall im Dorf herrschte die gleiche Jubelstimmung.

In diesem Jahr hatte die Göttin der Seidenraupen wirklich ihre schützende Hand über das kleine Dorf gehalten. Alle konnten mit ihrem Ertrag zufrieden sein; aber beim alten Tongbao war die Ernte fast doppelt so ertragreich ausgefallen wie bei den anderen Züchtern.

Am Bach und auf dem Dreschplatz ging es nun wieder laut her. Frauen und Kinder waren im letzten Monat zu Skeletten abgemagert, ihre Augen lagen tief in den Höhlen, die Stimmen klangen heiser. Alles aber war bei bester Laune. Mit vielen Worten erzählten sie einander von der großen „Schlacht", die sie in diesem Monat geschlagen hatten, und schon meinten sie, einen mächtigen Haufen Silberdollars vor den Augen blinken zu sehen.

In ihrer Freude malten sie sich alles Weitere aus: Zuerst würden sie ihre Übergangs- und Sommerkleidung im Leihhaus einlösen. Und zum Drachenbootfest könnten sie sich dann sogar einen fetten Fisch leisten.

Das Zwischenspiel mit Lotos und Aduo lieferte an diesem Abend den Gesprächsstoff. Liubao erzählte jedem, den sie traf, daß Lotos kein Schamgefühl kenne und sich hergebe. Die Männer lachten unflätig darüber, die Frauen hingegen riefen bald Buddha an, bald fluchten sie laut. Aber, so sagten sie, die Familie des alten Tongbao habe immer Glück, ihr sei daraus kein Unheil erwachsen; Buddha beschützte sie, und ihre Ahnen verfügten über Zauberkräfte.

In allen Häusern wurden nach altem Brauch die Strohmatten feierlich beiseite genommen, und die nächsten Freunde waren eingeladen, „den Berg zu beschauen". Des alten Tongbao Verwandter, Zhang Caifa, war mit seinem jüngsten Sohn A Neun zu dieser Gelegenheit aus der Stadt gekommen. Er hatte Geschenke mitgebracht. Backwerk, Früchte und gesalzenen Fisch. Xiaobao tollte umher wie ein Hund im ersten Schnee.

„Tongbao, verkaufst du die Kokons, oder willst du sie bei dir zu Hause selbst abhaspeln?" fragte der alte Zhang besorgt.

Er hatte den alten Tongbao beiseite genommen und sich mit ihm am Bach unter eine Weide gesetzt. Nun, der alte Zhang Caifa erzählte gern alle möglichen Histörchen, die er aus der Stadt mitbrachte, wo er sie bei den Geschichtenerzählern vor dem Tempel des Stadtgottes aufgeschnappt hatte. Meistens durfte man ihn nicht ernst nehmen. Da der alte Tongbao das wußte, maß er der Frage, ob er verkaufen oder selbst abhaspeln wolle, keine Bedeutung bei.

„Natürlich will ich die Kokons verkaufen", sagte er einfach.

Der alte Zhang klatschte sich auf den Schenkel und seufzte. Dann stand er plötzlich auf, wies mit der Hand auf das graue Gebäude, das über die abgeernteten Maulbeerbäume ragte, und sprach:

„Tongbao, die Kokons habt ihr eingebracht, aber die großen Tore dort drüben sind noch immer fest verschlossen. In diesem Jahr wird mit dem Wiegen gar nicht angefangen. Es würde nichts dabei verdient werden."

Der alte Tongbao lachte geradeheraus. Er wollte es nicht glauben – und wie hätte er denn auch so etwas glauben können? Sollten etwa alle Seidenfabriken, von denen es mehr gab als offene Latrinen auf den Feldern, geschlossen bleiben und auf ihren Verdienst verzichten? Überdies hatte er gehört, mit den Japanern werde verhandelt und der Krieg sei bald zu Ende. Waren doch auch die Soldaten, die in dem grauen Gebäude gelegen hatten, längst abgezogen!

Der alte Zhang wechselte das Thema. Er schwätzte über Neuigkeiten, die von dem Platz der Geschichtenerzähler stammten. Zuletzt brachte er das Gespräch auf die Anleihe von dreißig Dollar, die er bei seinem Pachtherrn vermittelt hatte.

Jetzt verlor der alte Tongbao doch die Ruhe. Er lief vor das Dorf hinaus, um nachzusehen, wie es bei den zwei nächstgelegenen Gebäuden am Uferweg stand. Wirklich, sie waren fest verschlossen. Keine Menschenseele ließ sich blicken. Wäre es wie im vergangenen Jahr gewesen, hätte man längst die Ladentische herrichten und die große, schwarzglänzende Waage aufhängen müssen. Der alte Tongbao war ernstlich besorgt. Doch als er wieder nach Hause kam und ihm die schneeweißen, fülligen Kokons entgegenstrahlten, konnte er sich nicht versagen zu schmunzeln: Beste Ware! Dafür sollte sich kein Käufer finden? Das gab es ja gar nicht! Allmählich dachte er an andere Dinge. Denn noch war er mit dem Ernten der Kokons beschäftigt und bereitete die Opferzeremonie für die Göttin der Seidenraupen vor. Allmählich sank die Stimmung im Dorf. Nachrichten, daß die Seidenfabriken geschlossen blieben, wurden laufend aus der Stadt oder vom Fluß mitgebracht. Von den Aufkäufern der Seidenfabriken, die im vorigen Jahr um diese Zeit durch die Dörfer hetzten, ließ sich diesmal kein einziger sehen. Dafür erschienen die Gläubiger und Steuereintreiber. Wenn die Gläubiger von den Bauern gebeten wurden, Kokons in Zahlung zu nehmen, machten sie lange Gesichter und wollten nichts davon wissen.

Das ganze Dorf schimpfte, fluchte und seufzte hoffnungslos. Niemand hätte sich auch nur träumen lassen, daß nach einer so guten Ernte die Lage noch schwieriger werden könnte als im vorigen Jahr. Denen, die wie der alte Tongbao viele Seidenraupen gezüchtet und beste Ergebnisse erzielt hatten, erwuchsen jetzt die größten Schwierigkeiten . . .

„Ach, wie hat sich die Welt doch verändert!" Der alte Tongbao resignierte. Er wußte keinen Ausweg mehr. Aber die Kokons durften nicht lagern, ein Ausweg mußte gefunden werden! Wenn die Kokons sich nicht verkaufen ließen, hieß es eben, sie zu Hause zu spinnen. Im Dorf hatten einige Familien schon ihre Spinnräder hervorgekramt. Sie waren seit vielen Jahren außer Gebrauch und sehr reparaturbedürftig. Doch es war besser, erst einmal die Kokons selbst abzuhaspeln, dann könnte man ja weitersehen. Auch Liubaos Familie machte es so. Der alte Tongbao beriet sich mit seinen Söhnen und seiner Schwiegertochter.

„Wir verkaufen diesmal nicht, sondern spinnen selbst. Diese ganze Kokonverkauferei haben doch erst die ausländischen Teufel aufgebracht."

„Wir haben über fünfhundert Jin Kokons, wieviel Spinnräder willst du denn da aufstellen!" protestierte Tochter Vier.

Sie hatte nicht unrecht. Fünfhundert Jin Kokons waren keine Kleinigkeit. Wollte man sie selbst verspinnen, würde es die Kräfte der Familie übersteigen. Und andere zu Hilfe nehmen? Das würde wieder Geld kosten. A Vier und seine Frau waren sich einig. Aduo warf einen vorwurfsvollen Blick auf den Alten. „Wäret ihr doch meinem Rat gefolgt", meinte er. „Wir hätten uns auf die fünfzehn Lasten Blätter von unserem eigenen Land beschränken müssen und nur ein Tuch eingeführte Eier großziehen dürfen, das wäre richtig gewesen." Der alte Tongbao brachte vor Ärger kein Wort heraus.

Plötzlich blitzte wieder ein Hoffnungsstrahl. Der Daoist Huang brachte die Nachricht in Umlauf, daß eine Spinnerei in der Nähe von Wuxi wie gewöhnlich Kokons aufkaufe. Niemand wußte, woher er das hatte. Der alte Tongbao suchte ihn auf, um Genaueres zu erfahren. Dann beriet er mit seinem Sohn A Vier, wie man die Kokons zum Verkauf nach Wuxi bringen könnte. Dabei schaute er so wild drein, als stritte er sich mit jemand. „Auf dem Wasserweg sind das doch bald dreihundert Li!" schrie er. „Hin und zurück sechs Tage! Verdammt noch mal! Das ist ein Leben, schlimmer als in der Verbannung! Aber weißt du vielleicht einen anderen Weg? Kokons lassen sich ja nicht gegen Lebensmittel verpfänden; und die alten Schulden drücken uns immer mehr!"

A Vier stimmte zu. Schließlich mieteten sie sich ein kleines Fischerboot und erwarben ein paar Schilfmatten. Das Wasser war günstig. Auch Aduo fuhr mit. Sie unternahmen einen „Feldzug in die Ferne", um ihre Kokons zu verkaufen . . .

Nach fünf Tagen kehrten sie zurück, aber leer war das Boot nicht. Ein Korb Kokons war unverkauft geblieben. In der Fabrik war man beim Aussortieren außerordentlich scharf zu Werke gegangen. Die ausländischen Sorten wurden mit fünfunddreißig, die einheimischen mit zwanzig Yuan je hundert Jin bezahlt. Kokons minderer Qualität nahm man überhaupt nicht an. Die Kokons des alten Tongbao waren erstklassige Ware, dennoch wurde ein Korb zurückgewiesen. Der Gesamterlös betrug hundertelf Yuan. Die Reisekosten abgerechnet, verblieben genau hundert Yuan . . . Das genügte nicht einmal, um die Schulden abzuzahlen, die durch den Ankauf der Blätter entstanden waren. Der Alte wurde auf der Reise aus Ärger und Verdruß krank. Die beiden Söhne mußten ihn vom Boot nach Hause tragen.

Die achtzig, neunzig Jin Kokons, die sie zurückbrachten, haspelte Tochter Vier zu Hause ab. Sie borgte von Liubao das Spinnrad und hatte eine Woche damit zu tun. Im Hause war kein Körnchen Reis mehr, und als A Vier die abgehaspelte Seide in der Stadt verkaufen wollte, nahm sie niemand. Auch der Pfandleiher wollte sie nicht. Erst nach langem Hin und Her erklärte er sich bereit, A Vier das Dan Reis dafür zu geben, das ihm dieser vor dem Qingming-Fest verpfändet hatte.

So geschah es, daß das gute Gedeihen der Seidenraupen den alten Tongbao und seine Dorfgenossen noch tiefer in Schulden brachte. Fünf Tücher Seidenraupen hatte er großgezogen und eine ungewöhnlich gute Kokonernte eingebracht. Dafür hatte er sein letztes Maulbeerland verloren und noch dreißig Dollar Schulden gemacht. Die knurrenden Mägen und die schlaflosen Nächte dieses Monats nicht mitgerechnet.

Die Mondsichel

1

Ja, ich sehe wieder die Mondsichel, blaßgolden und kalt. Wie oft habe ich sie gesehen, ebenso wie jetzt. Sie ist für mich die Verkörperung zahlloser Gefühle und Bilder. In all meinen Erinnerungen hängt sie über den Wolken. Sie ruft das Vergangene in mir wach und läßt mir keine Ruhe, so wie der Abendwind die müden Blüten zaust.

2

Als ich die Mondsichel zum erstenmal sah, war sie tatsächlich kalt. Sie schien mir Leid zu bringen, ihr schwaches blaßgoldenes Licht fiel auf meine Tränen. Damals war ich erst sieben Jahre alt, ein kleines Mädchen in einer kurzen roten Steppjacke. Auf dem Kopf trug ich ein blaues Käppchen mit winzigen Blumen daran. Ich weiß noch, daß Mutter es mir genäht hatte. Ich lehnte am Türpfosten und betrachtete die Mondsichel. Das Zimmer war erfüllt von Medizin- und Tabakgeruch, von Mutters Tränen und Vaters Krankheit. Ich stand allein auf der Schwelle und sah hinauf zum Himmel. Niemand rief nach mir, niemand dachte daran, mir Abendessen zu machen. Alle sprachen von Vaters Krankheit, und ich begriff, daß drinnen etwas Schreckliches vor sich ging . . . Doch mehr noch schmerzte mich mein eigener Kummer. Frierend und hungrig stand ich da, bis der Mond untergegangen war. Ganz allein zurückgeblieben, mußte ich weinen, aber mein Schluchzen wurde von Mutters Wehklagen übertönt. Vater war gestorben. Man bedeckte sein Gesicht mit einem weißen Tuch. Ich wollte es zurückziehen und ihn noch einmal ansehen, wagte es jedoch nicht. Mutter zog weiße Kleider an, und auch über meine rote Jacke wurde ein ungesäumter weißer Kittel gestreift. Ich erinnere mich daran, weil ich ununterbrochen weiße Seidenfäden aus der Kante zupfte. Alle waren sehr beschäftigt, lärmten und weinten laut. Dabei gab es gar nicht viel zu tun, die Unruhe schien ganz unnötig. Vater wurde in einen Sarg aus vier dünnen Brettern gelegt, der überall Ritzen hatte. Danach trugen ihn fünf oder sechs Leute hinaus. Mutter und ich folgten ihm weinend. Ich erinnere mich an Papa und erinnere mich an den Sarg. Mit ihm endete alles, was mit meinem Vater zu tun hatte. Jedesmal, wenn ich an Papa denke, fällt mir ein, daß ich ihn nicht noch einmal sehen konnte, weil ich den Sarg nicht geöffnet habe. Nun ist er tief in der Erde. Ich weiß genau, an welcher Stelle außerhalb der Stadtmauer man ihn vergraben hat, aber ebensowenig wie einen Regentropfen, der auf die Erde fällt, werde ich ihn wohl je wiederfinden.

3

Wir trugen noch Trauerkleider, als ich wieder die Mondsichel sah. Es war ein kalter Tag, Mutter führte mich vor die Stadt zu Vaters Grab. Sie hielt ein ganz kleines Bündel Papiergeld in der Hand und war an diesem Tag besonders lieb zu mir. Als ich nicht mehr laufen konnte, trug sie mich ein Stück. Am Stadttor kaufte sie mir sogar geröstete Kastanien. Alles war so kühl, nur die Kastanien waren heiß. Es hätte mir leid getan, sie aufzuessen, und so wärmte ich mir an ihnen die Hände. Ich weiß nicht mehr genau, wie lange wir liefen, doch es war sehr weit. An dem Tag, als man Vater hinausgetragen hatte, war es mir nicht so weit vorgekommen. Vielleicht hatte das auch nur den Anschein, weil an jenem Tag viele Leute da waren. Dieses Mal gingen Mutter und ich allein. Mutter schwieg, und auch ich verspürte keine Lust zum Reden. Es war still um uns her. Diese gelberdigen Wege sind stumm und endlos. Der Tag war kurz. Ich erinnere mich an das Grab, einen winzigen Erdhügel. In der Ferne ein paar hohe Berge, über deren gelben

Kuppen die Sonne stand. Mutter schien mich vergessen zu haben. Sie schob mich zum Rand des Grabes, breitete die Arme über das Häufchen Erde und begann zu weinen. Ich saß dabei und spielte mit den Kastanien. Nach einer Weile verbrannte sie das Papiergeld. Ein wenig Asche wirbelte durch die Luft und sank langsam wieder auf den Boden zurück. Es blies ein leichter, aber kalter Wind. Mutter begann wieder zu weinen. Auch ich dachte an Vater, doch nicht seinetwegen, sondern weil Mutter so bitterlich schluchzte, vergoß ich ein paar Tränen. Ich ging zu ihr und nahm ihre Hand. „Mama, weine nicht, weine doch nicht!" Aber sie schluchzte nur noch heftiger und drückte mich fest an sich. Die Sonne ging unter, kein Mensch zeigte sich in der Nähe, wir zwei waren ganz allein. Ich glaube, Mutter fürchtete sich auch etwas. Sie unterdrückte die Tränen und zog mich mit sich fort. Als wir schon weit gegangen waren, blickte sie noch einmal zurück. Auch ich wandte mich um. Da lag ein kleiner Hügel neben dem anderen, bis hin an den Fuß des Berges. Vaters Grab war nicht mehr auszumachen. Mutter seufzte. Wir gingen dicht nebeneinander und schnell. Noch bevor wir das Stadttor erreichten, sah ich wieder die Mondsichel. Rings um uns herrschte pechschwarze Nacht, kein Laut war zu hören, nur die Mondsichel sandte ihr kaltes Licht herab. Ich war müde, Mutter nahm mich auf den Arm. Ich weiß nicht mehr, wie wir in die Stadt kamen, ich erinnere mich nur daran, daß am finsteren Himmel die Mondsichel hing.

4

Als ich gerade acht Jahre alt war, hatte ich schon gelernt, Dinge ins Pfandhaus zu tragen. Mir war klar: Bringe ich kein Geld heim, haben Mutter und ich nichts zu essen. Jedesmal, wenn sie mir ein Päckchen gab, war kein Krümchen Reis mehr im Topf. Manchmal war unser Kessel genauso rein wie eine tugendhafte Witwe. Einmal hatte ich einen Spiegel bei mir, den letzten Gegenstand, den wir nicht unbedingt brauchten, obgleich Mutter ihn täglich benutzte. Es war ein Frühlingstag, unsere warme Winterkleidung war ins Leihhaus gewandert, kaum daß wir sie abgelegt hatten. Ich hielt den Spiegel in der Hand und wußte, daß ich ganz vorsichtig und doch schnell gehen mußte, denn das Pfandhaus schloß zeitig. Ich fürchtete mich vor der großen roten Tür und vor dem riesigen Ladentisch. Wenn ich die Tür nur erblickte, bekam ich Herzklopfen. Aber ich mußte sogar hinein, und fast kroch ich über die entsetzlich hohe Türschwelle. Ich mußte mich sehr anstrengen, meine Last auf den Tisch zu legen und zu rufen: „Ich bringe etwas! Ich bringe etwas!" Hatte ich Geld und Pfandschein bekommen – ich erinnere mich genau, wie vorsichtig ich beides entgegennahm –, hastete ich nach Hause, damit Mutter sich nicht ängstigte. Aber dieses Mal wollte man in der Pfandleihe den Spiegel nicht nehmen. Man sagte mir, ich solle noch etwas dazulegen. Ich verstand, was mit „etwas" gemeint war. Den Spiegel an die Brust gepreßt, rannte ich nach Hause, so schnell ich konnte. Mutter begann zu weinen, sie konnte nichts mehr finden. Ich hatte mich an das kleine Zimmer gewöhnt und immer geglaubt, es gäbe darin viele Dinge. Erst jetzt, als ich Mutter beim Suchen half, begriff ich, daß unsere Habe sehr klein war. Mutter schickte mich nicht wieder los. Als ich sie aber fragte: „Mama, was wollen wir essen?", gab sie mir weinend ihre silberne Haarnadel. Es war der einzige Silbergegenstand, den sie besaß. Sie hatte sie schon ein paarmal aus dem Haar gezogen, sich aber nicht entschließen können, mich damit ins Pfandhaus zu schicken. Das Schmuckstück war ein Geschenk ihrer Großmutter zur Hochzeit gewesen. Ich mußte den Spiegel hinlegen und mit der Nadel loslaufen. Mit letzter Kraft rannte ich zurück zur Pfandleihe. Doch die furchterregende große Tür war schon fest geschlossen. Die silberne Haarnadel in der Hand, setzte ich mich auf die Schwelle. Ich wagte nicht, laut zu weinen. Mein Blick wanderte zum Himmel, und wieder war es die Mondsichel, die meine Tränen beschien. Ich weinte so lange, bis Mutter aus der Dunkelheit auftauchte. Sie nahm mich bei der Hand, und ich spürte ihre Wärme. Auf der Stelle hatte ich all meinen Kummer vergessen, sogar den Hunger. Wenn mich nur Mutter weiter bei der

Hand hielte, wäre alles gut. Schluchzend flüsterte ich: „Mama, laß uns nach Haus gehen, ich bin müde. Morgen früh gehe ich noch einmal her.“ Sie schwieg. Als wir ein Stück gegangen waren, sagte ich: „Sieh mal, die Mondsichel! An dem Tag, als Vater starb, sah sie genauso aus. Warum hängt sie immer so schräg am Himmel?“ Mutter schwieg weiter, nur ihre Hand zitterte ein wenig.

5

Mutter wusch den ganzen Tag für andere Leute die Wäsche. Ich wollte ihr gern helfen, doch ich wußte nicht wie. So wartete ich auf sie und ging nicht schlafen, bevor sie von der Arbeit zurück war. Manchmal stand die Mondsichel schon am Himmel, wenn sie noch immer wusch. Die Händler schickten ihre stinkenden Socken, hart wie Rindsleder. War Mutter mit dem Waschen der „Lederstücke“ fertig, konnte sie keinen Bissen mehr herunterbringen. Oft saß ich bei ihr und betrachtete die Mondsichel, in deren Licht eine Fledermaus wie eine auf einen Silberfaden gefädelte Wassernuß hin- und herglitt, um plötzlich wieder im Dunkel zu verschwinden. Je mehr ich Mutter bedauerte, um so mehr liebte ich die Mondsichel. Bei ihrem Anblick wurde mir leichter ums Herz. Am schönsten war sie im Sommer, wenn sie Kühle ausstrahlte. Ich liebte das kurze Dasein der verschwommenen kleinen Lichtflecke, die sie auf den Boden zeichnete. Verschwanden sie wieder, wurde die Erde an dieser Stelle besonders dunkel, die Sterne glänzten besonders hell, und die Blumen dufteten besonders stark. Im Garten unseres Nachbarn wuchsen viele Blumen und Bäume. Die Blütenblätter einer riesigen Akazie rieselten zu uns herüber wie Schneeflocken.

6

Vom vielen Waschen wurden Mutters Hände rauh und rissig. Ich fühlte es, wenn ich sie manchmal bat, mir über den Rücken zu streichen. Sie wurde mager, denn angewidert vom Gestank der Socken, konnte sie oft nichts essen. Ich spürte, daß sie über etwas nachdachte, ich spürte es. Mitunter schob sie die Wäsche beiseite und stand wie versteinert da. Sie sprach mit sich selbst. Was mochte sie überlegen? Ich konnte es nicht erraten.

7

Mutter verlangte von mir, ich solle lieb sein und brav „Papa" sagen. Sie hatte wieder einen Vater für mich gefunden. Es war ein anderer Vater, das wußte ich, weil ein Vater schon in der Erde begraben lag. Mutter sah mich nicht an, während sie mit mir sprach. Sie unterdrückte die Tränen und sagte: „Ich kann nicht zulassen, daß du verhungerst!" Ach, nur damit ich keinen Hunger litt, hatte sie für mich einen neuen Vater gesucht. Es gab so viele Dinge, die ich nicht verstand. Ich hatte Angst, und doch hoffte ich, daß wir nun wirklich nicht mehr zu hungern brauchten. Als wir unser kleines Zimmer verließen, hing am Himmel wieder die Mondsichel, welch ein Zufall! Dieses Mal sah ich sie klarer und furchterregender als je zuvor, denn ich war im Begriff, meine gewohnte kleine Welt zu verlassen. Mutter stieg in eine rote Sänfte, der ein paar Musikanten vorausgingen. Ihre Musik klang nicht gut. Die Sänfte wurde vorangetragen. Ich folgte ihr an der Hand eines fremden Mannes. Das schwache Licht der unheilverkündenden Mondsichel schien im kalten Wind zu zittern. Die Straße war menschenleer, nur ein paar streunende Hunde liefen den Musikanten bellend nach. Die Sänftenträger gingen sehr schnell. Wohin? Wurde Mutter etwa aus der Stadt hinausgetragen? Vielleicht zum Friedhof? Der Mann zog mich hinter sich her, daß ich ganz außer Atem kam. Tränen stiegen in mir auf, doch ich konnte nicht weinen. Seine Hand war schweißnaß und kalt wie ein Fisch. Ich wollte rufen: Mama!, aber ich wagte es nicht. Plötzlich sah die Mondsichel aus wie ein nur spaltbreit geöffnetes Auge. Die Sänfte bog in eine kleine Gasse ein.

8

Und dann habe ich die Mondsichel wohl drei oder vier Jahre lang nicht gesehen. Der neue Vater war sehr gut zu uns. Er hatte zwei Zimmer. Mutter und er wohnten im hinteren, meine Schlafstelle war im vorderen. Zuerst wollte ich noch bei Mutter schlafen, doch schon ein paar Tage später hatte ich mein „eigenes" kleines Reich liebgewonnen. Schneeweiße Wände, ein Tisch und ein Stuhl – das schien nun alles mir zu gehören. Auch meine Decke war fester und wärmer als die, die ich früher gehabt hatte. Mutter nahm allmählich wieder etwas zu. Ihre Wangen röteten sich, und die rauhe, rissige Haut an den Händen glättete sich langsam. Lange Zeit brauchte ich nicht ins Pfandhaus zu gehen. Der neue Vater schickte mich zur Schule. Manchmal spielte er auch mit mir. Ich weiß nicht, warum ich ihn nicht gern „Vater" nannte, obwohl er sehr lieb war. Aber er schien es zu verstehen. Wir lachten oft zusammen, dann hatte er sehr schöne Augen. Doch „Vater" konnte ich ihn nicht nennen, auch wenn Mutter mich verstohlen darum bat. Im Grunde meines Herzens war mir klar, daß Mutter und ich durch diesen Vater jetzt genug zu essen und zu trinken hatten. Ja, das begriff ich. Ich glaube, in diesen drei, vier Jahren habe ich die Mondsichel nicht gesehen. Vielleicht habe ich es auch nur vergessen. Die Mondsichel, die am Himmel stand, als Vater starb, und die auf Mutters Hochzeitssänfte schien, werde ich nie vergessen. Matt glänzend und kühl wie ein Stück Jade hat sie sich in mein Gedächtnis eingegraben, klarer und deutlicher als je etwas anderes. Manchmal, wenn ihr Bild in meiner Erinnerung auftaucht, meine ich, ich müßte nur die Hand ausstrecken, um sie zu berühren.

9

Ich ging sehr gern zur Schule. Ständig schien mir, es gäbe dort viele Blumen. In Wahrheit gab es natürlich keine. Aber wenn ich an die Schule denke, kommen mir gleich Blumen in den Sinn, ebenso, wie mir die Mondsichel in den Sinn kommt, die draußen vor der Stadt im leichten Wind gezittert hat, wenn ich an Vaters Grab denke. Mutter liebte Blumen sehr, obwohl sie keine kaufen konnte. Schickte ihr jedoch einmal jemand Blumen, schmückte sie sogleich erfreut ihr Haar damit. Wenn ich Gelegenheit hatte, pflückte ich stets ein, zwei Stengel für sie. Mit frischen Blüten im Haar sah Mutter sehr jung aus. Was Mutter gefiel, gefiel mir auch, und die Schule machte mir Freude. Vielleicht sehe ich deshalb immer Blumen vor mir, wenn ich an die Schule denke.

10

Im letzten Schuljahr schickte Mutter mich wieder ins Pfandhaus. Ich weiß nicht, warum der neue Vater uns plötzlich verlassen hatte. Auch Mutter schien nicht zu wissen, wohin er gegangen war. Sie ließ mich weiter zur Schule gehen, denn sie hoffte wohl, er würde bald zurückkommen. Er kam viele Tage nicht und schrieb auch keinen Brief. Ich glaubte, Mutter müsse nun wieder stinkende Socken waschen, und wurde sehr traurig. Aber Mutter dachte gar nicht daran. Sie fuhr fort, sich zu schminken und trug mit Vorliebe Blumen im Haar. Seltsam! Sie weinte nicht, im Gegenteil – sie lachte. Wieso? Ich verstand es nicht. Ein paarmal sah ich sie in der Tür stehen, wenn ich aus der Schule nach Hause kam. Es dauerte gar nicht lange, da wurde ich auf der Straße angesprochen: „He! Gib deiner Mutter diesen Brief!" und „He, Kleine, bist du auch zu haben?" Ich wurde feuerrot im Gesicht und senkte den Kopf, so tief ich nur konnte. Ich hatte verstanden, daß es für Mutter keinen anderen Ausweg mehr gab, und ich konnte doch nicht mit ihr darüber reden. Sie war sehr gut zu mir, und manchmal sagte sie eindringlich: „Lerne! Lerne!" Sie selbst konnte nicht lesen und schreiben. Weshalb drängte sie so sehr darauf, daß ich lernen sollte? Mir kam eine Vermutung, die allmählich mehr und mehr zur Gewißheit wurde: Mutter tat es nur für mich. Sie hatte keine Wahl, ich konnte sie nicht verurteilen. Es gab Augenblicke, da hätte ich sie gern umarmt und sie angefleht, es nicht mehr zu tun. Ich litt darunter, daß ich ihr nicht helfen konnte, deshalb fragte ich mich: Was werde ich tun, wenn die Schule zu Ende ist? Ich sprach mit meinen Klassenkameradinnen darüber. Einige erzählten mir, viele der Schulabgängerinnen vom Vorjahr seien Konkubinen geworden. Andere, hieß es, würden sich verkaufen. Ich verstand das nicht ganz, aber aus der Art, wie sie es sagten, schloß ich, daß es nichts Gutes sei. Sie schienen alles zu verstehen, und sie liebten es, hinter vorgehaltener Hand von Dingen zu reden, von denen sie genau wußten, daß sie nicht anständig waren. Von derlei Gesprächen bekamen sie hochrote und zufriedene Gesichter. In mir aber stieg ein Verdacht auf: Wartete Mutter nur darauf, daß ich die Schule beendete, und sollte ich dann . . .? Mit diesem Gedanken im Kopf hatte ich oft Angst, nach Hause zu gehen, Angst, Mutter anzusehen. Hin und wieder schenkte sie mir Geld für Süßigkeiten, doch ich getraute mich nicht, es auszugeben. So ging ich mit hungrigem Magen zu den Sportstunden, und manchmal wäre ich fast ohnmächtig geworden. Wenn die anderen Süßes aßen, sah ich zu. Oh, wie verführerisch es duftete! Aber ich mußte mein Geld sparen, dann hätte ich wenigstens fortgehen können, wenn Mutter eines Tages von mir verlangen sollte . . . In meinen reichsten Zeiten besaß ich etwas über einen Mao. Damals suchte ich mitunter selbst tagsüber am Himmel nach der Mondsichel. Hätte mein Kummer Gestalt angenommen, so wäre es die ihre gewesen. Wie hilflos hing sie am aschgrauen Himmelsbogen, und jeden Augenblick konnte die Dunkelheit ihr mattes Licht auslöschen.

11

Das schlimmste für mich war, daß ich allmählich begann, Mutter zu hassen. Doch jedesmal, wenn dieses Gefühl sich meiner bemächtigen wollte, mußte ich daran denken, wie sie mich auf ihrem Rücken zu Vaters Grab hinausgetragen hatte. Stand das Bild vor meinen Augen, schwand der Haß. Mein Herz war der Mondsichel vergleichbar: hell und strahlend für kurze Zeit, doch dann besiegt von grenzenloser Finsternis. Viele Männer kamen zu Mutter, sie verheimlichte es nicht mehr vor mir. Mit gierigen Hundeaugen sahen sie mich an und schnalzten mit der Zunge. Ich war für sie ein noch größerer Leckerbissen, das merkte ich. Ich verstand plötzlich so vieles, verstand, mein Körper war etwas Wertvolles, das es zu behüten galt. Ich ahnte, daß ich anziehend war. Es verwirrte mich und machte mich froh zugleich. Ich verfügte über Kräfte, die mich schützen oder mich verderben konnten. Manchmal spürte ich Härte in mir, manchmal war ich weich gestimmt. Ich wußte nicht, was ich tun sollte. Ich wollte Mutter lieben, denn es gab in dieser Zeit viele Dinge, nach denen ich sie fragen mußte, ich brauchte ihren Trost. Doch gerade jetzt mußte ich ihr ausweichen, mußte ich sie hassen. Anders hätte ich nicht leben können. Wenn ich nachts nicht schlafen konnte und ruhig über alles nachdachte, fand ich, daß ich ihr verzeihen sollte. Sie mußte für uns beide sorgen. Dennoch fiel es mir schwer, ihren Reis zu essen. So wogten meine Gefühle auf und ab wie der Winterwind, der sich für eine Weile legt, um danach um so wilder loszubrechen. Ich suchte mich zu beruhigen, es gelang mir nicht.

12

Ich fand keinen Ausweg, und die Situation wurde immer schlimmer für mich. Mutter fragte mich eines Tages: „Nun, wie ist es?“ Sie sagte, wenn ich sie wirklich liebte, müsse ich ihr helfen. Andernfalls könne sie nicht länger für mich sorgen. Nie hätte ich diese Worte von ihr erwartet, aber sie sagte es wirklich. Ganz deutlich sprach sie es aus: „Ich werde bald alt sein, in zwei Jahren nehmen mich die Männer nicht mal mehr umsonst!“ Sie hatte recht. Obwohl sie sich in letzter Zeit sehr stark schminkte, sah man die Falten in ihrem Gesicht. Nun wollte sie einen letzten Schritt tun und nur noch einem Mann zu Diensten sein. Für viele Männer reichte ihre Kraft nicht mehr aus. Es gab damals einen Mantou-Händler, dem sie gefiel, und sie mußte sich rasch entscheiden. Aber ich war schon erwachsen und konnte nicht mehr hinter Mutters Sänfte hergehen wie ein kleines Mädchen. Ich mußte jetzt selbst für mich sorgen. Wenn ich Mutter „helfen" würde, bräuchte sie nicht fort, ich könnte an ihrer Stelle das Geld verdienen. Für sie Geld verdienen – das wollte ich wirklich, aber bei dem Gedanken an das „Wie" erzitterte ich. Was wußte ich denn schon? Konnte ich auf die gleiche Weise Geld verdienen wie eine alternde Frau? Mutter war grausam, doch Geld ist noch unerbittlicher. Mutter zwang mich nicht, sie ließ mich wählen: Entweder ich half ihr, oder jeder von uns ging seinen eigenen Weg. Mutter konnte nicht mehr weinen, ihre Tränen waren längst versiegt. Was sollte ich tun?

13

Ich sprach mit der Direktorin meiner Schule, einer dicken Frau über vierzig, nicht sehr klug, doch mit einem guten Herzen. Ich wußte wirklich keinen Ausweg mehr, wie hätte ich sonst darüber reden können, was Mutter tat. Ich hatte zu der Direktorin kein besonders enges Verhältnis. Während ich mit ihr sprach, brannte jedes Wort in meinem Mund wie glühende Kohle. Einmal versagte mir fast die Stimme, und ich konnte erst nach langer Pause wieder etwas herausbringen. Sie wollte mir helfen. Geld konnte sie mir nicht geben, aber sie sorgte dafür, daß ich zweimal am Tag zu essen und einen Platz zum Schlafen bekam. Ich wohnte mit einer alten Schuldienerin zusammen in der Schule. Später, wenn ich das Schreiben der Zeichen noch eine Weile geübt hatte, sollte ich dem Schriftführer bei den Papieren helfen. Mit zwei Mahlzeiten und einem Schlafplatz war das größte Problem erst einmal gelöst. Nun bedeutete ich für Mutter kein Hindernis mehr. Sie saß dieses Mal nicht in einer Sänfte, sie stieg einfach in eine Rikscha und verschwand in der Dunkelheit. Mein Bettzeug ließ sie mir da. Bevor sie gegangen war, hatte sie gegen die Tränen angekämpft, aber schließlich stürzten sie ihr doch aus den Augen. Sie wußte, daß ich, ihre leibliche

Tochter, nicht nach ihr suchen würde. Und ich? Ich stand da, schluchzte mit weit geöffnetem Mund, und die Tränen rannen mir über das Gesicht. Ich war ihr Kind, ihr Freund, ihr Trost. Doch ich war nicht fähig, ihr zu helfen, außer wenn ich tat, was ich nicht tun konnte. Denke ich heute daran, sehe ich Mutter und mich wie zwei herrenlose Hunde. Alles Leid mußten wir erdulden wegen unserer knurrenden Mägen. Einzig aus den Mägen schienen unsere Körper zu bestehen. Sie zu füllen, mußten wir alles andere hergeben. Ich haßte Mutter nicht länger, ich hatte verstanden. Es war nicht ihre Schuld. Warum nur gab es nichts zu essen für uns? Der Abschied von Mutter wog schwerer als alle Bitternis der Vergangenheit. Die Mondsichel, die meine Tränen so gut verstanden hätte, stand diesmal nicht am Himmel. Dieses Mal war es stockfinster, auch die Glühwürmchen leuchteten nicht. Mutter ging durch die Finsternis wie ein Gespenst – ohne Schatten. Ich hatte Angst, sie würde plötzlich sterben, und ich könnte sie nicht bei Vater begraben. Ich würde nicht einmal erfahren, wo ihr Grab war. Ich hatte doch nur diesen einzigen Freund – Mutter. Nun blieb ich allein.

14

Ich konnte Mutter nicht mehr sehen, und die Liebe erstarb in meinem Herzen wie eine Frühlingsblume unter Rauhreif. Eifrig übte ich mich im Schreiben von Zeichen, um der Direktorin bei den Papieren helfen zu können. Ich mußte mich nützlich machen, denn ich aß den Reis fremder Leute. Meine Mitschülerinnen waren nicht so wie ich. Sie beobachteten von früh bis spät die anderen: was sie aßen, wie sie sich kleideten, wovon sie redeten. Ich lebte nur für mich, mein Freund war mein Schatten. Nur mich selbst gab es in meinem Innern, weil niemand da war, der mich liebte. Ich liebte mich selbst, bedauerte mich selbst, lobte mich selbst und tadelte mich selbst. Ich kannte mich so gut, als wäre ich der Mensch neben mir. Die kleinste Veränderung an meinem Körper machte mir Angst, freute und verwirrte mich zugleich. Ich fühlte mich wie eine zarte, schutzbedürftige Blume. Nur das Heute war wichtig für mich, an die Zukunft wagte ich nicht zu denken. Wenn ich anderer Leute Reis aß, wußte ich, es war Mittag oder Abend. Ohne die Mahlzeiten hätte ich nie einen Gedanken an die Tageszeit verloren. Es gab keine Hoffnung für mich, und es gab auch keine Zeit. Es war, als gäbe es das Leben nicht. Wenn ich an Mutter dachte, wurde mir klar, daß ich kein Kind mehr war. Ich wartete nicht wie meine Mitschülerinnen auf die Ferien, die Feiertage, den Jahreswechsel. Ferien, Feiertage, Jahreswechsel – was ging mich das an? Daß ich erwachsen wurde, das war wichtig für mich. Jedesmal, wenn ich wieder ein Stück gewachsen war, fühlte ich, es würde neue Probleme geben, und das machte mich unruhig. Je größer ich wurde, desto mehr spürte ich, daß ich hübsch war. Ein kleiner Trost! Meine Schönheit gab mir Selbstvertrauen, ich empfand Süße und Stolz, doch dann folgte Bitterkeit. Arm, aber hübsch! Die Angst ließ sich nicht unterdrücken – Mutter war auch nicht häßlich gewesen.

15

Die Mondsichel hatte ich lange nicht mehr gesehen. Ich wagte auch nicht, hinauszugehen und nach ihr zu schauen, obgleich ich daran dachte. Die Schule hatte ich abgeschlossen, und noch immer wohnte ich im Schulgebäude. Abends waren nur die zwei alten Dienstboten da, ein Mann und eine Frau. Sie wußten nicht, wie sie sich mir gegenüber verhalten sollten. Zwar hatte ich manches mit ihnen gemeinsam, ich war aber kein Dienstbote, auch keine Schülerin mehr und kein Lehrer. Ging ich bei Einbruch der Dunkelheit allein im Hof auf und ab, trieb mich die Mondsichel oft in das Haus. Mir fehlte der Mut, sie anzusehen. War ich jedoch drinnen, stellte ich mir vor, wie sie wohl sein würde, besonders bei leichtem Wind. Ein Windhauch genügte, den matten Lichtschimmer bis in mein Herz zu tragen und die Erinnerung an die Vergangenheit wachzurufen, die meine Traurigkeit noch größer machte. Mein Herz glich der

Fledermaus auf dem Silberstrahl des Mondes, es lag im Licht und war selbst doch schwarz dabei. Und konnte es auch fliegen, so blieb es dennoch schwarz, es gab keine Hoffnung für mich. Aber ich weinte nicht, ich zog nur oft die Stirn in Falten.

16

Ich hatte einen Weg gefunden, etwas Geld zu verdienen. Ich strickte für die Schülerinnen, und sie gaben mir dafür eine Kleinigkeit. Die Direktorin war damit einverstanden. Allerdings verdiente ich auf diese Weise nicht viel, denn die Mädchen konnten selbst stricken. Nur wenn sie einmal ganz schnell ein Paar Handschuhe oder Socken für einen Verwandten brauchten, dann erinnerten sie sich an mich. Ich wurde trotzdem zuversichtlicher und dachte sogar: Wäre Mutter nicht fortgegangen, dann könnte ich sie jetzt ernähren. Zählte ich aber mein erarbeitetes Geld, so wurde mir klar, daß es nur ein Traum war, ein Traum, der mir wohltat. Ich wünschte mir sehr, Mutter zu sehen. Sie müßte einfach zu mir zurückkommen, wir würden bestimmt eine Möglichkeit finden, uns durchzuschlagen. Diese Gedanken gingen mir im Kopf herum, doch leider konnte ich nicht recht daran glauben. Oft begegnete ich Mutter im Traum.

Einmal machte ich mit den Schülerinnen einen Ausflug vor die Stadt. Als wir den Heimweg antraten, war es schon später Nachmittag. Um schneller zurückzukommen, gingen wir durch eine Nebenstraße. Da sah ich Mutter! Es gab in der Gasse einen Mantou-Verkäufer. Vor seiner Ladentür stand ein Geldkorb, über dem ein riesiger Mantou aus weißem Holz baumelte. Mutter saß an die Wand gelehnt und beugte sich, während sie den Blasebalg bediente, auf und nieder. Schon aus der Ferne erkannte ich den riesigen Mantou und Mutter. Ich wollte hinlaufen und sie umarmen, aber ich fand nicht den Mut dazu, weil ich fürchtete, die Schülerinnen würden mich auslachen. Sie konnten nicht wissen, daß ich so eine Mutter hatte. Je näher wir herankamen, desto tiefer senkte ich meinen Kopf. Einen Augenblick lang sah ich sie durch Tränen hindurch an, sie bemerkte mich nicht. Wir gingen ganz dicht an ihr vorüber, doch sie schien nichts um sich her wahrzunehmen, so sehr war sie mit dem Blasebalg beschäftigt. Als wir ein Stück weg waren, blickte ich zurück. Sie saß noch immer da. Ihr Gesicht konnte ich nicht deutlich erkennen, ich sah nur, daß sich ihr Haar über der Stirn gelöst hatte. Ich prägte mir den Straßennamen ein.

17

Wie ein kleiner Wurm nagte an meinem Herzen der Wunsch, Mutter zu sehen. Ich würde keine Ruhe finden, solange ich das nicht konnte.

Gerade zu dieser Zeit bekam die Schule einen neuen Direktor. Die alte Direktorin sagte zu mir, ich solle mir etwas überlegen. Solange sie an der Schule gewesen sei, habe es für mich Essen und einen Schlafplatz gegeben, doch sie könne nicht garantieren, daß es der neue Direktor genauso hielte. Ich zählte mein Geld. Es waren zusammen zwei Yuan, sieben Mao und einige Kupfermünzen. Die kleine Summe konnte mich davor bewahren, in den nächsten Tagen Hunger zu leiden, aber wohin gehen? Ich konnte nicht tatenlos dasitzen und Trübsal blasen, ich mußte einen Ausweg finden. Mein erster Gedanke war, Mutter zu suchen. Aber könnte sie mich denn aufnehmen? Wenn nicht, würde mein Erscheinen nur Kummer für sie bedeuten, selbst wenn es keinen Streit zwischen ihr und dem Mantou-Verkäufer gäbe. Ich mußte an sie denken, sie war meine Mutter und war es auch wieder nicht. Die Armut hatte eine Mauer zwischen uns errichtet. Ich überlegte hin und her und konnte mich nicht entschließen, zu ihr zu gehen. Ich mußte allein mit meinem Unglück fertig werden. Aber wie, das wußte ich nicht. Die Welt kam mir sehr klein vor, es gab in ihr keinen Platz, an dem ich mich mit meinem Bündel Bettzeug einrichten konnte. Ich war schlechter dran als ein Hund. Ein Hund kann sich überall schlafen legen, ich durfte nicht auf der Straße schlafen. Ja, ich war ein Mensch, aber manchmal geht es einem Menschen schlechter als einem Hund. Woher sollte ich wissen, ob der neue Direktor mich nicht hinausjagte, wenn ich nicht von selbst ging? Ich wollte nicht warten, bis das geschah.

Es war ein Frühlingstag. Ich sah wohl die Blumen blühen und die Blätter grünen, doch ich spürte keine Wärme. Rote Blumen, grüne Blätter, die Farbenpracht um mich her – all das war nichts als sinnlose bunte Tupfen. Für mich war der Frühling kalt und tot. Obgleich ich nicht weinen wollte, rannen mir die Tränen von selbst über die Wangen.

18

Ich machte mich auf die Suche nach einer Arbeit. Mutter suchte ich nicht, denn ich wollte von niemandem abhängig sein, sondern mir meinen Lebensunterhalt selbst verdienen. Zwei ganze Tage lief ich umher. Voller Hoffnung brach ich am Morgen auf, und staubbedeckt und mit Tränen in den Augen kehrte ich am Abend heim. Es gab nichts für mich zu tun. Erst jetzt verstand ich Mutter richtig, verzieh ihr wirklich. Sie hatte wenigstens noch stinkende Socken gewaschen, ich konnte nicht einmal das tun. Der Weg, den Mutter gegangen war, war die einzige Lösung. All die Dinge, die man mich in der Schule gelehrt hatte, Moral und Sittlichkeit waren nur zum Spaß. Sie waren zur Unterhaltung da für Leute mit sattem Bauch und Langeweile. Meine Mitschülerinnen hätten es nicht für möglich gehalten, daß ich so eine Mutter hatte. Sie spotteten über Frauen, die sich verkauften. Nun ja, sie konnten so urteilen, sie hatten genug zu essen. Für mich stand so gut wie fest: Wenn mir nur jemand etwas zu essen gäbe, so würde ich dafür alles tun. Ich wollte nicht sterben, obwohl ich mitunter daran dachte. Nein, ich wollte leben. Ich war jung, ich war schön, ich wollte leben.

19

Ich faßte den Mut, im Hof umherzuspazieren. Die Frühlingsmondsichel hing am tiefblauen, wolkenlosen Himmel. Ich bewunderte ihre Schönheit. Der kühle und sanfte Silberbogen warf sein mildes Licht auf die Bäume. Der leichte Wind, der durch den Hof strich, brachte Blumenduft aus dem Süden und trieb die Weidenruten spielerisch ins Helle und dann wieder ins Dunkel. Das Mondlicht war matt und zeichnete nur blasse Schatten. Der kaum merkliche Wind ließ alles weich erscheinen, beinah wie im Traum. Ein Sternenpaar zwischen der Mondsichel und den Wipfeln der Weiden glich den lächelnden Augen einer guten Fee. Sie blickten gleichzeitig zur Mondsichel empor und auf die sacht schwingenden Weidenruten hinab. Bei der Mauer stand ein von weißen Blüten übersäter Baum. Das Mondlicht übergoß die eine Hälfte dieses Blütenschnees mit einem Glanz von unglaublicher kristallener Reinheit, die andere Hälfte wirkte dagegen aschfarben. „Mit der Mondsichel beginnen alle meine Hoffnungen", sagte ich zu mir selbst.

20

Ich ging noch einmal zur Direktorin. Sie war nicht zu Hause. Ein junger Mann ließ mich herein. Er sah gut aus und war sehr freundlich. Gewöhnlich hatte ich große Angst vor Männern, er aber flößte mir keine Furcht ein. Er lächelte so warm, daß mir das Herz weich wurde, und fragte mich, weshalb ich gekommen sei. Da konnte ich nicht umhin, ihm zu antworten, und so erzählte ich, was ich von der Direktorin wollte. Er war mitfühlend und versprach, mir zu helfen. Noch am Abend desselben Tages brachte er mir zwei Yuan. Ich wollte sie nicht nehmen, doch er sagte, sie seien von seiner Tante, der Direktorin. Außerdem sagte er mir, seine Tante habe bereits für mich eine Unterkunft gefunden, am nächsten Tag könne ich einziehen. Mir kamen Zweifel, doch ich wagte nicht, sie auszusprechen. Sein Lächeln hatte den

Weg zu meinem Herzen gefunden. Ich spürte, daß ich ihn mit meinem Mißtrauen kränken würde, er war so warmherzig und liebenswert.

21

Der Frühlingswind, der trunken macht, hat die Wolkendecke zerrissen. Die Mondsichel und ein paar Sterne blicken hindurch. Ich spüre seine Lippen auf meinem Gesicht und sehe über sein Haar hinweg meine alte Freundin, die zu lächeln scheint wie er. Die Weiden am Flußufer wiegen sich behutsam, und die Frösche quaken ihr Liebeslied. Der Geruch jungen Schilfes erfüllt die Luft des warmen Frühlingsabends. Ich höre das Plätschern des Lebenskraft spendenden Wassers. Ich möchte ebenso schnell und leicht emporwachsen wie das Schilf. Die zarten Pflänzchen gedeihen prächtig auf der warmen, feuchten Erde. Alles um mich herum nimmt begierig die Kraft des Frühlings in sich auf und verströmt danach einen berauschenden Duft. Ich vergesse mich selbst, höre auf zu sein. Ich verliere mich im leichten Frühlingswind und unter dem matten Schein der Mondsichel. Plötzlich wird sie von einer Wolke verdeckt, und ich komme zu mir. Ich habe die Mondsichel verloren, und ich habe mich selbst verloren. Ich bin wie Mutter.

22

Ich bereue, ich tröste mich selbst, ich weine, und ich bin froh. Ich weiß nicht, was tun. Ich will fliehen und ihn nie mehr sehen, doch dann sehne ich mich wieder nach ihm. Ich lebe allein in zwei kleinen Zimmern, er kommt jeden Abend, sieht immer phantastisch aus und ist stets gut zu mir. Er gibt mir zu essen und zu trinken, und er schenkt mir sogar neue Kleider. Trage ich die Sachen, sehe ich, daß ich schön bin, dennoch hasse ich sie zugleich. Trotzdem bringe ich es nicht fertig, sie auszuziehen. Ich habe nicht den Mut nachzudenken, und ich will es auch nicht. Ich bin wie im Traum, meine Wangen glühen ständig. Da ich nichts zu tun habe, muß ich mir eine Beschäftigung suchen und lege unlustig Puder auf. Während ich mich schminke, bin ich in mich selbst verliebt, bin ich mit dem Schminken fertig, hasse ich mich. Die Tränen sitzen mir sehr locker, doch ich unterdrücke sie, nur meine Augen glänzen den ganzen Tag feucht. Das sieht schön aus. Manchmal küsse ich ihn wie eine Wahnsinnige, dann wieder stoße ich ihn weg und beschimpfe ihn grob. Er lacht nur immer.

23

Ich wußte schon sehr früh, daß ich keine Hoffnung hatte. Eine winzige Wolke konnte die Mondsichel verdecken, meine Zukunft war düster. Und tatsächlich dauerte es nicht lange, da wurde aus dem Frühling Sommer, und meine Frühlingsträume nahmen ein jähes Ende. Eines Tages, um die Mittagszeit, kam eine schmächtige Frau zu mir. Sie war sehr schön, doch es war die Schönheit einer zerbrechlichen Porzellanfigur. Sie trat herein und begann zu weinen. Es bedurfte keiner Frage, ich verstand sofort. Ich sah ihr an, daß sie mir keinen Skandal machen würde, und auch ich wollte keinen Streit. Sie war ehrlich. Weinend nahm sie meine Hand und sagte: „Er hat uns beide betrogen!“ Ich glaubte, sie sei eine Geliebte wie ich, aber sie war seine Frau. Sie machte mir keine Szene, sie bat nur wieder und wieder: „Lassen Sie ihn gehen!“ Ich wußte nicht, wie ich mich verhalten sollte. Die kleine Frau tat mir leid. Ich versprach ihr alles, was sie wollte, da lächelte sie glücklich. Ich glaube, sie war nicht ganz richtig im Kopf, denn sie schien überhaupt nichts zu verstehen. Sie wollte nur ihren Mann wiederhaben.

24

Lange lief ich durch die Straßen. Leicht hatte ich das Versprechen gegeben, ihn zu verlassen, doch was nun? Seine Geschenke hatte ich nicht gewollt. Jetzt, da ich mich von ihm trennen mußte, sollte ich sie wohl zurückgeben. Aber wohin gehen? Woher etwas zu essen für den nächsten Tag nehmen? Ich brauchte die Dinge, die er mir geschenkt hatte. Mir blieb keine Wahl, und so machte ich mich heimlich aus dem Staube. Ich empfand keine Reue, nur eine Leere um mich her wie eine einsame Wolke am endlosen Himmelszelt. Ich zog in ein kleines Zimmer und verschlief einen ganzen Tag.

25

Ich verstand zu sparen, von klein auf hatte ich den Wert des Geldes schätzen gelernt. Obwohl ich noch ein wenig besaß, wollte ich mir schnell eine Arbeit suchen. Ich hoffte auf nichts Bestimmtes, und es zeigte sich auch, daß sich nicht leichter etwas finden ließ, nur weil ich mittlerweile zwei Jahre älter war. Ich suchte beharrlich, aber das half mir auch nicht. Wie schwer ist es doch für eine Frau, ihren Lebensunterhalt zu verdienen! Mutter hatte recht: Es gibt für uns nur einen Weg – den, den sie genommen hatte. Ich wollte ihn nicht gehen, und dennoch wußte ich, daß er ganz dicht vor mir lag. Je mehr ich dagegen kämpfte, desto mehr Angst bekam ich. Meine Hoffnung glich dem Licht des aufgehenden Mondes, nach kurzer Zeit schon konnte sie verlöschen. Zwei Wochen später war nicht viel davon geblieben. Zuletzt ging ich mit einer Gruppe junger Mädchen zum Vorstellen in ein kleines Restaurant, in dem eine Serviererin gesucht wurde. Es war ein sehr kleines Restaurant mit einem sehr großen Besitzer. Keine von uns war häßlich, und alle hatten wir eine Schule abgeschlossen. Wie eine Auszeichnung aus der Hand des Imperators erwarteten wir die Wahl dieses Turmes von einem Restaurantbesitzer. Er wählte mich. Ich dankte ihm nicht, obwohl ich mich in dem Augenblick wirklich ein wenig freute. Die anderen Mädchen schienen mich sehr zu beneiden. Einige hielten die Tränen zurück, als sie gingen, andere schimpften. Wie geringschätzig wir Frauen doch behandelt werden!

26

Ich wurde die zweite Serviererin in dem kleinen Restaurant. Dabei wußte ich nicht, wie man den Tisch deckt, wie man Geschirr abräumt, eine Rechnung schreibt, und ich kannte auch nicht die Namen der Gerichte. Ich hatte ein wenig Angst, aber die „Erste" beruhigte mich, sie könne das alles auch nicht. Sie sagte, darum kümmere sich Xiao Shun. Wir Serviererinnen hätten den Gästen nur Tee einzuschenken, heiße Handtücher und die Rechnung zu bringen. Das andere ginge uns nichts an. Seltsam! Die „Erste" trug ihre Ärmel weit hochgerollt, und auf dem weißen Ärmelfutter fand sich kein Stäubchen. Um ihren Arm lag ein weißseidenes Tuch, auf das gestickt war: „Ich liebe dich, Schwester." Von früh bis spät puderte sie sich das Gesicht, ihre Lippen waren blutrot wie ein Kürbis. Wenn sie einem Gast Feuer gab, streifte sie mit ihrem Knie sein Bein. Schenkte sie Wein ein, so trank sie auch manchmal selbst einen Schluck davon. Einige der Gäste bediente sie außerordentlich aufmerksam, andere beachtete sie gar nicht, sie senkte einfach die Augenlider und tat, als hätte sie sie nicht gesehen. Nur die mußte ich dann bedienen. Ich hatte Angst vor Männern. Meine Erfahrung, war sie auch gering, hatte mich manches verstehen gelehrt. Ganz gleich, ob sie lieben oder nicht, Männer muß man fürchten. Besonders die, die in den Restaurants sitzen. Sie tun vornehm, überlassen sich gegenseitig die besten Plätze und laden einander ein, doch dann schlagen sie sich roh und brutal, saufen und fressen wie die wilden Tiere, nörgeln unnötig und absichtlich herum und beschimpfen andere. Ich brachte den Tee und die heißen Handtücher stets mit gesenktem Kopf, mein Gesicht glühte. Die Gäste versuchten oft, mich in ein Gespräch zu ziehen, mich zum Lachen zu bringen, aber ich verspürte dazu keine Lust. Wenn ich am Abend nach neun Uhr die Arbeit beendete, war ich furchtbar müde. Ich ging in mein kleines Zimmer, zog mich nicht einmal aus und schlief, bis der Tag anbrach. Am Morgen beim Erwachen war ich ein wenig fröhlicher. Ich verdiente meinen Lebensunterhalt jetzt selbst, aus eigener Kraft. Ich ging sehr früh zur Arbeit.

27

Die „Erste" kam erst nach neun. Ich war schon über zwei Stunden da. Sie sah mich von oben herab an, belehrte mich jedoch ohne Bosheit: „Du brauchst nicht so früh zu kommen. Wer geht denn schon morgens um acht Uhr essen? Und ich will dir gleich noch etwas sagen, du Trauerkloß – zieh nicht immer so ein langes Gesicht! Du bist Kellnerin, da kannst du nicht herumlaufen wie auf einer Beerdigung! Wenn du so den Kopf hängen läßt, wird bald niemand mehr Trinkgeld geben. Wozu bist du denn hier? Etwa nicht, um Geld zu verdienen? Außerdem ist dein Kragen zu niedrig! In unserem Beruf müssen wir hohe Kragen tragen und Seidentücher, das mögen die Gäste." Ich wußte, daß sie es gut meinte, und ich verstand auch, daß sie Verlust hatte, wenn ich nicht freundlich dreinschaute. Das Trinkgeld ging zu gleichen Teilen an alle. Ich wollte ihren Rat schon annehmen, denn einerseits bewunderte ich sie wirklich. Sie tat das alles, um Geld zu verdienen. Eine Frau, die ihren Lebensunterhalt allein bestreiten will, hat keine andere Möglichkeit. Aber ich wollte auch wieder nicht so sein wie sie, obwohl mir ganz klar war: Eines Tages werde ich mich umgänglicher zeigen müssen, um meinen Reis weiter zu erarbeiten. Doch das würde ich wohl erst dann können, wenn meine Situation keinen anderen Ausweg mehr zuließe. Ausweglose Situationen aber lauern auf uns Frauen ständig und überall. Das Übel ließ sich höchstens ein paar Tage hinausschieben. Zorn und Zähneknirschen waren zwecklos, eine Frau hat ihr Schicksal nicht in den eigenen Händen.

Nach drei Tagen erhielt ich vom Restaurantbesitzer

eine Warnung: Er würde es noch zwei weitere Tage mit mir versuchen. Wollte ich bleiben, so müßte ich es machen wie die „Erste“. Die sagte halb im Scherz, halb im Ernst zu mir:

„Es hat sich schon jemand nach dir erkundigt. Weshalb versteckst du dich und stellst dich dumm? Warum sollten wir Geheimnisse voreinander haben? Es kommt vor, daß Kellnerinnen Bankdirektoren heiraten. Glaubst du vielleicht, wir werden dich zurückhalten? Verdammt noch mal, du mußt handeln!“

Es verschlug mir die Sprache. Ich fragte sie:

„Wie muß ich handeln?“

Sie verzog ihre geschminkten Lippen und fuhr fort:

„Du brauchst gar nicht so zu tun! Hast so einen appetitlichen Hintern von der Natur mitbekommen und willst das nicht können . . .!“

Ich ertrug es nicht länger, nahm das bißchen Geld, das ich verdient hatte, und ging nach Hause.

28

Der schwarze Schatten hatte sich wieder ein Stück auf mich zubewegt. Ich wollte ihm entgehen und war ihm doch nur näher gerückt. Ich bedauerte nicht, die Arbeit aufgegeben zu haben, doch fürchtete ich diese dunkle Bedrohung sehr. Mich an einen Mann verkaufen – das konnte ich. Seit jenem Frühlingsabend wußte ich um die Beziehungen zwischen Mann und Frau. Eine Frau braucht nur ein wenig schwach zu werden, schon spürt es der Mann und ist zur Stelle. Er will ihren Körper, dafür entwickelt er die Kraft eines wilden Tieres. Solange er dich braucht, hast du zu essen und anzuziehen. Später schlägt er dich vielleicht oder beschimpft dich oder hört einfach auf, dich zu versorgen. So verkauft sich eine Frau. Manchmal ist sie sogar zufrieden dabei, wie ich es einmal war. Sie sagt zärtliche Dinge, wenn auch nur wenige Tage, denn nach kurzer Zeit kommen Enttäuschung und Schmerz. Aber: Verkauft man sich an nur einen Mann, sagt man noch mitunter zärtliche Dinge, verkauft man sich an alle Männer, gibt es selbst das nicht mehr. Mutter hat niemals Zärtlichkeiten geflüstert. Vor „einem Mann“ hatte ich letzten Endes weniger Angst als vor „allen Männern“. Doch ich wollte mich gar nicht verkaufen. Ich brauchte keinen Mann, ich war noch nicht einmal zwanzig Jahre alt. Früher hatte ich geglaubt, daß es interessant sein müsse, mit einem Mann zusammen zu sein. Wie konnte ich wissen, daß er stets nur das fordern würde, was ich so sehr fürchtete? Ja, einmal hatte ich mich dem Frühlingswind überlassen, hatte zugelassen, daß er die Gelegenheit nutzte. Erst später begriff ich, daß er meine Unwissenheit ausgenutzt hatte, um seine Wünsche zu befriedigen. Mit seinen honigsüßen Worten hatte er mich in einen Traum versetzt. Doch ich erwachte und merkte, daß es eben nur ein Traum gewesen war, etwas Unwahres. Ich bekam zwei Mahlzeiten am Tag und ein paar neue Kleider. Nein, so wollte ich mein Geld nicht noch einmal verdienen. Das Essen ist etwas Reales, man verdient es nicht mit Träumereien. Eine Frau, die sich selbst ernähren will, ist gezwungen, sich zu dem zu bekennen, was sie ist: Sie muß ihren Körper verkaufen! Über einen Monat blieb ich ohne Arbeit.

29

Ich traf ein paar Mitschülerinnen. Einige von ihnen besuchten inzwischen die Mittelschule, einige saßen daheim und taten gar nichts. Ich wollte sie nicht beachten, aber wir kamen ins Gespräch, und ich stellte fest, daß ich klüger war als sie. Früher, während der Schulzeit, war ich dümmer gewesen. Jetzt strotzten sie von Dummheit. Sie schienen noch immer zu träumen. Alle waren sie sorgfältig zurechtgemacht wie die Ware in einem Laden. Sie musterten die jungen Männer und schienen dabei heimlich Liebesgedichte zu verfassen. Ich lachte über sie, doch ich mußte es ihnen ja verzeihen, denn sie hatten genug zu essen. Wer satt ist, kann natürlich an die Liebe denken. Männer und Frauen spinnen dann ihre Netze und fangen sich gegenseitig darin. Die Netze der Reichen sind etwas größer, sie fangen sich mehrere

Opfer und suchen sich in Ruhe eines heraus. Ich war arm, hatte kein Zuhause. Ich mußte mir ohne Netz jemanden einfangen oder mich fangen lassen. Ich verstand mehr vom Leben als die Mädchen.

30

Eines Tages traf ich die kleine Porzellanfrau wieder. Sie hielt mich an, als wäre ich eine enge Verwandte. Sie war ein wenig durcheinander. „Sie sind ein guter Mensch! Bestimmt, sie sind ein guter Mensch! Ich bereue alles.“ Sie sprach ganz offen. „Es tut mir leid. Ich habe Sie gebeten, ihn gehen zu lassen, dabei wäre er bei Ihnen noch besser aufgehoben gewesen. Er hat sich wieder eine andere gesucht, eine noch schönere, und dann ist er ganz fortgegangen.“ Ich erfuhr, daß sie aus Liebe geheiratet hatten, und sie liebte ihn anscheinend noch immer. Er hatte sie verlassen. Sie tat mir leid, diese kleine Frau, denn auch sie lebte in einem Traum. Sie hatte nicht aufgehört, zu glauben, daß die Liebe etwas Heiliges sei. Ich fragte sie, was sie nun tun wolle. Sie sagte, sie müsse ihn finden – um jeden Preis. Und wenn es ihr nicht gelänge? Sie biß sich auf die Lippen. Sie hatte Schwiegereltern, hatte auch noch Vater und Mutter. Sie war nicht frei und beneidete mich sogar darum, daß ich mich um niemanden zu kümmern brauchte. Da gab es einen Menschen, der mich beneidete! Es war zum Lachen! Ich war frei – ein Scherz! Sie hatte zu essen, ich war frei. Sie besaß keine Freiheit, ich war hungrig. Wir waren beide Frauen.

31

Seitdem ich der kleinen Porzellanfrau wiederbegegnet war, dachte ich nicht mehr daran, mich an nur einen Mann zu verkaufen. Ich beschloß, mit den Männern zu spielen. Anders gesagt: Ich wollte meinen Lebensunterhalt durch Flirts verdienen. Ich war niemandem gegenüber moralisch verantwortlich, ich war nichts als hungrig. Durch das Spiel mit den Männern hoffte ich, meinen Hunger zu stillen, doch nur wenn mein Hunger gestillt war, konnte ich mit ihnen spielen. Es war ein Kreis ohne Anfang und Ende. Meine Mitschülerinnen und die Porzellanfrau waren nicht viel anders als ich, vielleicht träumten sie nur etwas mehr. Ich wahr ehrlicher, denn mein hungriger Magen war eine starke Wahrheit. So begann ich, die wenigen Dinge, die ich besaß, zu verkaufen. Dann kleidete ich mich von Kopf bis Fuß neu ein. Ich war nicht häßlich. Mit dieser Gewißheit ging ich auf den Markt.

32

Ich wollte Geld verdienen durch Flirts, durch das Spiel mit dem Feuer. Ach! Ich hatte mich geirrt. Es war wohl doch nicht so weit her mit meiner Lebensweisheit. Die Männer ließen sich nicht so leicht anlocken, wie ich glaubte. Bei den Gebildeten hatte ich vor, mich höchstens auf ein, zwei Küsse einzulassen. Ha! Das klappte nicht. Sie wollten es schon genauer wissen. Manche luden mich ins Kino ein oder gingen mit mir spazieren. Ich aß ein Eis und kam doch mit hungrigem Magen nach Hause. Die sogenannten gebildeten Männer fragten mich, welche Schule ich abgeschlossen hätte, was meine Familie täte. Durch dieses Benehmen wurde mir klar: Wenn so ein Mann dich will, mußt du ihm das Entsprechende bieten. Tust du es nicht, bekommst du höchstens ein Eis für deinen Kuß. Willst du dich verkaufen, so mußt du es ganz und gar tun. Ich hatte begriffen. Die kleinen Porzellanfrauen verstanden das nicht. Frauen wie Mutter und ich verstanden es. Ich dachte sehr oft an Mutter.

33

Es heißt, es gebe Frauen, die durch Flirts ihren Lebensunterhalt verdienen könnten. Ich brachte es nicht fertig und schlug es mir bald ganz aus dem Kopf. Ich begann, mich zu verkaufen, aber da warf mich mein Wirt hinaus. Er war ein Mensch, der auf Moral hielt. Ohne mich von ihm zu verabschieden, zog ich aus. Ich kehrte in die zwei kleinen Zimmer zurück, die ich mit Mutter und dem neuen Vater bewohnt hatte. Die Leute dort redeten nicht viel über Moral, aber sie waren ehrlich und gut. Nachdem ich umgezogen war, lief mein Handel gar nicht schlecht. Selbst gebildete Männer kamen. Sie wußten, ich hatte etwas anzubieten, sie wollten kaufen, und so stellten sie sich ein. Auf diese Weise erlitten sie keinen Verlust und behielten auch ihren guten Ruf. Als ich das Geschäft begann, hatte ich große Angst, denn ich war noch keine zwanzig Jahre alt. Doch nach ein paar Tagen fürchtete ich mich nicht mehr. Die Kunden waren mit mir zufrieden und empfahlen mich weiter. Einige Monate später hatte ich bereits viel dazugelernt. Sobald ich einen Mann nur ansah, wußte ich, was für ein Mensch er war. Die Reichen fragten als erstes nach meinem Preis. Sie waren zudem eifersüchtig, wollten mich allein besitzen. Selbst wenn sie sich mit einer Dirne amüsierten, wollten sie das Monopol, weil sie Geld hatten. Mit dieser Art Männer gab ich mir keine Mühe. Ich fürchtete mich auch nicht, wenn einer Krach schlug. Dann sagte ich nur zu ihm, daß ich ja seine Adresse ausfindig machen und mit seiner Frau sprechen könnte. Schließlich war ich nicht umsonst ein paar Jahre zur Schule gegangen. So einer konnte mir keine Angst machen. Ja, Bildung ist nützlich, daran glaube ich fest. Andere hielten, wenn sie zu mir kamen, ihr Geld umklammert und fürchteten nur, betrogen zu werden. Diesen Männern erklärte ich ganz genau die Bedingungen, und sie gingen folgsam nach Hause, um mehr Geld zu holen. Es war interessant. Die Schlimmsten waren die Spitzbuben. Sie wollten nur wenig bezahlen und sich obendrein noch bereichern. Mal fehlte eine halbe Schachtel Zigaretten, wenn einer ging, mal eine Dose Krem. Sie nahmen, was ihnen unter die Finger geriet. Solange man diese Typen in Ruhe ließ, war es gut. Hätte ich sie zur Rede gestellt, wären sie imstande gewesen, mir die Polizei auf den Hals zu hetzen. Deshalb ertrug ich sie. Die Polizisten in meiner Gegend mußte ich ohnehin einen wie den anderen durch Geschenke bei Laune halten. Die Welt gehört den Gierigen, nur Gauner kommen zu etwas. Am meisten zu bedauern waren die, die aussahen wie Studenten. In ihren Hosentaschen klimperten nur ein paar Münzen, und auf ihren Nasen standen Schweißperlen. Sie taten mir leid, doch ich verkaufte mich auch an sie nur zu den üblichen Bedingungen. Was hätte ich tun sollen? Und dann waren da noch die Alten – alles angesehene Männer, die wahrscheinlich das Haus voller Söhne und Enkel hatten. Wie ich mich ihnen gegenüber verhalten sollte, wußte ich nicht. Aber ich wußte, daß sie Geld hatten und sich vor dem Tode noch ein wenig Freude kaufen wollten. Ich hatte keine Wahl und gab ihnen das Gewünschte. So lernte ich „Geld" und „Menschen" kennen. Das Geld ist das Schlimmere. Der Mensch ist eine Bestie, das Geld macht ihn dazu.

34

Ich entdeckte, daß ich krank war, und begann unsäglich zu leiden. Das Leben schien keinen Sinn mehr zu haben. Ich unterbrach meine „Arbeit" und lief ziel- und planlos durch die Straßen. Ich wollte zu Mutter gehen, sie hätte mir Trost geben können. Ich glaubte, ich würde bald sterben. Ich suchte jene kleine Gasse ab und hoffte, Mutter dort zu finden. Ich dachte daran, wie sie vor der Tür den Blasebalg bedient hatte. Der Mantou-Laden war geschlossen. Ich fragte herum, doch niemand wußte, wohin die Besitzer gegangen waren. Aber das bestärkte mich nur in dem Entschluß, Mutter unbedingt zu finden.

Verloren und verzagt lief ich tagelang durch die Straßen. Es war zwecklos. Ich begann zu fürchten, Mutter sei tot oder mit dem Mantou-Händler fortgezogen, vielleicht sehr weit fort. Dieser Gedanke trieb mir die Tränen in die Augen. Ich zog mich fein an, schminkte mich und legte mich aufs Bett, um auf den Tod zu warten. Ich war fest davon überzeugt, daß er bald kommen würde. Aber ich starb nicht. Es klopfte an die Tür – ein Kunde. Gut, ich bediente ihn. Sollte er sich doch anstecken. Ich hatte keine Schuldgefühle. Dann wurde ich wieder etwas froher, rauchte, trank Wein und fühlte mich wie dreißig oder vierzig. Ich bekam dunkle Ringe um die Augen, meine Handflächen schwitzten, ich achtete nicht mehr darauf. Nur wenn man Geld hat, kann man leben. Zuerst sich satt essen und dann von anderem reden. Ich aß auserlesene Dinge. Wer tut das nicht gern? Ich mußte mir einfach gutes Essen und gute Kleidung gönnen, nur damit konnte ich mich ein wenig trösten.

35

Eines Morgens saß ich noch im Kittel in meinem Zimmer, als ich auf dem Hof Schritte hörte. Ich stand gewöhnlich so gegen zehn Uhr auf und zog mich manchmal erst zwei Stunden später richtig an. Ich war träge geworden in der letzten Zeit und konnte stundenlang nur im Kittel herumsitzen. Ich dachte dabei an nichts und wollte an nichts denken, ich wollte nur still für mich dasitzen. Sacht näherten sich die Schritte meiner Tür, ganz langsam. Kurze Zeit später blickte ein Augenpaar durch das kleine Glasfenster herein. Nur einen Moment, dann verschwand es wieder. Ich war zu faul, mich zu bewegen, und blieb sitzen. Nachdem ich einen Augenblick gewartet hatte, tauchten die Augen wieder auf. Nun hielt mich nichts mehr. Zaghaft öffnete ich die Tür. „Mutter!“

36

Wie Mutter und ich ins Zimmer kamen, kann ich nicht mehr sagen. Ich weiß auch nicht genau, wie lange wir weinten. Mutter schien nicht viel älter geworden zu sein. Ihr Ladenbesitzer war zu seiner Familie zurückgekehrt, ohne ihr ein Wort zu sagen. Heimlich war er gegangen und hatte ihr nicht einmal etwas Geld dagelassen. Die paar Sachen, die ihr geblieben waren, hatte sie verkauft und war in eine billigere Unterkunft gezogen. Sie hatte mich schon über einen halben Monat gesucht. Zuletzt war ihr eingefallen, hierher zu kommen, und obwohl sie keine Hoffnung mehr hatte, war sie nun doch auf mich gestoßen. Sie hätte mich nicht erkannt. Hätte ich nicht „Mutter!“ gerufen, wäre sie wahrscheinlich gleich wieder gegangen. Als ich genug geweint hatte, begann ich wie eine Wahnsinnige zu lachen: Sie hatte ihre Tochter wiedergefunden, ihre Tochter – auch eine Dirne. Als sie mich großzog, mußte sie diesen Weg gehen. Jetzt, da die Reihe an mir war, sie zu ernähren, mußte ich ihn gehen. Welch ein Beruf! Das Besondere daran: Er war vererbbar.

37

Ich hoffte, Mutter würde mich trösten. Ich wußte, daß Trost nichts ist als leere Worte, aber dennoch hätte ich sie gern aus ihrem Munde gehört. Alle Mütter können lügen, und ihre Lügen machen uns Mut. Meine Mutter hatte selbst das vergessen. Sie fürchtete den Hunger, darüber wunderte ich mich nicht. Sie begann, meine Sachen zu inspizieren, mich nach meinen Einnahmen und Ausgaben zu fragen, so als wäre das etwas ganz Selbstverständliches. Ich sagte ihr, daß ich krank sei, und hoffte, sie würde mich überreden, ein paar Tage auszuruhen. Aber nichts dergleichen geschah. Sie sagte nur, daß sie für mich Medizin kaufen ginge. „Werden wir immer so leben?“ fragte ich sie. Keine Antwort. Doch andererseits bedauerte sie mich wirklich, sorgte sich um mich. Sie kochte für mich, fragte, wie ich mich fühlte, und sah mich oft heimlich an, wie eine Mutter ihr schlafendes kleines Kind ansieht. Nur eines konnte sie nicht: mir sagen, ich solle mit dieser Art Broterwerb aufhören. Dabei verstand ich sie ja. Wenn ich auch im stillen mit ihr haderte, es gab für mich keine andere Möglichkeit, Geld zu verdienen. Wir zwei mußten essen, mußten uns kleiden, davon wurde alles bestimmt. Was bedeutet das schon: Mutter und Tochter, was bedeutet schon Anstand. Geld ist nicht barmherzig.

Mutter wollte sich um mich kümmern, aber es störte mich sehr, daß sie mich ständig belauschte und beobachtete. Ich wollte gut zu ihr sein, doch mitunter war sie für mich unerträglich. Sie hätte am liebsten alles beherrscht, besonders wenn es um Geld ging. Obschon ihre Augen das jugendliche Feuer lange verloren hatten, erglänzten sie noch immer, wenn sie Geld erblickten. Zu meinen Besuchern verhielt sie sich wie eine Dienerin. Gab aber mal einer nicht genug, schimpfte sie lauthals. Das machte es mir manchmal sehr schwer. Doch gut, was ich tat, geschah ja tatsächlich des Geldes wegen. Allerdings stand es einer wie mir wohl nicht an, die Kunden zu beschimpfen. Ich ging mitunter nicht gerade fein mit den Männern um, doch ich hatte meinen Stil, der bei ihnen keinen Anstoß erregte. Mutters Methode war zu plump und konnte leicht Ärger hervorrufen. Wollten wir Geld sehen, so durften wir die Kunden nicht verärgern. Vielleicht waren auch meine Jugend und Unerfahrenheit der Grund für meine Art. Mutter interessierte überhaupt nichts außer Geld. Sie mußte so sein, denn sie war ja viel älter als ich. Ich fürchtete, in ein paar Jahren würde auch ich sein wie sie. Mit dem Menschen wird auch sein Herz älter und nach und nach genauso hart wie Geld. Nein, Mutter war nicht höflich. Manchmal versuchte sie wirklich, den Besuchern das Fell über die Ohren zu ziehen. Manchmal behielt sie einfach einen Hut, ein Paar teure Handschuhe oder einen Spazierstock da. Ich hatte große Angst, daß wir Schwierigkeiten bekommen könnten, aber sie redete mir gut zu: „Jedes Stück, das wir bekommen können, ist ein Stück mehr. Schließlich altern wir in einem Jahr um zehn Jahre. Glaubst du, es fragt noch jemand nach uns, wenn wir verbraucht sind?“ Ab und an, wenn die Kunden betrunken waren, stützte sie sie beim Hinausgehen und bat sie in irgendeinem Winkel, sich zu setzen. Dann brachte sie sogar die Schuhe mit zurück. Seltsam, niemals kam einer von den Männern wieder, sein Eigentum zu fordern. Wahrscheinlich glaubten sie, daß Nachforschungen ihnen selbst am meisten schaden könnten. Oder sie wollten keinen Lärm schlagen, weil sie sich an das Vergnügen erinnerten. Wir hatten keine Angst, das Gesicht zu verlieren, sie hatten Angst.

39

Mutter behielt recht: Innerhalb eines Jahres alterte ich um zehn Jahre. Nach zwei, drei Jahren dieses Lebens fühlte ich, daß ich mich verändert hatte. Meine Haut war rauh geworden, meine Lippen waren schon seit langem rissig, meine Augen von roten Äderchen durchzogen. Ich stand morgens sehr spät auf und fühlte mich trotzdem schlecht. Ich selbst spürte dies alles, doch auch die Kunden waren nicht blind. Die Stammkunden wurden allmählich weniger. Um die anderen bemühte ich mich besonders, doch ich ekelte mich mehr und mehr vor ihnen. Manchmal zeigte ich einen ganz anderen Charakter, als ich ihn in Wirklichkeit besaß, konnte mich kaum beherrschen. Ich wurde launisch, schwatzte Unsinn, war nicht mehr ich selbst. Mein Mund redete unwillkürlich dummes Zeug, als wäre es immer so gewesen. Jetzt kamen nicht mehr viele gebildete Männer zu mir, denn ich besaß nicht mehr die Anmut und die Ausstrahlung, für die sie mich „Kleiner Vogel" genannt hatten. Es waren die einzigen poetischen Worte gewesen, die ich je von ihnen hörte. Nun mußte ich die Fasane nachahmen und schminkte mich so stark, daß man unter der Maske kaum noch einen Menschen vermutete, nur auf diese Weise konnte ich noch ein paar Kunden von einfachem Stand anlocken. Meinen Mund färbte ich blutrot wie einen Flaschenkürbis. Ich biß heftig, das gefiel ihnen. Manchmal war mir, als sähe ich meinen Tod. Jedesmal, wenn ich ein Geldstück erhielt, starb ein Stück von mir. Geld verlängert das Leben, doch meine Methode, es zu verdienen, bewirkte das Gegenteil. Ich sah meinen Tod und erwartete ihn. In meinem Kopf hatte nichts anderes mehr Raum. Wozu auch nachdenken? Nur von einem Tag zum anderen leben und sonst nichts. Mutter war mein Zukunftsbild. Bestenfalls würde ich bald so aussehen wie sie. Wenn man ein Leben lang seinen Körper feilbietet, bleibt nichts übrig als ein paar graue Haare und welke, runzlige Haut. So ist das Leben.

40

Ich konnte nur noch mit Mühe lachen, und es kostete mich sogar Mühe, zornig zu sein. Mein Kummer war nicht mit ein paar Tränen wegzuspülen. In meinem Leben gab es nichts zu verlieren, aber schließlich war es wenigstens ein Leben. Ich wollte den Mut nicht ganz und gar verlieren. Außerdem war ich nicht schuld an dem, was ich tat. Der Tod ist nur dann zum Fürchten, wenn das Leben liebenswert ist. Ich empfand keinen Schmerz aus Angst vor dem Tod, mein Schmerz hatte den Tod längst hinter sich gelassen. Ich liebte das Leben, doch nicht so, wie es für mich war. Ich stellte mir ein ideales Leben vor, ein Leben wie einen Traum. Doch ein Traum vergeht, und das wirkliche Leben wird noch schwerer. Diese Welt ist kein Traum, sie ist eine wahre Hölle.

Mutter merkte, wie schlecht es mir ging. Sie redete mir zu, zu heiraten. Wenn ich heiratete, hätte ich zu essen, und sie wäre im Alter versorgt. Ich war ihre ganze Hoffnung, doch wen sollte ich heiraten?

41

Da ich mit vielen Männern zu tun hatte, hatte ich völlig vergessen, was Liebe ist. Ich liebte mich selbst, so lange, bis ich nicht einmal mehr das konnte. Wie hätte ich einen anderen Menschen lieben sollen? Doch wenn ich heiraten wollte, mußte ich Liebe heucheln und einem Mann sagen, daß ich mein Leben mit ihm verbringen wolle. Ich sagte es zu vielen Männern, ich schwor es ihnen sogar. Keiner erhörte meinen Schwur. Wenn es um Geld geht, sind die Menschen sehr vorsichtig. Prostitution ist schlimmer als Diebstahl, denn Diebstahl bringt immerhin etwas ein. Hätte ich kein Geld gefordert, hätten mir sicher viele ihre Liebe geschworen.

42

Gerade zu dieser Zeit wurde ich von der Polizei aufgegriffen. Die neuen Machthaber in unserer Stadt hielten außerordentlich viel von Sittlichkeit und wollten Ordnung schaffen. Die offiziellen Prostituierten konnten weitermachen wie bisher, sie bezahlten dafür. Wer bezahlte, hatte natürlich das Recht dazu. Das war sittlich.

Nachdem ich verhaftet worden war, brachte man mich in eine Besserungsanstalt, wo man uns arbeiten lehrte. Waschen, putzen, kochen, stricken – ich konnte das alles. Wenn man mit dergleichen Dingen seinen Lebensunterhalt verdienen könnte, hätte ich mich niemals auf dieses bittere Geschäft eingelassen. Ich erklärte es ihnen, man glaubte mir nicht. Sie sagten, daß mit mir nichts anzufangen sei, daß ich keine Moral hätte. Sie brachten mir bei, zu arbeiten, und erklärten mir, daß ich meine Arbeit lieben müsse. Nur wenn ich das täte, könnte ich meinen Lebensunterhalt in Zukunft selbst verdienen oder aber heiraten. Sie waren sehr optimistisch. Doch ich glaubte nicht daran. Ihr größter Erfolg war, daß etwa ein Dutzend Mädchen aus der Anstalt einen Mann gefunden hatten. Wer hierherkam und eine Frau suchte, mußte zwei Yuan Gebühren bezahlen und eine Art Empfehlungsbrief vorlegen. Das war alles. Aus der Sicht der Männer betrachtet, war es günstig. Ich fand, es war ein Hohn. Bei mir schlug die Besserung einfach nicht an. Einmal, als ein hoher Beamter kam, um bei uns die Parade abzunehmen, spie ich ihm ins Gesicht. Daraufhin konnte ich natürlich noch nicht entlassen werden, ich war ein gefährliches Subjekt. Man wollte mich aber auch nicht länger bessern. Ich wechselte den Aufenthaltsort und zog in das Gefängnis.

43

Das Gefängnis ist ein guter Ort. Hier kommt man unwiderruflich zu der Überzeugung, daß die Menschheit schlecht ist. Nicht einmal im Traum habe ich je zuvor etwas so Abstoßendes gesehen. Seitdem ich hier bin, habe ich nicht mehr daran gedacht, wieder herauszukommen. Ich habe ja erfahren, daß es draußen in der Welt auch nicht besser zugeht. Ich würde nicht sterben wollen, wenn ich von hier fortkommen und an einem besseren Ort leben könnte. Da es ihn aber nicht gibt, ist es ganz gleich, wo ich sterbe.

Hier, ja, hier habe ich auch meinen besten Freund wiedergesehen – die Mondsichel! Nach langer, langer Zeit. Wie mag es Mutter gehen? Ich überlasse mich der Erinnerung.

Eine aufopferungsvolle Frau

Frau Wang liebt es ganz und gar nicht, wenn man sie Wang Taitai nennt. Sie selbst hat sich den Namen Missis Mu Fengzhen gegeben und wünscht, daß auch die anderen sie so anreden. Ihr Mann ist sehr reich, und sie gibt sein Geld bedenkenlos aus. Ist es verbraucht und wird sie von den Leuten Missis Mu gerufen, fühlt sie sich als selbständige Frau und macht sich keinerlei Gedanken darüber, daß sie auf Kosten ihres Mannes lebt.

Missis Mu hat den ganzen Tag über schrecklich viel zu tun. Sie kommt kaum einmal zum Verschnaufen. Wie oft sie allein täglich in ein Auto ein- und wieder aussteigen muß . . . Aber Missis Mu ist eben Missis Mu! Keine Versammlung, an der sie nicht teilnähme, keine Wohltätigkeitsveranstaltung, bei der sie fehlte. Eine andere an ihrer Stelle hätte sich längst müde gelaufen. Doch Missis Mu fürchtet die Erschöpfung nicht. Ihr Leben gehört der Gesellschaft. Wenn ihre Beine eines Tages der Belastung nicht mehr standhalten können, muß man sie eben zum Auto tragen. Missis Mu ist stets sehr besorgt um sich, doch noch mehr liebt sie die anderen. Sie lebt, um die Welt zu retten.

Missis Mu liegt noch im Bett, als die Dienerin Ziyou hereinkommt. Sie hat dem Mädchen schon mehr als einmal gesagt, daß sie nicht gestört werden möchte, solange sie noch nicht aufgestanden ist. Aber eine Dienerin bleibt eben eine Dienerin, selbst wenn man sie „Ziyou" nennt. Man kann nicht wissen, was sie für eine Natur hat. Missis Mu will schon die Nachttischlampe neben ihrem Bett ergreifen und sie nach Ziyou werfen, läßt es dann aber bleiben, weil es ihr nicht der Mühe wert scheint.

„Ziyou, wie oft habe ich dir schon gesagt ..." Missis Mu blickt auf die Uhr: Es ist gleich neun. Ihr Ärger legt sich etwas, weil sie froh darüber ist, bis neun Uhr schlafen zu können. Das tut ihrem Körper gut. Sie braucht reichlich Schlaf, denn sie muß sich für die Gesellschaft erhalten.

„Aber Taitai, ehm, Missis ..." Ziyou möchte erklären.

„Rede! Was gibt es? Worauf wartest du?"

„Herr Fang möchte Sie sprechen."

„Welcher Herr Fang? Es gibt viele Fangs, kannst du dich nicht deutlich ausdrücken?"

„Der Lehrer Fang."

„Was will er?"

„Er sagt, seine Frau wäre gestorben." Ziyou scheint Herrn Fangs Kummer mitzuempfinden.

„Schon gut, er will Geld." Missis Mu zieht unter ihrem Kopfkissen eine kleine Geldbörse hervor. „Geh, bring ihm diese zwanzig und schick ihn rasch weg. Mach ihm klar, daß ich vor dem Frühstück niemanden empfange."

Ziyou nimmt das Geld und will gehen, da hält die Herrin sie zurück. „Sag Boai, sie soll das Badewasser einlassen. Und wenn du zurückkommst, lüftest du das Zimmer. Alles muß man dir erst sagen, eine Schinderei ist das! Wo ist mein Sohn?"

„In die Schule gegangen, Missis."

„Geht fort und gibt mir nicht einmal a kiss ... so einer ..." Missis Mu schüttelt heftig den Kopf, und ihre feisten Wangen beginnen zu zittern.

„Er hat gesagt, er wird Ihnen a kiss geben, wenn er nach dem Unterricht zum Essen kommt." Ziyou weiß, was „kiss" und auch was „pie" und „path" bedeutet.

„Genug geschwatzt, schnell, geh jetzt!"

Nachdem Ziyou eilig hinausgegangen ist, überlegt Missis Mu: Herr Fang hat jetzt eine Beerdigung auszurichten. Was macht man nun mit dem zweiten Sohn? Da stirbt diese Frau einfach mir nichts, dir nichts, und meinem jüngeren Sohn fallen dadurch Unterrichtstage aus! Missis Mu mißt der Schulbildung der Kinder größte Bedeutung bei.

Boai klopft an die Tür. „Missis Mu, das Badewasser ist fertig."

Missis Mu geht im Nachthemd ins Badezimmer. Die schneeweiße Wanne ist gut bis zur Hälfte gefüllt, das Wasser nicht zu kalt und nicht zu heiß. Weißgekachelte Wände, Dosen aus gemustertem Glas, der Raum ist voller wohliger Wärme und Parfümduft. Auf der einen Seite ein großer Spiegel, mehrere dicke Frottiertücher, eine Seifenschale, ein Flakon mit Badekristallen, alles strahlt vor Sauberkeit. Missis Mus Laune bessert sich ein wenig. Sie taucht ihre dicken weißen Beine ins Wasser und verharrt einen Augenblick. Während sie das leichte Prickeln des Wassers auf der Haut genießt, verliert sie sich in Gedanken. Längst vergessene Dinge kommen ihr in den Sinn. Sie betrachtet ihre runden weißen Beine. Unter Wasser wirken sie noch dicker, und es wird ihr ums Herz noch schwerer. Behutsam wäscht sie sich den Hals, die Arme, und wieder muß sie an das denken, was so lange zurückliegt: an ihre Jugend. Wie schön und schlank war ihr Körper vor zwanzig Jahren. Fast erkennt sie sich selbst nicht wieder. Das Bild ihrer Söhne und ihres Mannes sieht sie nur undeutlich, ganz als wären sie Fremde. Sie bespritzt sich mit Wasser und wäscht sich so kräftig, daß ihre Haut sich rötet. Nun fühlt sie sich etwas besser. Sie ist nicht nur Frau und Mutter ihrer Kinder, sie ist Mutter für alle, verantwortlich für alle ihre Zeitgenossinnen. Sie hat im Ausland studiert und weiß in der Welt Bescheid. Es ist ihre heilige Pflicht, diese Welt zu retten.

Doch das ist nicht leicht. Sie erinnert sich daran, wie sie sich vor zwei Jahren für das Baden eingesetzt hat, überall hat sie agitiert: „Ohne Badewanne keine ordentliche Familie!" Und das Ergebnis? Die Menschheit ist dumm, sie hatte geredet und geredet, aber niemand verstand sie. Und während sie über ihre drallen Beine streicht, denkt sie: Man kann wirklich den Mut verlieren! Soll die Welt sich meinetwegen in ein Hundeloch verwandeln ohne Badewannen und ohne Hygiene! Doch sie darf den Mut nicht sinken lassen. Will sie sich für die Menschheit aufopfern, so muß sie es ganz und gar tun. Sie ruft nach Ziyou:

„Fünf Minuten lüften ist genug!“

„Ich habe das Fenster schon wieder geschlossen, Missis“, antwortet Ziyou.

Missis Mu geht ins Schlafzimmer zurück. Sie muß jeden Morgen erst einmal tief durchatmen. Dazu braucht sie frische Luft. Draußen ist es zu kalt, doch wenn das Zimmer fünf Minuten lang gelüftet wird, reicht es für ihren Zweck aus. Sie beugt sich nach vorn und ist sehr zufrieden, daß ihre Finger die Zehenspitzen erreichen. Freilich sind die Beine dabei recht krumm, doch letzten Endes treffen sich Finger und Zehen. Nachdem sie die Übung dreimal ausgeführt hat, atmet sie stehend fünf-, sechsmal tief ein und spürt sogleich, wie der Sauerstoff ihr Blut erreicht. Ein wunderbares Gefühl!

„Ziyou, ich will frühstücken!“

Am meisten widerstreben Missis Mu Menschen, die zuviel essen. Deshalb beschränkt sie sich auf ein einfaches Frühstück: ein großer Teller Rührei mit Schinken, zwei Butterbrote, Konfitüre, etwas Obst und eine Tasse Kaffee mit Milch. Sie schätzt einfache Kost. Nicht fünf oder sechs Maiskuchen oder vier Schüsseln Nudeln, sondern mehr Milch und Butter. Doch niemand unterstützt sie. Das Gute findet keinen Widerhall. Es bleibt ihr nichts weiter übrig, als wenigstens selbst gesund zu leben, und so hat sie einen Koch angestellt, der sich auf die Zubereitung europäischer Speisen versteht.

Bei den Eiern mit Schinken fällt ihr wieder Herr Fang ein. Er ist der Lehrer des zweiten Sohnes und erhält monatlich zwanzig Dollar. Das ist nicht wenig. Missis Mu hält es nicht für gut, armen Leuten Gelegenheit zu geben, viel Geld zu verdienen. In ihren eigenen Händen ist Geld Geld, bekommt aber ein Armer Geld in die Hände, so wird es zum Fluch. Sie hätte Herrn Fang durchaus ein paar Dollar mehr geben können, doch das will sie nicht, zum einen, weil sie fürchtet, dann als ungerecht zu gelten, und zum anderen, weil sie Herrn Fang nicht ins Unglück stürzen möchte. Nun hat er den Jungen gerade ein paar Monate unterrichtet, da stirbt seine Frau. Schließlich ist er doch irgendwie zu bedauern. Sie muß eine Möglichkeit finden, ihm Trost zukommen zu lassen.

„Ziyou, sag dem Koch, er soll Herrn Fang zehn Eier schicken. Fang soll sie aber nicht hartgekocht, sondern weich verzehren!"

Genießerisch schlürft Missis Mu ihren Kaffee und stellt sich dabei vor, daß es Herrn Fangs Gesundheit guttun wird, wenn er die weichen Eier ißt. Er wird dadurch leichter mit dem Schmerz über den Tod seiner Frau fertig werden. Und weiter kommt ihr in den Sinn, daß nun, da die Frau tot ist, niemand mehr für Herrn Fang kochen wird. Es wäre wohl das beste, wenn sie ihm täglich zwei Mahlzeiten zukommen ließe. Sie ist immer so fürsorglich, wenn es um andere geht. Das ist ihr Charakter. Wenn sie ihm zwei Mahlzeiten gibt, kann sie etwas von seinem Gehalt einsparen. Er hätte dann zwar etwas weniger Geld, dafür würde er aber gut essen. Herr Fang müßte ihr zutiefst dankbar sein für so viel Verständnis und Mitgefühl. Sie hat immer Verständnis und Mitgefühl für die Menschen, doch wer versteht sie, fühlt mit ihr? Bei diesem Gedanken hat sie das Empfinden, in ihrem Leben herrsche eine große Leere. Sie kann niemanden mehr lieben, kann ihre Jugend nicht mehr zurückholen. Sie kann nur noch anderen Menschen dienen, aber wer dankt ihr das?

Sie wagt nicht, weiter über so schreckliche Dinge nachzudenken, weil sie fürchtet, darüber den Verstand zu verlieren. Sie geht ins Arbeitszimmer, um zu sehen, was an diesem Tag zu tun sei. Arbeit, nur die Arbeit füllt sie aus, macht sie müde, sorgt für einen guten Schlaf, läßt sie froh sein und sich ihres eigenen Wertes bewußt werden.

Ihre Sekretärin, Miss Feng, wartet schon über eine Stunde auf sie. Sie ist erst dreiundzwanzig Jahre alt, groß, aber nicht häßlich. Sie verdient zwölf Dollar pro Monat. Missis Mu nennt sie Sekretärin, und eigentlich müßte sie mit diesem Posten auch ohne Bezahlung zufrieden sein. Missis Mu hat einen sehr großen Bekanntenkreis, da kann sich natürlich für ihre Sekretärin einmal die Gelegenheit ergeben, einem reichen Mann zu begegnen. Ist es nicht besser, sie bekommt einen reichen Mann fürs ganze Leben als jetzt fünfzig oder sechzig Dollar im Monat? Missis Mu findet, daß sie immer sehr vorsorglich und weitblickend ist, wenn es um andere geht.

Als Missis Mu Miss Feng erblickt, seufzt sie:

„Ai, was gibt es heute zu tun? Sagen Sie es mir!" Sie läßt sich in einen Sessel fallen.

Miss Feng hat den Terminkalender schon vorbereitet.

„Die Ausstellung in der Schule für Stumme wird um zehn Uhr zwanzig eröffnet, Missis Mu, um elf Uhr zehn – die Versammlung des Frauenverbandes, bei der Sie den Vorsitz haben, um zwölf Uhr die Hochzeit bei den Zhangs, am Nachmittag ..."

„Warten Sie", Missis Mu seufzt erneut, „haben Sie das Hochzeitsgeschenk zu den Zhangs geschickt?"

„Ja, es wurde abgeschickt: zwei wunderbare Körbe mit frischen Blumen für achtundzwanzig Dollar."

„Hm, ein Geschenk für achtundzwanzig Dollar ist dem Anlaß angemessen."

„Als Herr Wang seinen letzten Geburtstag feierte, hat die Familie Zhang einen seidenen Läufer mit Glückwünschen geschickt, durchaus nichts ..."

„Die Situation hat sich geändert, Herr Zhang ist inzwischen befördert worden. Nun gut, ich werde mir später noch etwas überlegen. Wieviel Veranstaltungen habe ich am Nachmittag?"

„Fünf."

„Sie brauchen mir jetzt nicht alle aufzuzählen, ich kann sie mir doch nicht merken. Sagen Sie es mir, wenn ich von den Zhangs zurück bin." Während sich Missis Mu eine Zigarette anzündet und zu rauchen beginnt, denkt sie darüber nach, daß das Geschenk für die Zhangs wohl doch etwas zu bescheiden ausgefallen ist. „Miss Feng, notieren Sie: Zum Freitag oder Sonnabend nächster Woche die Neuvermählten zum Essen einladen. Am Mittwoch erinnern Sie mich noch einmal daran."

Miss Feng notiert es rasch.

„Und vergessen Sie nicht, mich nach dem Festessen bei den Zhangs zu fragen! Nicht vergessen!"

„Nein, Missis Mu."

Missis Mu verspürt keine Lust, zur Ausstellungseröffnung in die Schule für Stumme zu gehen, aber sie fürchtet, daß dort photographiert wird. Es wäre schon sehr unpassend, wenn sie nicht wenigstens auf einem der Bilder erschiene. Sie beschließt, so hinzugehen, daß sie gerade zur Aufnahme zurechtkommt. Nachdem sie diesen Entschluß gefaßt hat, möchte sie gern noch ein wenig mit Miss Feng schwatzen, nicht etwa, weil Miss Feng besonders nett wäre, sondern weil sie irgendwie eine Leere empfindet und sich gern ein wenig abgelenkt hätte. Ihr fällt wieder Herr Fang ein.

„Feng, die Frau von Herrn Fang ist gestorben, ich habe ihm zwanzig Yuan und zehn Eier schicken lassen, er ist sehr zu bedauern." Missis Mu werden bei diesen Worten wahrhaftig die Augen feucht.

Miss Feng weiß, daß Herr Fang dagewesen ist, um die Taitai zu sprechen, und daß sie ihn nicht empfangen, sondern ihm Geld geschickt hat. Doch Miss Feng kennt den Charakter ihrer Herrin.

„Herr Fang kann einem wirklich leid tun. Aber zum Glück hat er ja jemanden wie Sie getroffen, der ihm sogleich hilft."

Missis Mu lächelt.

„So war ich schon immer zu anderen, doch man bekommt keinen Dank dafür, die Menschen sind gefühllos."

„Aber jeder kennt doch Ihre Güte und Ihr Engagement!"

„Nun ja, vielleicht." Das Lächeln auf Missis Mus Gesicht vertieft sich.

„Der zweite junge Herr wird nun einige Tage keinen Unterricht haben." Miss Feng scheint besorgt.

„Ja, das gefällt mir gar nicht."

„Sollte ich ihn nicht inzwischen ein wenig unterrichten? Ich verstehe natürlich nicht viel davon."

„Was heißt, Sie verstehen nicht viel davon? Daß ich daran noch nicht gedacht habe! Unterrichten Sie ihn, Sie sollen es nicht umsonst tun."

„Sie brauchen mir nichts dafür zu bezahlen, es ist ja nur für ein paar Tage. Wenn Herr Fang die Beerdigung hinter sich gebracht hat, lassen Sie ihn wieder unterrichten."

Missis Mu denkt einen Augenblick nach.

„Feng, wäre es nicht das beste, Sie würden meinen Sohn ständig unterrichten, und ich zahle Ihnen dann fünfundzwanzig Dollar im Monat?"

„Es wäre peinlich vor Herrn Fang."

„Aber nein, das ist nicht weiter schlimm. Jetzt, wo seine Frau gestorben ist, gibt es in seiner Familie ohnehin einen Esser weniger. Bei Gelegenheit werde ich ihm noch einmal Geld schicken. Es macht also wirklich nichts. Aber ich muß gehen. Ach, Tag für Tag dasselbe, man wird wirklich sterbensmüde!"

Ba Jin

Regen

1

Seit einigen Tagen regnete es ununterbrochen, nicht ein winziges helles Fleckchen war am Himmel zu entdecken.

Vom frühen Morgen bis in die späte Nacht saß ich am Schreibtisch, der dicht am Fenster stand. Hob ich den Kopf, so konnte ich beobachten, wie das Regenwasser die Fensterscheiben hinabrann. Wanderten meine Augen durch das Glas nach draußen, sahen sie nichts als grauen Nieselregen. Die Tropfen fielen mit monotonem Geräusch auf die Steinplatten unter dem Fenster. Sie fielen in diesen Tagen pausenlos; ihre einförmige Melodie erreichte zuerst nur meine Ohren, allmählich aber drang sie in mein Herz. Sie bedrückte mich wie eine schwere Last und ließ nicht zu, daß meine Gedanken bei dem Buch verweilten. Am Abend konnte ich nicht mal mehr die Schriftzeichen unterscheiden. Ich ertrug es nicht länger, schlug das Buch zu und stand auf. Langsam ging ich im Zimmer auf und ab und zündete mir eine Zigarette an.

Wieder und wieder blies ich den Rauch aus und bedeckte meine Augen mit der Hand. Doch meine Ohren nahmen noch immer angespannt jedes Geräusch wahr. Ich lauschte meinen eigenen Schritten.

Da kam mir ein merkwürdiger Gedanke: Sollte ich etwa der einzige Mensch auf dieser Welt sein? Ich konnte nicht mehr im Zimmer bleiben, zögerte nicht länger, warf den Zigarettenstummel weg, zog den Mantel über, setzte die Mütze auf, lief eilig die Treppe hinunter und trat durch die Hintertür ins Freie.

Es regnete noch immer. In dem kleinen Gäßchen war es sehr still. Der Regen hatte die Steinplatten blankgewaschen. Tropfen schlugen mir ins Gesicht und benetzten meine Brille. Ich achtete nicht darauf, ich spürte nur das Feuer in meinem Innern. Gerade jetzt brauchte ich den Regen, es zu löschen. Hastig verließ ich die schmale Gasse.

Die nächste Straße war breiter, doch mir bot sich nur ein Bild von Öde und Verlassenheit. Vor den Ladentüren flackerte mattes Lampenlicht, auf der Fahrbahn rollten lautlos ein paar Rikschas vorüber. Schwache Schatten tauchten vor meinen Augen auf und verschwanden wieder. Es war alles wie ausgestorben, nur der Regen fiel weiter herab. Er fiel pausenlos, und die Tropfen klopften drohend auf den leblosen Boden.

Ich lief den Gehsteig entlang, ohne den Schritt zu verhalten. Das Regenwasser troff in kleinen Rinnsalen von meinem Mützenschirm und sammelte sich auf den Brillengläsern. Ich wischte es nicht fort, ich zog nicht einmal die Hand aus der Manteltasche. Nur undeutlich sah ich, was vor mir lag, und ich wollte es auch gar nicht sehen. Es war, als würde mich eine geheime Kraft niederdrükken. Verbissen kämpfte ich gegen sie an, doch alles, was ich tun konnte, war laufen.

Wohin ich lief? Ich wußte es nicht und dachte nicht darüber nach. Selbst an einer Straßenkreuzung blieb ich keine Sekunde stehen. Ein paarmal durchquerte ich Pfützen, das Wasser drang in meine Schuhe und durchnäßte die Strümpfe. Ich achtete auch darauf nicht, ich hatte nur eines im Sinn: Vorwärts, so schnell es geht!, als würde ich in eine Umklammerung geraten, sobald ich nur innehielte.

Ich lief durch eine Straße, durch eine zweite. Alles, was vor meinen Augen auftauchte und wieder verschwand, glich wie vordem einem Bild von Ödnis und Verlassenheit. Ich wußte nicht, wie lange ich schon gelaufen war, aber in meinem Innern loderte noch immer ein quälendes Feuer. Die kalten Regentropfen auf meinem Körper konnten nichts dagegen ausrichten. Ich spürte weder Kälte noch Müdigkeit.

Plötzlich verharrte ich an einer Straßenecke. Nein – nein, ich verharrte nicht, ich bog in eine Seitenstraße ein, ohne nachzudenken, weshalb.

Auch hier war es totenstill. In vielen Wohnungen

hatte man das Licht schon gelöscht, und von dort, wo noch Licht brannte, drang nicht der leiseste Laut eines fröhlichen Lachens. Ich kam an die Hintertür des Hauses Nummer drei und blieb davor stehen. Erst als ich die Hand ausstreckte, um zu klopfen, stellte ich verwundert fest, daß es das Haus war, in dem Yu wohnte.

Und es war Yu, der mir öffnete. Ich hatte ihn vier oder fünf Tage lang nicht gesehen. Er sah noch blasser und abgezehrter aus als vorher. Als er mich erkannte, fuhr er erschrocken zusammen, sagte aber nichts, sondern ließ mich hinauf in sein Zimmer.

„Warum bist du hergekommen? Habe ich dir nicht gesagt, daß du nicht kommen sollst?“ Yu sprach diese ersten Worte in vorwurfsvollem Ton, drückte aber dabei freundschaftlich meine Hand. Ich sah ihn dankbar an, doch die Dankbarkeit verwandelte sich schnell in Bitternis. Ich ließ seine Hand los und fragte leise:

„Gibt es etwas Neues?“

Seine Augen weiteten sich und blickten mich schmerzerfüllt an. Er nickte, dann aber schüttelte er verzweifelt den Kopf.

„Ja besteht denn gar keine Hoffnung?“ rief ich angstvoll.

Er klopfte mir sacht auf die Schulter und warnte mich leise:

„Sprich nicht so laut!“ Einen Augenblick später sagte er: „Ich habe gehört, daß sie schonend behandelt wird, aber wir konnten noch immer nicht herausbekommen, wo sie jetzt ist.“

„Ist es denn sicher, daß man sie schonend behandelt?“ fragte ich beklommen.

„Wer weiß . . . Es ist das einzige, was zu uns gedrungen ist. Wir haben so viele Freunde gebeten nachzuforschen, es war alles umsonst. Es gibt keine Möglichkeit, sie zu sehen.“ Seine Stimme klang gleichgültig, aber ich spürte den tiefen Schmerz, den er dahinter verbergen wollte. Vor vier oder fünf Tagen hatte ich ihn gesehen, und da hatte er mir dasselbe gesagt. Offensichtlich war in den letzten Tagen keine neue Nachricht hinzugekommen. „Du bist ja ganz durchnäßt!“ fuhr er plötzlich fort. „Du hättest nicht herkommen sollen. Du mußt auch an deine eigene Sicherheit denken.“ Aus seiner tadelnden Stimme klang große Sorge.

Ich lachte bitter auf, zog den Mantel aus, nahm die Mütze ab und legte sie auf einen Schemel, setzte mich dann an den Schreibtisch und antwortete:

„Ich kann so nicht leben. Ich kann nicht bei lebendigem Leibe im Zimmer ersticken. Du weißt ja nicht, wie schrecklich das ist, es ist noch schlimmer, als im Gefängnis zu sitzen!“

„Sprich etwas leiser. Du solltest dich nicht immer nur über dein eigenes Leid beklagen.“ Er setzte sich ebenfalls und sah mich besorgt an. Seine Stimme war von großer Bitterkeit erfüllt, während er auf mich einredete. „Du mußt noch ein wenig aushalten! Sieh mich an, denk doch an mein Leben!“ Er hielt inne und strich sich schweigend übers Haar, als überlege er, worin sein Leid bestehe, oder als hindere ihn eine quälende Erinnerung daran, fortzufahren. Mir war klar, daß er nur an sie denken konnte.

Meine Erregung ebbte allmählich ab, aber in meiner Brust spürte ich stärker als zuvor einen stechenden Schmerz.

„Huas Mutter ist gekommen.“ Er preßte die Hand auf den Schreibtisch und sprach plötzlich leise und entschlossen. „Sie wohnt in der Mansarde. Sie weiß nicht, was mit ihrer Tochter ist. Ich habe nicht den Mut, es ihr zu sagen. Du wirst verstehen, daß es mir nicht leichtfällt, ihr etwas vorzumachen. Sie ist meine Tante und hat mich aufwachsen sehen. Sie hatte mit Hua vereinbart herzukommen. Ihr Briefwechsel mit Hua lief hier über mich. Wir haben damals nicht gedacht, daß es so kommen könnte. Überleg doch mal, wie kann ich ihr die Wahrheit sagen ... sie ist fast fünfzig.“ Während er sprach, zitterte seine Stimme immer stärker, und bei den letzten Worten klang sie wie von verhaltenen Tränen erstickt. Aber er wollte nicht zeigen, wie sehr er litt, deshalb brach er ab und stöhnte nur einmal leise auf.

Hua hatte mir erzählt, daß ihre Mutter sie sehr liebte. Oft hatte sie zu uns davon gesprochen, was für ein gütiger Mensch sie sei. Nach dem Tode ihres Mannes war sie zwanzig Jahre lang allein geblieben und hatte Hua großgezogen, hatte sie studieren lassen. Die einzige Hoffnung dieser klugen und herzensguten Frau war, daß Hua einen Mann nach ihren Wünschen heiraten und glücklich sein möge. Obwohl sie Hua nicht verstand, liebte sie sie doch von ganzem Herzen, und jetzt ... Ich dachte daran, was geschehen war, dachte daran, was Hua mir früher erzählt hatte, und von neuem überkam mich der Schmerz. Ich versuchte mit aller Kraft, den Schmerz zu unterdrücken, denn auch ich wollte ihn nicht zeigen.

„Wir müssen sie unbedingt retten", sagte ich leise zu mir selbst. Angestrengt grübelte ich nach einem Ausweg, aber mein Kopf wurde mit einemmal so schwer wie Blei, und die Gedanken erstarrten. Verzweifelt rieb ich mein Gesicht, als peinige mich Aussatz.

„Was können wir denn noch tun? Ich habe so viele Freunde um Hilfe gebeten, aber nicht einer wußte, wo sie ist", fuhr Yu fort. Ich war sicher, daß er nicht übertrieb. Er war wirklich tagelang wegen Hua umhergelaufen, hatte aber nicht das geringste ausrichten können.

Plötzlich ergriff ein Gedanke von mir Besitz: „Vielleicht ist sie schon nicht mehr auf dieser Welt ..." Ich versuchte, ihn zu verdrängen, doch es gelang mir nicht. Ohne es zu wollen, hatte ich den Satz ausgesprochen und erschrak selbst, als ich ihn hörte.

„Das kann nicht sein ... nein – das kann auf gar keinen Fall sein!" widersprach Yu heftig. Er bot beim Reden die letzten Kräfte auf, gerade als müsse er Hua vor mir schützen. „Sie hat doch gar nichts getan, hat sich nicht aufrührerisch verhalten!"

„Warum muß sie sich aufrührerisch verhalten haben?" Ich stand ruckartig auf und stützte eine Hand auf den Schreibtisch. „Sie hatte den Mut, auszusprechen, was sie dachte, und zu tun, was sie glaubte, tun zu müssen", entgegnete ich in verärgertem Ton, als wollte ich seine Argumente widerlegen. „Ist das nicht genug?"

Er sah mich verständnislos an, mein Zorn verflog. Ich setzte mich wieder. Vor meinen Augen tauchte undeutlich das Bild eines Leinensackes auf ... dann ein Fluß ... der Sack glitt ins Wasser, die Wellen trugen ihn davon, bis er schließlich langsam in die Tiefe sank. Ich fühlte, daß es ihr Körper war, den dieser Sack umhüllte. Von bohrendem Schmerz gepackt, schloß ich die Augen und schlug die Hände vors Gesicht.

„Das kann nicht sein! So kann man nicht mit ihr abgerechnet haben! Ich glaube, daß sie noch am Leben ist", sagte Yu voller Überzeugung. Der Klang seiner Stimme ließ mich die Augen wieder öffnen. Ich begegnete seinem festen Blick, der jedoch gleich wieder unsicher wurde. Zweifelnd fuhr er fort: „Aber in dieser Zeit ist nichts genau vorauszusehen, wer kann es wissen?"

In der Mansarde ertönte das trockene Hüsteln einer alten Frau, das einen Moment später verstummte. Dieses Geräusch hatte Yu unterbrochen. Im Zimmer war es nun wieder ganz still, doch das Husten der alten Frau tönte noch immer in meinen Ohren und klang in meinem Innern nach. Es war die Stimme von Huas Mutter. Sie erinnerte mich an Hua . . . Zorn und Schmerz überwältigten mich von neuem.

„Sie schläft noch nicht. Sie ist immer bis spät in die Nacht hinein wach." Yus Gesicht verfinsterte sich. Er sah mich an und fuhr niedergeschlagen fort: „Sie denkt an ihre Tochter. Ich befürchte, sie ahnt schon etwas. Weshalb sieht sie mich sonst oft so traurig und tadelnd an, als wollte sie etwas sagen, tut es dann aber doch nicht? Es fällt mir so schwer, diese Frau zu belügen, wie leicht kann die Wahrheit herauskommen."

„Sie kann nichts wissen", erwiderte ich leise, nicht um ihn zu trösten, nur um irgend etwas zu sagen. Mir war das Herz unendlich schwer, ich hatte meine Hände nicht mehr in der Gewalt und schlug sie heftig vors Gesicht.

„Ich glaube, eines Tages werde ich ihr alles sagen. Ich kann sie nicht täuschen." Er sprach leise und mutlos und doch so, als wolle er in mich dringen und fordere von mir eine bestimmte Antwort. Aber ich antwortete nicht. Er sah mich plötzlich angsterfüllt an und schrie auf: „Blut! Blut! Auf deinem Gesicht . . ."

Ich verstand, was er meinte, hob die Hand und fuhr mir über das Gesicht. Die Handfläche war blutbeschmiert.

„Was macht schon das bißchen Blut", entgegnete ich ruhig.

Er rührte sich nicht, Staunen und Verwunderung lagen in seinem Blick.

Ich saß ihm schräg gegenüber. Ich hatte Angst, seine Stimme zu hören, Angst, ihm in die Augen zu sehen, ich hatte schreckliche Angst, die abgrundtiefe Stille im Zimmer ertragen zu müssen. Ich stand auf, zog den Mantel an, setzte die Mütze auf und ging, ohne ein Wort zu sagen. Als ich an der Mansardentür vorüberkam, erschreckten wohl meine Schritte Huas Mutter. Sie begann wieder laut zu husten. Dieses Geräusch traf mich wie ein Peitschenhieb. Ich hastete die Treppe hinunter.

Yu kam mir nachgelaufen und bat mich leise, in Zukunft etwas vorsichtiger zu sein. Er hatte mich schon einige Male darum gebeten. Ich antwortete ihm unbestimmt und ging hinaus.

Mit einem Feuer in meinem Innern war ich hierhergekommen, und mit einem Feuer in meinem Innern ging ich wieder fort. Es regnete noch immer. Der Boden war eine einzige Wasserlache. Das Wasser umspülte meine Füße. Ich schlug den Mantelkragen hoch und sah in den Himmel. Er war stockfinster. Eiskalte Regentropfen peitschten mein brennendes Gesicht und wuschen die Blutspuren ab. Die Wunde schmerzte leicht. Ich seufzte mutlos, zog den Kopf ein und verließ die Gasse.

Vor meinen Augen verschwamm alles, als würde der Himmel seine endlose Finsternis auf mich herniedersenden. Mein Gesicht war naß, die Mütze lastete schwer auf meinem Kopf, vom Mützenschirm troff das Regenwasser. Auch der Mantel war durchnäßt, und die Hosenbeine waren von oben bis unten mit Straßenschmutz besudelt. Ab und zu lief ich durch eine große Pfütze, doch ich zog nur den Kopf ein und eilte weiter, ohne zu wissen wohin. Nach Hause wollte ich nicht zurückkehren, mein kaltes und leeres Zimmer hatte mich schon genug gequält. So irrte ich unruhevoll und ziellos durch die Straßen.

Ich lief durch eine Straße, durch eine zweite . . . Ich merkte nicht, wie viele es schließlich waren, da bog ich in eine kleine Gasse ein. Meine Füße trugen mich bis zu einer Hintertür und hielten dort inne. Erst jetzt hob ich erstaunt den Kopf. Auf der rot und gelb lackierten Holztür leuchtete ein weißes Schild mit der schwarzen Ziffer 15.

Plötzlich war ich wie ernüchtert, klopfte nicht an, sondern trat ein paar Schritte zurück und starrte angestrengt auf die Mansarde, aus der kein Lichtschimmer drang. Es war alles still, und mein Herz begann wieder zu schmerzen. Noch vor kurzer Zeit brauchte ich hier unten nur einmal „Hua“ zu rufen, und sogleich steckte sie ihren Kopf aus dem Mansardenfenster und öffnete mir. Wir saßen an ihrem kleinen runden Tisch, tranken Tee und redeten über die verschiedensten Dinge. Ich berichtete von meiner Arbeit in den letzten Tagen, und sie erzählte mir von ihrer. Voller Freude zeigte sie mir dieses und jenes, oder sie blätterte in irgendwelchen Büchern und stellte mir Fragen. Dann sah sie mich mit ihren großen lackschwarzen Augen herzlich an und erzählte mir ganz offen alles über die Ihren. Auch ich konnte ihr alles anvertrauen. Oft saßen wir so beieinander, manchmal gesellte sich auch Yu zu uns. Noch vor etwa zehn Tagen waren Yu und ich bei ihr gewesen. Zwei oder drei Stunden hatten wir in dem Mansardenstübchen zusammen verbracht. Doch jetzt war alles anders . . . Und es kam so unerwartet!

Ich hatte mich entschlossen, nicht mehr herzukommen. Freunde hatten mich gewarnt. Ich wußte ja auch, daß ich hier ihre Spur nicht finden würde, aber meine Füße hatten mich dennoch hergeführt. Es schien, als fiele ihnen das Vergessen noch schwerer als meinem Kopf. Sie waren schuld daran, daß jetzt alles Vergangene mit solcher Deutlichkeit in mir aufstieg.

Ich konnte diesen Ort nicht sofort wieder verlassen. Aus einiger Entfernung starrte ich wie gebannt auf die Mansarde. Beide Fensterflügel waren fest geschlossen, drinnen herrschte pechschwarze Finsternis. Wahrscheinlich wohnte noch niemand dort. Plötzlich durchfuhr mich der Gedanke: Vielleicht schläft sie? Doch erbittert mußte ich darüber lachen. Ich sah ein Paar große lackschwarze Augen vor mir aufleuchten. Ich wollte genauer hinsehen, aber die Gläser meiner Brille waren vom Regen blind, und ich erkannte nur die Umrisse dessen, was vor mir lag. Die Regentropfen prasselten erbarmungslos auf meinen Kopf, mein Gesicht und meinen Körper. Regungslos, als wäre jedes Gefühl aus mir gewichen, stand ich da und unternahm nicht den geringsten Versuch, mich vor dem Regen zu schützen. Ich war wie von Sinnen. Erst als die Hintertür eines Hauses in der Nähe mit lautem Geräusch geöffnet wurde, durchzuckte mich ein anderer Gedanke, und erschrocken stürmte ich davon.

Ich wußte noch immer nicht, wohin ich gehen sollte. Meine Füße trugen mich aus der Gasse fort. Die Lichter in den Straßen flackerten matt. Der Verkäufer eines kleinen Ladens war dabei, zu schließen. Zwei oder drei Fußgänger, die mit Mühe ihre Schirme hielten, kamen mir entgegen. Alles das schien mit mir in keinerlei Beziehung zu stehen. Ich empfand mit einemmal, daß ich in der großen Stadt ein Fremder war. Dieser Gedanke ließ mich noch mehr leiden und das Feuer in meinem Innern erneut auflodern. Der Regen trommelte weiter, aber ich fühlte das Peitschen der Tropfen nicht mehr. Mir blieb keine Wahl, ich konnte mich nur willenlos von meinen Füßen irgendwohin tragen lassen.

Ich lief dicht neben der Fahrbahn. Die Füße wurden mir schwer, und in meinen Schuhen sammelte sich Unrat. Ich konnte nicht sehr schnell gehen. Als mich ein Auto überholte, das von hinten herangerast war, ertönte ein schriller Ruf. Erschrocken sprang ich zur Seite und wurde doch mit Schmutz bespritzt. Ich konnte noch hören, wie jemand schallend lachte.

Die Menschen sind einander völlig gleichgültig! Klar und schmerzlich durchzuckte mich dieser Gedanke. Dann spürte ich, wie sich mein Gesicht zusammenkrampfte. Zur selben Zeit, da in meinem Kopf quälende Gedanken bohrten, lachten die Menschen in dem Auto vergnügt. Meine Sorgen, mein Leid kümmerte niemanden. Ich litt, ich kämpfte mit letzter Kraft, vielleicht war das Ende schon nah, doch es gab keinen, der es wußte. Meine Erregung wurde immer größer. Ich spürte, wie alles in mir in Aufruhr geriet. Es war, als wolle mein Herz zerbersten. Meine Hand in der Manteltasche ballte sich zur Faust. Ich hatte den Wunsch, etwas zu zerstören oder selbst auf der Stelle vernichtet zu werden. Ich hoffte, der Regen möge stärker und stärker werden, sich schließlich in eine Flut verwandeln und mich und alles um mich herum mit sich fortreißen.

Aber der Regen wurde nicht stärker. Im Gegenteil – er ließ nach. Dieses Brennen, dieses Aufwallen meiner Qual – jeden Augenblick konnte mein Herz zerspringen. Ich biß die Zähne zusammen und stürzte wie ein Wahnsinniger vorwärts. Ich sah die kalte Straße nicht mehr und achtete nicht darauf, welche Richtung ich einschlug.

Ich lief durch eine Straße, durch eine zweite ... Ich wußte nicht, weshalb ich in eine Gasse einbog und meine Füße wieder an der Hintertür des Hauses Nummer drei verharrten. Unsicher stand ich da und zögerte, noch einmal zu Yu hineinzugehen.

Ich hatte wirklich kein zweites Mal hierherkommen wollen. Ich hatte Angst, Yus abgezehrte Gestalt zu sehen, Angst, das Husten der alten Frau zu hören, ja ich hatte Angst, die Hand auszustrecken, um an die Tür zu klopfen. Doch meine Füße hatten mich wie zum Trotz hierher zurückgetragen. Sie schienen klarer zu sehen als mein Kopf. Sie waren es, die nicht vergessen konnten. Selbst als ich es wollte, hatten sie mich wieder an diesen Ort geführt.

Doch ich brachte es nicht fertig, anzuklopfen und hineinzugehen. Ich stand an der Tür und beobachtete die Mansarde. Die Fenster waren fest geschlossen, Dunkelheit auch dort drinnen. Beinahe ebenso wie eine andere Mansarde, die ich gerade erst gesehen hatte. Schlief die alte Frau schon? Gern hätte ich gewußt, wovon sie träumte. Ganz sicher war Hua in ihrem Traum gesund und lebensfroh. Meine Gedanken verweilten wieder bei der alten Frau. Hua hatte mir ihre Photographie gezeigt. Ein gutes Gesicht. Die Augen und der Mund waren Hua sehr ähnlich. In diesem Moment wünschte ich plötzlich, sie einmal zu sehen. Der Wunsch war so stark, daß ich ihn kaum zu unterdrücken vermochte. Doch dann hörte ich ihr trockenes Hüsteln. Es kam nicht aus der Mansarde, es klang aus meinem Innern wider. Und mir wurde klar, daß ich nicht anklopfen und hineingehen konnte. Ich seufzte leise und ging entschlossen davon.

Den ganzen Weg schien mir, ich würde verfolgt. Ich

lief sehr schnell, blieb nirgends stehen und wandte auch nicht den Kopf, um zu sehen, was links und rechts von der Straße war. Sanft strichen die Regentropfen über mein Gesicht, ich nahm es nicht wahr. Mit schwankenden Schritten kehrte ich nach Hause zurück.

2

Es war dunkel und sehr kalt. Blickte ich in den aschgrauen Himmel, so schien mir selbst die letzte Hoffnung zu schwinden. Doch ich wollte mich nicht, auf dem Bett liegend, der Verzweiflung überlassen, ich konnte auch nicht ruhig am Schreibtisch sitzen, ich konnte nur sorgenvoll im Zimmer auf und ab gehen. Dabei rauchte ich ununterbrochen, bis mir schwarz vor Augen wurde.

Den ganzen gestrigen Tag war ich allein gewesen, hatte nichts Neues erfahren. Der Gedanke an Hua quälte mich, und so wartete ich auf einen Freund, der ein paar Worte mit mir reden würde. Aber die Nacht kam, und niemand klopfte an meine Tür.

Später ging ich hinaus und stand einen Augenblick zögernd an der Hintertür des Hauses Nummer fünfzehn. Doch dann kehrte ich mit unsicheren Schritten nach Hause zurück, um zu schlafen. In dieser Nacht hatte ich einen langen Traum. Auch Hua tauchte darin auf, aber es war alles verworren und zusammenhanglos. Daher hatte ich, als ich erwachte, keine deutliche Erinnerung.

Wieder lief ich lange im Zimmer hin und her und rauchte viel zuviel. Mein Kopf war bleischwer. Schließlich setzte ich mich erschöpft an den Schreibtisch, schlug ein Buch auf und las ein paar Sätze, ein paar Seiten – ich verstand nichts.

Da knarrte ganz sachte die Tür. Ich blickte auf und sah Huas Gestalt hereinschweben, sie lächelte mir zu wie immer. „Hua!" rief ich freudig überrascht. Ich stand auf, und vor meinen Augen tanzten bunte Kreise.

Die Tür war fest geschlossen, kein Mensch hatte das Zimmer betreten. Langsam beruhigte ich mich wieder.

Ich wußte, daß Hua nicht gekommen sein konnte, und mein Herz krampfte sich zusammen.

Ich durchsuchte die Schubfächer und den Bücherschrank, ich wollte etwas finden, was mich an Hua erinnerte. Ich suchte überall – doch umsonst. Es waren weder Artikel noch Briefe von ihr da. Eine Reihe von Eintragungen in meinem Tagebuch hatten Hua gegolten. Früher brauchte ich es nur aufzuschlagen, und sie stand wie leibhaftig vor mir. Oft sagte ich im Scherz zu ihr, daß sie in meinem Tagebuch lebe. Doch jetzt war auch dieses Tagebuch vernichtet. Wo sollte ich nun ihr Bild suchen?

Später fand ich in einem alten Buch zufällig eine schon verblaßte, undeutliche Photographie. Sie zeigte Hua und mich und zwei Freunde. Normalerweise ließen wir uns nicht photographieren. Ich weiß nicht, wieso dieses eine Mal im Park dennoch ein Bild entstand. Das lag jetzt zwei Jahre zurück. Damals trug Hua noch kurze Zöpfe.

Ich starrte die Aufnahme an und wollte darauf unser ganzes glückliches Leben jener Tage wiederfinden. Aber Huas mädchenhaftes Äußeres war nicht mehr gut zu erkennen, ihre großen schwarzen Augen waren viel blasser als in Wirklichkeit. Bei flüchtigem Hinsehen schien das abgebildete Gesicht ihr eigentlich gar nicht ähnlich. Mir war klar, daß sich selbst diese einzige existierende Photographie allmählich in Nichts auflösen konnte. Voller Bedauern hielt ich sie in den Händen und wußte nicht, was ich tun sollte.

Mit großer Mühe überbrückte ich die Zeit bis zum Abend, als Yu kam. Obwohl wir uns nur zwei Tage nicht gesehen hatten, war sein Haar merklich ergraut. Diese Veränderung erschütterte mich.

„Gibt es etwas Neues?“ fragte ich ungeduldig.

„Ich fürchte, es gibt keine Hoffnung mehr“, antwortete er schmerzerfüllt und ließ sich ermattet auf das Bett fallen.

Wenn ich auch keine andere Antwort erwartet hatte, so war ich doch nicht fähig, weiter zu fragen. Ich fürchtete, die gleichen Worte noch einmal zu hören. Bekümmert ging ich auf und ab und rauchte verbissen.

„Huang!“ Yu hatte sich plötzlich aufgerichtet und meinen Namen gerufen. Ich wandte mich um und sah ihn an. „Es gibt kaum noch Hoffnung für Hua“, wiederholte er, „die Dienststellen bestreiten alle, daß diese junge Frau bei ihnen gewesen sei. Man behauptet, ihren Namen nicht zu kennen. Das heißt bestimmt, sie lebt nicht mehr. Nur deshalb können sie nichts anderes sagen. Deine Worte neulich waren ganz richtig.“ Er sah mich aus weit aufgerissenen Augen an.

Auf seinen Augäpfeln entdeckte ich ein paar blutige Äderchen. Sein Gesicht hatte einen seltsamen Ausdruck angenommen, wie wenn er gleich in lautes Weinen ausbrechen würde. Doch es kam nicht dazu, er runzelte nur die Stirn, so daß sich in sein ohnehin zerfurchtes Gesicht zahllose neue Falten gruben.

Mein Herz schien zu zerspringen. Mit äußerster Anstrengung unterdrückte ich die in mir aufwallenden Gefühle. Yu bestätigte also meine eigenen Worte, doch diese Bestätigung schmetterte mich zu Boden. Mein Gesicht krampfte sich zusammen, für einen Augenblick schwanden mir die Sinne.

„Und Huas Mutter?“ Das hatte ich nicht fragen wollen, die Worte waren ohne Überlegung aus mir hervorgebrochen.

„Huas Mutter will nach Hause zurückkehren“, kam leise die Antwort.

„Nach Hause zurückkehren? Wartet sie denn nicht mehr auf ihre Tochter?“ fragte ich überrascht.

„Gerade will ich es dir erzählen.“

Er stand plötzlich auf und setzte sich an den Schreibtisch. Während er weitersprach, hatte er den Körper aufgestützt und wandte mir sein Gesicht zu. Neben dem Schreibtisch stehend, den linken Arm auf einem Stapel Bücher, hörte ich ihn an. Seine Miene war noch immer gramvoll.

„Ich habe ihr erzählt, was mit Hua geschehen ist, weil ich ihr einfach nichts mehr vormachen konnte. Gestern abend kam ich sehr spät nach Haus. In der Mansarde brannte kein Licht, und ich glaubte, sie schläft bereits. Doch kaum hatte ich das Zimmer betreten und mich gesetzt, da hörte ich sie nach mir rufen. Sie war ganz leise hereingekommen, das Haar hing ihr wirr um den Kopf, und ihr Körper schwankte. Ihr abgezehrtes Gesicht mit den geröteten Augen wirkte gespenstisch, als es sich mir näherte. Sie stand vor mir und rief meinen Namen. Sie sagte, daß sie in diesen Nächten kaum ein Auge habe zutun können. Sie wisse genau, daß ihrer Tochter etwas zugestoßen sei. Sie flehte mich an, ihr die Wahrheit zu sagen, sie würde ohnedies schon das meiste erraten. Zuerst versuchte ich noch, sie zu täuschen, doch dann begann sie zu weinen. Weißt du, Huang, sie hat mich aufwachsen sehen, hat mich auf ihren Armen getragen, als ich Kind war. Jetzt weint sie und fleht mich um die Wahrheit an. Kann ich sie ihr verwehren? Ich erinnere mich an die Zeit, als Hua die Schule abschloß. Damals bat mich ihre Mutter darum, an ihrer Statt gut auf das Mädchen achtzugeben, dafür zu sorgen, daß ihr draußen in der Welt niemand etwas Böses antun würde. Jedesmal, wenn ich nach Haus kam und sie sah, bedankte sie sich auf das herzlichste bei mir. Und nun ... Huang, glaubst du, ich könnte ihr noch immer gelassen diese Lügen erzählen? Ich dachte nicht daran, was passieren würde, ich habe geredet, ich habe ihr die ganze Wahrheit gesagt." Plötzlich schossen Tränen aus seinen Augen, die Stimme wurde tonlos und versagte ihm. Sein Gesicht nahm einen erschreckenden Ausdruck an – nicht furcht-, doch mitleiderregend. Dieser Ausdruck verriet den Schmerz eines Mannes, der jegliche Entschlußkraft eingebüßt und sich selbst nicht mehr in der Gewalt hat.

Mein Herz erbebte vor Mitgefühl. Das Leid, das auch auf meiner Brust lastete, wuchs ins Unendliche. Ich fürchtete zu verbrennen. Aus trockenen Augen starrte ich ihn an und fragte wie unter Zwang:

„Und danach?"

„Sie war durchaus nicht überrascht." Nach einer kurzen Pause fuhr Yu fort: „Sie begann auch nicht, laut zu weinen, nur ihr Körper zitterte ganz fürchterlich, so daß mir ein paarmal schien, sie würde zu Boden stürzen. Aus tränengefüllten Augen sah sie mich tadelnd und bedauernd zugleich an, und ganz deutlich sprach sie weiter: ‚Ich habe es schon immer erwartet ... Ich habe es schon immer erwartet. Die ganze Zeit, über zwanzig Jahre, bin ich unruhig gewesen. Ich habe gedacht, es ist vielleicht möglich, dem zu entgehen. Wer kann denn ahnen, daß die Vergangenheit so stark ist.‘ Sie ging zu einem Stuhl in der Zimmerecke und setzte sich. Dort erst gab sie einen leisen Laut von sich, der halb Lachen, halb Weinen war. Ich glaubte, dieser Schlag würde sie um den Verstand bringen, und wußte nicht, was tun. Ich trat zu ihr, sie hob den Kopf und sah mich an. Ihr Gesicht war schmerzerfüllt, doch es zeigte keine Spur von Wahnsinn. Zwei Tränenbäche rannen ihre Wangen hinab. Sie wartete nicht, bis ich zu sprechen begann, sondern hatte meine Gedanken bereits erraten. Gequält sagte sie: ‚Du brauchst mich nicht zu trösten. Ich habe alles verstanden. Ich habe es schon immer erwartet. Sie kam ganz nach ihrem Vater. Schon früher fürchtete ich, daß es ihr mal so ergehen könnte. Ich wollte nicht, daß sie studiert, wollte ihr nur Handarbeiten beibringen und sie später mit einem guten Mann verheiraten. Sie sollte ein ruhiges und zufriedenes Leben haben. All meine Mühe bei ihrer Erziehung sollte doch nicht umsonst gewesen sein. Aber ich habe sie wohl zu sehr geliebt. Sie war ja auch wirklich ein liebenswertes Kind. Sie wollte um jeden Preis studieren. Schließlich konnte ich es ihr nicht mehr abschlagen. Alles, was sie tun wollte, erlaubte ich ihr. Nur mein eigenes, zu weiches Herz ist schuld. Hätte ich sie nicht studieren lassen, wäre heute vielleicht alles anders ... Dein Onkel, ihr Vater ... du weißt ja nicht, wie es ihm ergangen ist. Selbst Ruohua habe ich getäuscht, habe es ihr verschwiegen. Er starb nach noch nicht einmal zwei Monaten im Gefängnis, weil er die Folterungen nicht aushalten konnte. Es war im letzten Regierungsjahr von Xuan Tong Di. Als ich ihn damals im Gefängnis besuchte, trug ich Ruohua unter meinem Herzen. Er erklärte mir, weshalb er so hatte handeln müssen. Für sich selbst fürchtete er nichts, er konnte es nur nicht ertragen, mich mit dem ungeborenen Kind zurückzulassen. Er war ganz sicher, daß es ein Junge würde, und bat mich, gut für ihn zu sorgen, ihn in der Zukunft die Sache des Vaters fortsetzen zu lassen. Ich hörte ihn an und fragte unwillkürlich: »Und wenn es nun ein Mädchen ist?« Die Antwort klang nicht sehr erfreut: »Dann wirst du sie, wenn sie erwachsen ist, mit irgendeinem Mann verheiraten, und das ist alles.« Zwei Monate nach seinem Tod wurde Ruohua geboren. Ich war sehr froh, denn ich glaubte, weil es ein Mädchen war, könnte ich sie mir bewahren. Wer konnte wissen, daß heute selbst ein Mädchen den Weg des Vaters geht.' Sie schwieg und hielt die Augen fest geschlossen, ihren Kopf hatte sie an den Stuhl gelehnt und schüttelte ihn ganz leicht – wie verständnislos. Ich beobachtete sie, erst jetzt hatte ich ganz verstanden. Sie sah die Dinge viel klarer als ich. Ihre Worte hatten mich auf das äußerste bewegt, zugleich aber meinen letzten Funken Hoffnung getötet. Ich fühlte plötzlich, daß Hua nicht zu retten war. Es kam mir vor, als hätte ich mein eigenes Todesurteil gehört. Sie stand mit einemmal auf, sah mich voller Herzlichkeit an und sagte seufzend: ‚Ich gebe dir keine Schuld. Ich habe es schon immer erwartet. Ich gehe jetzt schlafen.' Mit unsicheren Schritten ging sie hinaus. Wahrscheinlich hat sie die ganze Nacht nicht geschlafen, ich habe sie ständig husten hören. Dieses Husten – es war so voller Verzweiflung und Einsamkeit. Ich mußte über ihr leiderfülltes Leben nachdenken, und mein eigener Schmerz wurde noch verstärkt durch den ihren. Auch ich konnte in dieser Nacht nicht gut schlafen. Heute morgen wollte ich fortgehen, da war es in der Mansarde ganz still, ich glaubte, sie würde fest schlafen. Als ich aber an der Tür vorüberkam, öffnete sie sie plötzlich und rief nach mir. Ich blieb stehen, um mit ihr zu sprechen. Ihr Gesicht war zum Fürchten bleich. Sehr leise sagte sie zu mir: ‚Ich warte noch einen Tag. Morgen nachmittag werde ich nach Hause zurückkehren.' Das war alles. Ohne meine Antwort abzuwarten, schloß sie hastig die Tür. Ich stand auf der Treppe und überlegte, ob ich noch einmal zu ihr hineingehen sollte, um mit ihr zu reden, da hörte ich Schluchzen. Also hatte sie zu weinen begonnen. Mir wurde so schwer ums Herz, ich wagte es nicht, sie noch einmal aufzustören, und lief eilends hinaus. Erst nachdem ich in meinem Büro war und noch ein paar Wege erledigt hatte, bin ich zu dir gekommen. Jeder, der mir begegnete, fragte mich, ob ich krank wäre. Wie hätte ich in den zwei Tagen nicht krank werden sollen? Ich kann dieses Leben einfach nicht mehr ertragen, verstehst du?"

Yu stand auf und ging zum Bett, wo er sich fallen ließ. Die ganze Zeit hatten wir uns nicht angesehen. Im Zimmer war es schon längst dunkel geworden, und ich wollte kein Licht anschalten.

Ich setzte mich an den Schreibtisch, auf den Platz, auf dem Yu gerade noch gesessen hatte. Jetzt lag er auf dem Bett und schwieg. Lange verharrten wir so in der Dunkelheit. Er atmete tief. Allmählich versank ich in einen Zustand, in dem ich nichts dachte, nichts fühlte. Mein Inneres war leer wie bei einem Toten. Yu stand schließlich auf, schaltete das Licht an und sagte:

„Ich gehe. Wenn ich etwas Neues erfahre, komme ich wieder her. Sei du vorsichtig und geh nicht zuviel aus dem Haus."

Er schwieg und ließ mich allein im Zimmer zurück.

Ich hatte seine Worte genau verstanden und wollte mich auch danach richten. Doch er war noch keine Stunde fort, da ging ich selbst hinaus. Meine Füße ließen mich nicht ruhig im Zimmer sitzen. Sie trugen mich an den Ort, den mein Herz vergessen wollte.

3

Am nächsten Morgen erwachte ich wie benommen, die Sonne schien schon ins Fenster. Die ganze letzte Nacht war ich durch die Straßen geirrt, und als ich nach Hause zurückkehrte, fand ich auch keine innere Ruhe. Wann mich schließlich der Schlaf übermannt hatte, wußte ich nicht zu sagen. Ich erinnerte mich dunkel daran, daß ich, kurz nachdem ich jene Gasse verlassen hatte, eine Frau sah, die von hinten Hua glich. Durch ein paar Straßen lief ich ihr nach, mehrmals wollte ich „Hua" rufen, doch meine Stimme versagte. Ich wußte nur zu gut, daß sie es nicht sein konnte. Gleichzeitig kam mir wieder der Gedanke: Vielleicht ist sie schon nicht mehr auf dieser Welt . . . Doch allein eine Frau zu sehen, die ihr ähnelte, war ein wenig tröstend für mich.

Meine Füße schienen das zu wissen. Sie trugen mich ihr nach durch die Straßen. Als mir an einer Kreuzung Autos den Weg versperrten, verlor ich sie aus den Augen. Zusammen mit ihr verschwand auch Hua. Ich suchte überall, doch nirgends fand ich eine Spur von ihr.

Diese Erinnerung stieg nach und nach immer deutlicher in mir hoch. Ich öffnete das Fenster und ließ die Sonnenstrahlen sacht über mein Gesicht streichen. Noch einmal durchlebte ich den gestrigen Abend und machte im Geiste jene Frau zu der wahren Hua. Doch auch das konnte mich nur für kurze Zeit trösten. Zorn und Schmerz brannten in meinem Herzen, Yus Warnung fiel mir wieder ein, und meine Verbitterung wurde noch schlimmer. So konnte ich nicht existieren – ständig im Verborgenen. Ich konnte mich nicht aus Angst verstekken, nichts tun und mein junges Leben mit sinnlosem Schmerz vergeuden.

Ich rauchte wie ein Süchtiger – umsonst, es half mir nicht, zu vergessen. Grauer Zigarettendunst hüllte mich ein, doch selbst durch diesen Nebel hindurch sah ich ein Paar große lackschwarze Augen vor mir, und in meinen Ohren klang jenes trockene Hüsteln. Ich begriff, daß ich etwas tun mußte, sollte mich nicht sinnloser Schmerz zu Tode quälen. Wenn ich so weiterlebte, dann war mein Leben langsamer Selbstmord.

Um zwei Uhr nachmittags kam Yu. Sein Gesicht war düster, die Augen rot und verschwollen, man sah, daß er geweint hatte. Sein Aussehen überraschte mich nicht. Ich hatte wohl erwartet, daß er in einer ähnlichen Verfassung zu mir käme, und ich begriff sogleich, was er mir sagen wollte.

Wir wechselten einen kurzen, angstvollen Blick miteinander, und er begann:

„Ich habe gerade meine Tante zum Bahnhof gebracht. Als der Zug abfuhr, weinte sie nicht, ich aber habe geweint. Sie schien entschlossen, Hua aufzugeben, und hat es mir übertragen, herauszufinden, was geschehen ist. Sie sagte, sie würde alles stillschweigend ertragen, ganz gleich, welch ein Schlag es auch für sie sei. Aber man sieht es ja genau – sie hat nur wenige Tage hier gelebt, und schon scheint es, als hätte sie sich eine schwere Krankheit geholt. Sie hustet fürchterlich, ihr Gesicht ist abgemagert, zum Nichtwiedererkennen. Ich weiß nicht, warum, aber wenn ich sie so ansehe, habe ich das Gefühl, ich hätte eine schwere Schuld auf mich geladen. Deshalb habe ich geweint . . ." Bei den letzten Worten wurde seine Stimme lauter, er konnte nicht weitersprechen und brach in Tränen aus.

In meiner Brust schmerzte es, dem Leid, das ich durchlebt hatte, fügte er ein Vielfaches hinzu. Die Welt ist so groß, doch allen Schmerz, den es gibt, hatte er in dieses Zimmer gebracht. Ich hatte gewartet, daß er käme, hatte lange auf ihn gewartet, und nun war er nur gekommen, um zu weinen. Sein Schluchzen ließ mich noch mehr verzweifeln. Ich spürte im Herzen einen kaum noch zu ertragenden Krampf. Es schien, als wolle der Schmerz nie enden. Um mich herum drohten die Wände einzustürzen. Ich kämpfte mit ganzer Kraft, doch schließlich konnte ich nicht mehr an mich halten und schrie zornig:

„Weshalb weinst du? Kannst du nichts anderes als weinen, Yu? Nicht mal Huas Mutter hat geweint. Ich frage dich: Wie viele Menschen haben geweint von grauer Vorzeit an bis heute? All ihre Tränen sind längst zu einem riesigen Strom geworden. Glaubst du, nur deine hätten noch gefehlt? Ich frage dich: Was hat das für einen Sinn? Halte deine dummen Tränen zurück, ich will dein Weinen nicht länger mit ansehen!"

Meine Worte waren nicht gegen Yu gerichtet, ich wollte ihn gar nicht tadeln. Ich wollte gegen den Schmerz anreden, der mich umklammert hielt. Viele Tage hatte ich ihn ertragen, jetzt aber war ich am Ende, nun wollte ich stolz den Kopf erheben und ihn besiegen.

Yu sah mich bestürzt an. Er schien meine Gefühle nicht zu verstehen, doch er hörte auf zu schluchzen. Er wischte seine Tränen fort und sagte nach einer langen Pause mit bitterer Stimme:

„Ich weine nicht . . . Ich weine nicht . . . nur Hua – Hua ist tot."

Er zog ein zusammengeknülltes Stück Papier aus der

Tasche und reichte es mir. Ich ergriff es zitternd. Meine Augen starrten voller Entsetzen auf den zerknitterten Bogen. Die Zeichen darauf waren mit Bleistift gekritzelt:

„Es gibt keine Hoffnung mehr für mich. Es hat den Anschein, es sei zu schnell so gekommen, doch es ist nicht überraschend. In diesem Jahr ist nichts überraschend. Alles ist möglich. Mein Herz ist voll von Erinnerungen, aber ich bereue nichts, im Gegenteil – ich bin sehr froh. Ich werde Euch nicht vergessen. Sorgt für meine Mutter! Sie hat mich zu sehr geliebt. Ich fürchte, sie wird diesen Schlag nicht verwinden können. Das beste ist, ihr verhindert, daß sie es mit einemmal erfährt. Erzählt es ihr nach und nach! Vergeßt mich nicht und seid vorsichtig! Hua“

Wieder und wieder las ich, bis jedes Zeichen, jeder Satz in meinem Kopf unauslöschbar war. Ich erfaßte alles mit äußerster Klarheit, als stünde sie vor mir und hätte zu mir gesprochen.

„Der Mann, der den Brief gebracht hat, sagte mir, daß sie nicht mehr lebt.“ Yus Stimme klang in meinen Ohren wie Trauerglocken. „Ich habe es meiner Tante verschwiegen, dieses eine Mal habe ich sie getäuscht. Ich mußte Huas Wunsch erfüllen, es war ihr letzter.“ Von neuem stürzten Tränen aus seinen Augen, und seine Stimme ging über in Schluchzen. Er weinte ununterbrochen – leise, doch es drang durch das ganze Haus und erfüllte das Zimmer mit Trauer.

Selbst meine gerade gewonnene Klarheit schwand. In meinen Ohren klang nur ein einziger Satz: „Mein Herz ist voll von Erinnerungen.“ Das war einer ihrer letzten Sätze. Wie konnte ich sie zurückholen und ihr sagen, daß auch ich voller Erinnerungen war? Zu spät – uns trennte eine Welt. Schmerz und Verzweiflung steigerten sich ins Unerträgliche. Sogar die Sonnenstrahlen verblaßten, und der Himmel sah wieder aus, als würde es gleich regnen. Alles war düster, bedrückend und trübe. Hoffnungslosigkeit ergriff von mir Besitz. Yus Weinen hämmerte in meinem Kopf, so daß ich glaubte, jeden Moment den Verstand zu verlieren.

Ich konnte es nicht länger ertragen. Meine Füße zitterten schrecklich, sie lehnten sich als erste auf. Ich vergaß die Warnungen von Yu und den anderen Freunden, fürchtete nicht, daß mich das gleiche Schicksal ereilen könnte wie Hua, ich wollte nicht mehr im Zimmer versteckt leben. Ich mußte hinaus und etwas tun, es war keine Zeit mehr zu verlieren.

„Yu, laß uns gehen! Laß uns zu Cheng gehen!“ sagte ich fest.

„Aber es regnet“, war die leise Antwort, und Yu blickte mich erstaunt an, während er sich die Augen auswischte.

Ich schaute auf die Regentropfen, die sich auf das Fenster zubewegten und kraftlos am Glas haftenblieben, ohne einen Laut.

Ich lachte hart. Stolz und entschlossen entgegnete ich: „Was macht schon das bißchen Regen? Laß uns gehen!“

Der sprechende Baum

1

Das Lagerfeuer war langsam am Verlöschen. Auch Vater, der die ganze Zeit gesprochen hatte, verstummte plötzlich. Er stand auf, nahm ein dickes Bündel trockener Zweige und legte es auf die Glut. Ich warf etwas Laub darauf, und wir setzten uns wieder neben das Feuer. Es qualmte und flackerte allmählich stärker. Die Äste, die von den Flammen erfaßt wurden, ächzten und stöhnten leise wie winzige Lebewesen. Tief in Gedanken versunken, blickte Vater schweigend in das Feuer. Ich wußte nicht, worüber er nachdachte. Mit einemmal schien es kälter zu werden, und im gleichen Moment fachte ein Windstoß die Flammen an, so daß sie hell aufloderten. Vaters Gesicht wurde in ihrem Widerschein purpurrot. Gleichsam träumend, schwieg er noch immer.

Ganz in unserer Nähe standen ein paar Birken. Blies

der Wind, so raschelten ihre Blätter, und es klang, als käme über das trockene Laub auf dem Weg jemand dahergegangen. Vater nahm eine Zigarette und zündete sie mit einem kleinen Zweig an. Er rauchte, ohne ein Wort zu sagen.

Ringsum herrschte tiefe Stille, kein Laut war zu hören. Nach und nach wurde die Nacht dunkler. Ich fror und fürchtete mich ein wenig. So kauerte ich mich auf den Boden und streckte die Hände aus, um sie am Feuer zu wärmen. In der Ferne, sicher von einem Bahnhof her, ertönte ein schriller Pfiff. Ich wußte, daß ein Zug auf seiner Reise die kleine Station durchfahren hatte. Plötzlich überlief mich ein Schauer. Ich konnte nicht mehr an mich halten und rief:

„Vater, ich habe Angst!"

Vater sah mich einen Augenblick lang an, als wäre er aus seinem Traum erwacht, und fragte überrascht:

„Wovor hast du Angst, Kind?" Er blies ganz sacht einen Rauchkringel über mein Gesicht.

Als ich seine sanfte Stimme hörte und die besorgten Blicke spürte, beruhigte ich mich. Ich sagte nur in ängstlichem Ton:

„Still, Vater! – Hör nur – das Laub auf den Bäumen . . ." Mit der Hand wies ich auf die Birken links vor uns. Sie sahen in diesem Augenblick aus wie ein gewaltiger schwarzer Schatten, wie drei Riesen, die sich versteckt hatten, um eine Falle zu bauen, und nun auf ihre Opfer lauerten. Gerade da heulte der Wind laut auf. Es war wirklich alles zum Fürchten.

Vater lächelte kaum merklich und sagte gedankenverloren:

„Der Wind bringt die Blätter zum Rauschen, das ist nichts Außergewöhnliches. Du brauchst keine Angst zu haben." Und als er merkte, wie still ich war, fügte er hinzu: „Ich bin doch da, du brauchst dich wirklich nicht zu fürchten."

Ich brummte undeutlich etwas als Antwort und starrte dabei noch immer auf die drei Birken. Ihr großer dunkler Schatten bewegte sich ganz leise, vor meinen Augen begann es zu flimmern. Jetzt schlug er drohend nach mir. Ich zog die Hände zurück und kroch noch mehr in mich zusammen. Zitternd vor Angst, verharrte ich und rückte dann hastig näher zu Vater, um mich ganz dicht an ihn zu schmiegen.

„Du bist müde, Kind, schlaf ein wenig an meiner Brust, dann wird dir auch wärmer", sagte er voller Liebe und Mitgefühl und erlaubte mir, mich auszustrecken, den Kopf an seiner Brust. Als ich so bei ihm lag, wurde ich ganz ruhig, doch die Augen konnte ich nicht schließen. Ich blickte in sein Gesicht über mir. Er war noch immer in tiefes Schweigen versunken. Mit ernster Miene schaute er in die Ferne. Ich wußte nicht, was er dort sah.

Sobald sich der Wind erhob, strich Vater sanft über meinen Arm und sprach beruhigend wie auf ein Neugeborenes auf mich ein:

„Hab keine Angst, es sind nur die Blätter, die rauschen, schlaf jetzt!"

Doch ich konnte die Augen nicht zumachen.

„Die Blätter reden!" sagte ich.

„Ja, die Blätter reden miteinander", wiederholte Vater gedankenlos meine Worte.

„Vater, können die Blätter wirklich sprechen?" fragte ich zweifelnd.

Vater antwortete nicht. Er hatte den Kopf den Birken zugewandt. Ab und an tönte von dort ein Rascheln herüber. Es klang, als flüsterten Menschen miteinander oder gingen den Weg entlang. Ich bewegte den Kopf an Vaters Brust, er strich mir mit der Hand übers Haar. Plötzlich atmete er geräuschvoll aus und sagte:

„Es hat einmal einen Baum gegeben – einen sprechenden Baum." Er warf den Zigarettenstummel ins Feuer.

„Wirklich?" Mit einem Ruck hatte ich mich aufgerichtet, und von Neugier gepackt, fragte ich hastig:

„Vater, gibt es wirklich einen sprechenden Baum?"

Auf Vaters ernstem Gesicht zeigte sich ein liebevolles Lächeln. Er beugte den Kopf tief zu mir herunter und sagte langsam:

„Das ist eine Geschichte!"

„Eine Geschichte?" fragte ich zweifelnd und war zuerst ein wenig enttäuscht, weil ich wußte, daß alle Geschichten von Menschen erfunden werden, und doch gehofft hatte, es gäbe den sprechenden Baum tatsächlich. Aber gleich darauf war meine Enttäuschung verflogen. Die Geschichten, die Vater erzählte, ergriffen mich wie ein geheimnisvoller Zauber. Waren es auch nur Geschichten, wenn Vater sie erzählte, berührten sie mich doch genauso wie wahre Begebenheiten. Ich liebte Vaters Geschichten. Oft entführten sie mich in eine andere Welt, und so bat ich: „Vater, erzähl mir eine Geschichte, erzähl die Geschichte vom sprechenden Baum!"

Wieder erhob sich der Wind, und dieses Mal zitterte der Schatten der Birken noch furchterregender. Es rauschte unaufhörlich, und dazu kam das Heulen des Windes, das einem gespenstischen Weinen ähnelte. Blätter und Sand wurden durch die Luft gewirbelt, und manche fielen geradewegs ins Feuer, das dann noch stärker loderte. Das rote Licht der Flammen beschien Vaters Gesicht.

Er saß noch immer ganz still und unbeweglich da. Er klopfte mir auf die Schulter, strich über mein Haar und fragte besorgt:

„Ist dir kalt, Kind?"

Vaters Fürsorge gab mir Geborgenheit und Mut. Ich sah ihn mit einem dankbaren Lächeln an und antwortete kopfschüttelnd:

„Mir ist nicht kalt. Ich möchte die Geschichte vom sprechenden Baum hören!"

„Gut, ich werde sie dir erzählen", entgegnete Vater nickend. Er hob den Kopf, blickte noch einmal zum Schatten der Birken hin und fuhr dann fort: „Vor langer Zeit gab es einmal einen Baum. Ja – vor langer Zeit gab es einmal einen Baum, der ganz genauso war wie die vielen anderen Bäume und sich auch nicht von diesen dort unterschied." Während er sprach, wies er mit der Hand auf die Birkengruppe vor uns. „Also kurz und gut, es hat früher einmal solch einen Baum gegeben."

„Vater", unterbrach ich ihn ungeduldig, „du machst dich über mich lustig. Wenn es ein sprechender Baum war, wie kann er da ganz genauso gewesen sein wie die anderen Bäume? Wahrscheinlich kennst du gar nicht so eine Geschichte!"

„Hör zu, was ich noch erzähle, und unterbrich mich

nicht, du weißt ja nicht, wie es weitergeht." Vater pochte mir leicht auf den Kopf. Ich verstummte und wartete darauf, was er weiter erzählen würde.

2

Der Baum stand an einer breiten Straße, die in eine große Stadt, direkt zum Herrscherpalast führte. Das Reich war genauso wie viele andere Reiche auch: Es gab einen Herrscher, und der lebte in einem prächtigen, majestätischen Palast.

Weil der Baum sich so gar nicht von den vielen anderen Bäumen unterschied, beachtete ihn niemand. Er hatte nichts Besonderes an sich, er war nur ein ganz gewöhnlicher Baum.

Es war ein junger Baum, und er stand sein ganzes Leben an der breiten Straße. Viele Menschen sah er: alte und junge, Beamte, Arbeiter und Studierte. Sie alle benutzten die Straße. Und dann war da noch der Herrscher. Er fuhr in einer prächtigen Kutsche. Ihr folgten die Wagen der Würdenträger, und sie war umgeben von bewaffneten Wachsoldaten, die ihn schützten. Seine Pferde – groß und schneeweiß, die Kutsche – golden glänzend, und die Waffen der Wachsoldaten – silbrigkalt funkelnd. Der Herrscher mit seiner roten Nase, den schrägliegenden Augen und den spärlichen Barthaaren unter dem Kinn sitzt zufrieden in der Kutsche. Die Leute aus dem Volk aber bekommen sein Gesicht nicht zu sehen, sie werden von den Soldaten vertrieben, bevor er erscheint. Es sehen ihn allein die Bäume am Straßenrand. Aber Bäume können nicht sprechen.

Wenn die Kutschen des Herrschers und der Würdenträger vorüber sind und die lärmende Schar der Soldaten weit genug entfernt ist, wenn selbst ihr Schatten nicht mehr zu sehen ist, zeigen sich auf der Straße wieder Menschen eines anderen Schlages – das sogenannte niedere Volk. Sie sind in Lumpen gehüllt, haben nackte Füße und schmutzige Hände, ihre Gesichter sind gelb und ihre Körper mager, und es gibt noch viel, viel mehr Absonderliches an ihnen. Was sie tragen, halten sie nicht in den Händen, sondern sie haben es sich auf die Schultern geladen. Sie ziehen langsam und schweigend dahin. Noch nie hat man sie lächeln sehen. Dieser stumme, traurige Zug wird mitunter vom Lärm herannahender Pferdekutschen auseinandergejagt. Dann verstecken sich die Menschen im Wald, der an die Straße grenzt. Sie laufen tief hinein, und erst wenn Pferde und Wagen außer Sicht sind, kommen sie verstohlen wieder heraus. Würden sie sich nicht verbergen und den Kutschen der Würdenträger und des Herrschers im Weg sein, so ließe man sie von den Pferden zu Tode trampeln oder ergreifen und ins Verlies werfen. Die Bäume an der Straße sehen das alles, aber Bäume können nicht sprechen.

Im Winter, wenn nach dichtem Flockenwirbel die Erde ganz mit Schnee bedeckt ist und am Morgen ein eisiger Wind bläst, sieht man, kaum wird es hell, auf der Straße schwankende Gestalten. Die Kleider dieser Menschen sind Lumpen, ihre nackten Füße sind von Wunden bedeckt. Einige tragen Hacke und Spaten, andere schleppen Lasten oder ziehen schwerbeladene Karren hinter sich her. So kämpfen sie auf der Straße gegen den Wind an. Wegen der Kälte sind sie nicht so still wie sonst, von Zeit zu Zeit kommt etwas wie Stöhnen über ihre Lippen. Am Nachmittag, wenn sich das Wetter bessert, fliegt der Schlitten des Herrschers und seiner Gemahlin vorüber, ihm voran ein Trupp Soldaten, der den Weg bahnt. Die Bewaffneten umjubeln den Herrscher unterwürfig. Die helle, scherzende Stimme der Herrschersgemahlin ertönt nach seinem Lachen, das eher dem Ruf einer Ente ähnelt. Die Bäume an der Straße sehen und hören das alles, aber um diese Jahreszeit hat der Wind selbst die letzten trockenen Blätter hinweggefegt, und so stehen sie nur da – nackt und bloß . . .

Im Frühjahr, wenn die Knospen springen und das Wetter klar und heiter wird, ist die Straße am Morgen übersät von zerlumpten Gestalten mit nackten Füßen. Noch immer bilden sie einen traurigen Zug, und nicht einmal der laue Wind, der die Menschen trunken macht, kann ihnen ein frohes Wort entlocken. Es ist, als wüßten sie gar nicht, daß Frühling ist. Am Nachmittag taucht wieder die stolze Kutsche des Herrschers auf. Sein Gesicht – ein durchtriebenes Gesicht – strahlt vor Vergnügen, seine Nase ist noch röter, die Augen sind noch schmaler geworden, und in seinem Bart prangen ein paar graue Haare. Der Herrscher lacht, er lacht fröhlich, doch es klingt wie das Krächzen einer alten Krähe. Die Konkubinen umgirren ihn schmeichelnd, katzbuckelnd umsorgen ihn die Würdenträger, und ehrerbietig bewachen ihn seine Soldaten. Bis zum Abend kommt die Kutsche mehrmals auf der Straße vorüber.

Dann ist der Himmel schwarz geworden. In der Nacht ist es auf der Straße sehr still, nur die müden Schritte eines einzigen Menschen klingen lange monoton durch die Finsternis. Es sind die Schritte eines jungen Mannes, der sich schließlich erschöpft unter einen Baum setzt und seinen Rücken an den Stamm lehnt. Stumm sitzt er da und hebt den Kopf, um in den Himmel zu blicken. Hoch über ihm liegt das Sternenmeer, die Luft ist erfüllt vom Duft der Bäume, er aber ruft erbittert: „Warum sehe ich die Sterne nicht? Sie müssen doch alle da sein! Warum sehe ich kein Sternenlicht? Alles ist so dunkel. Ach – jetzt erinnere ich mich daran, was sie mit meinen Augen gemacht haben . . . Ich kann nicht mehr sehen!" Er hebt die Hand, sich die Augen zu reiben, und spürt einen Schmerz. Wimpern und Lider sind verklebt und verbergen nur noch einen leeren Spalt. Er kann nicht mehr sehen, nur aus den Augenwinkeln rollen zwei Tränen. Plötzlich vergräbt er den Kopf in die Hände und schreit seine Qual hinaus: „Ich kann nicht mehr sehen! Ich kann nicht mehr sehen!" Er schluchzt verzweifelt. Die Bäume sehen ihn sitzen und hören sein Weinen. Aber Bäume können nicht sprechen.

Da nähern sich ganz allmählich aus der Ferne durch die Stille der Nacht wiederum Schritte. Es ist ein weibliches Wesen, das die Straße entlangkommt – ein Mädchen, höchstens fünfzehn oder sechzehn Jahre alt. Auch sie vernimmt das Weinen des jungen Mannes, und diesem Weinen geht sie nach. Sie läuft mit gesenktem Kopf und sucht den Schluchzenden überall, doch in der Dunkelheit kann sie ihn nicht entdecken. Sie ruft, aber ihre Stimme ist zu leise, der andere kann sie nicht hören.

Der junge Mann weint noch immer verzweifelt, mit einemmal aber fängt er wie wahnsinnig an zu schreien: „Gebt mir meine Augen wieder! Gebt mir meine Augen zurück!“ Der Aufschrei zeigt dem jungen Mädchen an, wo er ist. So findet sie ihn unter dem Baum sitzend, den Kopf erhoben und das Kinn in die Hände gestützt, als würde er die Sterne am Himmel betrachten. In Wirklichkeit sieht er nichts. Ein endloser Tränenstrom rinnt ihm über das Gesicht, das noch so jungenhaft erscheint, und ein leichter Wind streicht sacht seine Wangen, geradeso, als wolle er die Tränenspuren trocknen.

Als der junge Mann die Schritte des Mädchens hört, wendet er erschrocken den Kopf nach allen Seiten. Er entdeckt nichts, er sagt auch nichts, er reibt sich nur mit den Händen angestrengt die Augen und wischt dabei die Tränen fort.

„Bruder!“ Ein tränenerstickter Schrei entfährt dem Mädchen, dann stürzt sie zu ihm, setzt sich an seine Seite und umarmt ihn. Traurig bittet sie: „Hier bist du, Bruder, komm mit mir nach Hause!“

Der junge Mann antwortet nicht, er weint. Eng hält er den Körper der Schwester umschlungen, und erst nach geraumer Zeit spricht er die knappen Worte:

„Bedränge mich nicht.“

Die Schwester versteht ihn nicht. Sie schluckt die Tränen hinunter und fragt vorwurfsvoll:

„Warum bist du nicht nach Hause gekommen? Ich bin dir am Morgen nachgegangen – dorthin –, aber man hat mir gesagt, du wärst schon fort. Da bin ich wieder nach Hause zurückgelaufen und habe auf dich gewartet, aber vergebens. Später hat mir jemand gesagt, daß er dich auf der Straße gesehen hat. Deshalb bin ich hierhergekommen, um dich zu suchen.“

Leise antwortet der Bruder:

„Ich weiß es selbst nicht genau. Sie haben mich in einem Wagen an die Straße gebracht. Erst dann bin ich hierher gegangen, um auszuruhen.“

„Du hast in diesen Wochen so viel Leid erfahren, was haben sie aus dir gemacht!“ Voller Mitgefühl sieht die Schwester dem Bruder ins Gesicht.

Sie fleht ihn an, mit nach Hause zu kommen, doch er

schweigt beharrlich. Er spricht überhaupt nur sehr wenig. Die Schwester versteht ihn nicht. Was den Bruder bewegt, verstehen nur die Bäume an der Straße, aber Bäume können nicht sprechen. Es geht ein schwacher Wind, und sie wiegen leise seufzend ihre Wipfel.

Langsam ist es tiefe Nacht geworden. Da ertönen auf der breiten Straße erneut Schritte. Diesmal sind es die Schritte vieler Menschen. Weithin hört man Stiefeltritte und Kettengeklirr. Jemand flucht, jemand schreit, eine Peitsche knallt. Zahllose Laternen werfen rotes Licht und bewegen sich unaufhörlich voran. Das Geschwisterpaar hält sich angstvoll zitternd umschlungen. Die zwei verbergen sich unter dem Baum, halten den Atem an und wagen nicht, sich zu rühren.

Der Trupp Menschen zieht an ihnen vorüber. Das rote Licht der Laternen springt hierhin und dorthin. Die Soldaten fluchen laut, wahllos schlagen sie mit den Peitschen in ihren Händen auf die Köpfe und Rücken der jungen Menschen ein, die an Händen und Füßen Ketten tragen. Auf einen Peitschenknall folgt ein schriller Schrei und zorniges Geschimpfe. Die Bewacher treiben die jugendlichen Gefangenen ununterbrochen zur Eile an. Einige von ihnen sind noch Kinder, nicht älter als fünfzehn oder sechzehn Jahre, die Ältesten mögen um die Zwanzig sein. Sie alle haben kindliche Gesichter, doch schon ist die Farbe daraus gewichen. Das Haar hängt ihnen wirr um die Köpfe, und im roten Lichtschein der Laternen sehen sie erst recht furchterregend aus. Die bloßen Füße sind mit Schmutz und Blut bedeckt. Die jungen, erschöpften Körper zittern unter den Peitschenhieben. Mühsam schleppen sie sich vorwärts. Plötzlich fällt eines der Kinder zu Boden, es stöhnt leise, Blut fließt ihm über Gesicht, Rücken und Beine. Ein hochgewachsener Soldat packt es und schlägt ihm mit seiner behaarten Faust ins Gesicht, dann folgt eine wilde Beschimpfung. Das Kind wird von den anderen mitgeschleppt. Niemand jammert, niemand weint, die Kinder ziehen mit zusammengebissenen Zähnen Schritt um Schritt weiter. Mit einemmal beginnen sie zu singen – ein Lied, das den Soldaten nicht gefällt. Doch selbst die Peitschen bewirken nichts, je heftiger sie herabsausen, desto klarer wird der Gesang. So sterben auf der Straße drei oder vier Kinder unter den Schlägen.

Die Bäume an der Straße sehen das alles. Unserem jungen Baum kommt die Frage: Warum gibt es so etwas? Was haben denn diese Kinder verbrochen, daß man so mit ihnen umgeht? Aber Bäume können nicht sprechen. Sie haben keine andere Wahl, als still zu schweigen.

Die Kinder entfernen sich langsam, angetrieben von den Soldaten, die sich wie Bestien gebärden. Auch das rote Licht der Laternen verschwindet in der Ferne. Wohin sie gehen? – Die alten Bäume wissen es, denn einige von ihnen sind von anderen Orten hierher verpflanzt worden. Sie haben eine gewaltige Festung gesehen, in der unzählige Kinder eingesperrt sind. Eiserne Gitter vor den Fenstern, eiserne Türen, hinter der Festung ein Abgrund. Jede Nacht werden ein paar todkranke Kinder in die Schlucht geworfen. Jahr für Jahr bringt man viele Kinder über die Straße in die Festung, doch niemals hat man auch nur einen Menschen zurückkommen sehen. Welche Verbrechen haben sie eigentlich begangen? Das wissen nicht einmal die alten Bäume.

„Bruder, hast du das gesehen?" Unter dem jungen Baum bricht die bebende Stimme der Schwester das Schweigen.

Der Bruder schüttelt verbittert den Kopf. Er hat nichts gesehen, aber die Stimmen haben Bilder vor ihm auftauchen lassen. Alles, was sich soeben vor ihm abgespielt hat, ist ihm längst gut bekannt. Früher schon haben ihm Freunde davon berichtet. Doch für die Schwester schüttelt er nur schweigend den Kopf.

„Bruder, du mußt von heute an anders werden! Dein gutes Herz wird dir nicht vergolten. Sieh, so behandelt man Menschen wie dich!" fleht die Schwester eindringlich.

Doch der Bruder schüttelt entschieden den Kopf und schweigt weiter. An seinem Herzen nagt Bitterkeit.

„Ich habe Angst – Angst, daß sie dich wieder ergreifen und auch dorthin schicken! Ich wage nicht, mir vorzustellen, eines Tages wärst auch du unter diesen Kindern . . ."

Der junge Mann kann schließlich nicht mehr an sich halten und antwortet:

„Es hat keinen Sinn, sich zu fürchten. Wenn ich einer von ihnen bin, so muß ich auch ihr Schicksal tragen. Will man mich vernichten, so soll es geschehen. Meinen Sinn kann niemand ändern."

Die Schwester fährt fort zu bitten, doch ohne Erfolg. Sie weint, denn ihr Bruder will, daß sie von ihm läßt und allein nach Hause zurückkehrt. Aber sie ist nicht dazu zu bewegen und sagt:

„Ich habe jetzt nur noch dich. Wenn du nicht mit heimkommst, dann gehe auch ich nicht heim. Mein Weg führt mich dorthin, wo du hingehst."

Die Geschwister umarmen sich unter Tränen. Die Schwester begreift nicht, weshalb der Bruder weint, und der Bruder weiß nicht, was die Schwester bewegt.

„Bruder, warum werden diese Kinder so behandelt?"

„Diese Kinder sind alle schuldbeladen. Wir alle sind schuldbeladen. Weißt du das nicht? Noch nie ist ein Kind zum Palast gelaufen und hat gerufen: Es lebe der Herrscher! Noch nie hat ein Kind einen armen Mann mit Füßen getreten. In den wunderschönen Kutschen wirst du kein Kind finden. In diesem Reich, unter diesem Herrscher sind alle Kinder schuldig. Erinnerst du dich, Kleine, wie einmal ein weißhaariger Greis von einem Soldaten vor der Residenz eines hohen Beamten halbtot geschlagen wurde und wir ihn nach Hause brachten, damit seine Familie ihn pflegte? Darin besteht meine Schuld! Erinnerst du dich nicht mehr daran, daß wir einmal einen Trupp Soldaten sahen, der eine arme Familie erbarmungslos aus ihrer Strohhütte jagte, und ich hinlief, um mit den Soldaten zu reden? Darin besteht meine Schuld! Ich bin schuldig, weil ich nicht glaube, daß es heute auf der Welt gerecht zugeht. Wir müssen den Menschen helfen, Mitgefühl mit ihnen haben, andere Menschen lieben. Ich bin schuldig, und meine Schuld ist ungeheuer groß. Ich muß bestraft werden." Der Bruder spricht in äußerster Erregung, zornig reißt er die Augen auf – doch vergebens . . .

„Dann laß mich mit dir gehen. Auch ich bin schuldig. Ich habe genauso gehandelt wie du", sagt die Schwester plötzlich entschlossen. Sie hat sich entschieden, ihrem Bruder an jeden Ort der Welt zu folgen. Ihm aber geht ein Gedanke durch den Kopf, und er unterbricht sie:

„Nein, es ist unmöglich, du kannst nicht mit mir gehen!“

Die Schwester ist jetzt nicht mehr gekränkt, sie hat ihre Tränen fortgewischt und spricht mit fester Stimme:

„Ich gehe auf jeden Fall mit dir, denn ich habe ja nur noch dich allein. Du bist der einzige Mensch, der mir nahesteht, ich kann dich nicht allein gehen lassen. Sage mir, wohin du willst, und ich werde dir folgen. Was du für richtig hältst, werde ich tun.“

Der junge Mann ist gerührt. Eigentlich hat er es sich so gewünscht, doch nun zögert er. Er kann die Schwester nicht länger täuschen, bitteren Herzens sagt er ihr die Wahrheit.

„Kleine Schwester, hast du noch nicht bemerkt, daß meine Augen nicht mehr dieselben sind wie früher? Was nützt es, wenn du mit mir gehst, ich kann nicht einmal mehr dein Gesicht sehen!“

Die Schwester schreit entsetzt auf, sie nimmt des Bruders Kopf in beide Hände und schaut ihm suchend auf die Augen. In der nächtlichen Dunkelheit kann sie nicht gut sehen, doch das ihr sonst so gut vertraute strahlende Pupillenpaar ist nicht mehr da. In diesem Gesicht gibt es kein Strahlen mehr. Wie hatte der Bruder gesagt? Er könne sie nicht einmal mehr sehen? Sie haben ihm seine Augen genommen! Das ist Grausamkeit! Mitleidsvoll streicht sie ihm über die geschlossenen Lider und sagt nur ein Wort:

„Bruder!“

Sie spürt, wie aus seinen Augenwinkeln Tränen treten. Ihr Herz schmerzt, und sie preßt des Bruders Kopf fest an ihre Brust.

„Nun wirst du verstehen. Und jetzt verlaß mich und kehre allein nach Hause zurück. Ich bin ein Ausgestoßener und verdiene keines Menschen Mitleid.“ Der Kopf des Bruders am Herzen der Schwester bebt, während er so spricht. Aber sie ist fest entschlossen, nicht mehr auf ihn zu hören.

Sie küßt den Bruder auf die Augen, und ihre Tränen tropfen auf seine Lider. Die Tränen beider netzen das Gesicht des jungen Mannes.

„Kleine Schwester, laß mich gehen! Ich kann nicht mehr leben – ohne meine Augen kann ich nicht leben! Was hat es für einen Sinn, als Ausgestoßener sein Dasein zu fristen? Das ist doch ein umsonst gelebtes Leben! Laß mich gehen!"

Unvermittelt läßt er die Hand der Schwester los, steht auf und will zur Straße laufen. Doch kaum hat er sich erhoben und einen Schritt getan, da stürzt er wieder zu Boden. Ein verzweifelter Schrei kommt über seine Lippen, er erzittert und preßt sein Gesicht zwischen die Baumwurzeln. Der Baum nimmt eine Träne auf, und als wäre ein langersehnter Regen gekommen, beginnt er sich zu rühren. Diese Träne steigt bis in seinen Wipfel, man hört es leise rascheln.

Das junge Mädchen hastet zu seinem Bruder und hilft ihm, sich aufzusetzen. Besorgt fragt sie:

„Was ist mit dir? Hast du dich verletzt?"

Er hat sich nicht verletzt, seine Wunde brennt tief in seinem Innern. Bitter sagt er:

„Geh nach Hause, kümmere dich nicht mehr um mich, mit mir ist es aus."

Doch eng an ihn geschmiegt, setzt sie sich zu ihm unter den Baum. Jetzt versteht sie seine Gedanken. Sie kennt nun seinen Schmerz, jedoch sie weiß nicht, wie sie ihn trösten soll. Der Bruder ist nach einer Weile vor Erschöpfung an ihrer Brust eingeschlafen. Sie wagt nicht, in sein Gesicht zu sehen. Gedanken an die Vergangenheit gehen ihr durch den Kopf, Gedanken an die Jahre, die sie nach dem Tode der Eltern mit dem Bruder zusammen verbracht hat. Und auch in ihrem Herzen reißt eine Wunde auf. Sie preßt das Gesicht an den Stamm des Baumes und klagt bitterlich:

„Allwissender Gott im Himmel, warum ist die Welt so eingerichtet! Warum müssen diese Kinder eine so grausame Behandlung erfahren? Ist das alles von dir gewollt?"

Gott aber gibt keine Antwort. Nur das leise Rauschen des Baumes ist zu hören. Er weiß, daß es keinen Gott im

Himmel gibt, doch er kann nicht sprechen, er kann auch jetzt nur leise mit den Blättern rascheln.

„Allmächtiger Gott im Himmel, ich bitte dich, mein Flehen zu erhören! Sind diese Kinder wirklich alle schuldbeladen? Lebt der Mensch wirklich nur für sich allein? Es kann doch nicht sein, daß man nicht mit anderen mitfühlen soll! Es kann doch nicht sein, daß man nicht hingehen soll, zu helfen, wenn andere Schmach und Schande erdulden müssen, geschlagen und gequält werden! Wozu all die Ketten, die Peitschen, die Verliese? Warum konnten sie meinem Bruder die Augen nehmen?"

Gott antwortet nicht, weil es ihn nicht gibt. Der Baum weiß das, er fühlt mit dem bitterlich flehenden Mädchen, aber der Baum kann nicht sprechen. Es bleibt ihm nichts, als leise mit den Blättern zu rascheln.

„Großer Gott im Himmel, sind denn nicht alle Menschen nach deinem Vorbild geschaffen? Warum muß ein Mensch sein Glück auf dem Leid anderer errichten? Warum muß es einen Unterschied zwischen Herrscher, hohen Beamten und dem ‚gemeinen Volk' geben? Warum kann der Herrscher zufrieden lachend in seiner Kutsche sitzen, und das ‚gemeine Volk' muß den ganzen Tag mit nackten Füßen und schmutzigen Händen hart arbeiten? Warum müssen diese Kinder, die Mitgefühl für andere haben, anderen helfen, andere lieben, Ketten tragen, sich peitschen lassen, im Verlies sitzen, sich die Augen nehmen und sich zu Tode quälen lassen? Allwissender Gott im Himmel, ich bitte dich, erhöre mein Gebet! Sage mir, ist das alles von dir gewollt? Ist das alles etwa gerecht und muß so sein? – Mein Bruder sagt, daß er ohne seine Augen nicht weiterleben kann; wenn ich keinen Bruder mehr habe, kann auch ich nicht weiterleben. Großer und allmächtiger Gott im Himmel, ich bitte dich, erhöre mich!"

Doch es kommt noch immer keine Antwort. Gott hört das Flehen des Mädchens nicht, denn es gibt ihn nicht. Der Baum weiß das, vor Mitgefühl und Rührung bebt er stärker und raschelt unaufhörlich mit seinen Blättern. Er will dem Mädchen eine Antwort geben, doch er kann nicht sprechen.

Das Mädchen weint niedergeschlagen. Es weiß, daß es ein Wesen ist, das Gottes Beachtung nicht verdient. Ringsumher herrscht tiefe Finsternis. Geraume Zeit kann es keinen Gedanken fassen, es schluchzt herzzerreißend, und die Tränen tropfen auf den Stamm des Baumes.

Er saugt sie begierig auf, und sie durchdringen ihn ganz und gar: den Wipfel, die Zweige, die Blätter, den Stamm und die Wurzeln. Wie verzaubert erbebt der Baum gewaltig. Es ist, als habe sein Inneres eine mächtige Wandlung erfahren, er spürt, daß er sprechen kann.

„Diese Ordnung ist nicht gerecht. Alle Menschen auf der Erde sind gleich, und niemand dürfte bevorzugt werden. Derjenige, der sein Glück auf dem Leid anderer errichtet, der Ketten, Peitschen und Gefängnisse braucht, um sein Glück zu schützen, wird nicht lange leben. Diese Menschen werden zum Schluß ihr Glück verlieren. Selbst die zweiundzwanzigstöckige Pagode des ewigen Lebens kann eines Tages einstürzen. Nur das Herz eines Kindes ist beständig. Es gibt nichts, das es vernichten könnte. Geh, bleibe bei deinem Bruder. Glaube nicht, er habe seine Augen verloren, deine Augen können zu seinen werden. Er wird sie benutzen, um zu sehen. Geh, hilf anderen Menschen, fühle mit ihnen, liebe sie. Hilfe, Mitgefühl und Liebe sind kein Unrecht."

Klar und deutlich kamen diese ernsten Worte von der Spitze des Baumes herab und erfüllten den ganzen Wald. Alle anderen Bäume erschraken. Sie waren sehr verwundert darüber, daß einer von ihnen zu sprechen begonnen hatte.

Auch das junge Mädchen erschrak sehr. Als der Baum den ersten Satz gesprochen hatte, hob es den Kopf und blickte nach oben. Dort waren die Baumwipfel, der Himmel und die Sterne – sonst nichts. Es glaubte nichts anderes, als daß da Gott spreche, daß er eine Antwort auf die Fragen gebe. Ehrfurchtsvoll lauschte es jedem dieser Sätze, die in seinem Innern leuchteten wie Sterne. Traurigkeit und Furcht waren verflogen. Voller Freude ergriff die Schwester des Bruders Kopf, weckte ihn und erzählte ihm, was geschehen war.

Der Bruder hatte ihr stets vertraut, und so bewirkten ihre Worte, daß sich seine Gefühle wandelten. Die Schwester half ihm, und mit neuem Mut standen beide auf. Sie blieben noch eine Zeitlang unter dem Baum und hofften, erneut Gottes Rat zu hören. Aber sie hörten nichts mehr und gingen schließlich zur Straße. Die Augen des jungen Mädchens schauten nun auch für den jungen Mann. Eng aneinandergeschmiegt verschwand das Geschwisterpaar allmählich in der Ferne.

Der junge Baum sah zu, wie die beiden davongingen. Er war sehr froh und wollte noch etwas sagen, doch er brachte nur ein Rauschen hervor. Auch später konnte er nie wieder sprechen. Er hatte diese Fähigkeit ebenso schnell verloren, wie er sie erlangt hatte.

3

Vater hatte die Geschichte in einem Atemzug von Anfang bis Ende erzählt. Er vergaß sogar zu rauchen. Deshalb holte er, kaum daß er geendet hatte, eine Zigarette hervor und zündete sie an. Er nahm einen kräftigen Zug und blies den Rauch aus. Ich sah nichts als blauen Zigarettendunst. Durch diesen Nebel hindurch suchte ich Vaters Gesicht. Das Lagerfeuer flackerte nur noch schwach, und ich konnte es kaum erkennen. Dennoch spürte ich, daß sein Gesicht nicht so war wie sonst. Heute abend dachte er sicher an etwas sehr Bedeutsames. Wäre es nicht so, dann würde er nicht so ernst dreinschauen und hätte auch nicht diese Geschichte erzählt, die keinen rechten Schluß zu haben schien. Natürlich hatte sie mich sehr bewegt, mich interessierte vor allem der Ort, an dem die beiden jungen Menschen lebten. Vater hatte ihn mir nicht genannt. Ich konnte mich schließlich nicht mehr bezwingen und fragte ungeduldig:

„Vater, deine Geschichte ist doch noch nicht zu Ende! Was passierte, nachdem Bruder und Schwester gegangen waren? Wie ist der Schluß?“

„Du bist wirklich ein neugieriges Kind!“ antwortete Vater tadelnd, indem er ein paarmal an seiner Zigarette zog und mir leicht auf den Kopf klopfte. „Was später passierte, weiß ich selbst nicht. Warte, bis du groß bist, dann wirst du es allein herausfinden."

Er stand auf und zog wieder heftig an der Zigarette; dann warf er die Kippe in das Lagerfeuer, das am Verlöschen war. Mit warmer Stimme, doch ein wenig müde sagte er zu mir:

„Kind, das Feuer ist gleich aus, wir wollen schlafen gehen. Morgen früh stehen wir etwas eher auf und gehen auf die Jagd."

Um uns herum war es plötzlich kalt geworden. Vom Feuer war nur ein Häufchen Asche geblieben. Ein Schauer überlief mich.

Ich wußte, daß Vater nichts mehr erzählen würde, und es blieb mir keine andere Wahl, als aufzustehen. Schweigend ging ich an seiner Hand zum Zelt zurück.

Ringsumher war nur das Rauschen der Birken zu hören. Mir schien es, als tauchten vor meinen Augen die Umrisse zweier Kinder auf. Sie kamen von der Birkengruppe und gingen, Bruder und Schwester eng aneinandergeschmiegt, vorwärts. Es war, als folgten wir ihnen.

Am verwilderten Garten

Nach dem Abendessen ging ich spazieren. Als ich eine Weile gelaufen war, kam ich hierher.

Durch ein Loch in der Mauer konnte ich in die Tiefe des Gartens blicken. So weit das Auge reichte – dichtes, üppiges Grün. In einer Ecke stand ein Grüppchen roter Blumen gerade in voller Blüte, gleich daneben – das Gerippe eines Hauses. Alle Dachziegel lagen zerschmettert am Boden, nur vor den Gebäuderesten bewegte sich ein Stück roten Geländers noch leise schaukelnd auf den Stützpfeilern hin und her.

Ich schaute auf die Blumen. Mit ihren breiten Blütenblättern und dem länglichen grünen Blattwerk sahen sie wunderschön aus. Bestimmt waren sie ursprünglich vor dem Fenster gepflanzt worden.

Meine Gedanken schweiften eine Woche zurück ...

Jemand stieß ein Fensterchen des hübschen Hauses auf, um in den Garten zu sehen, und vielleicht hatte sein bewundernder Blick auf eben diesen Blumen gelegen. Vielleicht hatte es auch jemanden gegeben, der, aus dem Fenster gelehnt, den ganzen Tag lang die Blumen und Bäume im Garten betrachtete und alle seine jungen Hoffnungen und Träume durch die Sprache der Augen an die Blüten und Blätter weitergab.

Doch jetzt existierte kein Fenster mehr, das Haus drohte jeden Augenblick einzustürzen. Es gab nur noch den grünübersäten Garten mit seiner Blütenpracht. Könnten die Blumen sprechen, so würden sie uns möglicherweise von den Gesichtern erzählen, die sie hinter dem Fenster gesehen hatten: von jungen Gesichtern und nicht mehr so jungen . . . Ja, von jungen Gesichtern, die nun für immer verschwunden waren. Und weil es nicht nur das ist, wovon die Blumen zu berichten hätten, würden sie gewiß auch von der Tragödie des vierzehnten August reden. An diesem Tag war das schmucke Haus zerstört worden. In weniger als einem Augenblick hatte sich der Blumengarten in ein Trümmerbeet verwandelt.

Ich sah in den Garten, und das Grün tat meinen Augen wohl. Ein Trümmerbeet? Nein – der Garten war nach dem feindlichen Bombenhagel längst wieder zu neuem Leben erwacht. An diesen Pflanzen voller üppiger Lebenskraft konnte ich keine Spur entdecken, die davon zeugte, daß eines Menschen Fuß sie niedergetreten hatte. Da plötzlich ertönte eine Frauenstimme: „Fräulein Chen – man hat sie gerade ausgegraben." Ich sah mich um, es war niemand da. Diese Worte hatte ich vor einiger Zeit gehört, genau zwei Tage nachdem sich die Tragödie ereignete.

Am Mittag dieses Tages war ich ebenfalls an dem Garten vorübergekommen, doch nicht hier, sondern auf der anderen Seite, der Rückseite des Hauses. Neben dem Luftschutzraum, der unter Beschuß geraten war, auf der flachen Erde oder einem kleinen Hang – ich wußte es nicht mehr – lagen drei Leichen. Sie waren mit Strohmatten zugedeckt. Unter der mittleren ragten ein Paar kleine dünne Beinchen hervor, die über und über lehmverschmiert waren. Ganz gleich, wie man es auch betrachtete, wohl niemand hätte vermutet, daß es menschliche Beine waren. An der Stelle wurde noch gegraben. In der Ferne, auf einem frisch aufgeschütteten Hügel – auch das sah ich durch das von einem Geschoß in die Mauer geschlagene Loch – standen sieben oder acht Menschen, die mit leiderfüllten Gesichtern auf die leblosen Körper starrten. Wahrscheinlich hatten sie die Toten gekannt. Eine Frau mittleren Alters wies auf den Leichnam, dessen Beine unter der Matte hervorsahen, und sagte: „Fräulein Chen – man hat sie gerade ausgegraben." Erst später erfuhr ich von anderen die traurige Geschichte dieses Luftschutzraumes.

Ein Paar lehmverschmierte Beine, das Leben einer jungen Frau, eine gerade erblühende Jugend ... Ich kannte dieses Menschenkind nicht, hatte es nie gesehen, doch beim Betrachten der Blumen und Bäume im Garten, bei dem Gedanken an diesen in Einsamkeit verbrachten Lebensfrühling fühlte ich einen nagenden Schmerz in meiner Brust. Weder diesen stillen Ort noch ein so unbedeutendes Leben verschonten die Soldaten, die unter dem Banner der aufgehenden Sonne flogen. Zwei, drei Geschosse hatten die jungen Träume zunichte gemacht. Alles zerstörten die Bomben, selbst den leisesten Hoffnungsschimmer eines in der Abgeschiedenheit geführten Daseins. Auf diese Weise der Gefangenschaft entgangen, würde die junge Frau doch niemals die weite Welt außerhalb des Gartens erblicken.

Die Blumen wiegten ihre Köpfe im Wind, als wollten sie wehklagen. Sie sollten das gut bekannte Gesicht hinter dem Fenster nicht mehr finden, gewiß empfanden sie Einsamkeit und Schwermut.

Doch das Haus zwischen ihnen und dem Luftschutzraum ließ nicht zu, daß sie das traurige Schauspiel verfolgten, bei dem eine junge Frau erstickte, daß sie das Paar lehmverschmierte Beine sahen. Aber ich – ich hatte das alles gesehen. Wie den Menschen davon berichten?

Die Nacht brach herein und hüllte den Garten allmählich in Dunkelheit. Vor meinen Augen wurde es finster, doch ich konnte noch erkennen, wie die Blumen die Köpfe wiegten. Ringsum war niemand außer mir, und plötzlich befiel mich ein Gefühl der Verlassenheit.

Warum war es so still? Warum kam niemand, meinen zornigen Bericht vom Schicksal der jungen Frau zu hören? War alles vielleicht nur ein Traum?

Auf den Wangen spürte ich etwas Kaltes und Nasses. Ich hob den Kopf und merkte, daß es regnete. Es war kein Traum. Lange konnte ich nicht im Regen stehenbleiben, ich mußte nach Hause zurückkehren. In die Zimmer des gerade erst zerstörten Hauses sickerte von allen Seiten die Feuchtigkeit.

Zhao Shuli

Die Eheschließung

1
Die Glücksmünze

Erlaubt mir, liebe Freunde, daß ich euch heute eine neue Geschichte erzähle. Sie heißt „Die Eheschließung“ und beginnt mit einer Glücksmünze.

Wäre diese Erzählung vor dreißig Jahren erschienen, so hätte es keiner Erklärung bedurft, was wir unter einer Glücksmünze zu verstehen haben. Doch leider ist das, wovon ich berichten will, eine neue Geschichte. Auch sind die Zuhörer zum großen Teil junge Leute; deshalb muß ich, bevor ich beginne, ein paar Worte zur Glücksmünze sagen.

Es heißt, diese Glücksmünzen seien besondere Geldstücke, die während der Regierungsperiode Kangxi zu Zeiten der Qing-Dynastie gegossen wurden. Sie sind genauso groß wie alle anderen Münzen aus jener Periode, nur in dem Zeichen „xi“ des Wortes „Kangxi“ fehlt auf der linken Seite ein Strich, und das Kupfer hat einen besonderen gelblichen Farbton. Es erinnert ein wenig an Gold. Man sagt, daß dem Metall, aus dem die Münzen gegossen wurden, beim Schmelzen eine kleine goldene Buddhafigur beigegeben worden sei, deshalb bestehe solch eine Münze zu drei Zehnteln aus Gold. Ob diese Überlieferung nun wahr ist oder nicht, soll nicht unsere Sache sein, die Münzen aber sind wirklich sehr schön. Junge Burschen auf dem Dorfe, die sich gern herausputzten, trugen die Glücksmünzen oft im Mund, ähnlich den Stadtbewohnern, die mit Vorliebe ihre Goldzähne zeigten. Bis auf den heutigen Tag hat sich an einigen entlegenen Orten dieser Brauch erhalten. Manche jungen Leute ließen sich auch beim Goldschmied aus fünf solcher Münzen einen Ring anfertigen, der dann an der

Hand wie ein goldener wirkte. Es war allerdings keine leichte Sache, eine Glücksmünze zu finden. Zu der Zeit, als sie in Umlauf waren, suchten pfiffige Kinder sie aus dem Geld heraus, das die Eltern nach Hause brachten. Doch mitunter fanden sie nur ein oder zwei im Jahr. Sind die Münzen auch jetzt nicht mehr im Gebrauch, so gibt sie doch niemand gern aus der Hand. Leider sind auch schon viele verlorengegangen. Aber genug davon – beginnen wir nun mit der Geschichte!

Es gibt ein Dorf, das heißt Zhangjiazhuang, und in diesem Dorf lebte ein Zimmermann mit Namen Zhang. Die Frau von Zimmermann Zhang trug den Spitznamen „Klein Schmetterling". Die beiden hatten eine Tochter, die Ai-Ai hieß. Am 15. Januar 1950 war Ai-Ai nach dem alten chinesischen Kalender zwanzig Jahre alt, in Wirklichkeit war sie erst neunzehn. In dem Dorf wohnte ein junger Mann namens Xiao Wan, der war in Ai-Ai verliebt. Und um diese zwei dreht sich unsere Geschichte.

Nun könnte der ungeduldige Leser fragen: Weshalb redet er so lange von der Glücksmünze, und die Menschen, um die es gehen soll, stellt er mit keinem halben Satz vor? Wenn das so weitergeht, ist er wahrscheinlich in fünf Minuten fertig. Nun – alles zu seiner Zeit! Doch Schluß mit dem Geschwätz, fahren wir fort!

Die drei Mitglieder der Familie von Zimmermann Zhang, die Eheleute und Tochter Ai-Ai, lebten in Haus und Hof allein. Die Ehegatten bewohnten das nördliche Zimmer, Ai-Ai das westliche. In jenem Jahr fand in der Nacht des 15. Januar nach dem Mondkalender im Dorf der Drachenumzug zu Neujahr statt. Zimmermann Zhang war ein angesehener Meister im Führen des Drachenschwanzes. Deshalb stellte er nach dem Abendessen rasch sein Schälchen beiseite und ging zum Umzug. Ai-Ai wusch das Geschirr und die Töpfe ab und ging mit ihrer Mutter, nachdem sie die Tür abgeschlossen hatten, ebenfalls zu dem Spektakel. Später trennten sie sich, und so tat jeder etwas anderes: Meister Zhang führte den Drachenschwanz, Klein Schmetterling mischte sich unter die lärmende Menschenmenge, und Ai-Ai sah sich das Feuerwerk an, weil Xiao Wan dabei half, die bunten Raketen abzufeuern. Sie wartete, bis das Feuerwerk vorüber war, und ging dann nach Hause. Klein Schmetterling kehrte heim, nachdem sie alle Straßen durchflattert hatte. Nur Zimmermann Zhang ruhte nicht eher, als bis das ganze Spektakel zu Ende war, und machte sich als letzter auf den Heimweg.

Ai-Ai hatte im nördlichen Zimmer noch eine Weile auf die Mutter gewartet, doch bevor sie kam, war das Mädchen schon auf ihrem Bett eingeschlafen. Als Klein Schmetterling sah, daß die Tochter auf ihrem Bett lag und schlief, stieß sie sie sacht an und sagte: „Ai-Ai! Wach auf!" Aber Ai-Ai drehte sich nur auf die andere Seite. Dabei rutschte ein kleiner glänzender Gegenstand aus ihrer Tasche und fiel mit leisem Klirren zu Boden. Klein Schmetterling sah beim Schein der Lampe nach, was es war. „Dieses Mädchen! Wie ist sie nur zu meiner Glücksmünze gekommen?" Eigentlich bewahrte sie ihre Glücksmünze in einer kleinen Schatulle in der Truhe auf. Sie versuchte nicht noch einmal, Ai-Ai zu wecken, sondern wollte zuerst ihre Glücksmünze weglegen. Sie holte den Schlüssel hervor, öffnete erst das Schloß der Truhe und danach das der Schatulle. Als sie aber die Münze an ihren Platz tun wollte, entfuhr es ihr: „Nanu! Wieso ist denn die Münze da?" Sie nahm sie heraus und hielt sie unter das Licht. Kein Zweifel – zwei gleiche Glücksmünzen! Ihre eigene, durch zwei Schichten Holz vor Luftfeuchtigkeit geschützt, war noch immer leuchtend gelb, nur nicht mehr ganz so blank wie die von Ai-Ai. Sie warf einen Blick auf die Tochter, die fest schlief. Dann sagte sie wie zu sich selbst: „Du dummes Mädchen! Warum mußtest du es nur genauso machen wie ich? Wahrscheinlich hast auch du einen Ring eingetauscht, oder?" Sie besah sich Ai-Ais Hände, es war kein Ring daran. Sie durchwühlte Ai-Ais Taschen, und einmal schien es ihr, als wäre der Ring darin, doch als sie den Gegenstand herauszog, war es nur ein Fingerhut. Sie seufzte tief und sagte: „Was soll man davon halten? Mutter wie Tochter haben ihren Ring gegen eine Glücksmünze eingetauscht. Morgen bitte ich die Fünfte Tante, noch mal loszugehen und endgültig einen Mann für sie zu finden. Wir werden nicht warten, bis irgend etwas passiert!“ Sie steckte den Fingerhut wieder in Ai-Ais Tasche zurück, nahm die beiden Glücksmünzen und ließ die Geschichte ihrer Münze noch einmal im Geiste an sich vorüberziehen . . .

Wenn wir diese hier wiedergeben wollen, so müssen wir damit beginnen, wie Klein Schmetterling zu ihrem Spitznamen kam.

Vor über zwanzig Jahren am 30. Dezember des Mondkalenders nahm sich Zimmermann Zhang eine Frau. Am Tage der Hochzeit liefen alle Dorfbewohner zusammen, um zu gaffen. Als man der jungen Frau den roten Schleier abnahm, tuschelte einer der Schaulustigen einem anderen zu:

„Sieh mal! Klein Schmetterling!“

„Wie sie leibt und lebt!“

Und es dauerte gar nicht lange, da flüsterte man diese zwei Worte in jedem Haus und jedem Hof: „Klein Schmetterling! Klein Schmetterling!“

Es hatte in dieser Gegend in einer Operntruppe einmal eine bekannte Darstellerin gegeben – nicht sehr groß von Wuchs und seinerzeit gerade um die zwanzig Jahre alt. Wenn sie auf die Bühne trat, wurde auch die kleinste Bewegung ihrer Hände oder Füße zum Theaterspiel, selbst ihre Augen und Augenbrauen schienen zu reden. In dem Stück „Der Tempel auf dem goldenen Berg“ war sie die weiße Göttin. Mit ihrem wehenden Rock aus weißer Seide füllte sie allein die ganze Bühne aus. Sie flatterte daher wie ein Schmetterling. Alle Leute nannten sie „Klein Schmetterling“. Die junge Frau von Zimmermann Zhang war ihr sehr ähnlich, und er selbst sagte: „Je länger man sie ansieht, desto mehr gleicht sie ihr.“

Der zweite Tag der Hochzeit war der erste Tag des neuen Mondjahres. Wie es in Zhangjiazhuang Brauch war, machte die junge Frau an diesem Tag ihren Neujahrsbesuch bei den Nachbarn. Dabei begleiteten sie nach alter Sitte zwei verheiratete Frauen. Mit ihnen ging außerdem ein Junge, der den roten Läufer trug. Den Kotau machte jedoch niemand mehr, man besuchte sich einfach nur.

Als die Frühstückszeit vorüber war und der Junge mit dem roten Läufer vor der Tür erschien, rief jemand:

„Schnell, kommt alle her! Klein Schmetterling kommt heraus!“

Kaum war der Ruf verklungen, sammelte sich eine Menschenmenge. Es gab ein Gedränge wie am 15. Januar, wenn alle den Drachenumzug sehen wollen. Jeder Schritt und jede Bewegung der jungen Frau wurden von den Leuten mit großer Neugier verfolgt. „Seht nur, sie ist zu ihrer Nachbarin, der Fünften Tante, gegangen! Da kommt sie wieder! Da ist sie schon! Jetzt geht sie zu Lao Qiu . . .“

Zimmermann Zhang war sich natürlich klar darüber, daß er mit dieser Frau einen Schatz bekommen hatte. In den ersten neun Tagen nach der Hochzeit machte er nur den Neujahrsbesuch bei seinem Onkel, sonst wollte er nirgendwohin gehen. Tag und Nacht war er damit beschäftigt, Klein Schmetterling zu unterhalten. Er putzte sich mit ihren Kleidern als Frau heraus, um sie zum Lachen zu bringen, er nahm ihr ihren Ring weg, damit sie ihm durch das ganze Zimmer nachjagte . . . Aber Klein Schmetterling blieb trotz aller Späße ziemlich kühl und sagte nur: „Laß doch den Unfug!“

Ein paar Monate später brachte jemand aus Dongwangzhuang, dem Heimatort von Klein Schmetterling, eine Neuigkeit mit. Es hieß, Klein Schmetterling habe daheim einen Liebsten mit Namen Bao An. Als diese Nachricht in Zhangjiazhuang eintraf, fanden sich dort natürlich sofort ein paar junge Burschen, die mit Zimmermann Zhang ihren Spott trieben:

„He, Zimmermann, wenn du nach Hause kommst, dann huste lieber erst mal tüchtig, damit du nicht mit Bao An zusammenprallst!“

„Klein Schmetterling ist dein? Nun, wenigstens zur Hälfte gehört sie doch wohl Bao An?“

Erst als sich Zimmermann Zhang dies alles sagen lassen mußte, verstand er, warum sich Klein Schmetterling so gleichgültig zu ihm verhielt. Ein paarmal wollte er sie beschimpfen, doch sobald er zur Tür herein war, ließ er seinen Vorsatz fallen und dachte: Wozu in der Vergangenheit herumwühlen? Wenn sie sich nur in Zukunft ordentlich benimmt, soll es vergessen sein!

Aber das Gerede kam auch seiner Mutter zu Ohren.

Sie bestellte ihn heimlich zu sich und schimpfte ihn einen Weichling. Als sie genug gezetert hatte, begann sie auf ihn einzureden: „Der Mensch ist ein niederträchtiges Geschöpf! Nur wenn du ihn schlägst, ändert er sich! Es ist falsch, ihn zu bedauern!" Nachdem Zhang diese Belehrung über sich hatte ergehen lassen, maß er jeder Kleinigkeit, die ihn an Klein Schmetterling störte, größte Beachtung bei.

Einmal, als er bei seinem Schwiegervater war, traf er dort Bao An und stellte fest, daß der Ring an dessen Finger genauso aussah wie der von Klein Schmetterling. Als er nach Hause kam, betrachtete er als erstes ihre Hand – und wirklich, sie trug nur noch einen Ring. Zum Teufel, sie gehört wahrhaftig zur Hälfte Bao An! Er erzählte die Neuigkeit seiner Mutter, und die sagte darauf: „Schnell, schlag sie! Tust du es gleich, so bringt es noch Nutzen! Und wenn, dann schlag sie tüchtig! Nur mal so ein bißchen ist sinnlos!"

Er war wirklich sehr wütend, und seine Mutter goß noch mal Öl ins Feuer. Nun mußte er seine Frau natürlich schlagen. Er nahm den Feuerhaken und wollte gerade damit losgehen, als seine Mutter ihn zurückhielt. „Nicht damit, tu ihn weg! Mit einem feinen Gegenstand schmerzt es mehr, und du verletzt die Knochen nicht. Am besten, du nimmst den Bügel einer kleinen Säge!"

Er suchte aus seinen Zimmermannsgeräten den Bügel einer Handsäge heraus, einen halben Meter lang, fingerdick und aus festem Holz, wie geschaffen zum Schlagen. Woher wohl seine Mutter wußte, daß diese Art Gerät gerade richtig für den Zweck war? Nun, sie hatte in ihren jungen Jahren ebenso eine Geschichte erlebt wie Klein Schmetterling und Bao An, und später war sie dann vom alten Zimmermann mit ebensolchem Gerät geschlagen worden.

Doch genug geschwatzt! Zimmermann Zhang nahm also dieses zum Schlagen so gut geeignete Ding und verließ mit finsterer Miene das Haus seiner Mutter.

Als Klein Schmetterling ihn zur Tür hereinkommen sah, begrüßte sie ihn, wie es die Sitte verlangte, und fragte:

„Was bringst du denn da an?"

Zimmermann Zhang achtete nicht auf ihre Worte, er wies mit dem Holzbügel auf ihre Hand und fragte:

„Wieso ist von deinen Ringen nur noch einer da? Rede!“ In seiner Stimme schwang ein Ton, daß Klein Schmetterling vor Schreck die Haare zu Berge standen.

Sie hob den Kopf und sah ihn an. Er blickte drein wie ein Menschenfresser, und sie konnte vor Angst nicht gleich antworten. Der Stock, den er in den Händen hielt, war bereits über ihre Beine getänzelt. Klein Schmetterling war eine verwöhnte junge Frau, noch nie hatte sie jemand gezüchtigt. Jetzt schrie sie beim ersten Schlag vor Schmerz auf, senkte den Kopf und rieb sich das Bein. Da packte Zimmermann Zhang sie an den Haaren und zog sie zum Bett. Er riß ihr die Hosen herunter und schlug „klatsch, klatsch, klatsch“ ein paar dutzendmal heftig auf ihr Hinterteil ein. Zuerst hatte sie Angst, daß jemand sie hören und verspotten könne; so bezwang sie sich und unterdrückte das Weinen. Doch dann konnte sie es nicht mehr aushalten. Sie wollte losheulen, aber es kam nur ein Keuchen über ihre Lippen. Als Zimmermann Zhang endlich ermattet den hölzernen Bügel beiseite warf und hinausging, wurde ihr ganzer Körper von einem Krampf geschüttelt. Sie rang lange nach Luft, schrie dann laut auf und hielt gleich wieder den Atem an. Ihre Haare waren schweißnaß, als hätte man sie gerade aus dem Wasser gezogen. Der Wechsel von Keuchen und Aufschreien, Keuchen und Aufschreien dauerte so lange, wie man braucht, um eine Mahlzeit einzunehmen. Erst danach vereinten sich ihre Schreie zum erlösenden Weinen. Die Familie lebte allein auf dem Hof, es konnte also kein Fremder etwas hören. Zimmermann Zhang war, als er genug geprügelt hatte, gleich fortgegangen, und die Schwiegermutter sah nicht einmal herüber. Sie rief nur aus ihrem Zimmer: „Was brüllst du so? Glaubst du, das ist schön? Glaubst du, das schickt sich?“

Nachdem Klein Schmetterling eine Weile geweint hatte, schmerzte ihr Hinterteil so sehr, als hätte jemand mit einer Ahle hineingestochen. Sie strich sich vorsichtig darüber, und ihre Hand war ganz voll Blut. Zähneknirschend zog sie die Hosen hoch, konnte aber nicht aufstehen.

Später fragte Zimmermann Zhang nicht wieder danach, wie ihr Ring zu Bao An gelangt sei, und sie selbst sprach natürlich auch nicht davon.

Das Ganze hatte sich so zugetragen: Als sie einmal in ihrem Elternhaus den Feiertag des 5. Mai beging, bat sie Bao An um einen Gegenstand, den er immer bei sich tragen könne. Da gab sie ihm einen ihrer beiden Ringe. Als sie auch etwas von ihm erbat, schenkte er ihr die Glücksmünze, die er im Mund getragen hatte.

Seitdem ihr Mann sie geschlagen hatte, wurde die Glücksmünze für sie zu einem wahren Kleinod. Es ist nicht gut, einen Menschen in seinem Innersten zu kränken. Von jenem Tage an betrachtete Klein Schmetterling Zimmermann Zhang wie einen Wolf. Noch bevor er ein Wort gesagt hatte, begann sie zu zittern, und er sah nie mehr ein Lächeln auf ihrem Gesicht. Jedesmal, wenn er nach Hause kam und von draußen durch die Tür spähte, fand er sie frisch und lebhaft. Betrat er jedoch den Hof, so erstarrte sie wie zu Stein. Einmal geschah es, daß eines der Hühner ein Ei legen wollte. Klein Schmetterling war gerade dabei, es auf das Nest zu jagen, als der Zimmermann heimkehrte. Wie er seine Frau so dem Huhn nachjagen sah, erinnerte sie wirklich an jenen kleinen Schmetterling, der in weißen Seidenkleidern als Göttin auf der Bühne gestanden hatte. Aber als sie ihn erblickte, vergaß sie sofort das Huhn und hastete ins Haus. Zimmermann Zhang ärgerte sich, er ging ihr nach und herrschte sie an: „Alle sagen, du wärst ein kleiner Schmetterling! Warum läßt du die Flügel hängen, sobald du mich siehst? Bin ich vielleicht ein Wolf?“ Und „klatsch!“ gab er ihr eine Ohrfeige.

Klein Schmetterling wollte nicht mehr geschlagen werden, deshalb versuchte sie zu lächeln, wenn Zhang in der Nähe war. Aber leider gelang es ihr nicht, sosehr sie sich auch mühte. Zimmermann Zhang bekam keinen fröhlichen kleinen Schmetterling zu sehen, und allmählich gefiel es ihm zu Hause nicht mehr. Es kam eine Zeit, da er sich anderswo Arbeit suchte und sich mitunter ein halbes oder ganzes Jahr nicht blicken ließ. Wenn ihn einmal der Weg an seiner Tür vorbeiführte, hatte er trotzdem keine Lust, hineinzusehen. Es hieß sogar, er habe Liebschaften angeknüpft. Nachdem er gegangen war, saßen nur noch die Schwiegermutter und die junge Frau im Haus. Die Schwiegermutter stand auf der Seite des Ehemannes und sprach am Tag kaum zwei Sätze mit Klein Schmetterling. Wenn sie sich einmal begegneten, wandte sie den Kopf ab und ging weg. Obwohl Klein Schmetterling gar nicht weit von ihrem Elternhaus entfernt lebte, konnte sie nicht hingehen, jetzt, da ein solcher Verdacht auf sie gefallen war. Und als ihre Eltern hörten, daß ihre Tochter das Gesicht verloren habe, fanden auch sie nicht den Mut, sie zu besuchen. So gab es auf der ganzen Welt niemanden, der Klein Schmetterling beigestanden hätte. Es blieb ihr nichts anderes übrig, als der Schwiegermutter zu Diensten zu sein und sich heimlich an der Glücksmünze zu freuen. Jeden Abend, wenn die alte Frau sich schlafen gelegt hatte und sie ihr Zimmer aufsuchte, schloß sie die Tür, holte die Glücksmünze hervor und betrachtete sie lange. Manchmal sprach sie ganz leise mit der Münze: „Meine Glücksmünze! Du gibst mir mein Leben, und du nimmst mir mein Leben! Selbst wenn sie mich totschlagen, dich gebe ich nicht her! Wir beide werden zusammen leben oder untergehen!“ Mitunter benahm sie sich wie ein kleines Kind. Sie wärmte die Glücksmünze in der Hand, drückte sie an ihr Gesicht oder ihr Herz, hielt sie im Mund ... An den wenigen Tagen, an denen Zimmermann Zhang zu Hause war, konnte sie die Münze nicht bei sich haben. Ansonsten aber schlief sie niemals ohne sie ein. Erst als Ai-Ai geboren wurde, legte sie die Münze in die Schatulle.

Der Ring, den sie von dem Paar behalten hatte, lag auch darin, seitdem sie geschlagen worden war. An Ai-Ais fünfzehntem Geburtstag wollte sie Seidenblumen für das Mädchen aus dem Kästchen nehmen. Dabei sah Ai-Ai den Ring und bat die Mutter, ihn ihr zu geben. Klein Schmetterling fürchtete, Ai-Ai könne auch die Glücksmünze entdecken, gab ihr schnell den Ring und verschloß den Kasten wieder. Zu dieser Zeit hatte sich das Verhältnis zwischen den Eheleuten etwas gebessert, denn die Tochter war groß geworden, die Schwiegermutter inzwischen gestorben, und Klein Schmetterling und Bao An hatten schon lange keinerlei Verbindung mehr miteinander. Und weil Ai-Ai die einzige Tochter der beiden war, scherzten sie oft mit ihr und waren vergnügt. Als Ai-Ai den Ring ihrer Mutter aufsetzte, wies Zimmermann Zhang darauf und sagte:

„Ursprünglich waren es zwei!"

„Und wo ist der andere?" fragte das Mädchen.

„Frag deine Mutter!"

Ai-Ai wollte es gerade tun, als Klein Schmetterling den Zimmermann mit einem bösen Blick streifte. Da glaubte das Mädchen, die Mutter hätte den zweiten Ring verloren, und sagte nichts. So war der Ring in Ai-Ais Hände gekommen.

Von der Vorgeschichte ist nun ausführlich berichtet, kehren wir zu den Ereignissen der Nacht des 15. Januar 1950 zurück!

Während Klein Schmetterling, die beiden Münzen in der Hand haltend, sich diese Geschichte noch einmal durch den Kopf gehen ließ, empfand sie Süße wie auch Bitterkeit. Aber ob das eine oder das andere nun gut oder schlecht gewesen war, es blieb alles Vergangenheit. Was aber sollte sie mit der Münze der Tochter anfangen? Sie einfach nicht zurückgeben? Vielleicht war es für das Mädchen nicht leicht gewesen, sie zu bekommen ... Sie heimlich in die Tasche zurückstecken? Und zusehen, wie das Kind den gleichen bitteren Weg ging wie sie selbst? Während sie noch hin und her überlegte, ohne einen Entschluß fassen zu können, hörte sie plötzlich Schritte vor der Tür. Es war Zimmermann Zhang, der vom Drachenumzug zurückkam. Weil sie sich noch nicht schlüssig war, was zu tun sei, warf sie die beiden Münzen hastig in die Schatulle und verschloß sie.

Es war kurz vor dem ersten Hahnenschrei, und als Zimmermann Zhang sah, daß seine Tochter zum Schlafen nicht in ihr Zimmer gegangen war, rief er ärgerlich:

„Ai-Ai! Hoch mit dir!"

Als er so laut lospolterte, fuhr Ai-Ai, am ganzen Körper zitternd, hoch und fragte mit weit aufgerissenen Augen:

„Was ist los? Was ist passiert?"

Klein Schmetterling sagte:

„Konntest du nicht leiser sprechen? Sieh doch, wie du

das Kind erschreckt hast!" Und zu Ai-Ai gewandt, fuhr sie fort: „Ai, bist du jetzt wach? Gar nichts ist passiert, dein Vater sagt, du sollst schlafen gehen."

„Schön verwöhnt hast du sie!" warf Zhang ein.

Ai-Ai war erst jetzt richtig wach. Sie ging, ohne ein Wort zu sagen, lächelnd in ihr Zimmer.

Als Ai-Ai die Tür hinter sich zugemacht hatte, begann Zhang sich auszuziehen und sagte dabei leise zu seiner Frau:

„In den letzten zwei Jahren haben viele junge Männer um unsere Ai-Ai angehalten, aber du überlegst und überlegst, und keiner ist dir recht. Kommt denn der, von dem die Fünfte Tante vom östlichen Hof neulich sprach, in Frage? Wir sollten Ai-Ai bald verheiraten, sonst gibt es nur viel unnützes Geschwätz! Ma Yan-Yan und unsere Ai-Ai sind ohnehin die zwei Mädchen, über die im Dorf geredet wird. Yan-Yan hat nun einen Bräutigam, bleibt also nur noch Ai-Ai."

Klein Schmetterling antwortete:

„Ich denke, die Dorfverwaltung erlaubt nicht, daß Yan-Yan und Xiao Jin heiraten? Ich habe gehört, die beiden wollen zur Kreisverwaltung gehen, um sich zusammenschreiben zu lassen, weil man ihnen in der Dorfverwaltung keine Eheurkunde ausstellt. Haben sie das etwa schon getan?"

„Yan-Yan ist ja gerade wegen der Sache mit Xiao Jin ins Gerede gekommen. Natürlich stellt man ihnen keine Eheurkunde aus! Der Bräutigam für sie stammt aus einer Familie in Xiwangzhuang", antwortete Zimmermann Zhang, worauf Klein Schmetterling sagte:

„Ich glaube, die in der Dorfverwaltung tun auch nur so, als würden sie immer die Tugend hochhalten, und regen sich ganz unnötig auf. Wenn unsere Ai-Ai einen schlechten Ruf hat, warum haben dann in den letzten zwei Jahren so viele um sie angehalten? Hat nicht selbst der Standesbeamte der Fünften Tante aufgetragen, unsere Ai-Ai für seinen Neffen zu freien?"

„Ich hatte in den letzten Tagen zu sehr mit dem Drachenumzug zu tun", entgegnete Zhang, „und habe ganz vergessen, dich zu fragen, wie hoch denn nun die Einkünfte dieser Familie in den vergangenen Jahren waren."

„Das habe ich noch nicht rausbekommen. Obwohl meine Eltern auch in Dongwangzhuang leben, verkehren die Familien nicht miteinander. Die einen wohnen am südlichen Ende des Ortes, die anderen am nördlichen. Die Fünfte Tante sagte, daß sie morgen noch mal hingehen will, um alles rauszukriegen. Wie wär's, wenn ich morgen zu meiner Mutter ginge und auf dem Weg gleich bei ihnen hineinschauen würde?"

„Ja, das geht", meinte Zimmermann Zhang, und nach einer kurzen Pause fügte er hinzu: „Ich will dich noch etwas fragen: Hat unsere Ai-Ai nun was mit Xiao Wan oder nicht?"

Klein Schmetterling wollte ihm natürlich nichts von der Glücksmünze erzählen und sagte nur:

„Misch du dich da nicht ein! Unsere Tochter ist erwachsen, wir werden schon eine passende Familie finden, sie dorthin verheiraten und damit Schluß!"

2
Gut gewählt!

Ai-Ai ging es ebenso wie ihrer Mutter in jungen Jahren: Seitdem sie die Glücksmünze bekommen hatte, schlief sie jeden Abend mit diesem Schatz in der Hand oder im Mund ein. Am Abend jenes Tages durchforschte sie nach der Rückkehr in ihr Zimmer die Taschen ihrer Kleider, doch sie fand die Münze nicht. Sie suchte mit der Lampe den ganzen Boden ab, aber auch das blieb ergebnislos. Sie mußte ohne die Münze zu Bett gehen. Am nächsten Morgen stand sie eher auf als die Eltern. Um die Münze zu finden, fegte sie zuerst den Fußboden, wobei sie besonders gründlich zu Werke ging. Natürlich ohne Erfolg! Etwas später hörte sie, wie die Mutter ihre Tür öffnete. Sie ging, auch in deren Zimmer zu kehren. Als die Mutter sah, daß sie sogar unter dem Bett fegte, kam ihr gleich der Gedanke, daß Ai-Ai die Münze suche. Sie wußte, daß es unnütz vertane Zeit war, aber sie wollte nicht mit der Sprache heraus und sagte nur lachend: „Sieh einer an, was für ein ehrerbietiges und folgsames Kind doch unsere Ai-Ai ist!"

Nach dem Frühstück erschien die Fünfte Tante, um Klein Schmetterling abzuholen. Zimmermann Zhang folgte seiner Frau, wie er es seit über zwanzig Jahren gewohnt war.

Diese Angewohnheit von Zimmermann Zhang bedarf einiger erklärender Worte: Seit er vor über zwanzig Jahren herausbekommen hatte, daß Klein Schmetterling einen ihrer Ringe Bao An geschenkt hatte, war ihm klar, daß sie ihn nicht liebte. Mußte er ihr da nicht mißtrauen? Jedesmal, wenn sie sich auf den Weg zu ihrem Elternhaus machte, folgte er ihr, als wolle er sie liebevoll behüten. Später, als seine Mutter gestorben und Ai-Ai herangewachsen war und sich die Beziehungen zwischen den Eheleuten gebessert hatten, blieb es dabei. Einmal fragte ihn Klein Schmetterling:

„Traust du mir denn immer noch nicht?"

„Doch, ich habe mich nur daran gewöhnt, mitzugehen", antwortete er.

Und so war es bis auf den heutigen Tag.

Die Fünfte Tante, Zimmermann Zhang und Klein Schmetterling wollten aufbrechen, und die Mutter fragte Ai-Ai:

„Ai-Ai, willst du nicht mitkommen, deine Großmutter besuchen?"

„Ich gehe nicht mit! Ich war gerade erst am dritten Tag des neuen Jahres bei ihr", antwortete Ai-Ai.

„Na, dann also nicht", mischte sich Zhang in das Gespräch. „Gib gut auf das Haus acht und flattere nicht draußen herum!"

Dann gingen die drei los.

Ai-Ai dachte nur daran, die Glücksmünze zu suchen. Hätte sie den Schlüssel genommen und in die Schatulle geschaut, hätte sie gleich zwei Münzen in der Hand gehalten. Das aber kam ihr nicht einmal im Traum in den Sinn, und sie suchte nur an den Stellen, an denen sie sich aufgehalten hatte. So ging es bis zum Mittag, doch von der Münze keine Spur. Da sie wie vom Erdboden verschluckt schien, verspürte Ai-Ai gar keinen Appetit, und die Mittagszeit war lange vorüber, als sie hastig eine Kleinigkeit aß.

Gerade war sie fertig mit essen, da kam Xiao Wan.

Ai-Ai ergriff ihn bei der Hand, und ihre ersten Worte waren:

„Ich habe die Glücksmünze verloren!"

„Na, dann hast du sie eben verloren!"

„Ich habe mich so sehr geärgert, daß ich nicht mal richtig essen konnte!"

„Warum ärgerst du dich denn deswegen? Das ist doch nicht weiter schlimm. Was nutzt sie uns schon? Ich habe gehört, dein Vater und deine Mutter sind mit der Fünften Tante vom östlichen Hof weggegangen, um einen Bräutigam für dich zu finden. Ist das wahr?"

„Woher soll ich das wissen? Warum muß diese alte Hexe nur immer ihre Nase in fremder Leute Angelegenheiten stecken?"

„Heißt das also, daß es mit uns beiden aus ist?"

„Gar nichts ist aus!"

„Und wenn sie nun einen Bräutigam finden?"

„Werden sie nicht!"

„Warum nicht?"

„Weil ich es nicht will!"

„Du tust, als hängt das von dir ab!"

„Warte nur, wir werden ja sehen!"

Da kam jemand herein, und sie brachen ihr Gespräch rasch ab. Es war Yan-Yan aus der Familie Ma.

„Schwester Yan-Yan! Schnell, setz dich!" forderte Ai-Ai sie auf.

Yan-Yan sah, daß die beiden allein waren, und sagte lachend:

„Entschuldigt! Vielleicht sollte ich besser wieder gehen?"

Ai-Ai antwortete nicht. Sie ergriff die Freundin wortlos bei den Schultern und drückte sie auf einen Schemel nieder.

Yan-Yan fragte:

„Wie steht es um eure Angelegenheit? Habt ihr einen Weg gefunden?"

„Wir sprechen gerade darüber", antwortete Ai-Ai.

Yan-Yans Augen waren gerötet, sie fuhr fort:

„Überlegt euch schnell etwas, zögert die Sache nicht so lange hinaus, bis es ganz hoffnungslos ist wie bei mir." Und zwei Tränen rollten ihr die Wangen herab.

Ai-Ai und Xiao Wan fühlten ihren Schmerz mit, und auch ihnen wurden die Augen feucht.

„Die Ehe ist doch aber noch nicht geschlossen, oder?" fragte Xiao Wan.

„Morgen soll sie geschlossen werden", antwortete Yan-Yan.

„Was ist er denn für ein Mensch?" fragte nun Ai-Ai.

„Bisher habe ich noch nicht mal seinen Schatten zu Gesicht bekommen", lautete die Antwort.

„Kannst du nicht sagen, daß du es dir anders überlegt hast?"

„Meine Mutter hat zu mir gesagt: ‚Wenn du ihn nicht heiratest, sterbe ich in deinen Armen!' Was soll ich da machen?"

Ai-Ai gab keine Ruhe.

„Als du voriges Jahr im Dezember mit Xiao Jin in der Dorfverwaltung warst, um die Eheurkunde zu erbitten, was hat man euch denn da gesagt? Aus welchem Grunde wollte man sie euch nicht ausstellen?"

„Was soll es da für Gründe geben? Es ist doch nur der Standesbeamte selbst, dieser alte Dummkopf, der sich dergleichen Scherze ausdenkt! Er sagte, ich habe einen schlechten Ruf, und er hat nicht nur keine Urkunde ausgestellt, er hat mich auch noch Selbstkritik üben lassen."

„Wird er dich noch einmal Selbstkritik üben lassen, wenn du morgen wieder hinkommst?" fragte Xiao Wan.

„Warum soll ich denn hingehen? Da meine Eltern diese Ehe arrangiert haben, kann hingehen, wer will, und die Urkunde abholen. Nur wer wirklich aus freien Stücken heiraten möchte, bekommt keine Urkunde und muß obendrein Selbstkritik üben. Und außerdem heißt es dann, man widersetzt sich dem Willen der Eltern."

Xiao Wan wandte sich an Ai-Ai:

„Ich glaube, auch für uns ist es aus! Der Bräutigam, den die Fünfte Tante für dich aushandeln soll, ist erstens der Neffe des Standesbeamten, und zweitens ist deine Mutter für diese Hochzeit. Sie wird sich heute anhören, was ihr die Fünfte Tante vom östlichen Hof zu sagen hat, und morgen wird sie behaupten, daß sie in deinen Armen stirbt, wenn du ihn nicht heiratest. Wie willst du dich da noch widersetzen?"

„Meine Mutter wird so was nicht tun", gab Ai-Ai zur Antwort, „sie hat Angst, daß ich Krach schlagen könnte."

Sie hatte gerade ausgesprochen, als jemand in den Hof gelaufen kam und vor dem Fenster rief:

„Onkel Zhang! Onkel Zhang!"

Ai-Ai zog Yan-Yan zu sich heran und sagte:

„Bruder Xiao Jin ist gekommen und sucht dich!"

Yan-Yan hatte noch nichts erwidern können, da kam Xiao Jin schon herein. In den letzten Tagen hatte sie keine Gelegenheit gefunden, ihm ihr Leid zu klagen, wie sie es eigentlich wollte. Als er nun da war, setzte sie sich rasch zu Ai-Ai aufs Bett und schob ihm den Schemel hin. Sie sah ihn an, wußte aber nicht, wie sie beginnen sollte. Xiao Jin beachtete sie gar nicht. Er setzte sich auch nicht, sondern fragte Ai-Ai:

„Wo ist Onkel Zhang? Auf dem Dorfplatz warten schon eine Menge Leute, daß er uns zeigt, wie man den Drachen führen muß."

„Mein Vater ist zur Großmutter gegangen. Aber setz dich doch!" antwortete Ai-Ai.

„Ich habe noch zu tun", erwiderte Xiao Jin. Er streifte Yan-Yan mit einem Blick und ging hinaus. Vom Hof aus rief er Xiao Wan absichtlich laut zu: „Xiao Wan! Komm mit zum Dorfplatz! Wozu verplemperst du hier deine Zeit? Zu Haus bittest du deinen Vater um ein paar Scheffel Reis, und du kannst so viele Mädchen haben, wie du willst!" Damit ging er davon.

Yan-Yan fühlte sich zu Unrecht geschmäht. Schweigend vergrub sie ihren Kopf in den Kissen und begann zu weinen. Ai-Ai und Xiao Wan konnten sie nicht trösten.

Nachdem sie eine Weile auf sie eingeredet hatten, unterdrückte Yan-Yan ihre Tränen und sagte zu den beiden:

„Hört auf mich und findet rechtzeitig einen Ausweg! Ihr seht ja, wie hart mich mein Schicksal trifft."

„Was glaubst du denn, sollen wir tun?" fragte Ai-Ai. „Die Alten im Dorf sind doch alle Starrköpfe, niemand will sich unserer Sache annehmen. Es findet sich keiner, der mal mit meiner Mutter sprechen würde."

Und Xiao Wan setzte fort:

„Gutes redet niemand von uns, dafür sind es viele, die Schlechtes über uns sagen. Es gibt Leute, die reden den lieben langen Tag auf meinen Vater ein: ‚Such bald eine Frau für den Jungen! Sieh zu, daß sich die Sache nicht unnötig lange hinzieht!'"

Yan-Yan richtete sich plötzlich auf und sagte in einem Ton, als lege sie einen Schwur ab:

„Ich werde für euch der Heiratsvermittler sein! Ich werde eure Angelegenheit mit euren Eltern besprechen!" Und zu Ai-Ai gewandt, fuhr sie fort: „Im ganzen Dorf haben nur wir beide einen schlechten Ruf. Für mich ist es zu spät, doch wir wollen nicht zulassen, daß es auch für dich zu spät sein wird!"

Xiao Wan stand auf und sagte:

„Schwester Yan-Yan – meine Hochachtung! Vielleicht kommt nichts dabei heraus, aber sprich mit meinem Vater! Trotzdem! Sagt er nein, ist sowieso alles zu Ende, aber dann wissen wir wenigstens, woran wir sind. Tu es also! Ich muß jetzt gehen, sonst hat der Standesbeamte Grund, euch noch mal zur Selbstkritik zu verdonnern." Damit ging er.

Ai-Ai und Yan-Yan berieten noch eine Weile ihren Plan und wie sich Ai-Ai wehren sollte, falls die Fünfte Tante vom östlichen Hof den Neffen vom Standesbeamten als Bräutigam vermittelt hätte. Die beiden Mädchen hatten sich in Hitze geredet, als Klein Schmetterling zurückkam. Sie baten sie, sich zu setzen, und Yan-Yan wollte geradewegs zur Sache kommen, doch sie hatte noch nicht begonnen, als die Fünfte Tante hereinstürmte.

„Weder an dem Mann noch an der Familie gibt es was auszusetzen!" polterte sie los. „Und die Schwiegermutter ist die ältere Schwester des Standesbeamten unseres Dorfes. Du kannst dir nicht vorstellen, was für ein guter Mensch sie ist! Ich garantiere dir, daß es deiner Tochter dort gut gehen wird! Du machst es richtig, wenn du sie in diese Familie verheiratest!"

Klein Schmetterling antwortete:

„Das Gespräch soll vorläufig unter uns bleiben, ich will erst noch mit Ai-Ais Vater beraten."

Als die Fünfte Tante merkte, daß Klein Schmetterling sich nicht gleich einverstanden erklären wollte, brabbelte sie noch etwas vor sich hin und ging dann. Ai-Ai strahlte vor Freude über das ganze Gesicht, und in ihren Wangen bildeten sich Grübchen.

Warum Klein Schmetterling nicht einverstanden war? Um das zu erklären, müssen wir von dem Verlauf des Besuches bei ihrer Mutter berichten:

Als die drei nach dem Frühstück in Dongwangzhuang angekommen waren, gingen sie zuerst zu ihr. Die Fünfte Tante wollte, daß Klein Schmetterling sie zur Familie des Neffen vom Standesbeamten begleitete, aber Klein Schmetterling meinte: „Es ist nicht gut, wenn wir zusammen hingehen. Geh du besser voraus, ich hole dich später ab, sonst heißt es nur, ich dränge mich mit meiner Tochter auf."

Die Familie, die am südlichen Ende des Dorfes lebte, bestand nur aus drei Personen – der Schwester und dem Schwager vom Standesbeamten in Zhangjiazhuang und deren Sohn, seinem Neffen. Der Junge war fortgegangen, und sie trafen nur die Eltern zu Hause an. Kaum war die Fünfte Tante eingetreten, boten ihr die beiden einen Stuhl an. Nach ein paar Begrüßungsworten fragte der Hausherr:

„Welche ist denn nun die passendste von den drei Familien, über die wir gesprochen hatten?"

Die Fünfte Tante antwortete:

„Meiner Meinung nach kommen alle in Frage, aber in zweien gibt es inzwischen schon einen Bräutigam. Es ist nur noch die Familie von Klein Schmetterling übrig."

„Wie konnte das denn so schnell gehen?" fragte der Hausherr, und die Fünfte Tante klärte ihn auf:

„Natürlich sind die achtzehn-, neunzehnjährigen jungen Mädchen sehr schnell vergeben!"

„Ich habe dir gleich gesagt", fuhr die Hausfrau ihren Mann an, „du sollst dich rasch entscheiden, aber du trödelst und trödelst! Nun sind die Guten alle weg!"

„Es gibt noch eine Menge Jüngere", wandte die Fünfte Tante berechnend ein, „vielleicht wollen Sie lieber eine Vierzehn- oder Fünfzehnjährige? Sie wäre ja immer noch älter als ihr Sohn."

„Machen Sie keine Witze, gute Frau", sagte die angehende Schwiegermutter, „wenn wir eine Vierzehn- oder Fünfzehnjährige wollten, hätten wir Sie ja nicht bemühen müssen!“

„Eine erwachsene Braut läßt sich keine andere mehr finden“, erklärte die Fünfte Tante. „Warum glauben Sie denn, daß die Guten alle schon vergeben sind? Aus den drei Familien, die in Frage kommen, ist die Tochter von Klein Schmetterling ohnehin die Hübscheste. Sie haben sie sicher schon selbst gesehen. Sieht sie nicht wirklich genauso aus wie Klein Schmetterling vor zwanzig Jahren?“

„Gegen ihr Äußeres ist nichts zu sagen, aber ich habe gehört, sie hat einen schlechten Ruf.“

„Gäbe es diesen Makel nicht, dann wäre sie wohl kaum bis zu ihrem neunzehnten Lebensjahr bei den Eltern geblieben. Und von den beiden anderen redet man ja ebenso!“ ereiferte sich die Fünfte Tante.

Doch das war für die Frau keine Beruhigung.

„Aber da es diesen Makel gibt, werden wir für unser Geld eine Menge Unannehmlichkeiten bekommen.“

„Hören Sie nicht auf das unnütze Geschwätz der Leute!“ widersprach die Fünfte Tante. „Wenn das wirklich ein so großer Nachteil wäre, hätte mich dann Ihr verehrter Bruder gebeten, gerade dieses Mädchen zu freien? Was schadet schon ein winziger Makel? Kommt sie in Ihr Haus, wird sie eben etwas umerzogen, und schon ist alles vergessen!“

Nun mischte sich der Hausherr wieder in das Gespräch.

„Wie umerziehen? Der Apfel fällt nicht weit vom Stamm! Klein Schmetterling war auch von klein auf so eine!“

„Man kann den Menschen ändern!“ ereiferte sich die Fünfte Tante. „Er ist nur ein elender Wurm! Wenn man ihn kräftig tritt, dann ändert er sich, und es gibt keinen Ärger mehr.“

„Wenn jemand so geboren wurde, ändert man ihn durch Tritte und Schläge nicht!“

„Und doch geht es“, beharrte die Fünfte Tante, „mit Prügel erreicht man was! Hat nicht Zimmermann Zhang seinerzeit Klein Schmetterling mit dem Bügel seiner Säge umerzogen?“

Gerade war das Gespräch an dem Punkt angelangt, als Klein Schmetterling den Hof betrat. Sie schnappte eben noch die letzten Sätze der Fünften Tante auf. Als sie diese Worte hörte, blieb sie stehen und sah sich um, ob auch niemand im Hof sei, dann machte sie entschlossen eine Kehrtwendung und schlich sich leise wieder davon. Es kann doch nicht sein, daß das Erduldenmüssen von Schlägen vererbbar ist! dachte sie. Zum Teufel mit euch! Meine Tochter hat eure Umerziehung nicht nötig!

Sie ging zum Haus ihrer Mutter zurück, wo sie von ihr und Zimmermann Zhang sogleich überfallen wurde:

„Nun, wie steht es?"

„Es wird nichts!" lautete die einsilbige Antwort. Und auf die Frage, warum nicht, sagte sie: „Wir wollen nicht mehr davon reden! Er ist eben nicht der Richtige!"

Aber die Mutter bemerkte die Verdrossenheit ihrer Tochter und wollte natürlich wissen, weshalb sie so verärgert sei. Doch Klein Schmetterling gab keine erschöpfende Antwort, sondern sagte nur: „Ich habe die ganze letzte Nacht nicht geschlafen und bin sehr müde." Damit legte sie sich aufs Bett.

In Wirklichkeit tat sie kein Auge zu. Die letzten zwei Sätze der Fünften Tante hatten ihre alten Wunden wieder aufgerissen. Gegenwärtiges und Vergangenes ging ihr durch den Kopf, und sie fand keine Ruhe. Sie dachte: Warum ist das Schicksal meines Kindes dem meinen so ähnlich? Ich weiß nicht mehr, welcher Teufel mich damals dazu gebracht hat, einen Ring gegen die Glücksmünze einzutauschen. Später hat mich ja dann auch die Strafe erreicht, und er schlug mich halbtot. Bis heute folgt er mir, sobald ich aus dem Haus gehe. Ich fühle mich beinah wie ein Dieb, dem jemand nachschleicht. Und jetzt scheint es, als soll es meiner Ai-Ai genauso ergehen. Wirklich eine schlimme Sache: Ich habe eine hoffnungslose Dummheit gemacht, und du, mein Kind, tust es mir nach! Es sieht so aus, als befänden wir uns in einem magischen Kreis. Ach, du dummes Mädchen! Deine Mutter ist ihr halbes Leben nicht aus diesem Kreis herausgekommen, sollst du dich etwa auch nicht daraus befreien können?

Sie überdachte noch einmal die Vergangenheit, und

dabei kam ihr eines in den Sinn: Ob es nun die Frauen ihres Alters waren oder die ganz jungen Mädchen – unter denen, die eine Geschichte wie die mit der Glücksmünze erlebt hatten, gab es nicht eine, die keine Schläge hatte einstecken müssen. Die Schwiegermutter schlug, der Mann schlug ... manche nahmen sich das Leben, manche lebten weiter wie Witwen, obwohl sie doch einen Mann hatten. Der Grund, geschlagen zu werden, war für die Tochter schon vorhanden. Oh, das dumme Ding! Hat nicht auf seinen guten Ruf gehalten. Aber verheiratet muß sie werden, so oder so! Ist es da nicht ganz gleich, mit wem? Schläge wird sie in jedem Fall erdulden müssen! – Wäre Klein Schmetterling ein wenig dümmer gewesen, hätte sie diesen Gedanken einfach verdrängt, aber sie dachte eben nach. Sie schloß die Augen und rief sich in Erinnerung zurück, wie entsetzlich sie Zimmermann Zhang vor vielen Jahren geschlagen hatte: Sie sah seine wutentbrannten Augen vor sich, sah, wie er sie mit ganzer Kraft an den Haaren packte und aufs Bett schleuderte. Wie man einen Esel schlägt, so schlug er sie – viele Male, bis ihr die Luft wegblieb ... Mein Gott! Ich hatte Angst, er bringt mich um! Zwanzig Jahre lang habe ich am ganzen Körper gezittert, wenn ich nur daran dachte! Nein! Wie soll meine Ai-Ai so was aushalten? So überlegte sie und überlegte sie und hatte zur Mittagszeit überhaupt keinen Appetit. Nur um ihrer Mutter einen Gefallen zu tun, aß sie gedankenlos vier oder fünf Jiaozi.

Nach dem Mittagessen wartete die Fünfte Tante gar nicht erst lange, sondern ging gleich ins Haus von Ai-Ais Großmutter, Klein Schmetterling abzuholen. Sie wollte noch mit ihr ans südliche Ende des Dorfes gehen, doch Klein Schmetterling wehrte ab: „Ich fürchte, es ist schon zu spät und wird dunkel, bevor wir zu Hause sind."

So machten sich die drei wieder auf den Weg nach Zhangjiazhuang. Die Fünfte Tante versuchte unterwegs, Klein Schmetterling zu bereden, und führte ins Feld, daß der Neffe vom Standesbeamten zu hundertzwanzig Prozent ein guter Junge sei. Doch weil Klein Schmetterling keine Lust hatte, ihr zuzuhören, flatterte sie voraus, ganz wie es vor zwanzig Jahren ihre Art als kleiner

Schmetterling war. Obwohl sie nur etwa zehn Schritte Vorsprung vor der Fünften Tante hatte, stellte sie es so an, daß die sie den ganzen Weg lang nicht einholen konnte.

Als sie ins Dorf kamen, wurde Zimmermann Zhang gleich von einem Burschen zum Dorfplatz gerufen, damit er den jungen Leuten zeige, wie man den Drachen führen muß. Klein Schmetterling flatterte geradewegs nach Hause. Die Fünfte Tante war unzufrieden und lief ihr nach, doch sie erhielt eine Abfuhr und verschwand nach ein paar Sätzen wieder. Als Ai-Ai hörte, daß ihre Mutter keine Zusage gegeben hatte, strahlte sie über das ganze Gesicht. Yan-Yan erfaßte die Gunst des Augenblicks. Sie nutzte einen Moment, in dem Klein Schmetterling die beiden Mädchen nicht beachtete, und bedeutete Ai-Ai mit den Augen, zu gehen. Als Ai-Ai fort war, sagte sie zu Klein Schmetterling:

„Tantchen! Kann ich für Ai-Ai Brautwerber sein?"

Klein Schmetterling hielt die Frage für einen kindlichen Scherz und sagte lachend zu Yan-Yan:

„Wie willst du wohl Brautwerber sein?"

„Warum nicht?" fragte Yan-Yan ebenfalls lachend zurück.

„Kannst du denn so gut reden wie die Fünfte Tante vom östlichen Hof?"

„Wenn sie so ein guter Überredungskünstler ist, warum hat sie dann von Ihnen nicht das Einverständnis erhalten?"

„Kann ich etwa mein Einverständnis geben, wenn der junge Mann nicht der Richtige ist?"

„Dann hängt also alles davon ab, ob er der Richtige ist oder nicht, und nicht davon, ob die Fünfte Tante gut reden kann! Ich kenne jemand, der ist garantiert der Richtige!"

„Dann nenn ihn mir!"

„Xiao Wan!"

„Ich habe gewußt, daß du ihn meinst", fiel ihr Klein Schmetterling ins Wort, „aber sprich nicht weiter von ihm! Mädels, Mädels! Ihr solltet langsam etwas ernsthafter werden! Es wird schon genug über euch geredet!"

„Ich habe mir ein paar Sätze der Fünften Tante vom östlichen Hof eingeprägt: ‚Weder an dem Mann noch an der Familie gibt es etwas auszusetzen!‘ Und wenn ich das sage, dann kommt es der Wahrheit viel näher, als wenn sie es sagt. Ich schwatze nämlich nicht nur so daher. Tantchen“, bat Yan-Yan, „denken Sie doch einmal darüber nach, ob ich nicht recht habe!“

„Du sprichst bei dieser Sache nur von dem Guten und nicht von dem Schlechten, das daran ist“, antwortete Klein Schmetterling. „Was willst du denn gegen das Gerede tun?“

„Ja, über Xiao Wan wird alles mögliche geredet“, gab Yan-Yan zu, „aber die da tratschen sind einer wie der andere Dummköpfe! Es wäre richtig, Ai-Ai mit Xiao Wan zu verheiraten, und schon hätten sie keinen Stoff mehr!“

Klein Schmetterling überlegte: Dieses Kind hat gar nicht unrecht! Wenn man es so machte, würden die zwei sicher gut miteinander leben, und meine Ai-Ai brauchte keine Schläge zu ertragen ... Während sie nachdachte, fand sie, daß Yan-Yan wirklich ein zum Liebhaben pfiffiges Mädchen war; sie strich ihr mit der Hand über das Haar und sagte:

„Mein gutes Kind! Du bist tatsächlich ein richtiger Brautwerber!“

Als Yan-Yan merkte, daß Klein Schmetterling ihrem Vorschlag nicht abgeneigt war, fragte sie eindringlich:

„Heißt das, Tantchen, Sie sind einverstanden?“

„Nicht so eilig, Mädchen“, bremste Klein Schmetterling, „da ist ja auch noch dein Onkel! Wenn er heimkommt, werde ich die Sache mit ihm beraten.“

Nachdem Yan-Yan Klein Schmetterling überzeugt hatte, verabschiedete sie sich sogleich von ihr und lief los, um Ai-Ai die freudige Nachricht zu überbringen. Sie hatte nicht vermutet, daß die Freundin sie schon vor der Tür erwartete. Ai-Ai faßte sie bei der Hand und bat sie, leise zu sein. Beide zusammen verließen sie den Hof.

„Du hast wohl alles gehört?“ fragte Yan-Yan.

„Ja, ja“, jubelte Ai-Ai, „ich danke dir!“

„Bis jetzt gibt es nichts zu danken, da ist ja noch jemand. Du gehst erst mal ein bißchen spazieren und beguckst dir die Lampions. Dann wartest du am Eingang der Genossenschaft auf mich, da ist immer viel Betrieb. Ich laufe mal los und sehe, wie es bei Xiao Wan zu Hause steht." Mit diesen Worten eilte sie davon.

Bei Xiao Wans Familie ging Yan-Yan wieder mit weiblicher Taktik vor und sprach zuerst mit seiner Mutter. Es war in dieser Gegend im allgemeinen so, daß sich mit der Familie des Bräutigams leichter reden ließ, wenn in der Familie des Mädchens bereits Einverständnis geäußert worden war. So brauchte Yan-Yan nicht mehr viel Zeit, und man hatte sich geeinigt.

Am Eingang zur Genossenschaft ergriff sie Ai-Ai bei der Hand und ging mit ihr etwas beiseite, dorthin, wo sie ungestört waren. Sie berichtete von ihrem Erfolg und fügte hinzu: „Wenn nur deine Mutter heute abend noch mit deinem Vater spricht, dann könnt ihr euch morgen die Eheurkunde abholen!"

Als Ai-Ai das gehört hatte, lief sie überglücklich nach Hause. Zurück blieb Yan-Yan, die das Geschick des Paares Ai-Ai und Xiao Wan mit dem von Xiao Jin und sich selbst verglich. Es wurde ihr dabei sehr schwer ums Herz, und da sie ganz allein und unbeobachtet war, begann sie leise zu weinen. Lange Zeit schluchzte sie vor sich hin, und erst als niemand mehr auf der Straße war, ging sie zurück. Daheim angekommen, warf sie sich aufs Bett und überlegte fieberhaft: Gehe ich morgen zur Kreisverwaltung und opfere mich, oder füge ich meiner Mutter großen Schmerz zu? Sie konnte die ganze Nacht kein Auge zutun.

Und was tat Klein Schmetterling? Nachdem Yan-Yan und Ai-Ai gegangen waren, kehrten ihre Gedanken wieder und wieder zur Familie von Xiao Wan zurück: Sie leben nicht schlecht und gehen freundlich miteinander um. Die Eltern sind ruhige und ausgeglichene Menschen, der Junge ist hübsch und fleißig. Sein Alter wäre auch passend für Ai-Ai . . . Sie suchte und suchte, doch sie konnte nichts finden, was ihr nicht behagt hätte. In diesem Augenblick war sie völlig einverstanden und lobte Ai-Ai insgeheim: Kluges Kind! Gut hast du gewählt! Die Leute, die über euch tratschen, sind wirklich

Dummköpfe! Da kam ihr die Glücksmünze wieder in den Sinn. Sie öffnete die Schatulle und nahm sie heraus. Eigentlich wollte sie sie Ai-Ai zurückgeben, wußte aber nicht, wie dies am besten zu bewerkstelligen sei. Sie drehte die Münze in der Hand hin und her und überlegte, als Ai-Ai hereingewirbelt kam. Das Mädchen bemerkte sofort, daß ihre Mutter etwas in der Hand hielt, und fragte:

„Was hast du da, Mama?"

„Eine Glücksmünze!" antwortete Klein Schmetterling und hielt sie ihr zwischen zwei Fingern entgegen.

„Woher hast du sie?"

„Ich habe sie gefunden."

„Mama, das ist meine!"

„Und wo hast du sie her?"

„Ich . . . ich habe sie auch gefunden!" antwortete Ai-Ai lachend.

Klein Schmetterling sah ihr ins Gesicht und sagte:

„Wenn es deine ist, dann gebe ich sie dir zurück."

Ai-Ai nahm die Münze und steckte sie in ihre Tasche.

Eine Weile später kam Zimmermann Zhang von seiner Drachenvorführung nach Hause. Ai-Ai ging in ihr Zimmer, und Zhang besprach mit seiner Frau die Verheiratung der Tochter.

3
Die Eheschließung wird verhindert

Als Ai-Ai an diesem Abend in ihrem Zimmer allein war, wußte sie genau, daß die Eltern über ihre Hochzeit sprechen würden, und sie konnte natürlich keinen Schlaf finden. Sie schlich zum Fenster und lauschte eine Weile. Da aber der halbe Hof und zwei Fenster zwischen ihr und den Eltern lagen, konnte sie fast nichts verstehen. Es gelang ihr nur, zwei Sätze zu erhaschen. Welche? Nun, nachdem Vater und Mutter eine Zeitlang ruhig miteinander geredet hatten, begannen sie plötzlich zu streiten.

„Was meinst du denn, wäre Schlechtes daran?" hörte sie die Mutter fragen.

„Es wäre nichts Schlechtes daran, aber das Gerede im Dorf würde damit kein Ende nehmen", antwortete der Vater.

Danach wurden die Stimmen leiser, und Ai-Ai verstand kaum noch etwas.

In der Nacht schlief sie sehr schlecht, und am nächsten Morgen wäre sie am liebsten gleich zu Yan-Yan gelaufen. Doch auf dem Dorf haben die Mädchen, wenn keine Schwiegertochter im Hause lebt, seit jeher feststehende Pflichten, die unbedingt zu erfüllen sind: den Fußboden fegen, Staub wischen, Feuer machen und das Essen bereiten, Töpfe und Schüsseln abwaschen. So blieb ihr nur die Sorge, daß Yan-Yan zur Kreisverwaltung gegangen sein könnte und sie sie nicht antreffen würde. Kaum hatten die Eltern ihr Frühstück beendet, räumte Ai-Ai Schüsseln und Stäbchen in den großen Abwaschkessel und deckte heimlich den Deckel darüber, um erst einmal zur Freundin zu eilen. Eigentlich wollte sie sie bitten, ihre Mutter zu fragen, wie das Gespräch mit dem Vater verlaufen sei, doch als sie bei Yan-Yan ankam, sah sie sofort, daß sie diese Bitte wohl oder übel vorläufig zurückstellen mußte. Yan-Yan lag auf dem Bett, ihre Mutter saß bei ihr und redete auf sie ein, und die Fünfte Tante stand abwartend daneben.

„Wie geht es Schwester Yan-Yan?" fragte Ai-Ai.

„Yan-Yan hat nur eines im Kopf: wie sie mich zugrunde richten kann!" antwortete die Mutter.

„Alles geschah nach deinem Wunsch", rief Yan-Yan vom Bett aus, „und da behauptest du, ich will dich zugrunde richten!"

„Warum stehst du nicht auf, wenn du das nicht willst? Kind! Sei doch nicht so halsstarrig, schnell, steh auf! Laß dir von der Fünften Tante die Regeln erklären, die du bei der Eheschließung kennen mußt! Und dann mußt du noch in der Dorfverwaltung die Bescheinigung holen. Komm, mach dich rasch auf den Weg, es ist schon spät!"

„Nicht ums Sterben gehe ich zur Dorfverwaltung!" widersprach Yan-Yan. „Ich fürchte, der Standesbeamte wird mich wieder Selbstkritik üben lassen!"

„Kleine", redete ihre Mutter weiter auf sie ein, „wenn du nicht zur Dorfverwaltung willst, gehe ich für dich hin. Aber steh doch wenigstens auf, damit dir die Fünfte Tante die Vorschriften erklären kann, die du in der Kreisverwaltung kennen mußt!"

„Ist doch ganz klar, daß sie sich dort an die alten feudalen Vorschriften halten! Also, was muß ich wissen? Sag!"

Die Fünfte Tante sah, daß Yan-Yan gar keine gute Miene machte, und versuchte, sie umzustimmen:

„Mädel, sei doch nicht so widerspenstig! Freu dich doch ein bißchen! Es ist schließlich ein glückliches Ereignis!"

„Ein glückliches Ereignis?" fiel ihr Yan-Yan ins Wort. „Für euch vielleicht, aber nicht für mich! Schnell, erklär mir eure verlogenen Vorschriften, bevor ich es mir anders überlege!"

„Gut! Schon gut!" lenkte die Fünfte Tante ein. „Hör auf zu schimpfen! Wenn wir in der Kreisverwaltung sind, gebe ich die Bescheinigung dem Gehilfen Wang. Hat er sie gelesen, wird er dich fragen, wie alt du bist. Du sagst es ihm. Fragt er dich, ob du auf eigenen Wunsch heiraten willst, so sagst du: Auf eigenen Wunsch."

„Wieso denn auf eigenen Wunsch?" unterbrach sie Yan-Yan.

„Du dummes Kind, so ist es üblich! Es hat schon seine Richtigkeit. Wenn er danach nichts weiter fragt, ist es gut. Sollte er dich noch fragen, warum du ihn heiraten möchtest, so sagst du: Weil er ein guter Arbeiter ist."

„Pah", machte Yan-Yan, „ich habe noch nicht mal seinen Schatten gesehen, woher soll ich da wissen, ob er ein guter Arbeiter ist oder nicht?"

Hier mischte sich wieder ihre Mutter ein:

„Was habe ich nur für eine bockige Tochter?! Sie wird keine Ruhe geben, bevor sie mich nicht ins Grab gebracht hat."

„Wie kannst du bloß denken, daß ich dich ins Grab bringen will, Mama?" fragte Yan-Yan. „Ich kenne ihn ja wirklich nicht. Aber gut – macht mit mir, was ihr wollt, du sollst nicht unzufrieden mit mir sein! Fünfte Tante, welche verdammten Regeln muß ich noch kennen? Schnell – alles auf einmal!"

„Nun, das war schon alles“, entgegnete die Fünfte Tante.

In diesem Augenblick erschien Xiao Wan, um Ai-Ai zu suchen. Er sah, daß Yan-Yan und ihre Mutter heftig miteinander stritten, und wollte abwarten, wie es ausginge. Es endete damit, daß Yan-Yan sich einverstanden erklärte, zur Kreisverwaltung zu gehen, wie es die Fünfte Tante vorgeschlagen hatte. Yan-Yans Mutter und die Fünfte Tante wollten in der Dorfverwaltung die Bescheinigung für Yan-Yan holen.

Ai-Ai wartete, bis die beiden Frauen fort waren, und sagte dann zu der Freundin:

„Schwester Yan-Yan, du bist heute so traurig, ich weiß gar nicht, womit ich dich trösten könnte.“

„Mein Schicksal ist besiegelt“, erwiderte Yan-Yan, „was spielt es noch für eine Rolle, ob traurig oder nicht? Aber ich wollte dich fragen, ob dein Vater nun mit Xiao Wan einverstanden ist?“

„Ich konnte noch nicht mit ihm sprechen. Du bist heute mit deiner eigenen Sache beschäftigt, wir reden ein andermal darüber.“

„Nein, kommt nicht in Frage, ich will mich gleich darum kümmern! Es muß zu Ende gebracht werden. Wir dürfen nicht zulassen, daß es euch genauso geht wie mir. Wenn wir eure Sache durchsetzen, soll das eine Lehre für meine Mutter sein. Wenn dein Vater einverstanden ist, gehen wir gleich zusammen zur Kreisverwaltung!“

Yan-Yan ging, Xiao Wan und Ai-Ai blieben zurück.

„So wie sich mein Vater geäußert hat, ist er wohl nicht gegen unsere Hochzeit“, begann das Mädchen das Gespräch. „Deine Eltern sind auch einverstanden, habe ich gehört, nun macht uns nur noch die Bescheinigung des Standesbeamten Sorgen.“

„Ja, das glaube ich auch“, erwiderte Xiao Wan. „Für Dinge in unserem Dorf, in die er einmal seine Nase gesteckt hat und an denen ihm etwas nicht paßt, rührt er keinen Finger. Obwohl er beharrlich behauptet, du hättest einen schlechten Ruf, garantiere ich dir, daß es keine Schwierigkeiten geben würde, wenn er dich mit seinem Neffen verheiraten wollte.“

„Ja, das stimmt. Die Sache ist ganz klar. Aber was können wir tun, wenn er uns keine Bescheinigung schreibt?"

Die beiden wurden ganz still, doch es fiel ihnen kein Ausweg ein.

Nach einer halben Stunde kam Yan-Yan zurück und berichtete, daß Zimmermann Zhang einverstanden sei und daß sie nun gemeinsam zur Kreisverwaltung gehen könnten, um die Eheschließungen registrieren zu lassen. Ai-Ai aber wandte ein, es würde sehr schwierig sein, in der Dorfverwaltung die nötige Bescheinigung zu bekommen. Yan-Yan mußte ihr recht geben, es würde wirklich schwierig sein. Sie überlegte einen Augenblick und sagte dann:

„Ihr geht hin! In dem Moment, in dem der Standesbeamte die Bescheinigung für mich ausgestellt hat, bittet ihr ihn, auch für euch eine zu schreiben. Weigert er sich, dann fragt ihr ihn, wieso, wenn schon die Heiratskandidaten persönlich gekommen sind und wo er doch gerade eine Bescheinigung ausgestellt hat, obwohl die Braut gar nicht selbst da war. Dann werdet ihr ja sehen, was er sagt."

„Gut", meinte Xiao Wan, „wenn er uns dann immer noch keine Bescheinigung gibt, gehen wir eben ohne zur Kreisverwaltung und lassen uns als Ehepaar eintragen. Und wenn sie da nach diesem Papier fragen, sagen wir, daß der Standesbeamte in Zhangjiazhuang noch immer der feudalen Ideologie anhängt: Dritten Personen händigt er eine Bescheinigung für die Braut aus, kommt man aber selbst, so schreibt er keine!"

„Kannst du dann nicht auch gleich Yan-Yans Sache mit zur Sprache bringen?" fragte Ai-Ai.

„Das wäre wunderbar!" fiel ihr Yan-Yan ins Wort. „Wenn ihr meine Sache auch gleich zur Sprache bringt, kann meine Mutter doch nicht länger auf mich böse sein!"

„Und was wird, wenn sie in der Kreisverwaltung einen Trauzeugen wollen?" fragte Xiao Wan.

„Dann sagt ihr, daß ich der Trauzeuge sein werde", antwortete Yan-Yan.

„Aber muß der Trauzeuge nicht auch beim Ausstellen der Bescheinigung dabeisein?" fragte Xiao Wan weiter.

Yan-Yan überlegte kurz und sagte dann:

„Gut, ich komme mit euch!“

„Aber du wolltest doch nicht zur Dorfverwaltung“, wandte Ai-Ai ein.

„Ich wollte nicht dahin, um eine Bescheinigung für mich zu holen, für andere kann ich schon hingehen. Wir warten an der Eingangstür, und sobald meine Mutter rauskommt, gehen wir rein.“

„Und wenn der Standesbeamte nun sagt, daß du einen schlechten Ruf hast und kein Trauzeuge sein kannst?“

„In dem Fall wüßte ich schon ein paar passende Worte!“

Nachdem die drei alles beraten hatten, machten sie sich auf den Weg zur Dorfverwaltung. Sie waren gerade bis zur Eingangstür gekommen, als Yan-Yans Mutter und die Fünfte Tante heraustraten.

„Du hättest nicht zu kommen brauchen“, sagte die Fünfte Tante. „Die Bescheinigung ist fertig!“

Yan-Yan antwortete:

„Ich muß doch wissen, was drin steht, sonst kann ich nicht richtig antworten, wenn ich in der Kreisverwaltung gefragt werde.“

Als Yan-Yans Mutter dies hörte, glaubte sie, die Tochter hätte ihre Meinung geändert und sei nun einverstanden. Lachend sagte sie zu ihr:

„Warum nicht gleich so? Du hättest deiner Mutter einen Weg ersparen können! Schnell, sieh sie dir an, dann komm nach Hause, etwas essen, und danach rasch zur Kreisverwaltung!“ Mit diesen Worten ging sie davon.

Als die drei jungen Leute eintraten, hatte der Standesbeamte eben die Bescheinigung fertiggeschrieben. Das Tuschekästchen stand noch offen. Als er bemerkte, daß zugleich mehrere Personen hereingekommen waren, wurde er ärgerlich. Absichtlich sah er über Ai-Ai und Xiao Wan hinweg und wandte sich an Yan-Yan:

„Geh nach Hause! Ich habe die Bescheinigung deiner Mutter gegeben!“

„Ich weiß! Jetzt sollen Sie für die beiden da eine schreiben!“

Der Standesbeamte warf einen Blick auf Ai-Ai und Xiao Wan und fragte:

„Für euch beide?“

„Für uns beide!“

„Ihr habt wohl miteinander schon alles besprochen?“

Nun ergriff Xiao Wan das Wort:

„Ja, wir haben alles besprochen. Wir beide möchten heiraten.“

„Soso, da fürchte ich aber, es sind nicht alle einverstanden . . .“

„Wer, fürchten Sie, ist nicht einverstanden?“ fragte Ai-Ai. „Mein Vater und meine Mutter sind es wohl!“

Und Xiao Wan fügte hinzu:

„Meine Eltern ebenso!“

„Und wer ist euer Trauzeuge?“

„Ich!“ rief Yan-Yan.

„Wie willst du denn Trauzeuge sein?“

„Und warum sollte ich nicht?“

„Ach, du denkst, weil du so einen guten Ruf hast?“

„Warum haben Sie mir denn gerade eine Bescheinigung für die Eheschließung ausgestellt, wenn ich keinen guten Ruf habe?“

Der Standesbeamte fand keine passende Antwort und wurde böse.

„Zum Teufel mit euch! Ihr seid allesamt Taugenichtse!“

Als Ai-Ai merkte, daß es auch dieses Mal nicht klappen würde, mußte sie einfach ihrem Ärger Luft machen und warf ihm noch einen Satz an den Kopf:

„Aber wenn ich mit Ihrem Neffen verheiratet werden sollte, wäre ich plötzlich eine anständige Person, was?“

Diese Worte verschlugen dem Standesbeamten tatsächlich die Sprache. Er beurteilte Ai-Ai wirklich auf zweierlei Art, wobei beide Betrachtungsweisen direkt entgegengesetzt waren: Einmal hatte er gesehen, daß Ai-Ai und Xiao Wan sich die Hand drückten, und da sagte er zu sich selbst: Durch und durch schlecht! Genau wie Klein Schmetterling in ihrer Jugend! Im Hause seiner Schwester aber hatte er im Zusammenhang mit der Brautwerbung für seinen Neffen den Namen Ai-Ai genannt, und als seine Schwester einwandte, sie wisse nicht, was das für ein Mädchen sei, da sagte er: „Ein gutes Mädchen! Genau wie Klein Schmetterling in ihrer Jugend!“ Diese beiden Einschätzungen stellten seiner Ansicht nach durchaus keinen Widerspruch dar. Sagte er „ein gutes Mädchen", so meinte er „hübsch", sagte er „durch und durch schlecht", so meinte er ihr Betragen. Was das Äußere und das Verhalten eines Mädchens betraf, so ging der Standesbeamte bei seiner Bewertung von zwei grundsätzlich verschiedenen Standpunkten aus. Er meinte, das Äußere sei vom Himmel gegeben und nicht zu beeinflussen; das Verhalten hingegen könne nach den Wünschen des Mannes beeinflußt werden. Man brauche die Frau nur einmal tüchtig zu schlagen, und schon habe man sie so, wie man sie haben wolle. In diesem Punkt stimmte er völlig mit der Fünften Tante vom östlichen Hof überein. Aber diese Auffassung konnte er natürlich vor Ai-Ai nicht äußern. Hätte er es getan, dann hätte Ai-Ai ihm wahrscheinlich geantwortet: Mit solchen Gedanken im Kopf können sie nicht Standesbeamter bleiben, da wäre selbst die Fünfte Tante vom östlichen Hof besser für den Posten geeignet.

Aber weichen wir nicht vom Thema ab, sondern fahren wir in unserem Bericht fort!

Nachdem Ai-Ai ihn gefragt hatte, ob sie denn eine anständige Person wäre, wenn sie die Frau seines Neffen würde, dauerte es eine ganze Weile, bis der Standesbeamte seine Fassung wiederfand. Grimmig dreinschauend, schloß er das Tuschekästchen und sagte:

„Wie auch immer – von mir bekommt ihr diese Bescheinigung jedenfalls nicht!"

„Wenn Sie sie uns nicht geben, gehen wir trotzdem zur Kreisverwaltung und lassen uns als Ehepaar einschreiben!" entgegnete Ai-Ai. „Und fragt man uns dort näher aus, dann werde ich darum bitten, daß Ihr Verhalten gründlich überprüft wird."

„Geh nur und versuch dein Glück, wenn du nicht mit meiner Entscheidung einverstanden bist!" entgegnete der Standesbeamte. „Glaubst du vielleicht, in der Kreisverwaltung hat man noch nichts von deinem ‚guten Ruf' gehört?" Er zeterte noch eine Weile, aber eine Bescheinigung schrieb er nicht. Es blieb den jungen Leuten nichts anderes übrig, als unverrichteterdinge wieder zu gehen.

Als die Essenszeit vorüber war, machten sich die

Fünfte Tante, Yan-Yan, Xiao Wan und Ai-Ai auf den Weg zur Kreisverwaltung.

Die drei jungen Leute mochten die Fünfte Tante nicht, und sie liefen absichtlich voraus. Die alte Frau konnte sie nicht einholen und kam außer Puste. Als sie bei der Kreisverwaltung eintrafen, stand dort schon eine Gruppe Menschen vor der Tür: Frauen und Männer, junge und alte, aber es war niemand darunter, den sie kannten. Sie warteten alle. Zwei schienen Trauzeugen zu sein. Außerdem fielen den Neuankömmlingen zwei junge Männer auf, von denen der eine knapp über zwanzig Jahre alt sein mochte, der andere so um die Fünfzehn oder Sechzehn. Yan-Yan und ihre Freunde nahmen an, der Jüngere sei der Bräutigam für Yan-Yan, denn die Fünfte Tante hatte ja gesagt: „Fünfzehn Jahre alt." Doch weil sie sich nicht kannten, redeten sie auch nicht miteinander. Nach einiger Zeit traf auch die Fünfte Tante ein. Bei der Tür angekommen, sah sie sich um und fragte:

„Ist der Junge aus Xiwangzhuang noch nicht hier?"

Kaum war die Frage heraus, bemerkten unsere drei ihren Irrtum. Der, den sie dafür gehalten hatten, war es nicht. In diesem Augenblick kam ein Junge aus dem Ausfertigungsbüro gelaufen und rief der Fünften Tante zu:

„Verehrte Tante, ich bin schon hier!" Seine Stimme klang noch piepsiger als die von Yan-Yan.

Das Mädchen sah, daß er einen Kopf kleiner war als sie. Glänzende schwarze Haare, kurz geschnitten, rote Wangen, kleine Augen, die dreinblickten wie die einer jungen Katze. Streckte er seine molligen Hände aus, erschienen auf dem Handrücken fünf Grübchen. Was für ein netter kleiner Kerl! dachte Yan-Yan bei sich. Aber er müßte ja fast noch die Nuckelflasche kriegen. Warum soll er nur heiraten?

„Gehen wir hinein!" unterbrach da die Fünfte Tante ihre Gedanken.

Sie gingen zuerst in das Vorzimmer, sich in die wartende Menschenschlange einzureihen, danach betraten sie zu viert die Kanzlei.

In den Januartagen sind unter Verwandten immer

viele gegenseitige Besuche üblich, häufig werden dabei auch Eheschließungen vereinbart. So war das Zimmer des Standesamtsgehilfen Wang gefüllt mit Besuchern, die eine Eheurkunde abholen wollten. Dem erschöpften Wang rann der Schweiß über das Gesicht. Der Raum war klein; unsere drei Freunde und die Fünfte Tante waren gezwungen, sich in der Schlange langsam bis an den Tisch vorzuschieben. Bei denen, die vor ihnen an der Reihe waren, liefen die Formalitäten genauso ab, wie die Fünfte Tante es beschrieben hatte, nämlich sehr einfach. Der Standesamtsgehilfe Wang besah sich die Bescheinigung der Dorfverwaltung und fragte:

„Wie heißt du?"

„Soundso."

„Wie alt bist du?"

„Soundso alt."

„Willst du auf eigenen Wunsch heiraten?"

„Auf eigenen Wunsch!"

„Warum willst du ihn heiraten?" oder „Warum willst du sie heiraten?"

„Weil er ein guter Arbeiter ist!" oder „Weil sie eine gute Arbeiterin ist!"

Und immer so fort. Es klang jedesmal wie auswendig gelernt und heruntergebetet. Wenn sie ihren Vers aufgesagt hatten, erhielten sie ein Blatt rotes Papier. Darauf mußten Mann und Frau und der Trauzeuge ihren Fingerabdruck setzen. Zwei Fälle gab es, in denen die Eheschließung nicht gestattet wurde. Beide Male war auch tatsächlich etwas auszusetzen: Im ersten Fall war der Altersunterschied wirklich zu groß, und im zweiten hatte es früher einmal Streit zwischen den Heiratskandidaten gegeben.

Schließlich waren unsere Freunde dran. Yan-Yan schob Ai-Ai nach vorn und sagte: „Zuerst ihr!"

Ai-Ai drängte sich an den Tisch. In diesem Moment geschah etwas sehr Komisches: Der Standesamtsgehilfe Wang streckte die Hand aus, um die Bescheinigung entgegenzunehmen, und erwischte versehentlich die des Jungen aus Xiwangzhuang, die dieser schon bereithielt, weil er es auch geschafft hatte, sich bis zum Tisch vorzukämpfen. Als die Fünfte Tante das sah, rief sie ganz aufgeregt:

„Halt! Halt! Du hast dich geirrt!“

Doch der Junge sagte:

„Ich habe mich nicht geirrt! Wir haben beide eine Bescheinigung.“

Weil die Fünfte Tante die jungen Leute an der Tür zur Kreisverwaltung nicht richtig miteinander bekannt gemacht hatte, glaubte er, seine Braut wäre Ai-Ai, denn sie war von beiden Mädchen die kleinere. Der Standesamtsgehilfe Wang hatte die Bescheinigung noch nicht gelesen, als sich Xiao Wan zu dem Jungen drängte und sagte:

„Wenn man dir sagt, du hast dich geirrt, dann hast du dich auch geirrt!“ Er drehte sich um und zeigte auf Yan-Yan. „Die da ist deine Braut!“

Kaum war es heraus, erscholl vielstimmiges Gelächter. Der Standesamtsgehilfe Wang gab dem Jungen die Bescheinigung zurück und sagte:

„Wieso erkennst du denn deine Braut nicht?“

„Wir beide haben keine Bescheinigung, können wir trotzdem heiraten?“ fragte nun Xiao Wan.

„Und warum habt ihr keine?“

„Der Standesbeamte wollte uns keine geben“, mischte sich Ai-Ai ins Gespräch. „Als die Mutter von Yan-Yan für ihre Tochter eine holen wollte, hat sie sie bekommen. Wir sind selbst hingegangen, und er hat uns keine ausgestellt. Er will, daß ich seinen Neffen heirate.“

„Aus welchem Dorf seid ihr?“

„Aus Zhangjiazhuang.“

„Wie heißt du?“ wandte er sich nun an Ai-Ai.

„Zhang Ai-Ai.“

Der Standesamtsgehilfe Wang warf dem Mädchen einen prüfenden Blick zu und fragte:

„Du bist Zhang Ai-Ai?“

„Ja.“

Nun sah er zu Xiao Wan hinüber und fragte:

„Dann bist du sicherlich Li Xiao Wan?“

„Ja, der bin ich.“

„Und wer ist euer Zeuge?“

„Ich“, sagte Yan-Yan.

„Und wie heißt du?“

„Ma Yan-Yan.“

„Ach, ihr seid alle beide hier? Wie willst du denn Trauzeuge sein?"

„Warum soll ich es nicht sein?"

„Die Dorfverwaltung hat uns mitgeteilt, daß ihr einen schlechten Ruf habt."

„Und was gibt es für Beweise?" fragten die drei jungen Leute wie aus einem Munde.

„Ihr habt schon vorher miteinander Freundschaft gehalten."

„Wieso ist es schlecht, wenn man miteinander Freundschaft hält?" fragte Xiao Wan. „Wenn man sich schon kennt, kann man doch wenigstens nicht den Falschen für den Partner halten."

Wieder ertönte allgemeines Gelächter. Doch der Standesamtsgehilfe Wang ließ sich davon nicht beeindrucken.

„Da nun mal von der Dorfverwaltung diese Mitteilung gekommen ist, müßt ihr warten, bis wir die Sache geprüft haben. Dann sehen wir weiter."

„Herr Standesamtsgehilfe!" rief Yan-Yan. „Bitte sagen Sie uns, was daran schlecht ist, wenn Sie diese beiden verheiraten! Was muß da noch geprüft werden? Sie sind beide noch nie verheiratet gewesen und haben auch keinen Streit miteinander gehabt. Es kann also mit niemandem Ärger geben. Die zwei wollen wirklich auf eigenen Wunsch heiraten, warum also noch prüfen?"

„Wie auch immer – die Sache muß noch einmal geprüft werden! Und damit Schluß!" lautete die unnachgiebige Antwort. Danach wandte sich der Standesamtsgehilfe dem Jungen aus Xiwangzhuang zu und sagte zu ihm: „Gib mir deine Bescheinigung!"

Der Junge reichte sie ihm, und die Fünfte Tante übergab ihm die Bescheinigung für Yan-Yan. Der Standesamtsgehilfe fragte nun den Jungen:

„Wie heißt du?"

„Wang Dan."

„Bist du älter als zehn?"

„Fünfz . . . zwanzig!" Als dem kleinen Wang Dan die „Fünf" herausgeschlüpft war, fiel ihm ein, daß die Fünfte Tante ihm eingeschärft hatte, etwas anderes zu sagen, und er verbesserte sich schnell.

„Was heißt das – fünfz . . . zwanzig?" herrschte ihn der

Standesamtsgehilfe Wang an. Als Wang Dan nicht antwortete, fuhr er mit dem Fragen fort: „Willst du auf eigenen Wunsch heiraten?"

„Auf eigenen Wunsch."

„Warum willst du sie heiraten?"

„Weil sie eine gute Arbeiterin ist."

Der Standesamtsgehilfe Wang blickte noch einmal auf die Bescheinigung für Yan-Yan und sagte:

„Ma Yan-Yan, sag du mir, wie alt er nun tatsächlich ist!"

„Ich weiß es nicht", kam die Antwort.

„Warum sagst du, daß du es nicht weißt?" ereiferte sich die Fünfte Tante.

„Fünfte Tante, ich weiß es wirklich nicht! Haben Sie es mir denn gesagt?"

Die Fünfte Tante ahnte nicht, daß Yan-Yan die Sache platzen lassen wollte, und raunte ihr vorwurfsvoll zu:

„Warum bist du nur so starrköpfig? Selbst wenn ich es dir nicht gesagt habe, kannst du nicht ‚zwanzig' wiederholen, wenn der Junge dieses Alter nennt?"

In eben diesem Augenblick wollte Wang Dan zeigen, wie klug er war, und sprach dazwischen:

„Sie weiß wirklich nicht, wie alt ich bin! Ich wohne in Xiwangzhuang und sie in Zhangjiazhuang. Wir haben uns noch nie gesehen, woher soll sie da wissen, wie alt ich bin?"

„So", stellte der Gehilfe Wang fest, „ich habe mir schon gedacht, daß du sie noch nie gesehen hast! Wenn du sie schon mal gesehen hättest, hättest du sie ja nicht verwechseln können. Du kennst sie also gar nicht, weißt aber, daß sie eine gute Arbeiterin ist, ja? Du willst mir wohl einen Bären aufbinden? Zwischen euch beiden wird keine Ehe geschlossen! Zum einen, weil das Alter des Bräutigams nicht richtig angegeben wurde, ganz zu schweigen von ‚Ehe auf eigenen Wunsch', und zum andern, weil sich die Brautleute nicht mal von Angesicht zu Angesicht erkannt haben. Also keine Rede von einer freiwilligen Eheschließung! Geht jetzt alle nach Hause!"

Die fünf verließen die Kreisverwaltung: Der kleine Wang Dan ging zurück nach Xiwangzhuang, die Fünfte Tante und unsere drei Freunde gingen nach Zhangjiazhuang. Unterwegs schimpfte die Fünfte Tante, daß Yan-Yan nicht richtig geantwortet hätte, und Yan-Yan hielt der Fünften Tante scheinheilig vor, sie hätte bei ihrer Belehrung nicht alles gesagt. Ai-Ai und Xiao Wan behaupteten, der Standesamtsgehilfe Wang hätte keinen Funken Verstand, Yan-Yan aber meinte, er sei gar nicht so dumm.

Die vier blieben ein Stück des Weges zusammen, doch dann liefen die drei jungen Leute wie auf dem Hinweg voraus und berieten ihre Angelegenheiten. Die Fünfte Tante hastete hinterher, konnte sie aber nicht einholen. Die Freunde überlegten, was nun zu tun sei. Yan-Yan wollte Ai-Ai und Xiao Wan weiterhin helfen, einen Weg zu finden, und Ai-Ai und Xiao Wan wollten Yan-Yan helfen, sich wieder mit Xiao Jin zu versöhnen. In der Sprache der Diplomatie würde man sagen: Sie schlossen einen Pakt über gegenseitigen Beistand.

4
Wer sollte Selbstkritik üben?

Ich habe schon erwähnt, daß der Standesbeamte in Zhangjiazhuang in bezug auf Frauen die Meinung hatte: Das Äußere ist eines, das Verhalten das andere. Das Verhalten kann man ganz nach den Wünschen des Mannes beeinflussen. Im übrigen war diese Ansicht in Zhangjiazhuang recht verbreitet, und nicht nur der Standesbeamte hielt sich daran. Wäre er es allein gewesen, so hätte sich für die beiden Mädchen daraus noch kein „schlechter Ruf" ableiten lassen. Nur diese zwei waren unter den Altersgenossen im Dorf noch unverheiratet, und jede von ihnen hatte eine Freundschaft mit einem jungen Mann. Alle tratschten, sie seien „durch und durch verdorben", und hatten doch im Sinn, sie mit einem jungen Mann aus der eigenen Familie zu verheiraten. Je weniger Erfolg die Ehevermittlungsversuche brachten, desto öfter sagte man den Mädchen „Verdorbenheit" nach. So wurde der Ruf der beiden mit der Zeit immer schlechter.

Nachdem sie in der Kreisverwaltung gewesen waren,

wurde ihre Angelegenheit allgemein bekannt. Die alten Leute meinten: „Es ist so schlimm, daß man sich schämen muß, darüber zu reden!“ Und bald redeten sie wirklich nicht mehr darüber. Diejenigen, die gehofft hatten, eines der Mädchen mit einem jungen Mann aus ihrer Verwandtschaft verheiraten zu können, sprachen auch immer seltener über sie, je deutlicher wurde, daß sie keine Chance hatten. Die Jüngeren waren zum großen Teil nur in den Chor der Alten eingefallen, innerlich aber standen sie schon lange auf der Seite der Mädchen. Als sie merkten, daß die Alten verstummten, wurden auch sie still. Außerdem gab es noch ein paar junge Männer, die gerne Xiao Wan Konkurrenz gemacht hätten. Doch sie konnten nicht umhin, festzustellen, daß Ai-Ais Herz ihm allein gehörte, und da gaben sie sich keine Mühe mehr. Die Umstände waren nun einmal bekannt, und wollte jemand Ai-Ai und Xiao Wan Vorhaltungen machen, fragten die beiden jeden ohne Umschweife: „Was ist denn schlecht daran, daß wir heiraten wollen?“ Niemand konnte auf diese Frage eine überzeugende Antwort geben, und so wurden es von Tag zu Tag weniger Leute, die sich die Mäuler zerrissen. Damit besserte sich auch der Ruf der beiden Mädchen ganz allmählich.

Schließlich gab es nur noch drei Personen, die etwas gegen die Eheschließungen der zwei Paare einzuwenden hatten: Die eine war Yan-Yans Mutter, die sich um nichts auf der Welt einverstanden erklären wollte; der zweite war der Standesbeamte von Zhangjiazhuang, der sich beharrlich weigerte, die Bescheinigung auszustellen; und der dritte war der Standesamtsgehilfe Wang aus der Kreisverwaltung, der nur leere Worte daherredete und nichts tat. Ein paarmal gingen Ai-Ai und Xiao Wan zu ihm, doch er wiederholte ständig: „Wir überprüfen die Sache noch, und dann sehen wir weiter.“ Wegen dieser drei Leute konnte die Angelegenheit unserer vier jungen Freunde nicht zu einem guten Ende gebracht werden. Von den Alten in den Familien war eigentlich nur noch Yan-Yans Mutter dagegen, aber die anderen konnten sich auch nicht recht entschließen, die Jugend zu unterstützen. So wollten die Freunde sich an die Bezirksverwaltung wenden und dort eine Beschwerde vorbringen. Zuerst fragten sie zu Hause um Erlaubnis, doch man ließ sie nicht gehen. Unter diesen Umständen waren sie wütend und schimpften jeden Tag auf den Standesbeamten und den Standesamtsgehilfen Wang.

Sie schimpften zwei Monate lang, und es war immer noch nichts entschieden. Zur Zeit der Frühjahrsbestellung ging Xiao Wan eines Abends zur Genossenschaft, wo ihn der Vorsitzende lachend begrüßte:

„Nun, Xiao Wan, wie steht es denn eigentlich mit deiner Hochzeit?"

„In der Kreisverwaltung sind sie mit dem Überprüfen noch nicht fertig."

„Wann wollen sie denn damit fertig werden?"

„Wer weiß, vielleicht in zehn oder zwölf Jahren."

„Da hast du dich ja auf eine lange Zeit eingerichtet! Aber jetzt brauchst du nicht mehr zu warten. Es ist nämlich ein Gesetz über die Ehe verabschiedet worden. Danach ist eine Ehe zwischen euch beiden durchaus in Ordnung."

Xiao Wan glaubte nichts anderes, als daß der Vorsitzende sich über ihn lustig machen wollte, und sagte:

„Ich habe gar nicht gewußt, daß der Vorsitzende der Genossenschaft so ein Schwindler ist!"

„Nein, wirklich! Guck doch mal in die Zeitung!" Und er reichte Xiao Wan eine Zeitung.

Xiao Wan sah sofort an den Überschriften, daß es keine Lüge war. Er nahm die Zeitung, ging zur Lampe und las mit aller Gründlichkeit.

„Komm, ich lese es dir vor!" sagte der Vorsitzende, und er las alles in einem Atemzug. Als er geendet hatte, sprachen alle Anwesenden durcheinander: „Xiao Wan, dieses Mal wird es klappen!" – „Morgen geht ihr noch einmal hin und laßt euch als Ehepaar einschreiben!" – „Es ist wirklich ganz gesetzlich!"

Mit dieser Neuigkeit eilte Xiao Wan gleich zu Ai-Ai. Und da sie mit Yan-Yan und Xiao Jin einen Pakt über gegenseitigen Beistand geschlossen hatten, lief Ai-Ai gleich zu Yan-Yan und Xiao Wan zu Xiao Jin. Es dauerte gar nicht lange, da hielten die vier Freunde bei Ai-Ai eine Versammlung ab. Weil Yan-Yan ihrer Mutter nicht so unvermittelt weh tun wollte, beschlossen sie, daß sich am nächsten Tag zuerst Ai-Ai und Xiao Wan als Ehepaar einschreiben lassen sollten. Yan-Yan sagte: „Wenn es euch wirklich gelingt, eine Eheurkunde zu bekommen, dann wird es leichter sein, meine Mutter zu überzeugen. Obwohl ihr sagt, ich kann auch ohne ihr Einverständnis heiraten, finde ich es besser, wenn sie es gibt." Alle drei waren sich einig, daß Yan-Yan recht hatte.

Nachdem die jungen Leute an diesem Abend auseinandergegangen waren, überlegten Xiao Wan und Ai-Ai lange, was sie dem Standesamtsgehilfen Wang sagen würden, wenn er sich morgen wieder weigern sollte, ihnen die Urkunde zu geben. Doch entgegen allen Erwartungen sagte er kein Wort, sondern händigte ihnen am nächsten Tag sofort die Eheurkunde aus.

Einen Tag später meldete die Kreisverwaltung der Dorfverwaltung, daß die Ehe von Xiao Wan und Ai-Ai eine Modellehe sei, und man bat darum, den Tag des Hochzeitsfestes mitzuteilen, da einige Vertreter der Kreisverwaltung erscheinen würden, um an der Zeremonie teilzunehmen.

Da es sich nun um eine Modellehe handelte, änderten mit Ausnahme der allerhartnäckigsten die meisten Bewohner des Dorfes ihre Meinung dazu. Die jungen Leute waren im Grunde schon immer dafür gewesen; jetzt boten sich sogar viele an, bei den Vorbereitungen für das Hochzeitsfest zu helfen, und nach ein paar Tagen war alles fix und fertig.

Am Tage der Trauung kamen zwei Vertreter der Kreisverwaltung: ein Sekretär und der Standesamtsgehilfe Wang. Die Vertreter der Dorfverwaltung waren fast vollzählig erschienen. Der Standesbeamte hatte eigentlich nicht kommen wollen, doch in der Kreisverwaltung sagte man zu ihm: „Die von der Dorfverwaltung müssen nicht unbedingt alle da sein, aber du mußt!" Es blieb ihm also nichts weiter übrig, als zu erscheinen.

Da es nun hieß, es sei eine Modellehe, fanden sich natürlich auch besonders viele Schaulustige aus dem Dorf ein. In Xiao Wans Hof standen die Menschen dicht gedrängt, als die Hochzeitsfeierlichkeiten begannen. Die

Brautleute hatten ihre Plätze eingenommen, da bat jemand aus der Menge die Braut, die Geschichte ihrer Liebe zu erzählen und mit der Glücksmünze zu beginnen – eine üble Sitte, die von wer weiß woher in das Dorf gedrungen war. Ai-Ai sagte darauf:

„Was soll daran schon Besonderes sein? Ich habe ihm einen Ring gegeben, und er hat mir eine Glücksmünze geschenkt! Mit einem Satz ist alles gesagt!"

„Soll sie damit schon davonkommen?" rief ein junger Bursche.

„Nein! Das ist zuwenig!" antworteten die anderen.

„Sie soll mehr erzählen!"

„Was redet ihr da? Damit bin ich nicht einverstanden!" warf Ai-Ai ein. „Das hier ist doch keine Gerichtsversammlung!"

„Wir sind mit guten Absichten hergekommen", ertönte es aus der Menge, „warum unterstellst du uns etwas Schlechtes?"

„Ich bin sehr froh, daß ihr uns geholfen habt", entgegnete Ai-Ai, „aber ich lasse mich nicht bespötteln! Die Sache mit der Glücksmünze ist wirklich schnell erzählt. Wenn ihr wollt, daß ich noch was erzähle, dann soll es eine andere Geschichte sein!"

„Gut!" wurde da gerufen.

„Das geht auch!"

„Ganz gleich, erzähl nur irgendwas!"

So begann Ai-Ai:

„Ihr wißt doch alle, daß ich einen schlechten Ruf habe, nicht wahr? Und wißt ihr auch, wer daran schuld ist?"

„Wer? Sag doch?"

„Der, der als erster verhindert hat, daß wir heiraten! Überlegt mal: Hätten wir schon vor einem Jahr geheiratet, würden wir längst als anständig gelten. Es heißt bei uns immer ‚heiraten auf eigenen Wunsch', aber sagt doch, wer in unserem Dorf hat auf eigenen Wunsch geheiratet? Ganz ehrlich! Gibt es auch nur einen, bei dem nicht Vater und Mutter die Ehe vermittelt hätten?"

Im Grunde wußten alle, daß das stimmte, doch es war peinlich, dies vor den Vertretern der Kreisverwaltung zuzugeben. Ai-Ai fuhr fort:

„Von den Mädchen waren es in Wirklichkeit nur Yan-Yan und ich, die sich allein ihren Mann ausgesucht haben. Und wir sollten, so wollte es der Standesbeamte, immer wieder Selbstkritik üben, weil wir uns nicht nach dem Willen der anderen gerichtet haben. Offen gesagt, deswegen habe ich ganze zwei Monate lang auf den Standesbeamten geschimpft."

„Wie denn das?" fragte die Menge.

„Wir wollen nicht mehr von dem reden, was vorbei ist."

Da erhob sich Xiao Wan und sagte lachend:

„Ich werde es erzählen! Ich habe ja mitgeschimpft. Der Standesbeamte darf nur nicht böse sein, ich erzähle etwas, was inzwischen schon Geschichte ist. Ich sagte seinerzeit zu ihm: ‚Ich bin einverstanden, sie will mich heiraten, nur Sie, Herr Standesbeamter, haben was dagegen! Was aber kann es Ihnen denn ausmachen, wenn wir beide heiraten? Wenn sie Ihren Neffen heiraten wollte, brauchte sie garantiert keine Selbstkritik zu üben!'"

Alle blickten zum Standesbeamten hin und lachten. Er sagte kein Wort. Der Sekretär der Kreisverwaltung fragte:

„Und was habt ihr über den Standesamtsgehilfen Wang vorzubringen?"

„Der Standesamtsgehilfe Wang ist im Grunde ein guter Mensch", meinte Xiao Wan, „bloß konnte er leider nicht Lüge und Wahrheit unterscheiden. Er brauchte nur zu hören, daß die Leute sagten: ‚Auf eigenen Wunsch', dann sah er gar nicht mehr hin. Selbst ich habe gemerkt, wann es gelogen war, aber er hat für alle eine Eheurkunde ausgeschrieben. Die Frage, warum die jungen Leute einander heiraten wollten, war völlig sinnlos. Was hat ihn auch der Grund zu interessieren, wenn jemand aus freien Stücken heiraten will! So, wie er fragte, haben natürlich alle heruntergebetet: ‚Weil er (oder sie) ein guter Arbeiter ist.' Aber wer von den Dorfbewohnern ist kein guter Arbeiter? Soll das etwa ein Grund sein? Als wir dran waren, sagte er, es wäre ihm zu Ohren gekommen, daß wir beide schon länger miteinander Freundschaft halten und daß die Sache noch überprüft werden muß. War denn durch das Gerede nicht am besten bewiesen, daß wir wirklich auf eigenen Wunsch heiraten wollten? Was gab es denn da noch zu überprüfen? Ja, es ist wahr, wir haben sehr auf den Standesamtsgehilfen Wang geschimpft, denn er hat sich tatsächlich dumm benommen: wollte die Wahrheit nicht wissen und hörte nur auf die Lüge! Bitte, Herr Wang, seien Sie nicht böse auf uns! Von dem Augenblick an, wo Sie uns die Eheurkunde ausgestellt hatten, ist kein schlechtes Wort mehr über unsere Lippen gekommen."

Der Sekretär der Kreisverwaltung sagte:

„Ihr habt ganz recht gehabt mit eurem Zorn! Ich verspreche euch, daß niemand böse sein wird! Wenn die Leute der Meinung waren, ihr hättet einen schlechten Ruf, dann kommt das nur daher, daß in ihren Köpfen noch feudale Gedanken stecken. Die müssen sie nach und nach aufgeben. Der Standesbeamte in eurem Dorf hat euch keine Bescheinigung ausgestellt, weil er Ai-Ai für seinen Neffen haben wollte. So hat er die Eheschließung verhindern wollen. Jetzt hat die Zentrale Volksregierung das Gesetz über die Eheschließung verabschiedet, und jeder, der sich so verhält, wird vor Gericht gestellt. Der Standesamtsgehilfe Wang hat die Ausfertigung der Eheurkunde hinausgezögert – das nennt man Bürokratismus, und es zeugt von wenig Klugheit. Er hat selbst in diesen Tagen in der Kreisverwaltung Selbstkritik geübt. Nun, da es dieses Gesetz gibt, werden sich alle Mitglieder der Kommunistischen Partei für seine Verwirklichung einsetzen. Auf den Versammlungen der Kreisverwaltung sind wir gerade dabei, diese Frage zu beraten. Wir sind heute auch hergekommen, um eure Meinungen zu hören." Der Sekretär wandte sich jetzt an alle Anwesenden: „Genossen! Sagt, wie ihr darüber denkt! Haben die jungen Leute nicht recht gehabt mit ihrem Zorn? Überlegen wir doch mal, wie viele Ehen wir in den letzten Jahren in unserem Kreis zustande gebracht haben, bei denen sich Mann und Frau gar nicht wirklich wollten. Die Menschen haben ein Recht, auf uns zu schimpfen!"

Nachdem sich die Hochzeitsversammlung aufgelöst hatte, fanden alle, daß diese Verbindung sehr glücklich geknüpft sei. Es hieß: Die zwei werden sicher harmonisch miteinander leben, und es wird sich nicht wiederholen, was Klein Schmetterling seinerzeit widerfahren ist – nämlich daß Zimmermann Zhang sie halbtot geschlagen hat. Sogar die hartnäckigsten der alten Leute, die ständig den schlechten Ruf der beiden Mädchen im Munde geführt hatten, waren nun umgestimmt.

An diesem Abend kam auch die Mutter von Yan-Yan zur Einsicht, und sie schlug ihrer Tochter selbst vor, am nächsten Tag mit Xiao Jin zur Kreisverwaltung zu gehen und sich als Ehepaar eintragen zu lassen.

Wang Meng

Der Neue in der Organisationsabteilung

1

Es war März – mal rieselte Schnee vom Himmel, mal regnete es. Aus der Fahrradrikscha, die vor dem Stadtbezirkskomitee der Kommunistischen Partei Chinas hielt, sprang ein junger Mann heraus. Der Rikschafahrer betrachtete das große Schild am Eingang und sagte höflich zu seinem Fahrgast: „Wenn Sie hierher wollen, nehme ich kein Geld."

Der Pförtner, der alte Lü, ein verdienstvoller Kriegsveteran, kam leicht hinkend heraus. Als er sich nach dem Anliegen des jungen Mannes erkundigt hatte, half er ihm, das durchnäßte Gepäck herauszunehmen, und rief die Sekretärin der Orgabteilung, Zhao Huiwen, herbei. Sie drückte Lin Zhen fest beide Hände und sagte: „Wir haben schon lange auf dich gewartet."

Lin Zhen hatte sie bereits kennengelernt, als er noch in der Parteiorganisation der Lehrer in der Grundschule war. Die großen Augen in ihrem blassen, aber schönen Gesicht strahlten Freundlichkeit und Herzlichkeit aus, doch die dunklen Schatten unter den Augen deuteten auf Übermüdung hin. Sie brachte Lin Zhen in das Wohnheim für Männer, stellte das Gepäck ab, öffnete es, hängte die nasse Decke zum Trocknen auf und breitete das Bettzeug aus. Dabei strich sie nach Art solcher hübschen und tüchtigen Genossinnen ständig ihr Haar zurück.

„Wir haben lange auf dich warten müssen! Vor einem halben Jahr schon haben wir dich angefordert, aber die Abteilung Kultur und Bildung im Volkskomitee des Stadtbezirks war damit überhaupt nicht einverstanden. Erst als unser Sekretär persönlich den Stadtbezirksbürgermeister aufgesucht und sich auch noch mit der Kaderabteilung des Amtes für Bildung herumgestritten hat, haben sie dich endlich gehen lassen", sagte sie.

„Aber ich weiß erst seit vorgestern davon", antwortete Lin Zhen. „Als ich hörte, daß ich im Stadtbezirkskomitee arbeiten soll, wußte ich gar nicht, wie mir geschah. Was macht ihr denn hier so?"

„Wir machen alles."

„Und die Orgabteilung?"

„Die organisiert."

„Habt ihr viel zu tun?"

„Manchmal ja, manchmal nicht."

Zhao Huiwen betrachtete eingehend das Bettzeug von Lin Zhen, schüttelte den Kopf und sagte mißbilligend im Ton einer älteren Schwester:

„Hör mal, das ist aber wirklich unhygienisch! Dein Kopfkissenbezug ist nicht mehr weiß, sondern schwarz! Und die Bettdecke ist auch ganz speckig! Und dann das Bettlaken, es ist ganz faltig, wie Kräuselkrepp!"

Lin Zhen fand, daß für ihn mit dem Eintritt durch das Tor des Stadtbezirkskomitees ein neues Leben begonnen hatte und er einem sehr herzlichen Menschen begegnet war. In Feiertagsstimmung lief er zum Büro des ersten stellvertretenden Leiters der Orgabteilung, um sich zu melden. Dieser hatte einen seltsamen Namen – sein Familienname war Liu, und mit Vornamen hieß er Shiwu. Als Lin Zhen mit pochendem Herzen an die Tür klopfte, blickte Liu gerade auf und dachte, eine Zigarette im Mund, über den Arbeitsplan nach. Er empfing Lin Zhen herzlich und in geziemender Weise und bat ihn, auf dem Sofa Platz zu nehmen. Er selbst setzte sich an den Schreibtisch, schob die Dokumente beiseite, die sich auf der Glasplatte türmten, und fragte ganz zwanglos:

„Nun, wie steht's?" Dabei kniff er das linke Auge zu, und mit der rechten Hand schnippte er die Asche von der Zigarette.

„Der Sekretär meiner bisherigen Grundorganisation hat mich informiert, daß ich ab übermorgen hier arbeiten soll. Da ich in der Schule nichts mehr zu tun habe, bin ich schon heute gekommen. Ich fürchte, daß ich der Arbeit in der Orgabteilung nicht gewachsen sein werde, denn ich bin noch nicht lange in der Partei. Ich war bisher Grundschullehrer. Die Arbeit eines Grundschullehrers unterscheidet sich doch wohl etwas von der organisatorischen Arbeit . . ."

Lin Zhen hatte sich auf das, was er sagte, schon lange vorbereitet. Es klang daher sehr unnatürlich, so wie wenn ein Grundschüler zum erstenmal seinem Lehrer gegenübersteht. Und er fand es im Zimmer furchtbar heiß. Mitte März, da der Winter schon seinem Ende zuging, hatte man noch geheizt. Die Eisblumen an den Fensterscheiben schmolzen und bildeten schmutzige Rinnsale. Er wollte das Taschentuch herausziehen, um sich die Schweißperlen von der Stirn zu wischen, fand es aber trotz eifrigen Suchens in seiner Tasche nicht.

Liu Shiwu nickte mechanisch mit dem Kopf und zog, ohne hinzusehen, aus dem großen Haufen von Dokumenten einen Umschlag aus Packpapier heraus. Er öffnete ihn, nahm Lin Zhens Registrierkarte als Parteimitglied heraus und überflog sie schnell mit scharfem Blick. Er runzelte seine breite Stirn, schloß kurz die Augen und stand auf, wobei er sich auf die Stuhllehne stützte. Dabei rutschte ihm die umgehängte Wattejacke von den Schultern. Dann sagte er mit geübter Stimme:

„Gut, ausgezeichnet! In der Orgabteilung fehlt es an Funktionären, du kommst gerade recht. Nein, unsere Arbeit ist keinesfalls schwierig, lerne, dann wirst du es schaffen! Das wär's! Und du hast an der Basis gearbeitet, offenbar nicht schlecht, stimmt das?"

Lin Zhen schien es, als enthalte dieses Lob einen Anflug von Spott. Er schüttelte erschrocken den Kopf.

„Ich habe überhaupt nicht gut gearbeitet."

Auf Liu Shiwus nicht allzu gepflegtem Gesicht zeigte sich ein schwaches Lächeln, und seine Augen blitzten, als er fortfuhr:

„Natürlich wird es auch Schwierigkeiten geben, das ist durchaus möglich. Es handelt sich hier um eine besondere Arbeit. Ein Genosse aus dem Zentralkomitee sagte einmal, Orgarbeit heißt, Sachwalter der Partei zu sein. Wenn diese Arbeit nicht ordentlich gemacht wird, fehlt der Partei die Kraft." Und ohne eine Frage abzuwarten, gab er selbst eine Erläuterung: „Was heißt das, Sachwalter zu sein? Das bedeutet, die Partei zu entwickeln und zu festigen, die Parteiorganisationen zu stärken und ihre Kampfkraft zu erhöhen. Das Leben der Partei muß sich auf kollektive Leitung, auf Kritik und Selbstkritik, auf enge Verbindung mit den Massen gründen. Leistet man hier gute Arbeit, sind die Parteiorganisationen stark, vital und kampfkräftig. Sie können sich mit den Massen zusammenschließen und sie führen, um alle Aufgaben des sozialistischen Aufbaus und der sozialistischen Umgestaltung zu erfüllen und immer besser zu erfüllen." Nach jedem Satz hüstelte er trocken, aber er sprach diese herkömmlichen Phrasen so schnell aus, daß die Wörter ineinanderflossen. Als er zum Beispiel erklärte, worauf das Leben in der Partei basiere, verschluckte er viele Wörter. Begriffe, die Lin Zhen ziemlich tiefgründig erschienen, handhabte er so gewandt, als hantiere er mit einem Rechenbrett. Obwohl Lin Zhen seine ganze Aufmerksamkeit auf Lius Worte konzentrierte, konnte er sie nicht voll erfassen. Anschließend teilte ihm Liu Shiwu seine Arbeit zu.

Als Lin Zhen die Tür öffnete und gehen wollte, hieß Liu ihn stehenbleiben und fragte in verändertem Ton:

„Wie steht es, hast du schon eine Freundin?"

„Nein . . ." Lin Zhen errötete.

„So ein großer Bursche wie du wird noch rot?" Liu Shiwu lachte laut auf. „Na, du bist ja erst zweiundzwanzig, da hat es noch keine Eile." Dann fragte er weiter: „Was für ein Buch hast du denn da in der Tasche?"

Lin Zhen nahm es heraus und nannte den Titel. Es war ein Buch der sowjetischen Schriftstellerin G. Nikolajewa: „Das Geständnis". Liu Shiwu nahm das Buch, las in der Mitte ein paar Zeilen und fragte:

„Ist euch das vom ZK des Jugendverbandes zum Lesen empfohlen worden?"

Lin Zhen nickte.

„Kann ich es mal lesen?"

„Sie haben Zeit, Romane zu lesen?" Lin Zhen wunderte sich, denn er dachte an den großen Haufen Material auf dem Tisch.

Liu Shiwu hielt das Buch in der Hand und sagte abschätzend, wobei er das linke Auge zukniff:

„Was meinst du wohl? Ein Buch von dieser Stärke lese

ich in einer halben Nacht aus. Die vier Bände vom „Stillen Don“ habe ich in einer Woche gelesen – so ist das eben.“

Als Lin Zhen zum Büro der Orgabteilung ging, hatte sich der Himmel aufgeheitert. Die restlichen Wolken hatten leuchtende Ränder, und die Sonne schien in den großen Hof des Stadtbezirkskomitees. Alle waren in Eile: Ein Genosse in Armeeuniform mit einer Aktentasche unter dem Arm hastete vorüber; der alte Lü aus der Pförtnerloge trug zwei große Blechkannen mit Tee in den Konferenzraum; eine Genossin wiederholte hartnäckig am Telefon: „Nein, das geht nicht, spätestens morgen früh, geht nicht!“ Es war auch das mal schnellere, mal langsamere Klappern einer Schreibmaschine zu hören, die von ungeübten Händen bedient wurde. Ob sie auch neu hier ist wie ich? Lin Zhen wußte nicht, warum, aber er mutmaßte, daß eine Frau an der Schreibmaschine saß. Er blieb im Flur stehen, blickte in den hellen Hof und war froh über den Beginn seines neuen Lebens.

2

Mit Lin Zhen arbeiteten im Stadtbezirkskomitee insgesamt vierundzwanzig Funktionäre. Drei davon waren zeitweilig im Büro zur Beseitigung von Konterrevolutionären tätig; einer arbeitete nur halbtags, da er sich auf die Aufnahmeprüfung an der Hochschule vorbereitete; und eine Frau hatte Schwangerschaftsurlaub. Es blieben nur neunzehn übrig, die regulär arbeiteten, vier davon als Funktionäre, und fünfzehn waren in Betrieben, Institutionen und Schulen zum Aufbau der Parteiorganisationen eingesetzt. Lin Zhen wurde zwei Betriebsgrundorganisationen zugeteilt, um dort die Parteiarbeit zu organisieren und neue Mitglieder zu gewinnen.

Leiter der Orgabteilung war Li Zongqin, der gleichzeitig stellvertretender Sekretär des Stadtbezirkskomitees war. Da er sich aber nicht ständig um die Angelegenheiten seiner Abteilung kümmerte, erledigte die praktische Arbeit sein erster Stellvertreter, Liu Shiwu. Ein anderer Stellvertreter war für Kaderfragen verantwortlich. Lin

Zhen wurde in seine Arbeit von Han Changxin eingewiesen, dem Leiter der Gruppe für den Parteiaufbau in Betrieben. Dessen Auftreten unterschied sich völlig von dem Liu Shiwus. Er war siebenundzwanzig Jahre alt und trug eine blaue Marineuniform, auf der kein Stäubchen zu sehen war. Er war hochgewachsen und hatte ein verwegenes Gesicht, das allerdings den kleinen Makel zu vieler Mitesser aufwies. Er klopfte Lin Zhen auf die Schulter und erläuterte ihm mit klangvoller Stimme seine Arbeit. Ab und an stieß er dabei ein ungezügeltes Lachen aus, so daß Lin Zhen dachte: Der spielt sich ja noch toller als ein leitender Funktionär auf! Dieser Eindruck verstärkte sich noch am nächsten Tag, als er zuhörte, wie sich Han Changxin mit dem Mitglied des Parteikomitees einer Grundorganisation unterhielt.

„Warum habt ihr denn nur eine halbe Stunde darüber gesprochen? Ich hatte dir doch am Telefon gesagt, daß ihr mindestens zwei Stunden über den ‚Entwicklungsplan' diskutieren sollt!"

Der Genosse antwortete:

„Wir hatten in diesem Monat außerordentlich dringende Produktionsaufgaben . . ."

Han Changxin unterbrach ihn und sagte in belehrendem Ton:

„Wenn man die Entwicklung der Partei nicht sorgfältig untersucht, weil die Produktionsaufgaben vordringlicher sind, dann heißt das, Schwerpunktaufgaben und ständige Aufgaben einander gegenüberzustellen. Es ist auch ein Ausdruck dafür, daß sich die Partei nicht um ihre eigentlichen Aufgaben kümmert . . ."

Lin Zhen verstand nicht, was „Gegenüberstellen von Schwerpunkt- und ständigen Aufgaben" und „die Partei kümmert sich nicht um ihre eigentlichen Aufgaben" hieß. Er war mit anderen Termini und Losungen vertraut, zum Beispiel kannte er „fünf Kettenglieder im Unterricht" oder „Anschauungslehrmittel". Er bewunderte Han Changxins Fähigkeit, die Fragen schnell und prinzipiell zu analysieren und anderen entsprechende Weisungen zu erteilen.

Als er den Kopf wandte, bemerkte er, daß Zhao Huiwen, die, über den Tisch gebeugt, Materialien abschrieb, die Brauen runzelte und Han Changxin zweifelnd betrachtete. Dann schob sie ihre Haarspange aus unechtem Bernstein zurecht und sah mit traurigem Blick aus dem Fenster.

Am Abend nahmen einige Funktionäre am gesellschaftlichen Leben im Wohngebiet teil, andere ruhten sich aus, und Zhao Huiwen schrieb noch immer „Erfahrungen des Steueramtes bei der Heranbildung und Beförderung von Funktionären" ab. Sie hatte sich schon den ganzen Tag damit herumgeplagt, so daß ihre Handgelenke schmerzten. Manchmal setzte sie den Pinsel ab, schüttelte ihre Hände und blies darauf, um sie zu kühlen. Als Lin Zhen ihr seine Hilfe anbot, meinte sie ablehnend: „Wenn du das abschreibst, habe ich keine Ruhe."

Da half er ihr, das beschriebene dicke Papier aufzuschichten. Neben ihr stehend, gab er ihr sozusagen geistige Unterstützung. Sie schrieb weiter, wobei sie von Zeit zu Zeit den Kopf hob und Lin Zhen ansah, so daß er fragte: „Warum siehst du mich denn dauernd an?" Da kaute Zhao Huiwen an ihrem Pinsel herum und lachte schelmisch.

3

Lin Zhen hatte im Herbst 1953 ein pädagogisches Institut abgeschlossen. Er war damals erst Kandidat der Partei und wurde an der zentralen Grundschule dieses Stadtbezirks als Lehrer eingesetzt. Auch als Lehrer behielt er die Lebensgewohnheiten eines Mittelschülers bei: Am frühen Morgen trainierte er mit den Hanteln, abends führte er Tagebuch, und vor jedem großen Feiertag, wie zum Beispiel dem 1. Mai oder dem 1. Juli, dem Gründungstag der Kommunistischen Partei Chinas, holte er die Meinung anderer über sich ein.

Jemand hatte vorausgesagt, daß er nach weniger als drei Monaten von jenen Erwachsenen „assimiliert" sein werde, deren Leben ohne feste Regeln verlaufe. Bald aber waren viele Lehrer des Lobes voll über ihn. Sie beneideten ihn auch und meinten: „Dieser junge Bursche ist so unbekümmert und sorglos, er hat wirklich nur seine Arbeit im Kopf." Dieser Neid wirkte sich jedoch nicht nachteilig für ihn aus. In den Winterferien 1954 erhielt er vom Amt für Bildung eine Prämie für seine guten Unterrichtsergebnisse.

Vielleicht dachten manche, daß dieser junge Lehrer es verstehe, seine Jugendjahre gelassen, zufrieden und fröhlich zu verbringen. Doch dem war nicht so – der wie ein Kind naive Lin Zhen hatte auch seine Probleme. Nach einem Jahr feuerte er sich selbst immer mehr an. War der Grund dafür der sozialistische Aufschwung oder die Einberufung der nationalen Aktivistenkonferenz der Jugend? Oder geschah das einfach deshalb, weil er älter geworden war? Er war jetzt zweiundzwanzig und erinnerte sich, daß er in der ersten Klasse der Mittelschule einen Aufsatz schreiben mußte zu dem Thema: „Wenn ich . . . Jahre bin . . ." Er hatte geschrieben: „Wenn ich zweiundzwanzig bin, dann werde ich . . ." Nun war er so alt, aber seine Lebensgeschichte glich noch einem weißen Blatt Papier. Er hatte keine Verdienste aufzuweisen, hatte nichts Neues geschaffen, und es hatte weder Abenteuer noch Liebe gegeben. Noch nicht einmal einen Brief hatte er an ein Mädchen geschrieben. Er arbeitete zwar fleißig, aber zu wenig, zu langsam. Konnte er etwa, verglichen mit den jungen Aktivisten und dem dahineilenden Leben, mit sich zufrieden sein? Er machte Pläne, dies und das zu lernen, dies und das zu tun, und nahm sich vor, mit Siebenmeilenstiefeln voranzuschreiten.

Zu dieser Zeit erreichte ihn die Mitteilung über seine Versetzung. Als ich zweiundzwanzig war, wurde ich Parteiarbeiter . . . Begann hier vielleicht das wirkliche Leben? Er drängte das Gefühl der Verbundenheit mit der Schule und den Kindern zurück, und es dürstete ihn nach neuen Aufgaben. Als der Sekretär der Grundorganisation an jenem Abend mit ihm gesprochen hatte, dachte er die ganze Nacht darüber nach. So war Lin Zhen, in seiner Tasche den sowjetischen Roman, in freudiger Erregung die steinernen Treppen zum Stadtbezirkskomitee hochgestiegen und voller Erwartung an das Leben eines Parteiarbeiters herangegangen. Seine Vorstellungen davon beruhten auf der Darstellung vollkommener Parteisekretäre in Filmen. Aber als er mit den stark beschäftigten und selbstbewußten führenden Genossen zusammentraf, die ein- und ausgehenden Dokumente sah und die endlosen Versammlungen miterlebte, als er von den heftigen Streitereien und tiefschürfenden Analysen erfuhr, da blinzelte er mit seinen ungewöhnlich hellbraunen Augen, und ihm wurde etwas beklommen zumute.

Vier Tage, nachdem Lin Zhen ins Parteikomitee gekommen war, machte er sich in der Jutesackfabrik des Kreises Tonghua mit dem Stand bei der Aufnahme neuer Parteimitglieder im ersten Quartal vertraut. Zuvor hatte er die entsprechenden Dokumente und eine kleine Broschüre mit dem Titel „Wie man Untersuchungen durchführt" gelesen, mehrmals Han Changxin konsultiert, ein engbeschriebenes Konzept verfaßt und war dann eilends auf sein ihm neu zugeteiltes Fahrrad gestiegen und in die Fabrik geradelt.

Als der Wächter am Fabriktor hörte, daß er ein Funktionär des Stadtbezirkskomitees sei, ließ er ihn, ohne ihn zu registrieren, vertrauensvoll herein. Nachdem Lin Zhen einen großen leeren Platz überquert hatte, an einem Lager mit Jute unter freiem Himmel und einer Werkhalle, aus der Maschinenlärm dröhnte, vorbeigegangen war, klopfte er, innerlich voller Unruhe, an die Tür des Büros von Betriebsleiter Wang Qingquan, der zugleich Parteisekretär war. Nach der Aufforderung „Herein!" trat er langsam ein. Wenn er zu schnell ginge, so fürchtete er, könnte es aussehen, als hätte er keine Erfahrung. Er erblickte einen Mann von kleiner Statur mit breitem Gesicht und starkem Nacken, der gerade mit einem buckligen Mann, dessen Haar pomadisiert war, Schach spielte. Der kleine Genosse hob den Kopf, während er mit der rechten Hand weiter die Figuren setzte. Als er Lin Zhen gefragt hatte, zu wem er wolle, fuchtelte er ungeduldig mit der Hand herum. „Geh ins Büro der Parteiorganisation im westlichen Seitenhof zu Wei Heming, der ist für die organisatorische Arbeit verantwortlich!" Dann beugte er sich wieder über das Schachbrett und fuhr mit dem Spiel fort.

Lin Zhen suchte Wei Heming auf, der ein rotwangiges Gesicht hatte, und begann, entsprechend seinem Konzept, Fragen zu stellen:

„Wieviel neue Parteimitglieder habt ihr denn im ersten Quartal aufgenommen?"

„Ein und ein halbes!" antwortete Wei Heming in barschem Ton.

„Was heißt denn ‚ein halbes'?"

„Einer ist von uns aufgenommen worden, aber das Stadtbezirkskomitee hat ihn nach über zwei Monaten noch immer nicht bestätigt."

Lin Zhen nahm sein Notizbuch heraus, notierte etwas und fragte weiter:

„Und wie führt ihr die Arbeit zur Gewinnung von Parteimitgliedern durch, welche Erfahrungen habt ihr dabei gesammelt?"

„Alles wie bisher, nach den Bestimmungen des Parteistatuts."

Lin Zhen sah sich sein Gegenüber an: Warum waren seine Worte so trocken, so trocken wie ein eine Woche alter gedämpfter Hefekloß? Wei Heming stützte den Kopf in die Hände, blickte in die Gegend und schien mit seinen Gedanken ganz woanders zu sein. Lin Zhen fragte wieder:

„Und welche Erfolge habt ihr bei der Aufnahme von Parteimitgliedern erzielt?"

„Habe ich dir doch gerade erzählt!" antwortete Wei Heming. Ihm lag offenbar daran, das Gespräch möglichst schnell zu beenden.

Lin Zhen wußte nicht, was er noch fragen sollte. Einen ganzen Nachmittag hatte er für die Vorbereitung des Konzepts aufgewandt, und nun war das Gespräch bereits nach fünf Minuten zu Ende. Er war sehr betreten. Da wurde die Tür aufgestoßen. Jener kleine Genosse kam herein und fragte Wei Heming hastig:

„Bist du schon über den Brief informiert?"

Ein gleichmütiges Nicken war die Antwort. Der kleine Genosse ging bedächtig hin und her und blieb dann mit gespreizten Beinen mitten im Zimmer stehen.

„Ihr müßt euch was einfallen lassen! Die Frage der Qualität wurde schon voriges Jahr aufgeworfen. Warum habt ihr gewartet, bis der Vertragspartner einen Brief an das Textilministerium geschrieben hat? Es ist eine Schande, daß wir angesichts des sozialistischen Aufschwungs unsere Produktion nicht erhöhen!"

Wei Heming sah den Kleinen kühl an und fragte mit bebender Stimme:

„Wen meinen Sie damit?"

„Ich meine euch alle!" Der Kleine machte eine Handbewegung, die auch Lin Zhen einschloß.

Wei Heming bot einen furchterregenden Anblick, als er versuchte, seinen Zornausbruch zu zügeln, und sein Gesicht wurde dabei noch röter. Er stand auf und fragte:

„Und Sie? Tragen Sie keine Verantwortung dafür?"

„Ich trage natürlich auch Verantwortung." Der Kleine blieb ruhig. „Ich trage gegenüber den übergeordneten Ebenen Verantwortung. Ich akzeptiere es, wenn sie mich maßregeln. Mir gegenüber hast jedoch du die Verantwortung! Wer hat dich denn zum Leiter der Produktionsabteilung gemacht? Du solltest etwas vorsichtiger sein!" Er sah Wei Heming einen Augenblick lang drohend an und ging dann hinaus.

Wei Heming setzte sich, öffnete alle Knöpfe seiner Wattejacke und schnappte nach Luft. Als Lin Zhen fragte: „Wer war denn das?", sagte er spöttisch: „Den kennst du nicht? Das war unser Betriebsleiter, Wang Qingquan."

Dann begann Wei Heming, Lin Zhen ausführlich über Wang Qingquan zu informieren. Dieser hatte ursprünglich in einem Ministerium gearbeitet und eine Strafe wegen seines unmoralischen Verhaltens gegenüber Frauen erhalten. 1951 kam er als stellvertretender Betriebsleiter in diese Fabrik, und als der Betriebsleiter 1953 versetzt wurde, bekam er dessen Stelle. Nach dem Essen schlenderte er immer ein bißchen in der Fabrik herum, zog sich dann in sein Büro zurück, versah Dokumente mit Bemerkungen oder spielte Schach. Jeden Monat kritisierte er in seinen Reden auf Gewerkschafts- und Parteiversammlungen oder auf Versammlungen des Jugendverbandes, daß der Wettbewerb unter den Arbeitern nicht gut laufe, daß man nicht auf Qualität achte, daß man ökonomistisch denke . . .

Wei Heming war noch nicht bis zum Ende gekommen, als Wang Qingquan erneut hereinschoß. Mit einem Blick auf seine Uhr am linken Arm verfügte er:

„Teile den Verantwortlichen von Partei, Jugendverband, Gewerkschaft und Verwaltung mit, daß sie heute mittag zehn nach zwölf zur Versammlung in mein Büro kommen sollen!" Dann ging er wieder und knallte die Tür zu.

Wei Heming murrte:

„Und wie findest du das?"

„Lamentiere nicht nur herum, sondern kritisiere ihn oder gib es nach oben weiter! Auf den höheren Ebenen wird man so einen Betriebsleiter keinesfalls dulden", sagte Lin Zhen.

Wei Heming lachte und fragte ihn:

„Genosse Lin, du bist wohl noch neu hier?"

Der errötete.

Wei Heming fuhr fort:

„Kritisieren? Wenn er grundsätzlich nicht an Parteiversammlungen teilnimmt, wie soll man ihn da kritisieren? Und wenn er gelegentlich mal erscheint und man seine Meinung vorbringt, dann sagt er: ‚Es ist gut, Kritik zu äußern, aber man muß das richtige Maß finden, muß Zeit und Umstände in Betracht ziehen. Wir können nicht wegen persönlicher Meinungen der Parteiorganisation die kostbare Zeit für die Diskussion über staatliche Aufgaben rauben . . .' Also gut, ich belege nicht die kostbare Zeit mit Beschlag, sondern bespreche es persönlich mit ihm, und so streiten wir uns eben auf diese Art und Weise herum."

„Hast du das nach oben weiterberichtet?"

„1954 habe ich an das Textilministerium und das Stadtbezirkskomitee geschrieben. Ein Genosse Zhang vom Ministerium ist mit eurem Genossen Han zu uns gekommen und hat alles überprüft. Und was kam dabei heraus? ‚Relativ ernster Bürokratismus, aber in der Hauptsache sind es doch Fragen des Arbeitsstils. Die Aufgaben werden im wesentlichen erfüllt, nur hinsichtlich der Methoden gibt es Mängel.' Dann wurde Wang Qingquan einmal ‚kritisiert', und ich wurde ermutigt, weiter Kritik von unten nach oben zu üben – das war alles. Dann arbeitete Wang ungefähr einen Monat lang ziemlich gewissenhaft. Nicht lange danach wurde er nierenkrank und sagte nach seiner Genesung, er wäre ‚durch Überanstrengung‘ krank geworden – und alles war wieder genauso wie früher.“

„Hast du das auch nach oben berichtet?“

„Ach, ich weiß nicht, wie oft ich später mit Han Changxin darüber gesprochen habe. Er hat gar nicht darauf reagiert, sondern mich im Gegenteil belehrt, daß man die Leitung achten und noch enger mit ihr zusammen arbeiten muß. Vielleicht sollte ich nicht so denken, aber ich fürchte, man muß wahrscheinlich abwarten, bis Wang Geld unterschlägt oder eine Frau vergewaltigt, damit die da oben endlich aufmerksam werden.“

Als Lin Zhen, die Brauen gerunzelt, wieder von der Fabrik losradelte, drehten sich die Räder viel langsamer. Er stellte fest, daß sich gleich beim ersten Schritt in seiner Arbeit vielfältige Schwierigkeiten aufgetan hatten, doch irgendwie fühlte er sich auch angespornt oder sogar ermuntert – es war die Zeit gekommen, kämpferisch aufzutreten. Er überlegte und überlegte, bis ihn ein Verkehrspolizist zurechtwies, weil er in die Spur für den Schnellverkehr geraten war.

4

Nachdem Lin Zhen zu Mittag gegessen hatte, suchte er unverzüglich Han Changxin auf, um Bericht zu erstatten. Der lehnte müde in der Sofaecke und wirkte in seiner Größe schwerfällig. Er zog eine Streichholzschachtel heraus, nahm ein Zündholz und stocherte damit in den Zähnen herum.

Lin Zhen legte ihm etwas verworren dar, was er in der Fabrik erlebt hatte. Han Changxin sagte, wobei er ständig mit den Fußspitzen wippte:

„Ja, ja, ich weiß!“ Dann klopfte er Lin Zhen auf die Schulter und meinte fröhlich: „Es macht nichts, daß du die Situation nicht gleich erfaßt. Du warst ja zum erstenmal da, das nächste Mal geht es schon besser!“

Lin Zhen erwiderte:

„Aber ich weiß über Wang Qingquan Bescheid!" Und er schlug sein Notizbuch auf.

Han Changxin klappte es wieder zu.

„Das weiß ich alles schon längst. Vor zwei Jahren mußte ich auf Anordnung des Stadtbezirkskomitees diese Sache regeln. Ich habe ihn streng kritisiert, ihm seine Mängel und die Gefährlichkeit seines Verhaltens vor Augen geführt. Wir haben uns mindestens drei oder vier Stunden unterhalten ..."

„Aber alles ohne Ergebnis! Wei Heming hat mir erzählt, daß Wang nur einen Monat ...", warf Lin Zhen ein.

„Ein Monat, das ist doch auch ein Ergebnis! Außerdem war es nicht nur ein Monat. Mit Wei Heming gibt es ideologische Probleme: Sobald er jemanden trifft, beschwert er sich über den Betriebsleiter."

„Entspricht seine Beschwerde etwa nicht der Wahrheit?"

„Schwer zu sagen, ob sie unwahr ist oder völlig der Wahrheit entspricht! Natürlich muß diese Frage geklärt werden. Ich habe bereits mit dem stellvertretenden Sekretär des Stadtbezirkskomitees Li Zongqin darüber gesprochen."

„Und wie ist seine Meinung dazu?"

„Er stimmt mit mir darin überein, daß die Probleme betreffs Wang Qingquan gelöst werden müssen und auch gelöst werden können ... Du solltest dich nicht gleich in so eine Sache verwickeln lassen!"

„Ich?"

„Ja! Wenn du das erstemal in einen Betrieb gehst, kennst du die Gesamtsituation nicht. Es ist ja auch nicht deine Aufgabe, das Problem Wang Qingquan zu lösen. Das erfordert, offen gesagt, Funktionäre mit mehr Erfahrung. Außerdem ist es ja nicht so, daß wir uns nicht darum gekümmert hätten. Wenn du dich damit abgibst, hast du mindestens drei Monate zu tun. Hast du dich schon mit den Schlußfolgerungen für den Aufbau der Partei im ersten Quartal beschäftigt? Die übergeordneten Organe fordern dringend die Berichte an."

Da blieb Lin Zhen die Sprache weg.

Han Changxin klopfte ihm wieder auf die Schulter.

„Du brauchst dich deswegen nicht aufzuregen. In unserem Bezirk gibt es dreitausend Parteimitglieder und über einhundert Grundorganisationen. Du kannst doch nicht gleich alle Fragen anpacken, kaum daß du hier bist!" Er gähnte, und die Pickel auf seinem abgespannten Gesicht röteten sich. „Hach, Zeit für den Mittagsschlaf!"

Hilflos fragte Lin Zhen:

„Wie kann ich mich denn mit der Arbeit zur Gewinnung neuer Parteimitglieder vertraut machen?"

Han Changxin wollte Lin Zhen erneut auf die Schulter klopfen, aber dieser wich ihm unwillkürlich aus. Dann meinte Han Changxin zuversichtlich:

„Morgen gehen wir beide gemeinsam hin. Ich helfe dir dabei, einverstanden?" Dann nahm er Lin Zhen mit ins Wohnheim.

Am nächsten Tag verfolgte Lin Zhen mit großem Interesse, wie sich Han Changxin mit der Situation vertraut machte. Vor drei Jahren, als Lin Zhen noch am Pädagogischen Institut Peking studierte, hatte er an einem Schulpraktikum teilgenommen. Ein alter Lehrer hielt den Unterricht ab, Lin Zhen und die anderen Studenten hörten zu und lernten sehr viel dabei. Jetzt kam er sich auch wie im Praktikum vor; er schlug sein Notizbuch auf, um sich genaue Aufzeichnungen zu machen, wie Han Changxin die Sache anpackte. Dieser fragte Wei Heming:

„Wie viele neue Parteimitglieder habt ihr denn gewonnen?"

„Ein und ein halbes!"

„Es sind nicht ein und ein halbes, sondern zwei! Ich bin hier, um eure Arbeit zur Aufnahme neuer Mitglieder zu überprüfen, und mich interessiert nicht, ob sie vom Stadtbezirkskomitee bestätigt worden sind oder nicht", berichtigte ihn Han Changxin. „Und wie haben diese beiden den Produktionsplan in diesem Quartal erfüllt?"

„Sehr gut! Einer hat ihn mit sieben, der andere mit vier Prozent übererfüllt. Sie wurden auch an der Wandzeitung des Betriebes gelobt . . ." Wenn es um die Produktion ging, wurde Wei Heming augenscheinlich etwas lebhafter, aber Han Changxin unterbrach ihn:

„Und welche Mängel gibt es bei ihnen?"

Wei Heming dachte eine Ewigkeit nach, erwähnte einige unbedeutende Mängel, und Han Changxin forderte ihn auf, dafür Beispiele zu nennen. Dann erkundigte sich Han noch danach, wie die Parteiaktivisten in diesem Quartal den Produktionsplan erfüllt hätten. Ihn interessierten vor allem Zahlen und konkrete Beispiele. Wie aber diese fortschrittlichen Arbeiter Schwierigkeiten überwunden und Initiativen entwickelt hatten, davon wollte er nichts hören.

Nach ihrer Rückkehr schrieb Han Changxin zur Veranschaulichung in flüssiger und korrekter Schrift eine „Einschätzung der Gewinnung neuer Parteimitglieder in der Jutesackfabrik" folgenden Inhalts: „In diesem Quartal (Januar bis März 1956) hat sich die Grundorganisation der Jutesackfabrik im wesentlichen aktiv für die Gewinnung neuer Parteimitglieder eingesetzt und gewisse Erfolge beim Parteiaufbau erzielt. Die neuen Parteimitglieder Zhu und Fan erhöhten, durch ihre Aufnahme angespornt, ihr Bewußtsein als Hausherren. Im ersten Quartal übererfüllten sie die schwierigen Produktionsaufgaben mit sieben beziehungsweise vier Prozent. Die Aktivisten des Betriebes, die sich um die Parteiorganisation scharen, wurden durch das Beispiel der beiden neuen Genossen erzogen; der Entschluß, auch den Eintritt in die Partei anzustreben, gab ihnen Auftrieb, und sie entfalteten in ihrer Arbeit Aktivität und Schöpfertum, erfüllten die Produktionsaufgaben des ersten Quartals gut beziehungsweise übererfüllten sie sogar." (Hier folgten einige Zahlen und konkrete Beispiele.) „Das zeigt erstens: Der Aufbau der Partei steht nicht nur nicht im Widerspruch zur Produktion, sondern treibt sie in hohem Maße voran. Jegliche Arbeitsweise, den Parteiaufbau unter dem Vorwand zu negieren, daß man vollauf mit der Produktion beschäftigt sei, ist daher falsch. Zweitens muß aber gleichzeitig darauf hingewiesen werden, daß es beim Parteiaufbau in dieser Fabrik nach wie vor bestimmte Mängel gibt wie zum Beispiel . . ."

Lin Zhen hielt den Bogen mit beiden Händen und las den Bericht wieder und wieder. Einen Augenblick zweifelte er daran, ob er tatsächlich in dieser Fabrik gewesen war oder ob er geschlafen hatte, als er mit Han Changxin dort war – warum konnte er sich an so viele Dinge nicht erinnern? Verwirrt fragte er:

„Worauf beruht denn diese Einschätzung?"

„Auf dem Bericht Wei Hemings."

„Wurden denn die Erfolge in der Produktion durch den Aufbau der Partei erreicht?" Lin Zhen begann zu stottern.

„Natürlich!" sagte Han Changxin, während er den Staub von seiner Hose schüttelte.

„Das kann nicht sein! Davon hat Wei Heming doch gar nicht gesprochen! Ihre Produktion hat sich vielleicht deswegen erhöht, weil sie mit dem Wettbewerb begonnen haben oder weil der Jugendverband Kontrollposten aufgestellt hat, aber es ist keinesfalls das Ergebnis des Parteiaufbaus."

„Das verneine ich natürlich nicht. Alle Faktoren sind miteinander verbunden; man kann nicht metaphysisch und isoliert analysieren und dann feststellen, daß dieses das Ergebnis dieser und jenes das Ergebnis jener Arbeit ist."

„Wir könnten diese Zahlen und Beispiele genausogut verwenden, wenn wir einen Bericht über den Kampf gegen die Ratten für das erste Quartal abfassen!"

Han Changxin verzog das Gesicht zu einem Lachen – er lachte über die Begriffsstutzigkeit Lin Zhens und meinte:

„Man muß flexibel sein . . ."

Lin Zhen hatte noch einige kleine Fragen.

„Woher weißt du denn, daß ihre Produktionsaufgaben schwierig sind?"

„Kann es denn jetzt etwa einen Betrieb geben, wo sie leicht sind?"

Lin Zhen war völlig verblüfft.

5

Im Stadtbezirkskomitee arbeitete man angespannt und ernsthaft. Im Büro des Sekretärs fanden jeden Tag bis in die Nacht hinein Sitzungen statt. Von der Lautschrift für die chinesische Sprache bis zur Verhütung von Gehirnhautentzündung, vom Arbeitsschutz bis zu Fragen der politischen Ökonomie wurde alles diskutiert. Als Lin Zhen einmal in die Poststelle ging, um Zeitungen zu holen, sah er ein umfangreiches Material, auf dessen erster Seite stand: „Bitte um konkrete Anweisung von seiten der Parteiorganisation des Volkskomitees des Stadtbezirks zur Regulierung der Standortverteilung, der Leitungs- und Verwaltungsmethoden von halbstaatlichen Industrie- und Handelsbetrieben und zur Durchsetzung des Berichtes des Stadtkomitees über Fragen des Lohnes der Arbeiter in diesen Betrieben." Voller Ehrfurcht betrachtete er dieses Material mit einem so langen Titel, das so dick wie ein Buch war.

Zuweilen meinte er aber auch, die Funktionäre im Stadtbezirkskomitee gingen willkürlich vor und seien nachlässig. Sie unterhielten sich während der Arbeitszeit, lasen Zeitungen und machten sich über Fragen lustig, die Lin Zhen äußerst ernst nahm. Als zum Beispiel die Kontrollposten der Jugend zu arbeiten begannen, sagte Han Changxin spöttisch: „Diese jugendlichen Hitzköpfe!"

Interessant war für Lin Zhen auch eine Versammlung der Orgabteilung, an der er teilnahm. Man diskutierte eine vom Stadtkomitee angeordnete Aufgabe – alle rauchten, erzählten Witze und redeten durcheinander. Zwei Stunden saßen sie schon zusammen, alles verlief so schleppend, und sie kamen zu keinem Ergebnis. Da unterbreitete Liu Shiwu, der mit gerunzelten Brauen lange nachgedacht hatte, einen Vorschlag, und sofort kam eine lebhafte Diskussion in Gang. Viele Genossen machten brillante Vorschläge, die Lin Zhen in Erstaunen versetzten. Er meinte, daß diese zuletzt geführte Diskussion, die nur dreißig Minuten dauerte, im Vergleich zu den zwei Stunden vorher das Zehnfache an Ergebnissen gebracht habe.

Häufig brannte abends in allen Räumen Licht: In einem Konferenzraum tauschten wohlbeleibte Industrielle und Händler, die an einem Symposium teilnahmen, mit dem Leiter der Abteilung Einheitsfront angeregt ihre Meinungen aus. In einem anderen Raum redeten sich die Zirkelleiter aus den einzelnen Betrieben und Institutionen die Köpfe heiß um die Beziehung zwischen „Wert" und „Preis". In der Orgabteilung saßen Jugendliche, die aufgeregt auf die Gespräche zu ihrer Aufnahme in die Partei warteten, und überraschend erschien irgendein strengblickender Sekretär des Stadtkomitees im Büro des Stadtbezirkssekretärs, um sich von diesem oder seinem Stellvertreter über den Stand der Lohnreform Bericht erstatten zu lassen. Es herrschte ein Stimmengewirr, Menschen und Schatten flossen ineinander über, und die Telefone klingelten pausenlos. Lin Zhen vernahm hier gleichsam den Pulsschlag des Lebens im Stadtbezirk, und der alte, ganz gewöhnliche Hof des Stadtbezirkskomitees bot, wenn er hell erleuchtet war, einen prächtigen Anblick.

Den tiefsten und erfrischendsten Eindruck auf Lin Zhen machte Liu Shiwu. Er hatte außerordentlich viel Arbeit. Häufig kamen zu gleicher Zeit viele Anrufe, die ihn zu Sitzungen beriefen. Aber im Handumdrehen hatte er das Buch, das ihm Lin Zhen geliehen hatte, durchgelesen und an Han Changxin weitergegeben. Außerdem hatte er bereits den vor einem Monat veröffentlichten Entwurf über die chinesische Lautschrift studiert und begonnen, auf Versammlungen Aufzeichnungen in dieser Lautschrift zu machen. Bei einigen Dokumenten warf er nur einen Blick auf die Überschrift und die Schlußfolgerungen, unterzeichnete sie und gab sie weiter. Manche Anweisungen, die nicht über dreitausend Schriftzeichen hinausgingen, las er an einem Vormittag und versah sie mit Anmerkungen. Manchmal hörte er zu, wenn Han Changxin über die Lage berichtete, und sah dabei gleichzeitig, allerdings nicht sehr aufmerksam, Materialien durch. Während er zuhörte, warf er plötzlich ein: „Letztes Mal war dein Bericht anders." Han Changxin lachte gezwungen, und Liu Shiwus Augen blitzten unberechenbar. Aber er drang nicht weiter in ihn, sondern fuhr fort, in seinen Materialien zu blättern, so daß Han Changxin sich wieder normal verhielt und lebendig und anschaulich weiter berichtete.

Lin Zhen betrachtete die Beziehungen zwischen

Zhao Huiwen und Han Changxin mit Argwohn. Han Changxin klopfte allen Leuten auf die Schulter, nannte sie vertraulich „alter Wang“ und „kleiner Lin“ und gab sich herzlich und natürlich. Nur zu Zhao Huiwen nahm er eine höfliche „dienstliche“ Haltung ein. Er sagte zum Beispiel zu ihr: „Genossin Zhao Huiwen, wohin hast du Nummer 104 der Parteizeitung gelegt?“ Und Zhao Huiwen verhielt sich ihm gegenüber ebenso reserviert.

Es war sehr seltsam: Lin Zhen vermochte seine neue Umgebung nicht klar einzuschätzen. Wie an der Grundschule stand er jeden Morgen sehr zeitig auf und trainierte mit den Hanteln. Er machte nach wie vor auf die anderen einen „reinen“, ja sogar „naiven“ Eindruck. Doch innerlich hatte er viel mehr zu verarbeiten als an der Grundschule. Er mußte lernen, Dinge und Menschen richtig zu werten.

Im April wehte ein leichter Ostwind, und die Öfen, an denen die Menschen keinen Gefallen mehr fanden, wurden in dunklen Speichern abgestellt. Nur die geschwärzten Zimmerdecken blieben als Spuren des harten Winters zurück. In früheren Jahren hatte Lin Zhen um diese Zeit gemeinsam mit den Kindern Ausflüge in den „Tempel des schlafenden Buddha“ oder nach Badachu in den Westbergen gemacht. Sie hatten in den schon blühenden Pfirsich- und Pflaumenbäumen und den trüben Bergbächen die Botschaft des Frühlings aufgespürt. Auf das Leben im Stadtbezirkskomitee wirkte sich der Wechsel der Jahreszeiten überhaupt nicht aus. Es verlief weiter im angespannten Rhythmus und in einer komplizierten Vielfalt. Als Lin Zhen von der Weide im Hof einen frischen Zweig abbrach, war er ein bißchen niedergeschlagen, weil der Frühling so schnell gekommen war und er noch nichts Sinnvolles getan hatte, um diese schöne Jahreszeit zu begrüßen.

Als er am Abend gegen neun Uhr das Büro von Liu Shiwu betrat, war Zhao Huiwen gerade dort. Sie trug einen dunkelvioletten Pullover, und im Lampenlicht erschien ihr Gesicht noch blasser. Als sie hörte, daß jemand hereinkam, wandte sie schnell den Kopf ab, aber Lin Zhen hatte doch die Tränenspuren auf ihren etwas hervorspringenden Backenknochen bemerkt. Er wollte wieder gehen, doch Liu Shiwu, der den Kopf gesenkt hielt und rauchte, hielt ihn mit einer Geste zurück. „Setz dich, unsere Unterhaltung ist beendet!“

Lin Zhen setzte sich in eine Ecke und las, weit entfernt vom Licht der Lampe, die Zeitung. Liu Shiwu malte mit der Zigarette Kreise in die Luft und sagte freimütig: „Glaube mir, es stimmt! Junge Leute sind so: Anfangs idealisieren sie sich gegenseitig, doch dann entdekken sie allmählich Mängel aneinander und finden alles ganz gewöhnlich. Man sollte keine irrealen Forderungen stellen. Er hat dich doch nicht im Stich gelassen, mißhandelt dich nicht, und politisch und moralisch ist an ihm nichts auszusetzen. Wieso sagst du da, daß du mit ihm nicht weiter zusammen leben kannst? Ihr seid doch erst vier Jahre verheiratet. Du hast viele deiner Ansichten aus sowjetischen Filmen gewonnen; in der Wirklichkeit aber ist es eben so.“

Zhao Huiwen sagte nichts und strich ihr Haar zurück. Als sie ging, lächelte sie Lin Zhen traurig an.

Liu Shiwu trat zu Lin Zhen und fragte:

„Nun, was gibt es?“ Er warf den Zigarettenstummel weg, zog eine neue Zigarette heraus, zündete sie an und machte gierig ein paar Züge. Langsam stieß er den Rauch aus und erzählte Lin Zhen: „Zhao Huiwen hat sich schon wieder mit ihrem Mann gestritten.“

Als er dann das Fenster öffnete, fegte ein Windstoß einige Papiere vom Schreibtisch. Vom vorderen Hof drangen Lachen und Rufen sowie Fahrradgeklingel herein – die Versammlung war zu Ende.

Liu Shiwu warf die Zigarette weg, obwohl er nur wenige Züge gemacht hatte, räkelte sich, lehnte sich ans Fenster und sagte leise:

„Es ist tatsächlich Frühling geworden!“

„Ich möchte mich mit Ihnen über die Arbeit im Stadtbezirkskomitee unterhalten. Ich habe da einige Probleme, mit denen ich nicht klarkomme“, sagte Lin Zhen in entschiedenem Ton, wobei er die auf dem Boden herumliegenden Papiere aufsammelte.

„Gut, sehr gut!“ Liu Shiwu lehnte immer noch am Fensterrahmen.

Lin Zhen begann vom Besuch in der Jutesackfabrik zu sprechen:

„Als ich ins Büro des Betriebsleiters kam, sah ich, wie Wang Qingquan gerade . . .“

„Spielte er Schach oder Poker?“ fragte Liu Shiwu lächelnd.

„Woher wissen Sie das?“ Lin Zhen war erschrocken.

„Ich weiß über alles Bescheid, was unser Freund wann macht“, sagte Liu Shiwu langsam. „Er ist ein leidenschaftlicher Schachspieler. Einmal ging er mitten in einer Versammlung auf die Toilette und kam nicht wieder zurück. Als ich ihn suchen ging, stellte sich heraus, daß er Lao Lü und dem Sohn des Stadtbezirkssekretärs beim Schachspielen zusah und ihnen gute Ratschläge gab.“

Lin Zhen beachtete es nicht, daß sein Gegenüber alles auf die leichte Schulter nahm und ihn unterbrach, sondern legte dar, was er erfahren hatte.

Liu Shiwu schloß das Fenster. Er zog einen Stuhl heran, setzte sich, legte beide Hände auf die gespreizten Knie und wiegte leicht den Kopf.

„Wei Heming ist ein sehr geradliniger Mensch; er streitet sich seit jeher heftig mit Wang Qingquan herum . . . Du mußt wissen, daß auch Wang Qingquan eine besondere Persönlichkeit ist. Nach dem Sieg im Antijapanischen Krieg 1945 wurde er zur Arbeit in die Guomindang-Armee geschickt; er war dort stellvertretender Regimentskommandeur und ein ausgezeichneter Kundschafter. Nach 1947 brach seine Verbindung mit uns ab, und sie wurde erst nach der Befreiung wieder aufgenommen. Er sollte Zersetzungsarbeit unter den Feinden leisten, hat aber selbst einige üble Gewohnheiten der Guomindang-Offiziere angenommen, die er nicht ablegen kann. In Wirklichkeit aber ist er ein mutiger alter Genosse.“

„Ach, so ist das!“

„Ja.“ Liu Shiwu nickte ernst und fuhr dann fort: „Natürlich kann man sein Verhalten damit nicht rechtfertigen. Die Partei beauftragte ihn, gegen den Feind zu kämpfen, und nicht, mit ihm gemeinsame Sache zu machen. Seine Fehler sind daher nicht zu entschuldigen.“

„Und wie soll man das wieder in Ordnung bringen? Wei Heming sagt, daß diese Frage schon sehr lange aufgeschoben worden ist und er überallhin geschrieben hat . . .“

„Ja.“ Liu Shiwu hustete wieder trocken und sagte mit einer Handbewegung: „Es gibt jetzt in den Grundorganisationen an der Basis sehr viele Fragen. Wenn man eine nach der anderen mit handwerklichen Methoden lösen will, wird man nicht viel ausrichten. Die von den übergeordneten Ebenen gestellten Aufgaben sind außerordentlich dringend, und ihre Erfüllung erfordert viel Kraft. Als Leiter muß man die Kunst beherrschen, Einzelfragen mit allgemeinen Fragen zu verbinden, die von den übergeordneten Ebenen gestellten Aufgaben mit den Problemen an der Basis zu verknüpfen. Es ist tatsächlich so, daß Wang Qingquan nicht mit sehr viel Eifer bei der Sache ist, aber man kann auch nicht sagen, daß er völlig passiv und faul wäre. Sein Arbeitsstil ist etwas grob, doch er verstößt nicht gegen Gesetze und Vorschriften. Offensichtlich ist das keine mit organisatorischen Maßnahmen zu lösende Frage, sondern eine Frage der ständigen Erziehung. Die Zeit, sie zu lösen, ist noch nicht gekommen.“

Lin Zhen schwieg. Er vermochte nicht zu entscheiden, was richtig war: die Haltung Nastjas aus dem sowjetischen Roman, „auf keinen Fall schlechte Dinge zu dulden“, oder Liu Shiwus Haltung, „die Bedingungen erst heranreifen zu lassen“. Sich einen Betriebsleiter wie Wang Qingquan vorzustellen ging ihm gegen den Strich; aber auch das, was Liu Shiwu über „Leitungskunst“ gesagt hatte, konnte er nicht widerlegen.

Liu Shiwu fügte noch hinzu:

„Es gibt übrigens nicht nur einen Funktionär mit solchen Fehlern . . .“

Da wurden Lin Zhens Augen noch größer, und er dachte, das stimme nun ganz und gar nicht mit dem überein, was er an der Grundschule im Parteilehrjahr gehört hatte.

Dann sprach er über Han Changxins Methoden, sich mit der Lage vertraut zu machen und Berichte zu schreiben. Er legte dar, daß er eine solche Art der Berichterstattung nicht für ehrlich halte. Liu Shiwu begann laut zu lachen und meinte:

„Der alte Han, dieser Bursche ... Er ist wirklich clever!“ Dann schnappte er nach Luft und fuhr fort: „Gut, ich werde ihm deine Meinung übermitteln.“

Als Lin Zhen zögerte, fragte er:

„Hast du noch andere Dinge vorzubringen?“

Da wurde Lin Zhen mutig.

„Ich weiß nicht, wieso, aber nachdem ich ins Stadtbezirkskomitee gekommen bin, sind mir sehr viele Mängel aufgefallen. Ich hatte früher eine ganz andere Vorstellung von leitenden Parteiorganen ...“

Liu Shiwu setzte das Teeglas ab.

„Vorstellungen sind natürlich immer gut, doch die Wirklichkeit ist eben so. Die Frage ist nicht, ob es Mängel gibt oder nicht, sondern was das Vorherrschende ist. Sind denn in der Arbeit unseres Stadtbezirkskomitees, einschließlich der Arbeit in der Orgabteilung, die Erfolge oder die Mängel das Wesentliche? Offensichtlich sind es die Erfolge, und die Mängel treten auf beim Voranschreiten. Unsere große Sache wird doch gerade von Parteiorganisationen und Parteimitgliedern vollendet, die mit Mängeln behaftet sind.“

Nachdem Lin Zhen das Büro verlassen hatte, konnte er sich eines eigenartigen Gefühls nicht erwehren. Wenn man sich mit Liu Shiwu unterhielt, wurde gleichsam ein Druck von einem genommen. Doch die eigene Meinung, die eigenen sicheren Urteile verloren an Schärfe. Das verwirrte ihn noch mehr.

6

Nicht lange danach wurde Lin Zhen auf einer Parteigruppenversammlung streng kritisiert. Es ging dabei um folgendes: Als Lin Zhen wieder einmal in der Jutesackfabrik war, teilte ihm Wei Heming mit, daß der Betriebsleiter Wang die Arbeiter heftig kritisiert habe, weil die Qualitätskriterien im Quartal nicht erreicht worden seien, und die Arbeiter hätten sich dagegen verwahrt. Wei Heming hatte vor, mit einigen Arbeitern eine Beratung abzuhalten, ihre Kritiken zu sammeln und sie an die übergeordneten Stellen weiterzugeben. Lin Zhen stimmte dem sehr zu und meinte, das könne vielleicht das „Heranreifen der Bedingungen“ fördern. Drei Tage später kam Wang Qingquan ganz verstört zum stellvertretenden Sekretär Li Zongqin ins Stadtbezirkskomitee und teilte ihm mit, daß Wei Heming, unterstützt von Lin Zhen, sektiererisch gegen die Leitung intrigiere. Die Arbeiter, die an der von Wei Heming einberufenen Versammlung teilgenommen hätten, hätten außerdem dunkle Stellen in ihrer Vergangenheit aufzuweisen. Dann bat er um seine Entlassung.

Li Zongqin kritisierte Wang Qingquan wegen seiner Mängel, erklärte sich aber gleichzeitig damit einverstanden, weitere Versammlungen von seiten Wei Hemings zu unterbinden. „Und auf Lin Zhen“, sagte er zu Wang Qingquan, „werden wir erzieherisch einwirken.“

Auf der Versammlung gab Han Changxin folgende Analyse:

„Genosse Lin Zhen hat sich nicht mit der Leitung beraten, sondern eigenmächtig entschieden, daß Wei Heming diese Versammlung einberufen soll. Das ist eine undisziplinierte Handlungsweise, die gegen jegliche Organisation verstößt . . .“

Lin Zhen gab jedoch nicht klein bei.

„Es war falsch, die Leitung nicht um Anweisungen zu bitten. Ich verstehe aber nicht, warum wir nicht nur nicht die Kritik der Massen anhören, sondern auch noch unterbinden, daß an der Basis Kritik geübt wird.“

„Wer sagt, daß wir sie nicht anhören?“ Han Changxin schlug die Beine übereinander. „Uns ist die Situation in der Jutesackfabrik gut bekannt.“

„Davon wissen und keine Lösung herbeiführen, das ist eben das Traurige! Das Parteistatut legt fest, daß wir Parteimitglieder gegen alle Erscheinungen kämpfen müssen, die den Interessen der Partei zuwiderlaufen . . .“ Lin Zhen wurde ganz blaß.

Jetzt begann der erfahrene Liu Shiwu zu sprechen. Er vermochte immer, allen Dingen im entscheidenden Moment die richtige Wendung zu geben.

„Der Enthusiasmus von Genossen Lin Zhen ist lobenswert; aber daß er, kaum einen Monat hier, den Funktionären der Orgabteilung einen Vortrag über das Parteistatut hält, ist wohl etwas übereifrig. Lin Zhen meint, daß es eine gute Sache sei, Kritik von unten nach oben zu unterstützen, und seine Motive sind natürlich anerkennenswert. Doch Kritik von unten nach oben muß gelenkt werden. Er sollte bei dieser Sache gut überlegen: Erstens: Ob nicht Wei Heming persönliche Vorurteile gegen Wang Qingquan hat. Man kann wohl kaum sagen, daß das nicht der Fall ist. Könnte Wei Heming nicht persönliche Ziele mit der hastigen Einberufung der Versammlung verfolgt haben? Mir scheint, das kann man nicht völlig ausschließen. Zweitens: Waren unter den Versammlungsteilnehmern nicht einige Leute mit einer komplizierten Vergangenheit, die andere Absichten im Auge hatten? Darüber sollte man auch nachdenken. Drittens: Muß die Einberufung einer solchen Versammlung unter den Werktätigen nicht den Eindruck erwecken, daß Wang Qingquan bald gemaßregelt werden wird, und wird das nicht große Unruhe hervorrufen? Und so weiter und so weiter. Was die ideologische Haltung von Genossen Lin Zhen betrifft, so will ich offen eine Vermutung äußern: Junge Menschen idealisieren leicht das Leben. Sie meinen, das Leben müsse so sein, wie sie es sich vorstellen. Als Parteiarbeiter muß man aber stärker die objektive Realität in Betracht ziehen und bedenken, wie das Leben sein kann. Junge Menschen überschätzen sich auch leicht selbst, sie stellen sich zu hohe Ziele. Sobald sie eine neue Arbeit antreten, wollen sie gleich gegen Mängel ankämpfen, zu Helden wie Nastja werden. Das ist eine wertvolle und liebenswerte Denkweise, jedoch entbehrt sie der realen Grundlagen."

Lin Zhen zitterte, wie von einem Faustschlag getroffen. Er preßte die Lippen fest zusammen, um seine Empörung und seinen Schmerz zu verbergen. Seinen ganzen Mut zusammennehmend, fragte er nur noch:

„Und Wang Qingquan?"

Liu Shiwu hob den Kopf.

„Wir werden morgen mit ihm sprechen. Es geht nicht nur bei dir um prinzipielle Fragen."

7

Am Sonnabend feierte Han Changxin seine Hochzeit. Lin Zhen ging in den Festsaal, aber der dichte beißende Rauch, das auf dem Boden herumliegende Bonbonpapier und das schallende Gelächter widerten ihn an. Noch bevor die Trauung begonnen hatte, zog er sich zurück. Im Büro der Orgabteilung war es dunkel. Er knipste das Licht an und sah auf seinem Tisch einen Brief liegen – die Kollegen von der Schule hatten ihm geschrieben. Es war auch ein Brief dabei, den die Kinder mit ihren kleinen Händen unterzeichnet hatten: „Lieber Lehrer Lin! Wie geht es Ihnen? Wir denken ganz besonders oft an Sie. Die Mädchen haben alle geweint, aber dann haben sie nicht mehr geweint, und danach haben wir gerechnet, die Aufgaben waren ganz besonders schwer. Wir haben den halben Tag gebraucht, bis wir es endlich heraus hatten ..." Beim Lesen des Briefes konnte er sich eines Lächelns nicht erwehren. Er nahm den Stift und verbesserte das falsche Zeichen für „endlich". Im Antwortbrief wollte er ihnen schreiben, daß sie das nächste Mal die Wendung „ganz besonders" nicht wieder gebrauchen sollten. Es war ihm, als sähe er Li Linlin mit den Schleifen vor sich, Liu Xiaomao, die gern mit Wasserfarben malte, und Meng Fei, der immer den Bleistift in den Mund nahm. Er hob jäh den Kopf – doch er erblickte nur Telefon, Löschpapier und Glasplatte. Die vertraute Welt der Kinder war schon weit weg, und er war jetzt in eine für ihn etwas fremde Umgebung gekommen ...

Er dachte an die Kritik, die man vorgestern auf der Parteiversammlung an ihm geübt hatte. War er wirklich im Unrecht? War er wirklich draufgängerisch und naiv, voller jugendlicher Kühnheit, die nicht viel taugte? Vielleicht sollte er sich wirklich einmal ernsthaft selbst einschätzen, seine Pflichten gut erfüllen und sich erst nach zwei Jahren, wenn er „reifer geworden" war, noch einmal einschalten?

Aus dem Festsaal drangen Beifallsklatschen und Lachen. Eine weiche Hand legte sich auf seine Schulter. Als er erschrocken den Kopf wandte – das Lampenlicht blendete ihn –, war es Zhao Huiwen, die lautlos neben ihn getreten war. Frauen bewegen sich immer so lautlos.

„Warum feierst du nicht mit?“ fragte sie.

„Ich habe keine Lust. Und du?“

„Ich muß nach Hause, willst du mitkommen? Dann sitzt du nicht allein hier und grübels.“

„Ich grübele nicht!“ wandte Lin Zhen ein, nahm aber ihre Einladung an.

Zhao Huiwen wohnte in einem kleinen Hof, nicht weit vom Parteikomitee entfernt. Das Kind schlief in seinem kleinen hellblauen Bett und lutschte zufrieden am Finger. Zhao Huiwen küßte ihren Sohn und ging mit Lin Zhen in ihr eigenes Zimmer.

„Kommt sein Vater nicht nach Hause?“ fragte er vorsichtig.

Zhao Huiwen schüttelte den Kopf.

Dieses Schlafzimmer war augenscheinlich in aller Eile eingerichtet worden. Die kahle Wand wirkte besonders weiß. Der Waschschüsselständer drückte sich einsam in eine Ecke, und die Öffnung der Vase auf dem Fensterbrett erinnerte an einen einfältig aufgesperrten Mund. Nur das Radio auf dem kleinen Tisch am Kopfende des Bettes vermochte offensichtlich die Ruhe dieses Schlafzimmers zu stören. Lin Zhen setzte sich in einen Korbstuhl, während Zhao Huiwen an die Wand gelehnt stehenblieb. Er zeigte auf die Blumenvase.

„Man sollte Blumen hineintun!“ Und dann deutete er auf die Wand. „Warum kaufst du nicht ein paar Bilder und hängst sie auf?“

„Ich bin meist nicht hier und habe mich deshalb nicht darum gekümmert“, antwortete Zhao Huiwen. Dann wies sie auf das Radio und fragte: „Möchtest du Radio hören? Sonnabendabends gibt es immer gute Musik.“

Das Radio leuchtete auf, eine träumerische, sanfte Melodie schwebte von weit her heran und ging langsam in ein leidenschaftliches Brausen über. Das poetische Leitmotiv der Geige zog Lin Zhen sofort in Bann. Er stützte das Kinn in die Hände und hielt den Atem an. Seine Jugend, sein Streben, die Hindernisse, die sich ihm in den Weg stellten – das alles war für ihn mit dieser Musik verbunden.

Zhao Huiwen lehnte an der Wand und achtete nicht darauf, daß sie ihr Kleid mit Kalk beschmutzte. Als die Musik verklungen war, sagte sie mit einer Stimme, die selbst wie Musik war:

„Das ist das Capriccio Italien von Tschaikowski, man denkt dabei unwillkürlich an den Süden, an das Meer ... Als ich noch im Kulturensemble war, habe ich es oft gehört, und allmählich ist mir bewußt geworden, daß diese Melodie nicht von anderen gespielt wird, sondern daß sie aus meinem Innern dringt ..."

„Im Kulturensemble?"

„Nach dem Besuch der Schule für Armeekader wurde ich in Korea eingesetzt und habe mit meiner ziemlich schlechten Stimme für die Soldaten gesungen. Ich habe nämlich eine heisere Stimme."

Lin Zhen blickte sie so prüfend an, als sähe er sie zum erstenmal.

„Was ist, sehe ich nicht so aus?" Sie schaltete das Radio aus, da jetzt eine Live-Sendung aus dem Theater folgte.

„Wenn du im Kulturensemble warst, warum singst du da so wenig?" fragte Lin Zhen.

Sie antwortete zunächst nicht, ging zum Bett und setzte sich.

„Wir wollen uns unterhalten, ja? Sag mir, welchen Eindruck hast du von unserem Stadtbezirkskomitee?"

„Ich weiß nicht, bin mir noch nicht ganz im klaren darüber."

„Du bist mit Han Changxin und Liu Shiwu nicht ganz einverstanden, nicht wahr?"

„Vielleicht!"

„Zu Anfang war es bei mir auch so. Ich bin von der Armee hierher versetzt worden. Verglichen mit der strengen Disziplin dort, mißfiel mir hier vieles. Ich habe oft Kritik geübt und mich einmal heftig mit Han Changxin herumgestritten; doch man lachte über meine Naivität, man lachte mich aus, weil ich eine Menge Kritik vorzubringen hatte, aber selbst nicht gut arbeitete. Allmählich merkte ich, daß meine Kraft nicht ausreichte, um gegen die Mängel im Stadtbezirkskomitee zu kämpfen ..."

„Und warum nicht?" Lin Zhen sprang wie von einer Tarantel gestochen auf und runzelte die Brauen.

„Das liegt an mir." Zhao Huiwen nahm ein Kopfkissen und legte es sich auf ihre Oberschenkel. „Ich meinte damals, daß mein Niveau zu niedrig ist und ich selbst noch sehr unfertig bin. Ich dachte, daß ich nicht die Kraft hätte, Genossen mit einem viel höheren Niveau zu korrigieren. Und Liu Shiwu, Han Changxin und andere leisteten in mancher Hinsicht wirklich sehr gute Arbeit. Ihre Mängel gingen in den Erfolgen unserer Arbeit unter, so wie sich Staub in guter Luft verteilt. Du riechst ihn, aber du kannst ihn nicht greifen. Hier ist wirklich schwer etwas zu machen."

„Das stimmt!" Lin Zhen schlug sich mit der rechten Faust in die linke Handfläche.

Zhao Huiwen war auch etwas erregt. Sie schleuderte das Kopfkissen weg und sagte langsam:

„Ich mache Routinearbeit, um die sich die leitenden Genossen nicht viel kümmern. Hinzu kommen viele Probleme in meinem persönlichen Leben. Ich schweige, fertige im Büro Abschriften an, wasche nach der Arbeit für das Kind die Windeln und kaufe Milchpulver ein. Ich habe das Gefühl, daß ich sehr schnell alt werde. Ich weiß nicht, wohin Begeisterung und Illusionen aus der Zeit an der Armeeschule entschwunden sind." Sie schwieg, spielte an ihren hübschen weißen Fingern und fuhr dann fort: „Vor zwei Monaten hat in Peking der sozialistische Aufschwung begonnen. Arbeiter, Verkäufer und selbst Kapitalisten lassen Feuerwerkskörper steigen und überbringen dem Stadtbezirkskomitee unter Gong- und Trommelschlägen Erfolgsmeldungen. Arbeiter und Verkäufer schicken ihre Anträge zur Aufnahme in die Partei direkt an unsere Orgabteilung, und auf den Straßen verändert sich mit jedem Tag etwas. Das Stadtbezirkskomitee ist die ganze Nacht lang hell erleuchtet. Beim Essen sprechen die Genossen von der Propaganda- und Finanzabteilung ununterbrochen über den sozialistischen Aufschwung. Und was tut sich bei uns in der Orgabteilung? In unserer Arbeit hat sich sehr wenig verbessert. Wenn man telefonisch auf Zahlen über die Gewinnung von Parteimitgliedern drängt, werden die Muster von vor zwei Jahren um einige neue Beispiele ergänzt und Zusammenfassungen geschrieben. Vor kurzem haben wir alle konservatives Denken kritisiert, auch bei uns in der Abteilung. Drei Versammlungen haben wir durchgeführt, zum Schluß wurde ein Material verfaßt – und fertig! Ach, ich rede ja Unsinn, denn jeder Böllerschuß beim sozialistischen Aufschwung stimuliert mich. Als ich die Mitteilung über die Bestätigung der neuen Genossen abschrieb, hat meine Hand vor Aufregung gezittert. Und unser Arbeitsstil soll der alte bleiben?" Sie holte tief Luft, ging langsam auf und ab und fuhr dann fort: „Ich habe in der Parteigruppe meine Ansichten dargelegt, und Han Changxin hat zufrieden gefragt: ‚Haben wir nicht von allen Stadtbezirken den höchsten Anteil bei der Aufnahme neuer Mitglieder? Hat uns nicht die Orgabteilung des Stadtkomitees aufgefordert, unsere Erfahrungen aufzuschreiben?' Danach stellte er fest, daß ich nicht optimistisch genug bin, weil ich mit der Routinearbeit nicht zufrieden wäre."

„Zu Anfang macht Han Changxin auf andere einen außergewöhnlichen Eindruck, aber in Wirklichkeit . . ." Und Lin Zhen begann von dem Bericht zu erzählen.

Zhao Huiwen nickte zustimmend.

„Obwohl ich in den letzten ein, zwei Jahren keine Kritik mehr geäußert habe, habe ich doch immer alles genau beobachtet. Alles im Leben hat eine äußere Seite und einen Inhalt. Es ist nicht schwer, nach außen hin wie Jade und Gold zu glänzen. Han Changxin kann zum Beispiel als Leiter mit langsamer und gedehnter Stimme andere belehren; wenn er Berichte schreibt, bringt er anschauliche fingierte Beispiele und analysiert Fragen. Er verwendet universelle Begriffe und erweckt daher den Eindruck eines fähigen und vielversprechenden Funktionärs; aber er läßt sich vom Leben treiben, ist sorglos und selbstzufrieden."

„Und Liu Shiwu?" fragte Lin Zhen. „Er ist nicht so oberflächlich wie Han Changxin, aber seine eigenartige Betrachtungsweise und seine tiefschürfenden Analysen beruhen offensichtlich auf erschreckender Gleichgültigkeit. Ich kann nicht verstehen, daß er einen Betriebsleiter wie Wang Qingquan duldet. Und als ich ihm meine Meinung dazu sagen wollte, verwirrten mich seine Darlegungen noch mehr. Es gibt anscheinend keine andere Möglichkeit, als sich seiner Meinung anzuschließen."

„Liu Shiwu benutzt ein geflügeltes Wort: ‚Das ist eben so!' Er durchschaut alles und meint, daß eben alles nun mal so ist. Er weiß immer, was ‚richtig' und was ‚falsch' ist, er weiß auch, daß das ‚Richtige' immer über das ‚Falsche' siegen wird und daß das nicht mit einem Schlage zu erreichen ist. Er weiß alles, hat alles gesehen; die Parteiarbeit vermittelt einem natürlich auch viele Erfahrungen. Daher zerbricht er sich nicht mehr den Kopf, liebt und haßt nicht mehr. Er macht sich über Mängel lustig – aber er macht sich eben nur darüber lustig. Er freut sich über Erfolge – aber er freut sich eben nur darüber. Er meistert alles, was er anpackt; er braucht nichts mehr zu lernen, außer so eine konkrete Sache wie zum Beispiel die chinesische Lautumschrift. Sobald er meint, die Bedingungen sind reif, muß er handeln. Er nimmt gleich alles selbst in die Hand, erzieht diesen und regelt jenes, als ob er der alleinige Chef wäre. Aufgrund seiner Erfahrungen und seiner Intelligenz kann er natürlich manches gut erledigen, so daß er immer selbstsicherer wird." Zhao Huiwen legte das alles schonungslos dar. Diese Worte hatten sich in vielen schlaflosen Nächten in ihr Herz eingegraben.

„Und unser stellvertretender Sekretär des Stadtbezirkskomitees, der gleichzeitig Abteilungsleiter ist? Kümmert der sich nicht darum?"

Zhao Huiwen erregte sich noch mehr.

„Li Zongqin ist nicht gesund, er möchte auf theoretischem Gebiet arbeiten, verabscheut die konkrete Arbeit im Stadtbezirk, ist nur dem Namen nach Leiter der Orgabteilung und schiebt alles Liu Shiwu zu. Das ist eine ziemlich verbreitete anormale Erscheinung. Es gibt eine Reihe alter Parteimitglieder, die wegen Krankheit, wegen ihres niedrigen Bildungsniveaus oder weil sie mit einem führenden Funktionär verheiratet sind, nur dem

Namen nach Betriebsleiter, Schulleiter oder Parteisekretäre sind, während die eigentliche Arbeit ein Stellvertreter, ein Sekretär oder ein Referent macht."

„Und unser erster Sekretär, Zhou Runxiang?"

„Er arbeitet so viel, daß er nicht mal Zeit zum Essen hat. Die Beiseitigung der Konterrevolutionäre, die Umgestaltung der Privatbetriebe, die verschiedensten Stoßarbeiten, die Arbeit unserer Abteilung, dazu zentrale Aufgaben, die man niemals als Stoßarbeit betrachten darf – er kann sich daher um vieles nicht selbst kümmern."

„Und was soll man da machen?" Erst jetzt begreift Lin Zhen, wie kompliziert das alles war. Ein Mangel zog sich offensichtlich von oben bis unten durch.

„Ja . . ." Zhao Huiwen klopfte mit den Fingern nachdenklich auf ihre Oberschenkel, als spielte sie Klavier. Dann lachte sie und sagte, in die Ferne blickend: „Ich danke dir!"

„Du dankst mir?" Lin Zhen meinte, er habe sich verhört.

„Ja, als ich dich traf, wurde ich wieder jung. Du richtest deinen Blick immer unverwandt auf etwas, bist immer am Denken. Du bist wie ein Kind mit Phantasie, bist auch leicht zu begeistern und wirst beim kleinsten Anlaß rot. Aber du fürchtest dich auch vor nichts, wagst gegen alle schlechten Erscheinungen zu kämpfen. Ich habe deshalb so eine Vorahnung – du wirst . . . es wird Unruhe geben!"

Lin Zhen war tatsächlich wieder rot geworden. Er hatte so etwas überhaupt nicht für möglich gehalten, sich vielmehr wegen seiner Unfähigkeit sehr geschämt. Er murmelte vor sich hin:

„Aber ich hoffe, daß es eine wirkliche Unruhe und nicht nur blinder Alarm wird." Dann fügte er hinzu: „Du denkst so viel, analysierst so klar – warum behältst du das alles für dich?"

„Ich denke immer, daß ich die Dinge nicht erfasse." Sie legte ihre Hände vor die Brust. „Ich beobachte und denke nach; wenn ich nachgedacht habe, beobachte ich erneut. Manchmal kann ich die ganze Nacht vor lauter Nachdenken nicht schlafen. Ich frage mich: Verstehst du das überhaupt, wo du doch nur Routinearbeit machst?"

„Wie kannst du das nur denken? Was du da gerade gesagt hast, ist doch goldrichtig. Du mußt das dem Stadtbezirkssekretär erzählen oder einen Aufsatz für die ‚Volkszeitung' schreiben ..."

„Ach, fang nicht schon wieder damit an!" Zhao Huiwen zeigte beim Lachen ihre blanken Zähne.

„Was heißt, schon wieder anfangen?" Lin Zhen stand unmutig auf und kratzte sich angestrengt am Kopf. „Ich selbst denke oft nach und meine, daß sich im Kampf zeigen muß, ob man recht hat. Man darf mit dem Kämpfen nicht erst warten, bis man recht hat."

Zhao Huiwen stieß plötzlich die Tür auf und ging hinaus. Lin Zhen blieb allein im leeren Zimmer zurück, wo es nach Seife roch. Zhao Huiwen kam gleich wieder mit einem kleinen Topf mit langem Stiel zurück. Sie sprang herein wie ein kleines Mädchen mit drei Zöpfchen, öffnete den Topfdeckel und sagte theatralisch:

„Laß uns Wasserkastanien speisen, gekochte Wasserkastanien – etwas Besseres habe ich nicht finden können."

„Schon von klein auf habe ich gern gekochte Wasserkastanien gegessen!" Lin Zhen nahm ihr fröhlich den Topf ab, fischte eine große Kastanie heraus, biß ein Stück davon ab, ohne die Schale zu entfernen, und spuckte es dann mit gerunzelter Stirn wieder aus. „Das war eine schlechte, sauer und abscheulich!"

Zhao Huiwen lachte laut, und Lin Zhen warf empört die saure Wasserkastanie auf den Boden.

Als er ging, war es schon tiefe Nacht, und der klare Himmel war besät mit ängstlichen kleinen Sternen. Ein alter Mann zog mit seinem Wagen vorüber und rief laut: „In Öl gebackene Fleischklößchen!" Lin Zhen stand vor der Tür und Zhao Huiwen im Türrahmen. Ihre Augen leuchteten in der Dunkelheit, und sie sagte:

„Wenn du das nächste Mal kommst, werden Bilder an der Wand hängen."

Lin Zhen lachte verschmitzt.

„Und ich hoffe, daß du die vergessenen Lieder wieder singst!" Er schüttelte ihr die Hand und atmete tief die frische Luft der Frühlingsnacht ein. In seinem Herzen war eine warme Quelle entsprungen.

8

Han Changxin war erst unlängst zum stellvertretenden Leiter der Orgabteilung ernannt worden. Jung verheiratet und befördert, wurde er noch unternehmungslustiger und vitaler. Er rasierte sich jeden Tag, und nach der Besichtigung einer Textilausstellung ließ er sich einen Anzug aus leichtem Wollstoff machen. Aber bei Untersuchungen direkt an der Basis fand er sich selten ein; er hörte sich hauptsächlich in seinem Büro Berichte an, korrigierte Dokumente und unterhielt sich mit anderen. Liu Shiwu war nach wie vor sehr beschäftigt.

Eines Tages nach dem Abendessen gab Han Changxin Lin Zhen den entliehenen sowjetischen Roman zurück. Er schnippte mit dem Finger an das Buch und sagte nikkend:

„Sehr interessant, aber auch sehr unglaubwürdig. Schriftsteller zu sein ist nicht schlecht; man kann das Blaue vom Himmel herunterschreiben. Wenn ich mal Gelenkrheumatismus bekomme oder wegen eines Fehlers gemaßregelt werde, schreibe ich auch Romane."

Lin Zhen nahm das Buch, zog schnell die Schublade auf und legte es in die hinterste Ecke.

Liu Shiwu saß gegenüber auf dem Sofa und studierte wie gebannt die letzten Züge eines Schachspiels. Auf Han Changxins Worte reagierte er sarkastisch.

„Schon möglich, daß du Gelenkrheumatismus bekommst oder gemaßregelt wirst; aber was deinen Roman angeht, so können wir beruhigt sein, denn zumindest auf diesem Planeten werden wir dein großes Werk nicht zu Gesicht bekommen." Das klang keineswegs wie ein Scherz, und Han Changxin wandte verlegen den Kopf ab und tat so, als hätte er es nicht gehört.

Liu Shiwu hieß Lin Zhen sich neben ihn setzen. Er fragte:

„Welche Bücher hast du denn in letzter Zeit gelesen? Kannst du mir nicht ein gutes Buch borgen?"

Aber Lin Zhen hatte keins.

Liu Shiwu machte es sich auf dem Sofa bequem, verschränkte die Arme hinter dem Kopf, schloß halb die Augen und sagte langsam:

„Ich habe unlängst in der Zeitschrift ‚Übersetzung' ein Bruchstück des zweiten Teils von ‚Neuland unterm Pflug' gelesen, es ist sehr gut und lebendig geschrieben . . ."

„Lesen Sie ständig Romane?" fragte Lin Zhen ungläubig.

„Ich möchte feierlich erklären, daß ich ebenso gern lese wie du: Romane, Gedichte, auch Märchen. Vor der Befreiung liebte ich vor allem Turgenjew. In der fünften Klasse der Grundschule habe ich bereits sein Buch ‚Ein Adelsnest' gelesen. Über den alten deutschen Mann Lemm habe ich Tränen vergossen, und ich hatte auch Jelena gern. Andere Gestalten sind gar nicht gut beschrieben, aber Turgenjews Bücher sind so erfrischend und gefühlvoll." Er stand plötzlich auf, trat an Lin Zhen heran, stützte sich auf die Sofalehne und fuhr in gebückter Stellung fort: „Ich lese auch jetzt noch gern und bin dann immer wie gebannt. Aber weißt du, wenn ich mit einem Buch fertig bin, dann bleibt nichts zurück." Er setzte sich dicht neben Lin Zhen und schloß wieder halb die Augen. „Wenn ich einen guten Roman lese, träume ich von einem einfachen, wunderschönen und klaren Leben: Ich möchte ein Seemann sein oder in einem weißen Kittel rote Blutkörperchen untersuchen oder ein Gärtner sein und Bartnelken züchten . . ." Er lachte, wie er noch nie gelacht hatte, nicht spitzfindig, sondern herzlich. „Aber ich bin ja Leiter der Orgabteilung." Er breitete bedauernd die Hände aus.

„Warum betrachten Sie Ihre jetzige Arbeit anders als einen Roman? Ist nicht auch die Parteiarbeit einfach, wunderschön und klar?" fragte Lin Zhen freundlich und teilnahmsvoll.

Liu Shiwu schüttelte den Kopf, hustete, stand wieder auf und sagte lächelnd, wobei er sich zur Seite wandte:

„Für einen Parteiarbeiter geziemt es sich nicht, Romane zu lesen." Er fuhr mit den Händen durch die Luft. „Die Entwicklung von Parteimitgliedern kann man vielleicht in einem Roman so darstellen: Die vielen neuen Kämpfer, die sich für diese große Sache in die revolutionäre Vorhut eingereiht haben, sie sollen hochleben! Wir aber, die Orgabteilung, müssen uns ständig um irgendwelche

Dinge Sorgen machen. Erstens arbeiten gewisse Grundorganisationskomitees gedankenlos und klären die Vergangenheit einiger Genossen nicht. Zweitens hat die Orgabteilung keine Zeit zur Überprüfung, und so warten soundso viele neue Parteimitglieder vergeblich auf ihre Bestätigung. Drittens müssen die neuen Parteimitglieder durch das Ständige Komitee bestätigt werden, aber dessen Mitglieder bitten um Urlaub, sobald sie hören, daß eine solche Sitzung einberufen werden soll. Viertens macht der Leiter des Amtes für Öffentliche Sicherheit ständig ein kleines Nickerchen auf solchen Versammlungen ..."

„Sie haben nicht recht!" sagte Lin Zhen laut. Ihm war, als sei er selbst beleidigt worden, und es fiel ihm schwer, sich zurückzuhalten. „Das ist wirklich seltsam ..." Er konnte nicht weitersprechen.

Liu Shiwu lachte und rief Han Changxin: „Komm mal her, guck dir die Lösung der Schachpartie in der Zeitung an – soll man zuerst den Wagen oder zuerst das Pferd setzen?"

9

Wei Heming teilte Lin Zhen mit, daß er wieder als Arbeiter in die Werksabteilung zurück wolle. „Ich schaffe das nicht, gleichzeitig Mitglied der Parteileitung und Leiter der Produktionsabteilung zu sein."

Lin Zhen redete sich den Mund fusselig und riet ihm, die kritischen Bemerkungen jener Beratung an die Parteizeitung zu schicken. „Du bist zurückgewichen. Vertraust du denn Partei und Staat nicht?" fragte er ihn.

Schließlich schrieb Wei Heming gemeinsam mit einigen Arbeitern, die relativ viele Meinungen geäußert hatten, einen langen Brief und schickte ihn heimlich an die Zeitung. Aber er fragte sich zweifelnd: Ist das vielleicht wieder Cliquenbildung? Dann wird man mich maßregeln! Mit einem Schuldgefühl warf er den Brief in den Kasten.

Mitte Mai druckte die „Pekinger Tageszeitung" unter einer auffälligen Überschrift einen Brief aus der Bevölkerung ab, der den bürokratischen Arbeitsstil von Wang Qingquan enthüllte. In dem mit „Arbeiter der Jutesackfabrik" unterzeichneten Brief wurde gefordert, daß die Leitung dieses Problem lösen solle. Der Redakteur wies ebenfalls in einer Anmerkung darauf hin, daß „die entsprechenden Leitungen schnell eine gewissenhafte Untersuchung einleiten sollten".

Zhao Huiwen entdeckte den Brief als erste und rief Lin Zhen, damit er ihn lese. Der war so aufgeregt, daß ihm die Hände zitterten und er zunächst gar nichts verstand. Dann dachte er: Gut, daß es endlich aufgedeckt worden ist! War die Zeit dafür nicht längst reif? Er gab die Zeitung Liu Shiwu. Der las langsam einige Abschnitte, schwenkte die Zeitung in der Luft herum und sagte sachlich: „Nun, die Operation hat begonnen!"

Der Stadtbezirkssekretär Zhou Runxiang kam herein. „Ist euch das mit Wang Qingquan bekannt?"

Liu Shiwu antwortete gelassen:

„In der Grundorganisation der Jutesackfabrik gibt es tatsächlich einige ungesunde Tendenzen. Wir wissen schon lange davon, und ich habe selbst vor kurzem mit Wang Qingquan darüber gesprochen. Gleichzeitig hat sich auch Genosse Lin Zhen darum gekümmert." Er drehte sich zu Lin Zhen um. „Lin Zhen, leg du die Sache dar!"

Es klopfte an die Tür, und Wei Heming stürzte aufgeregt herein. Sein Gesicht wurde mal rot und mal blaß. Er erklärte, daß Betriebsleiter Wang außerordentlich zornig gewesen sei, nachdem er den Artikel in der Zeitung gelesen habe. Jetzt sei er dabei, die Briefschreiber herauszufinden.

Nach der Enthüllung in der Parteizeitung und der Nachfrage des Stadtbezirkssekretärs regelte Liu Shiwu diese Frage für Lin Zhen unerwartet entschlossen und rasch. Sobald sich Liu Shiwu entschieden hatte, konnte man hervorragend arbeiten. Er übertrug die übrigen Aufgaben anderen Genossen und verbrachte ganze Tage zusammen mit Lin Zhen in der Jutesackfabrik. Er besuchte die Werksabteilungen, überprüfte genau Wang Qingquans Arbeit und befragte die Arbeiter nach ihrer Meinung. Dann setzte er sich mit den entsprechenden

Abteilungen in Verbindung, und nach wenig mehr als einer Woche wurde Wang Qingquan gemaßregelt und seiner Posten in Partei und Verwaltung enthoben.

Die Versammlung, auf der der Fall Wang Qingquan behandelt wurde, dauerte bis in die Nacht hinein. Danach begann es zu regnen, mal stärker, mal schwächer, unaufhörlich. Ein kühler Wind wehte einem ins Gesicht.

Liu Shiwu und Lin Zhen gingen in ein in der Nähe liegendes kleines Lokal, um Suppe mit gekochten Fleischtäschchen zu essen. Das Lokal war ein erst unlängst eröffnetes halbstaatliches Unternehmen, sauber und gemütlich. Wegen des Regens waren nur wenige Gäste da. Sie gingen dem heißen und brodelnden Topf mit den Fleischtäschchen aus dem Wege und setzten sich an einen kleinen Tisch in der Ecke. Liu Shiwu bestellte auch einen Schnaps zum Essen. Er trank einen Schluck, zählte an den Fingern ab und sagte bewegt: „Das war das sechste Mal, daß ich an der Maßregelung eines verantwortlichen Funktionärs teilgenommen habe, der Fehler begangen hat. Die ersten Male war mir das Herz sehr schwer." Da er auf der Versammlung leidenschaftlich gesprochen hatte, war er ein bißchen heiser. „Ein Parteiarbeiter ist ein Arzt, der Krankheiten anderer heilt, aber er selbst hat es auch nicht einfach." Er klopfte mit dem Ringfinger leicht auf den Tisch. Lin Zhen nickte zustimmend.

Plötzlich fragte Liu Shiwu:

„Der Wievielte ist denn heute?"

„Der 20. Mai", antwortete Lin Zhen.

„Der 20. Mai, richtig! Heute vor neun Jahren hat mir die 208. Division der Jugendarmee, der bewaffneten Jugendorganisation der Guomindang, das Bein kaputtgemacht."

„Das Bein kaputtgemacht?" Lin Zhen wußte noch nicht viel über das Vorleben von Liu Shiwu.

Liu Shiwu antwortete nicht. Es begann stärker zu regnen. Er hörte auf das eintönige Plätschern und schnupperte die feuchte Luft. Ein völlig durchnäßtes Kind kam hereingelaufen, um vor dem Regen Schutz zu suchen; von seinen Haaren tropfte das Wasser. Liu Shiwu rief die Bedienung:

„Bring uns einen Teller mit Fleischscheiben!" Dann erzählte er Lin Zhen: „1947 war ich in Peking Vorsitzender der Gesellschaft für studentische Selbstverwaltung. Als ich an der Demonstration des 20. Mai teilnahm, zerschoß mir ein Bandit von der 208. Division das Bein." Er schob die Hose hoch, und es war eine bogenförmige Narbe zu sehen. Danach stand er auf. „Guck mal, ist mein linkes Bein nicht etwas kürzer als das rechte?" Lin Zhen betrachtete ihn zum erstenmal mit tiefer Verehrung und Liebe. Nach einigen Schlucken hatte sich Liu Shiwus Gesicht gerötet. Er setzte sich wieder, tat Lin Zhen von den Fleischscheiben auf und äußerte dann mit geneigtem Kopf: „Ach, damals war ich so begeistert, so jung! Ich wollte unbedingt . . ."

„Und jetzt sind Sie nicht mehr jung, nicht mehr begeistert?" fragte Lin Zhen vorsichtig. Wenn er diesen Menschen verstehen wollte, mußte er ihn dahin bringen, mehr von sich zu erzählen.

„Natürlich nicht!" Liu Shiwu spielte mit dem leeren Glas. „Aber ich bin sehr beschäftigt, so beschäftigt, daß alles zur Gewohnheit geworden ist. Und ich bin müde; seit der Befreiung habe ich niemals mehr acht Stunden schlafen können. Ich regele die Angelegenheiten anderer Leute, habe aber keine Zeit, meine eigenen in Ordnung zu bringen." Er stützte das Kinn in beide Hände und sah Lin Zhen ganz ungekünstelt, von Mensch zu Mensch, an. „Ja, ein Bolschewist muß reiche Erfahrungen haben, aber auch eine reine Gesinnung . . . Noch ein Liang Fleisch!" Er hob das Glas, als er die Bedienung rief.

Lin Zhen war sichtlich bewegt von seinen ernsten und ehrlichen Worten. Liu Shiwu fuhr bekümmert fort:

„Wie man weiß, besteht die Berufskrankheit der Köche darin, daß sie keinen Appetit haben. Sie bereiten das Essen zu und haben den ganzen Tag nur damit zu tun. Wir Parteiarbeiter bauen das neue Leben auf, und so kann uns das Leben letzten Endes nicht mehr in Aufregung versetzen."

Lin Zhen wollte etwas sagen, aber Liu Shiwu deutete mit einer Handbewegung an, daß er jetzt nicht mit ihm diskutieren wolle. Er schwieg, stützte nur wie benommen das Kinn in die Hände.

„Der Regen hat nachgelassen. Dieser Regen ist gut für die Weizenernte."

Nach einer Ewigkeit seufzte er ein paarmal auf und sagte dann:

„Du bist ein guter Funktionär, tüchtiger als Han Changxin."

Lin Zhen löffelte schnell voller Verwirrung seine Suppe. Liu Shiwu fixierte ihn, lachte herzlich und fragte:

„Wie geht es jetzt Zhao Huiwen?"

„Ihre Stimmung ist sehr gut", sagte Lin Zhen beiläufig.

Als er mit den Stäbchen ein Stück Fleisch nehmen wollte, bemerkte er den ihm vertrauten funkelnden Blick von Liu Shiwu. Der schob den Stuhl näher heran und sagte langsam:

„Entschuldige meine Offenheit, aber ich habe die Pflicht, dir zu sagen . . ."

„Was denn?" Lin Zhen hörte auf, sich Fleisch zu nehmen.

„Soweit ich es beurteilen kann, sind Zhao Huiwens Gefühle für dich etwas . . ."

Mit zitternden Händen legte Lin Zhen die Stäbchen nieder.

Als sie das Lokal verließen, hatte es aufgehört zu regnen. Die Sterne kamen schnell hinter den schwarzen Wolken hervor, der Wind war noch kälter geworden. Das angestaute Wasser floß plätschernd aus den Pfützen zu beiden Seiten der Straße ab.

Lin Zhen lief bestürzt ins Wohnheim zurück, als hätte nicht Liu Shiwu, sondern er Schnaps getrunken. Die Genossen im Wohnheim schliefen schon alle tief. Kurze grobe und lange feine Schnarchlaute schwollen auf und ab. Lin Zhen setzte sich aufs Bett und befühlte seine nassen Hosen. Er war traurig, so traurig, und wußte nicht, warum. Vor seinen Augen tauchte das blasse und schöne Gesicht Zhao Huiwens auf. Er war doch nur ein unreifer Bursche, der nichts erlebt hatte und nichts verstand. Er war traurig, so traurig . . . Er ging ans Fenster und preßte sein Gesicht an das kalte Glas, an dem außen die Wassertropfen perlten.

Das Ständige Komitee des Stadtbezirkskomitees berief eine Versammlung zu Fragen der Jutesackfabrik ein, an der Lin Zhen als nicht stimmberechtigter Delegierter teilnahm. Er saß in einer Ecke, sein Herz klopfte, und seine Handflächen schwitzten vor Nervosität. In der Tasche hatte er ein Manuskript mit einigen tausend Zeichen. Er hatte sich darauf vorbereitet, die Fragen in der Arbeit der Orgabteilung aufzurollen, wobei er von den Problemen in der Fabrik ausgehen wollte. Er meinte, die Aufdeckung und Lösung der Probleme in der Fabrik schaffe eine äußerst gute Gelegenheit, die Leitung dahin zu bringen, grundsätzliche Überlegungen zur Orgabteilung anzustellen. Die Zeit war gekommen!

Liu Shiwu war gerade dabei, systematisch und klar die Situation darzulegen, und Sekretär Zhou Runxiang machte dazu eine nachdenkliche Miene. Mit der linken Faust stützte er sein grobes, breites Soldatengesicht, und sein rechtes Handgelenk ruhte auf einem Stück Papier, auf das er von Zeit zu Zeit einige Zeichen schrieb. Li Zongqin malte mit dem Zeigefinger in der Luft herum. Han Changxin war auch anwesend und damit beschäftigt, seine Schuhbänder auf- und wieder zuzubinden.

Lin Zhen hatte schon einige Male zum Sprechen angesetzt, doch sein Herz klopfte so stark, daß er kaum Luft bekam. Zum erstenmal an einer Sitzung des Ständigen Komitees teilzunehmen und eine so gewagte Rede zu halten, war das nicht etwas zu vermessen? Keine Angst haben, keine Angst haben! ermunterte er sich selbst. Er dachte daran, wie er als Achtjähriger in Jingdao geübt hatte, ins Wasser zu springen. Da hatte er auch sein Herz klopfen hören und zornig zu sich selbst gesagt: „Keine Angst haben, keine Angst haben!“

Das Ständige Komitee bestätigte Liu Shiwus Vorschläge zur Regelung der Fragen in der Jutesackfabrik und wollte sofort zum nächsten Tagesordnungspunkt übergehen, als Lin Zhen sich plötzlich meldete. „Gibt es Meinungen dazu? Ihr könnt sprechen, ohne euch zu melden“, sagte Sekretär Zhou lächelnd. Lin Zhen stieß beim Aufstehen geräuschvoll gegen den Stuhl, zog sein

Notizbuch heraus und warf einen Blick auf seine Stichworte. Anzusehen wagte er niemanden, als er begann:

„Wang Qingquan ist gemaßregelt worden; aber wie garantieren wir, daß es nicht später wieder zwei oder drei Wang Qingquans gibt? Wir müssen auch die Mängel in der Orgarbeit untersuchen. Erstens: Wir kümmern uns nur um den Parteiaufbau und schenken der Festigung der Partei nicht die gebührende Aufmerksamkeit, so daß der innerparteiliche Kampf an der Basis dem Selbstlauf überlassen bleibt. Zweitens: Wir wissen genau, daß es Fragen gibt, aber wir verschleppen sie und lösen sie nicht. Wang Qingquan ist schon vor fünf Jahren in die Fabrik gekommen; es gab ständig Probleme, und sie wurden immer ernster . . . Konkret meine ich, daß dafür die Genossen Han Changxin und Liu Shiwu die Verantwortung tragen."

Im Versammlungsraum erhob sich leichte Unruhe – jemand hustete, ein anderer legte die Zigarette aus der Hand, einer öffnete sein Notizbuch, und es wurden Stühle gerückt.

Han Changxin zuckte die Achseln, fuhr sich mit der Zungenspitze über das Zahnfleisch und sagte sarkastisch:

„Man hört häufig erst hinterher die weisen Ratschläge eines Zhuge Liang. Als die Sache mit Gao Gang und Rao Shushi passierte, fragten auch manche Genossen, warum man nicht früher eingegriffen habe. Natürlich, je früher das geschieht, desto besser ist es. Auch bei Berija war es so. Die Orgabteilung kann nicht die Garantie dafür übernehmen, daß es nicht noch einen zweiten oder dritten Wang Qingquan geben wird. Auch Genosse Lin Zhen kann das nicht garantieren!"

Lin Zhen hob den Kopf und blickte Han Changxin voller Zorn an; aber der lächelte nur kalt. Lin Zhen beherrschte sich, als er sagte:

„Genosse Han Changxin weiß, daß das Vorhandensein von Fehlern gesetzmäßig ist, aber er weiß nicht, daß die Überwindung von Fehlern im Voranschreiten ebenso gesetzmäßig ist. Genosse Han und Abteilungsleiter Liu sehen nur die erste Gesetzmäßigkeit und verhalten sich daher gegenüber ernsten Mängeln tolerant und sogar apathisch." Er wischte sich den Schweiß von der Stirn, nachdem er das gesagt hatte. Er wußte selbst nicht, woher er den Mut genommen hatte, das so scharf auszusprechen; aber er hatte es nun einmal getan, und er hatte das Gefühl, es sei eine schwere Last von ihm genommen.

Li Zongqin hörte auf, mit dem Zeigefinger in der Luft herumzumalen. Zhou Runxiang wandte den Kopf und sah erst Lin Zhen und dann die anderen an. Sein schwerer Körper brachte den Holzstuhl zum Knarren. Dann sagte er, zu Liu Shiwu gewandt:

„Und wie ist deine Meinung dazu?"

Liu Shiwu nickte mit dem Kopf.

„Die Kritik von Genossen Lin ist berechtigt, sein Herangehen an die Sache hat auch mich angeregt." Dann ging er gemächlich um den Tisch herum und goß sich Tee ein. Er strich mit der Hand über die Teeschale und sagte nachdenklich: „Aber was die konkrete Sache in der Jutesackfabrik angeht, so ist das schwierig. Es stimmt, daß sich die Orgabteilung ungenügend um die Festigung der Partei gekümmert hat. Wir kommen aber noch nicht mal mit dem Parteiaufbau voran, weil wir zuwenig Funktionäre haben. Die Maßregelung von Wang Qingquan erfolgte rechtzeitig und war wirkungsvoll. Auf der Versammlung der Arbeiter, auf der wir sie bekanntgegeben haben, war deren Stimmung so gut wie nie. Einige nicht sehr fortschrittliche Arbeiter äußerten, daß sie die Gerechtigkeit und die Uneigennützigkeit der Partei jetzt besser erkannt hätten. Ein alter Arbeiter weinte, während er sprach. Sie bedankten sich immer wieder bei der Partei und beim Stadtbezirkskomitee . . ."

„Ja, gerade weil das so ist, meine ich, daß Apathie, Hinauszögern und Verantwortungslosigkeit in unserer Arbeit ein Vergehen gegenüber den Werktätigen sind", sagte Lin Zhen leise. Dann hob er die Stimme: „Die Partei ist das Herz des Volkes, der Klasse. Wir dürfen nicht zulassen, daß es Staub ansetzt, und wir dürfen keine Mängel in den Parteiorganen dulden!"

Li Zongqin legte beide Hände gefaltet um die Knie. Er sprach langsam, als denke er beim Sprechen nach, wie es am besten zu formulieren sei:

„Ich meine, daß es bei dem Disput von Lin Zhen, Han Changxin und Liu Shiwu hauptsächlich zwei springende Punkte gibt: Das eine ist das Problem von Gesetzmäßigkeiten und Aktivitäten, das andere ...“

Lin Zhen wußte selbst nicht, woher er den Mut nahm, als er Li Zongqin entgegnete:

„Ich hoffe, wir machen nicht nur eine nüchterne und allseitige Analyse ...“ Er sprach nicht weiter, da er fürchtete, daß ihm die Tränen kommen würden.

„Warum nicht?“ fragte ihn Zhou Runxiang und fuhr ernst fort: „Eine nüchterne und allseitige Analyse ist viel besser als überstürztes und impulsives Handeln. Genosse, du regst dich zu leicht auf. Mit dem Rezitieren lyrischer Gedichte kann man keine Orgarbeit machen.“ Dann an alle gewandt: „Wir gehen jetzt zum nächsten Punkt der Tagesordnung über.“

Nach der Versammlung war Lin Zhen so verärgert, daß er nichts mehr essen konnte. Diese Haltung des Stadtbezirkssekretärs hatte er nicht erwartet. Er war unzufrieden und hatte sogar ein wenig die Hoffnung verloren.

Han Changxin und Liu Shiwu kamen zu ihm, um mit ihm spazierenzugehen. Sie verstanden offenbar überhaupt nicht, daß er mit ihnen nicht einverstanden war. Lin Zhen wurde sich dadurch noch mehr der großen Ungleichheit in der Stärke zwischen sich und ihnen bewußt. Mit einem bitteren Lachen dachte er: Da hast du nun gemeint, daß du, indem du im Ständigen Komitee das Wort ergreifst, großen Eindruck machen kannst!

Er öffnete die Schublade, nahm den von Han Changxin verspotteten sowjetischen Roman heraus und schlug die erste Seite auf. Dort stand geschrieben: „Wie Nastja leben!“ Er sagte zu sich selbst: „Das ist wirklich schwer!“

11

Am nächsten Tag nach Arbeitsschluß sagte Zhao Huiwen zu Lin Zhen: „Komm heute zu mir nach Hause zum Essen, es gibt selbstgemachte Teigtäschchen!“ Er wollte ablehnen; aber Zhao Huiwen war schon gegangen.

Lin Zhen überlegte lange. Schließlich aß er im Speiseraum Abendbrot und ging erst dann zu ihr. Die Teigtäschchen waren gerade fertig geworden. Er sah Zhao Huiwen zum erstenmal in einem dunkelroten Kleid chinesischer Machart. Sie hatte eine Schürze umgebunden, und ihre Hände waren voller Mehl. Wie eine aufmerksame Hausfrau sagte sie zu Lin Zhen:

„Es gibt Teigtäschchen mit Füllung aus frischen grünen Bohnen."

Lin Zhen stotterte:

„Ich . . . habe schon gegessen!"

Zhao Huiwen glaubte ihm nicht und lief hinaus, um Stäbchen für ihn zu holen. Als er mehrmals wiederholte, daß er wirklich schon gegessen habe, begann sie unzufrieden allein zu essen. Er saß unruhig neben ihr, sah mal hierhin, mal dorthin, rieb sich die Hände und schaukelte mit dem Oberkörper hin und her. Jenes unaussprechliche Gefühl der Wärme und Traurigkeit durchdrang ihn wieder. Sein Herz schmerzte, als habe er etwas verloren. Er wagte einfach nicht, Zhao Huiwen ins Gesicht zu blicken, das durch das Rot des Kleides noch schöner erschien.

„Was hast du denn?" Zhao Huiwen hörte auf zu essen.

„Nichts . . . nichts!"

„Nun komm schon heraus mit der Sprache!" Zhao Huiwen sah ihn unverwandt an.

„Ich habe gestern auf der Sitzung des Ständigen Komitees alles vorgebracht, aber der Sekretär hat keine Notiz davon genommen . . ."

Zhao Huiwen knabberte an den Eßstäbchen, dachte nach und sagte dann entschieden:

„Das kann nicht sein! Vielleicht wollte Genosse Zhou Runxiang nicht leichtfertig seine Meinung äußern . . ."

„Vielleicht . . ." Lin Zhen war nicht ganz überzeugt davon. Er senkte den Kopf und wagte nicht, dem besorgten Blick von Zhao Huiwen zu begegnen.

Zhao Huiwen aß einige Teigtäschchen und fragte wieder:

„Und was gibt es noch?"

Lin Zhens Herz begann zu klopfen. Er hob den Kopf, sah die mitfühlenden und ihn ermutigenden Augen Zhao Huiwens und sagte leise:

„Genossin Zhao Huiwen . . .“

Zhao Huiwen legte die Stäbchen nieder, lehnte sich zurück und war ein wenig erstaunt.

„Ich möchte gern wissen, ob du glücklich bist“, sagte Lin Zhen mit tiefer und kräftiger Stimme. „Ich habe im Büro von Liu Shiwu deine Tränen gesehen, damals, als es gerade Frühling wurde . . . Später habe ich nicht mehr daran gedacht. Ich habe gedankenlos gelebt und mich nicht um andere gekümmert. Bist du glücklich?“

Zhao Huiwen sah ihn etwas unsicher an und schüttelte den Kopf.

„Manchmal denke ich gar nicht mehr daran.“ Dann nickte sie. „Ich kann es aber, ich kann glücklich sein! Warum fragst du danach?“ Sie lächelte ruhig.

Lin Zhen erzählte ihr, was ihm Liu Shiwu gesagt hatte.

„Entschuldige, wenn ich dir erzähle, was mir Liu Shiwu beiläufig gesagt hat, das ist natürlich alles Unsinn . . . Ich unterhalte mich sehr gern mit dir und höre mit dir Symphonien. Du bist prima, da ergibt sich das von selbst. Vielleicht ist daran aber auch etwas nicht gut – mir kommen plötzlich viele Bedenken. Ich fürchte, daß ich dir lästig bin“, schloß Lin Zhen entschuldigend.

Zhao Huiwen lächelte gelassen, zog die Augenbrauen hoch, rieb sich mit dem zierlichen Arm angestrengt die Stirn, warf den Kopf zurück, als schüttele sie etwas Unerfreuliches ab, und wandte sich weg. Langsam ging sie zu dem Ölbild, das sie über dem Bett aufgehängt hatte, und sah es schweigend an. Es war dem Thema „Frühling“ gewidmet: Moskau, erste Frühlingssonne, Mütter und Kinder auf den Straßen . . . Plötzlich drehte sie sich wieder um, setzte sich schnell aufs Bett, stützte sich mit einer Hand auf die Betteinfassung und sagte ungewöhnlich ruhig:

„Was redest du da? Ich darf tatsächlich nichts Unüberlegtes tun, denn ich habe einen Ehemann und ein Kind. Ich habe mit dir noch nicht über meinen Ehemann gesprochen.“ Sie gebrauchte nicht das übliche Wort „Mann“, sondern sagte betont „Ehemann“. „Als wir 1952 heirateten, war ich erst neunzehn. Ich hätte wirklich nicht so früh heiraten sollen. Nach der Entlassung aus der Armee arbeitete er als Abteilungsleiter in einem Ministerium. Er wurde allmählich so glatt wie ein in Öl gebratener Teigzopf, strebt nach einem Posten, nach Vergünstigungen und kommt mit anderen nicht gut aus. Und wir beide? Für uns beide blieb offensichtlich nichts weiter, als daß wir sonnabendabends nach Hause kamen und montags gemeinsam wieder zur Arbeit gingen. Seine Meinung ist: entweder große Liebe oder überhaupt nichts. Wir haben uns gestritten ... aber ich warte nach wie vor ab. Vor kurzem ging er auf Dienstreise nach Shanghai. Wenn er zurückkommt, will ich mich mit ihm aussprechen. Und was redest du da?" fragte sie noch einmal. „Du bist für mich ein verehrter und sehr guter Freund – aber du bist noch ein Kind, entschuldige, diese Bezeichnung ist vielleicht nicht ganz zutreffend ... Wir wollen alle ein echtes Leben führen. Wir wollen, daß die Orgabteilung zu einem wirklichen Parteiorgan wird. Du bist für mich wie ein jüngerer Bruder. Du möchtest gern, daß ich mich aufraffe, nicht? Im Leben braucht man gegenseitige Unterstützung und freundschaftliche Wärme; Kälte habe ich schon immer gefürchtet. So ist das, und was sonst noch? Was kann denn sonst noch sein?"

Lin Zhen sagte erschrocken:

„Ich hätte mich nicht von Liu Shiwu beeinflussen lassen sollen ..."

„Nein!" Zhao Huiwen schüttelte den Kopf. „Genosse Liu Shiwu ist ein kluger Mann, seine Warnung war vielleicht nicht ganz überflüssig. Später ..." Sie atmete einmal tief. „Nun, lassen wir es gut sein!"

Sie stellte Schalen und Stäbchen zusammen und ging hinaus. Lin Zhen stand hastig auf und schlenderte auf und ab. Er dachte nach, es schien ihm, daß er viel zu sagen habe. Doch allmählich kam er zu der Meinung, daß dem nicht so sei. Was sollte er denn auch sagen? Es war doch gar nichts passiert. Das Leben führte manchmal zu gewissen Gefühlsaufwallungen, die einen erregten und auch verwirrten und später wieder vorbeigingen, ohne Narben zu hinterlassen. Hinterließen sie wirklich keine Narben? Sie ließen bei den Betroffenen reine und schöne Erinnerungen zurück; auch wenn sie nur blaß waren, so waren sie doch schwer zu vergessen.

Zhao Huiwen kam wieder herein. Sie führte ein zweijähriges Kind an der Hand und brachte eine Mappe mit. Das Kind hatte Lin Zhen schon ein paarmal gesehen und nannte ihn liebevoll „Fufu“, da es „Shushu“, Onkel, noch nicht aussprechen konnte. Lin Zhen warf es mit seinen starken Armen in die Luft. Das leere Zimmer war auf einmal vom Lachen des Kindes erfüllt. Zhao Huiwen öffnete die Mappe und nahm einen Stoß Papiere heraus. Sie blätterte darin herum und sagte:

„Ich will dir heute abend einige Dinge zeigen. Ich habe alles aufgeschrieben, was ich seit drei Jahren in der Orgabteilung gesehen habe, und auch meine Meinung dazu. Das hier ...“ Verlegen strich sie über ein dickes Blatt Papier. „Wahrscheinlich ist es zum Lachen, daß ich für mich selbst eine Wettbewerbsmethode festgelegt habe. Ich vergleiche mich von heute mit mir von gestern. Ich habe dazu eine Tabelle angefertigt: Habe ich in meiner Arbeit Fehler gemacht – wenn ich zum Beispiel in den Mitteilungen über die Bestätigung neuer Parteimitglieder die Namen falsch schreibe oder die Neuaufnahmen falsch zusammenzähle –, mache ich ein schwarzes Kreuz. Wenn ich keine Fehler gemacht habe, male ich für diesen Tag eine kleine rote Fahne hinein. Und wenn ich einen Monat lang nur rote Fähnchen habe, kaufe ich mir ein hübsches Kopftuch oder etwas anderes als Auszeichnung ... Vielleicht ist das eine Methode wie im Kindergarten? Lachst du mich jetzt aus?“

Lin Zhen hörte hingerissen zu und sagte ernst:

„Keinesfalls! Ich bewundere es, daß du dir gegenüber so ...“

Als er sich zum Gehen anschickte, war es schon tiefe Nacht. Lin Zhen stand vor der Tür und Zhao Huiwen im Türrahmen. Ihre Augen glänzten in der Dunkelheit, als sie sagte:

„Meinst du nicht auch, daß heute eine schöne Nacht ist? Riechst du den Duft der Blüten des japanischen Schnurbaums? Ganz gewöhnliche kleine weiße Blüten, aber sie duften vornehmer als eine Päonie und intensiver als Pfirsich- und Pflaumenblüten. Riechst du es nicht? Wirklich ... Auf Wiedersehen, morgen früh sehen wir uns wieder! Wir arbeiten beide für eine große und schwierige Sache. Komm am Abend zu mir – wir werden das schöne Capriccio Italien hören. Danach koche ich dir Wasserkastanien, und dann werfen wir die Schalen auf die Erde ..."

Lin Zhen lehnte sehr lange an der großen Säule vor dem Tor zur Orgabteilung und sah in den Nachthimmel. Der frühsommerliche Südwind streichelte ihn. Angekommen war er in den letzten Wintertagen, und jetzt war schon Frühsommer. Es war sein erster Frühling im Stadtbezirkskomitee gewesen.

Ein unerklärliches Gefühl stieg in ihm auf, als habe er irgend etwas Wertvolles verloren. Das rührte wohl daher, daß er meinte, in den Monaten, seit er hier war, nicht genug gearbeitet zu haben, nicht schnell genug vorangeschritten zu sein. Nein, es kam wohl daher, daß er zum erstenmal das Gefühl des Liebesschmerzes empfand.

Bisher hatte er überhaupt nicht daran gedacht, daß sich bei ihm ein besonderes Gefühl für Zhao Huiwen entwickeln könnte. Er hatte sie wie einen Freund, wie eine große Schwester betrachtet. Nur wenn er gelegentlich an ihre freundschaftlichen Gefühle für ihn dachte, war ihm warm ums Herz geworden; aber er hatte auch Traurigkeit und Scham gefühlt. Bisher hatte er kaum darüber nachgedacht, woher dieses Gefühl kam. Doch eben weil er es verspürte, und dazu kam noch die Enthüllung von Liu Shiwu, wurde er noch unruhiger. Es war, als fürchte er, es könne sich irgend etwas Unerfreuliches entwickeln. Deshalb hatte er erst jetzt seine Meinung offen gesagt. Als Zhao Huiwen ebenso offen dargelegt hatte, daß sie ihn nach wie vor als engen Freund betrachte, daß jeder Mensch vom anderen Herzlichkeit brauche, als sie ihre Pläne verkündet hatte, sich künftig noch mehr anzustrengen, da erschienen ihm ihr Verhalten, ihr Denken noch liebenswerter, und ein Gefühl echter Liebe war aus der Tiefe seines Herzens emporgequollen ... Nein, sie war verheiratet, sie konnte ihn nicht lieben, und er durfte sie nicht lieben ... Der Mensch ist so kompliziert. Es konnte keinesfalls so sein, wie Liu Shiwu immer meinte: „So ist das eben!“ Nein, so war das eben nicht! Und eben weil das nicht so war, mußte man mit wahren Gefühlen ernst und gewissenhaft an alles herangehen. Deswegen durfte er unvernünftige Dinge, die er nicht ertragen konnte, nicht einfach hinnehmen, sondern mußte dagegen kämpfen, bis sich die Dinge geändert hatten. Daher durfte man keinesfalls den Mut sinken lassen . . . Und was die Liebe anging – selbst wenn . . . Da mußte man die Zähne zusammenbeißen, diese Leidenschaft heimlich im Herzen verschließen . . . „Ich will noch aktiver werden, noch begeisterter und auf jeden Fall noch standhafter!“ Leise sagte Lin Zhen abschließend diese Worte zu sich selbst. Er reckte seine Brust und atmete tief die kühle Nachtluft ein.

Durch das Fenster sah er die grüne Tischlampe und die große Silhouette des Stadtbezirkssekretärs im abendlichen Büro – entschlossen und voller Ungeduld klopfte er an die Tür.

Zu den Autoren

Ba Jin, eigentlich Li Yaotang oder Li Feigan (geb. 1904). Romancier, Erzähler, Essayist und Publizist. Entstammt einer Großgrundbesitzer- und Beamtenfamilie. Begann 1920 ein Studium an einer Fremdsprachenschule; von 1923 bis 1929 Studium in Shanghai und Nanjing. 1927/28 Aufenthalt in Frankreich, wo er zunächst Biologie, dann Literatur studierte. Bekleidete nach der Gründung der VR China hohe Funktionen im kulturellen Bereich. War von 1966 bis 1976 Pressionen ausgesetzt. Ist seit 1978 wieder in wichtigen Funktionen tätig, u. a. als Redaktionsmitglied zweier Zeitschriften und als Vorsitzender des chinesischen Pen-Zentrums; seit 1981 Vorsitzender des chinesischen Schriftstellerverbandes. Übersetzte Werke von Gorki, Puschkin, Turgenjew sowie italienische, französische und japanische Schriftsteller. Werke in deutscher Übersetzung: Der Garten der Ruhe (1954), Das Haus des Mandarins (1959), Nacht über der Stadt (1985), „Regen" entstand 1936, „Der sprechende Baum" 1936, „Am verwilderten Garten" 1941.

Lao She, eigentlich Shu Qingchun (1899–1966). Romancier, Erzähler und Dramatiker. Sohn eines armen Beamten. War nach dem Besuch eines öffentlichen Lehrerseminars ab 1917 Lehrer in Peking und Tianjin, von 1924 bis 1929 Lektor für Chinesisch an der School of Orient Studies der Londoner Universität; lehrte bis 1937 an Universitäten in Shandong. Wurde nach Ausbruch des Antijapanischen Krieges Mitbegründer des „Gesamtchinesischen Verbandes der Kunst- und Literaturschaffenden zum Widerstand gegen Japan"; war nach Gründung der VR China in wichtigen kulturpolitischen Funktionen tätig. Wurde 1966 Opfer der „Kulturrevolution" und kam auf tragische Weise ums Leben. Werke in deutscher Übersetzung: Rikschakuli (1947), Die Mondsichel (1959), Das Teehaus (1980), Blick westwärts nach Changan (1983), Die Blütenträume des Lao Li (1984).

Lu Xun, eigentlich Zhou Shuren (1881–1936). Erzähler und Essayist; Begründer der modernen chinesischen Literatur. Entstammte einer verarmten Gelehrtenfamilie. Nach dem Besuch einer Bergbauschule und einer Marineakademie ab 1902 Studium der Medizin, dann der Sprache in Japan. 1909 Rückkehr nach China. War als Biologielehrer tätig in Hangzhou und Shaoxing, später als Abteilungsleiter im Erziehungsministerium der neugegründeten Republik in Peking und als Professor für Literatur in Peking; ab 1927 freischaffender Schriftsteller in Shanghai. Wirkte in der ersten Hälfte der zwanziger Jahre führend in einigen literarischen Vereinigungen mit, die sich für die Erneuerung der chinesischen Literatur einsetzten. Übersetzte u. a. Gogol, Fadejew und Plechanow. Werke in deutscher Übersetzung: Morgenblüten – abends gepflückt (1958), Die Flucht auf den Mond (1960), In tiefer Nacht geschrieben (1981). „Eine unbedeutende Begebenheit“ entstand 1920, „Dorfoper“ 1922, „Das Neujahrsopfer“ 1924.

Mao Dun, eigentlich Shen Dehong oder Shen Yanbing (1896–1981). Romancier, Erzähler, Kritiker und Literaturhistoriker. Sohn eines Arztes. Betrieb nach dem Abschluß der Mittelschule (1913) vorbereitende Studien an der Peking-Universität; nahm 1916 eine Tätigkeit in einem Shanghaier Verlag auf. Gründete 1921 zusammen mit anderen fortschrittlichen Schriftstellern die „Literarische Studiengesellschaft“ und fungierte als Redakteur einer Romanzeitschrift. War während der Revolution von 1925 bis 1927 Sekretär der Propagandaabteilung im ZK der Guomindang. Emigrierte 1928 nach Japan. War nach seiner Rückkehr nach China (1930) Mitbegründer der Liga linksgerichteter Schriftsteller Chinas. Übte nach 1949 leitende Funktionen im kulturellen Bereich aus; war u. a. Minister für Kultur der VR China (1949–1964), Vorsitzender des Schriftstellerverbandes, Chefredakteur der englischsprachigen Zeitschrift „Chinese Literature“. Werke in deutscher Übersetzung: Shanghai im Zwielicht

(1937), Der Laden der Familie Lin (1953), Seidenraupen im Frühling (1953), Unrecht (1975). „Seidenraupen im Frühling" entstand 1932/33.

Wang Meng (geb. 1934). Romancier und Erzähler. Entstammt einer Intellektuellenfamilie. Begann Mitte der fünfziger Jahre zu schreiben. Wurde 1957 als „Rechtselement" verketzert und nach Nordwestchina verbannt; 1979 rehabilitiert. Ist stellvertretender Chefredakteur der Zeitschrift „Volksliteratur", seit 1984 stellvertretender Vorsitzender des Schriftstellerverbandes und seit 1986 Kulturminister der VR China. Werk in deutscher Übersetzung: Voller Besorgnis und kleinherzig (1984). „Der Neue in der Organisationsabteilung" entstand zwischen Mai und Juli 1956.

Ye Shengtao, eigentlich Ye Shaojun (1894–?). Romancier und Erzähler. Sohn eines verarmten Steuereinnehmers. War ab 1911 als Lehrer, nach 1923 auch als Redakteur in Shanghai und nach 1949 als stellvertretender Leiter der Verlagsverwaltung der VR China und als stellvertretender Erziehungsminister tätig. War einer der ersten modernen chinesischen Schriftsteller, die auch für Kinder schrieben. Werk in deutscher Übersetzung: Die Flut des Tjiäntang (1962). „Ein Leben" entstand 1919.

Zhao Shuli (1906–1970). Erzähler. Entstammte einer armen Bauernfamilie. Besuchte von 1925 bis 1927 eine Lehrerbildungsanstalt, von der er wegen Teilnahme an der Bewegung gegen die Militärmachthaber verwiesen wurde. War nach kurzer Kerkerhaft als Lehrer und Gelegenheitsschriftsteller tätig. Wirkte während des Antijapanischen Krieges als Propagandist und Redakteur einer Zeitung. Übte nach der Gründung der VR China in Peking leitende Funktionen auf dem Gebiet der Literatur aus. War während der „Kulturrevolution" Verfolgungen ausgesetzt, an deren Folgen er starb. Wurde 1978 rehabilitiert. Werke in deutscher Übersetzung: Die Lieder des Li Yü-ts'ai (1952), Die Wandlung des Dorfes Youcai Lijiazhuang (1952), Die Heirat des kleinen E. (1953).

Anmerkungen

5 *das sechste Jahr der Republik* – Das sechste Jahr (1917) nach der bürgerlichen Revolution in China von 1911, bei der die Qing-Dynastie (1644–1911) gestürzt und die Chinesische Republik proklamiert wurde.

7 *die politischen und kriegerischen Ereignisse der Jahre danach* – 1917 bildete sich in Guangzhou die „Militärregierung zum Schutze der Verfassung" mit Sun Zhongshan (Sun Yatsen, 1866–1925) an der Spitze, was zum Ausbruch offener Feindseligkeiten zwischen dem Norden (Pekinger Zentralregierung) und dem Süden des Landes führte. Durch die schnelle Entwicklung des chinesischen Kapitalismus in den Jahren des ersten Weltkrieges bildete sich das chinesische Proletariat heraus. Unter dem Einfluß der Großen Sozialistischen Oktoberrevolution gelangte der Marxismus-Leninismus nach China, und 1919 kam es zur Bewegung des 4. Mai, einer antijapanischen und antiimperialistischen Aktion der Intelligenz, der Arbeiter und des Kleinbürgertums gegen den Beschluß der Versailler Friedenskonferenz, alle ehemaligen Konzessionen des deutschen Imperialismus in China an Japan zu übergeben. Die Bewegung wurde zum Beginn der bürgerlich-demokratischen Revolution in China.

„Konfuzius sprach ..." – Aus „Lunyu" (Vermischte Gespräche), von den Schülern des Konfuzius (551–479 v. u. Z.) zusammengefaßte Unterredungen mit dem Meister.

„Shijing" – „Buch der Lieder", älteste Sammlung chinesischer Poesie aus dem 11. bis 6. Jh. v. u. Z.

8 *das erste Jahr der Chinesischen Republik* – 1911.

9 *Yuan* – Chinesische Währungseinheit; 1 Yuan = 10 Jiao = 100 Fen.

10 *die Rolle der Mutter Lian* – Die Mutter des Maudgalyayana, der zu Buddhas Schülern gehörte, soll der Sage nach wegen ihrer Sünden in die Hölle verstoßen und von ihrem Sohn daraus befreit worden sein.

13 *Li* – Chinesisches Längenmaß; 1 Li = 0,5 km.

14 *der Achte Onkel* – Achter Sohn einer Familie aus der Sippe des Sprechenden, altersmäßig eine Generation vor ihm.

22 *der alte Mondkalender* – Auch der „Alte Chinesische Kalender", der auf den Bewegungen von Mond und Sonne ba-

siert. Nach diesem Kalender hat das Jahr 360 und jeder Monat 29 oder 30 Tage. Zum Ausgleich wurde in bestimmten Jahren ein dreizehnter Monat, ein Schaltmonat, eingeschoben. Obwohl bei der Gründung der VR China 1949 der international geltende Kalender eingeführt wurde, ist der Mondkalender noch heute in Gebrauch. Er wird von den Bauern benutzt, und die Feste sind danach festgelegt.

23 *alte kaiserliche Akademie der Literaten* – Die Han-lin-Akademie, vom ersten Herrscher der Tang-Dynastie (618–907) gegründet.

„Neue Partei" – Bewegung zum Sturz der mandschurischen Qing-Dynastie, die von 1644 bis 1911 in China herrschte und durch die Xinhai-Revolution von 1911 und die Proklamierung der Chinesischen Republik beendet wurde.

Kang Youwei – (1858–1927), Führer der „Kang-Youwei-Reformpartei"; trat für die Gründung einer konstitutionellen Monarchie ein.

24 *daoistisch* – Der Daoismus ist die Lehre des Laozi, eines älteren Zeitgenossen des Konfuzius, eines der einflußreichsten Denker in China. Laozi kritisierte soziale und religiöse Anschauungen seiner Zeit und entwickelte die Lehre von den Widersprüchen; er versuchte aber, die historische Entwicklung zu verhindern, und lehrte letztlich die Rückkehr zur Vergangenheit. Wichtigster Begriff seiner Lehre ist das Dao, das ordnende Grundprinzip alles Seins und Handelns. Als einzige Tugend gilt das selbstlos schenkende, unbewußt spontane Wirken des Dao, das „Nichthandeln" des mit dem Dao verbundenen Weisen.

Chen Tuan – (gest. 989), Einsiedler, berühmter Dichter und Kalligraph.

25 *Kangxi-Wörterbuch* – Ein großes Wörterbuch, das 45000 Schriftzeichen enthält und von den Mitgliedern der Han-lin-Akademie im Auftrag des Mandschu-Kaisers Kangxi (1662–1723) zusammengestellt wurde.

Jiang Yong, „Anmerkungen zu Zhu Sis Philosophischen Schriften" – Jiang Yong und Zhu Si gehören zu den konfuzianischen Klassikern.

„Kommentare zu den Vier Büchern" – Die „Vier Kanonischen Bücher": „Gespräche des Konfuzius", „Die Große Lehre", „Die Rechte Mitte" und das Werk von Mencius (372–289 v. u. Z.), dem berühmtesten Schüler des Konfuzius.

32 *Lu Taitai* – Lu = Familienname, Taitai = Anrede für eine verheiratete Frau.

33 *Aya* – (chines.) Ach!

36 *zwei Jahre alt geworden* – Bis zur Gründung der VR China wurde die Zeit der Schwangerschaft als das erste Lebensjahr des Kindes betrachtet; das Kind wurde also an seinem ersten Geburtstag zwei Jahre alt.

49 *Yamen* – Amtsgebäude, zu dem auch Polizeistation und Gefängnis gehörten.

56 *die „Drei Abhängigkeiten" und die „Vier Tugenden"* – Die „Drei Abhängigkeiten" der Frau entsprechend den feudalen Moralnormen: Eine unverheiratete Frau muß sich dem Vater oder dem ältesten Bruder unterordnen, eine verheiratete Frau dem Mann und nach dem Tode des Mannes dem Sohn. Die „Vier Tugenden" der Frau: Die Frau muß sich korrekt verhalten, korrekt reden, auf ihr Äußeres achten und dem Mann dienen.

62 *Qingming-Fest* – Fest der Totenverehrung, außerdem Tag des Bäumepflanzens; wird Anfang April gefeiert.

64 *„Langhaarige"* – Volkstümliche Bezeichnung für die aufständischen Bauern der Taiping-Bewegung (1851–1864), die sich zum Zeichen, daß sie nicht länger die Fremdherrschaft der Mandschu (1644–1911) dulden wollten, das Kopfhaar wachsen ließen. Auf Anordnung der Mandschu mußten sich die chinesischen Männer den Vorderschädel kahl scheren und das Hinterhaupthaar zu einem Zopf flechten.

Mu – Chinesisches Flächenmaß; 1 Mu = etwa 600 m^2.

65 *sein Sohn A Vier* – Die Silbe „A" wurde in Südchina jedem einsilbigen Rufnamen vorangestellt, sie hat keine besondere Bedeutung. Vier = der vierte Sohn.

67 *Dan* – Chinesische Gewichtseinheit; 1 Dan = etwa 60 kg.

74 *Dou* – Chinesisches Hohlmaß; 1 Dou = etwa 10 l.

77 *Jin* – Chinesische Gewichtseinheit; 1 Jin = etwa 600 g.

98 *Mao* – Chinesische Währungseinheit, umgangssprachlich; 1 Mao = 10 Fen; 1 Kuai (umgangssprachlich für Yuan) = 10 Mao = 100 Fen.

99 *Mantou* – Eine Art Brötchen aus gedämpftem Hefeteig.

123 *die neuen Machthaber in unserer Stadt* – Die Erzählung entstand 1948, Ort der Handlung ist Peking. Im dritten revolutionären Bürgerkrieg (1945–1949) begann im Juli 1947 die Gegenoffensive der Volksbefreiungsarmee gegen die Guomindang. Drei große Schlachten (Herbst 1948), eine davon im Raum von Peking, Tianjin und Zhangjiakou, führten die Befreiung Nord-Chinas und die Vernichtung der Hauptkräfte der Guomindang-Armee herbei. Unter den „neuen Machthabern" sind also die Kräfte der Volks-

befreiungsarmee zu verstehen, die von der KP Chinas und den Werktätigen unterstützt wurden.

125 *selbst wenn man sie „Ziyou" nennt* – „Ziyou" bedeutet in der Übersetzung „Freiheit".

146 *im letzten Regierungsjahr von Xuan Tong Di* – Im letzten Jahr der mandschurischen Qing-Dynastie, 1911.

169 *Tragödie des vierzehnten August* – Ba Jin schrieb die Erzählung am 16. August 1941. Gemeint ist hier der Bombenangriff durch die Japaner zwei Tage zuvor, bei dem das Haus zerstört und die Bewohner getötet wurden.

172 *Regierungsperiode Kangxi* – Die Regierungsperiode Kangxi umfaßte die Jahre von 1622 bis 1722.

179 *Feiertag des 5. Mai* – Der Tag des Drachenbootfestes. Das Drachenbootfest wird am 5. Tag des 5. Monats gefeiert, dem Todestag des chinesischen Dichters und Staatsmannes Qu Yuan (340–278 v. u. Z.), der sich aus Verzweiflung über die düstere Zukunft seiner Heimat im Fluß Milo ertränkte. Der Überlieferung nach überquerten Bauern in Booten den Fluß, suchten nach der Leiche des Dichters und schlugen Trommeln, um böse Geister von ihr fernzuhalten.

192 *Jiaozi* – Mit Fleisch und Gemüse gefüllte Teigtaschen.

238 *Antijapanischer Krieg 1945* – Gemeint ist der letzte Abschnitt des Chinesisch-Japanischen Krieges, der mit dem japanischen Großangriff in Nord-China am 7. 7. 1937 begann. Der VII. Parteitag der KP Chinas (April 1945) orientierte die Politik der Partei auf die Vernichtung des japanischen Imperialismus und die Bildung einer demokratischen Koalitionsregierung. Der Eintritt der UdSSR in den Krieg im Fernen Osten (8. 8. 1945) und die gegen Japan geführte Generaloffensive der chinesischen Achten Marscharmee und der Neuen Vierten Armee (11. 8. 1945) entschieden die Niederlage Japans, das am 14. 8. 1945 kapitulierte. Fast ganz Nord-China und ein Teil von Mittel-China wurden befreit.

250 *Wasserkastanien* – Wassernüsse; die Knollen einer asiatischen Schwimmpflanze von der Größe einer Walnuß und mit weißem festem Fleisch, das im Geschmack dem der Eßkastanie ähnelt.

256 *Liang* – Chinesisches Gewichtsmaß; 1 Liang = etwa 50 g.

259 *Zhuge Liang* – (181–234), für seine Schlauheit berühmter chinesischer Stratege, Kanzler und Feldherr des Reiches Shu, eines der Drei Reiche, in die China im 3. Jh. aufgespalten war; erfand eine Armbrust, die gleichzeitig zehn Pfeile abschießen konnte, und einen „Holzochs und Lauf-

pferd" genannten Transportwagen für Kriegsvorräte. Zhuge Liang ist eine beliebte Roman- und Dramengestalt, die als Inbegriff für scharfen Verstand, militärisches Talent und Mutterwitz gilt.

259 *Als die Sache mit Gao Gang und Rao Shushi passierte* – Auf einer erweiterten Tagung des ZK der KP Chinas im Februar 1954 wurden Gao Gang und Rao Shushi als Führer einer „parteifeindlichen Gruppierung" angegriffen und später eingekerkert.

Inhalt

Aus unserem
bb-Taschenbuchprogramm 1988

Anna Seghers: Crisanta. Acht Geschichten über Frauen
Herbert Otto: Der Traum vom Elch
Christoph Hein: Der fremde Freund
Helga Schubert: Schöne Reise
Der Kuckuck sprach zur Nachtigall . . . Fabeln von Luther bis Heine
Joseph Ruederer: Linnis Beichtvater
Erich Maria Remarque: Der Weg zurück
Vicki Baum: Liebe und Tod auf Bali
Hans Fallada: Das Wunder des Tollatsch. Fünfzehn Geschichten
Grigori Glasow: Ohne Narkose
Nadeshda Koshewnikowa: Die leichte Muse
Peter Lovesey: Flußpartie zum Galgen
Jef Geeraerts: Die Coltmorde
Cavanna: Das Lied der Baba
Georges Simenon: Die Witwe Couderc
Der Schnee war schmutzig
Elsa Morante: Der andalusische Schal
Die Eheschließung. Chinesische Erzählungen des 20. Jahrhunderts

Aufbau-Verlag Berlin und Weimar

TdW
Taschenbibliothek der Weltliteratur

1988 erscheinen

Hermann Hesse: Kinderseele
Stefan Zweig: Leporella (Nachauflage)
Hans Fallada: Wer einmal aus dem Blechnapf frißt (Nachauflage)
Tschingis Aitmatow: Dshamila · Abschied von Gülsary Der weiße Dampfer
Miroslav Krleža: Die Rückkehr des Filip Latinovicz
Hans Christian Andersen: Die Galoschen des Glücks
John Steinbeck: Geld bringt Geld
Tennessee Williams: Glasporträt eines Mädchens
50 Novellen der italienischen Renaissance
Lukian: Der Lügenfreund. Satirische Gespräche und Geschichten

Aufbau-Verlag Berlin und Weimar

ENT
Edition Neue Texte

Neuerscheinungen 1988

Benedikt Dyrlich: Hexenbrennen. Gedichte und Prosa
Harald Gerlach: Abschied von Arkadien
Rulo Melchert: Auf dem stierhörnigen Mondkahn. Gedichte über Madagaskar
Anatoli Kudrawez: Auf dem Weg nach Hause (Arbeitstitel)
Anatoli Kurtschatkin: Ein Weiberhaus
Franz Hodjak: Siebenbürgische Sprechübung
Ntozake Shange: Schwarze Schwestern
Claude Simon: Anschauungsunterricht
Tahar Djaout: Die Suche nach den Gebeinen (Arbeitstitel)
Manuel Rui: Das Meer und die Erinnerung. Prosa und Lyrik

Nachauflagen 1988

Helga Königsdorf: Respektloser Umgang
Erwin Strittmatter: Grüner Juni
Eva Strittmatter: Mondschnee liegt auf den Wiesen

Aufbau-Verlag Berlin und Weimar